La Oculta

Héctor Abad Faciolince nació en Medellín (Colombia) en 1958. Estudió Lenguas y Literaturas Modernas en la Universidad de Turín (Italia). Fue columnista de la revista *Semana* y en la actualidad escribe regularmente para *El Espectador*, *El País* y la revista *Letras Libres*. Es director de la Biblioteca de la Universidad Eafit. Además de ensayos, traducciones y críticas literarias, ha publicado, entre otros, los siguientes libros: *Asuntos de un hidalgo disoluto* (1994), *Tratado de culinaria para mujeres tristes* (1997), *Fragmentos de amor furtivo* (1998), *Angosta* (2003), *El olvido que seremos* (2006), *La Oculta* (2015) y *Lo que fue presente* (2020). Con su tercera novela, *Basura* (2000), obtuvo en España el I Premio Casa de América de Narrativa Innovadora. Ha publicado también un libro de poemas, *Testamento involuntario* (2011), y otro de narrativa corta, *Traiciones de la memoria* (2009). De sus libros hay traducciones a más de una decena de idiomas.

Biblioteca

HÉCTOR ABAD FACIOLINCE

La Oculta

DEBOLS!LLO

Papel certificado por el Forest Stewardship Council®

MIXTO
Papel procedente de
fuentes responsables
FSC® C117695
www.fsc.org

Penguin
Random House
Grupo Editorial

Primera edición en Debolsillo: septiembre de 2021

© 2014, Héctor Abad Faciolince
© 2014, Penguin Random House, S. A. S. Carrera 5A
N.º 39A-09 Bogotá - Colombia
© 2015, 2021, Penguin Random House Grupo Editorial, S. A. U.
Travessera de Gràcia, 47-49. 08021 Barcelona
Diseño de cubierta: Penguin Random House Grupo Editorial
Imagen de cubierta: María Luisa Isaza

Printed in Spain – Impreso en España

ISBN: 978-84-663-5845-3
Depósito legal: B-10.539-2021

Impreso en Black Print CPI Ibérica
Sant Andreu de la Barca (Barcelona)

P 3 5 8 4 5 3

A Mauricio, Mario y Gonzalo:
los hermanos que no tuve.

Pero sus campos nunca se vendan, por ser herencia
sempiterna.

LEVÍTICO, 25:34

I could live here forever, he thought, or till I die.
Nothing would happen, every day would be the same
as the day before, there would be nothing to say. [...]
He could understand that people should have retreated
here and fenced themselves in with miles and miles of
silence; he could understand that they should have
wanted to bequeath the privilege of so much silence to
their children and grandchildren in perpetuity (though
by what right he was not sure).

J. M. COETZEE

Y fui vendida al fin,
porque llegué a valer tanto en sus cuentas,
que no valía nada en su ternura...

DULCE MARÍA LOYNAZ

ANTONIO

Cuando sonó el teléfono era una hora opaca de invierno en Nueva York, muy temprano. A esa hora solo llaman borrachos que se equivocan de número o familiares a dar malas noticias. Quise que fuera lo primero, pero era Eva, mi hermana:

—Toño, me da pesar tener que llamarte para esto, pero mi mamá amaneció muerta en La Oculta. Pilar dijo que anoche, después de comer, había dicho que no se sentía bien. Claro que últimamente, tú sabes, ella nunca se sentía bien después de comer. Todo le caía mal. Así que se acostó. Pero esta mañana Pilar se levantó muy temprano, a ver cómo seguía, y la encontró muerta en la cama.

—Ya salgo para el aeropuerto y llego en el primer vuelo que encuentre —le dije.

Sentí un pesar profundo, como una nube espesa y gris en todo el cuerpo. Un dolor en el pecho y en la garganta, y la ola de tristeza subía hasta los ojos, incontenible. ¿Cuántos años tenía mi mamá? Decía que ochenta y ocho, pero se quitaba uno. En realidad tenía ochenta y nueve. A los veinticinco años, cuando en su casa la acosaban para que se casara, quitarse ese año tenía algún sentido. Después no, después cada vez menos, y a los ochenta y nueve, hasta a ella le daba risa seguírselo quitando. Me sentí culpable por no haberla llamado esa semana. La buscaba los jueves por Skype, casi siempre. Se sabía que todas las mañanas de los jueves ella prendía Skype para esperar mi llamada. Jon salió del baño y al ver mi cara, me preguntó qué pasaba. No preguntó con palabras, sus ojos y sus manos preguntaron.

—Se murió Anita.

—Si quieres te acompaño a Medellín —dijo. Se sentó a mi lado y me puso su mano grande, suave, en la espalda. Nos quedamos un rato así, juntos, en silencio. Al fin le contesté:

—No, tranquilo, esta vez voy yo solo —tenía un taco en la garganta. Tragué saliva—. Es mejor que te concentres en la exposición. Mis hermanas entienden que no vayas.

Todo esto lo dije en inglés, porque con Jon hablo en inglés. Nos quedamos sentados un rato en la cama, en silencio y cogidos de la mano, sabiendo que las palabras estorbaban. Al fin me levanté y fui a mirar los últimos correos de mi mamá. El último era amoroso y concreto como siempre: *Cruce de cuentas,* decía en el asunto.

«Mi amor: he tratado de comunicarme contigo, pero ha estado cerrado el foquito verde. Solo quería decirte que con uno de tus cheques pagué ayer tu parte del impuesto predial de La Oculta. También consigné en la cuenta de Pilar $816.000 que te corresponden para Próspero y la cuota de sostenimiento de la finca. Todavía quedan en mi poder tres cheques de los firmados por ti, guardados donde sabemos. En nuestro cruce de cuentas hay un saldo a mi favor de $2.413.818 que no tengo afán de cobrar hasta mi próxima tarjeta de crédito, en abril. Hoy estuve donde el doctor Correa y me encontró bastante bien. Por el momento no tengo el menor interés en morirme, aunque a veces estoy triste y desanimada con la situación de Eva. La semana pasada me dijo que finalmente iba a dejar a Santiago el viudo Caicedo, tú sabes, con el que ya llevaba saliendo casi cuatro años. Por un lado me alegré, pues la diferencia de edad es demasiada, de casi veinte años, y con él ella no tendría ninguna compañía en la vejez. Pero por otro lado me da pesar porque ella se veía contenta desde que estaba con él. Tú me dijiste que cuando fueron a pasear a Nueva York el año pasado, pese a la diferencia de edad y a la silla de ruedas, Eva se veía dichosa. Y en Navidades estaban contentos, tú mismo los viste, así que fue una sorpresa. Cuando ella se separa es siempre un salto al vacío, se deprime, y nunca sabemos con qué nos va a salir. El viudo Caicedo, a pesar de lo viejo, me parecía querido, aunque a veces la gente decía que más parecía esposo mío que amigo de Eva. Ay. Eso fue lo que dijo Pilar en la última Nochebuena, y Eva la oyó diciéndomelo. Le dolió mucho. Pilar no es la prudencia andando que digamos. Bueno, lo que me preocupa más es que a veces me parece que a Eva nadie le sirve, pero al mismo tiempo no le gusta estar sola. Dejemos ahí este tema, que me entristece mucho. Lo que más me anima es la ilusión de verte en Semana Santa. Creo que tu venida me curará de todos los males. Saludes a Jon. Te mando un beso y el amor de siempre,

    Ana»

    Todas las cartas de mi mamá eran así, prácticas y cariñosas al mismo tiempo: las cuentas claras, y cosas de la vida de ella, de las hijas o los nietos. Ella manejaba mis cuentas colombianas, casi todas relacionadas con la finca. Tenía casi noventa años, pero estaba más lúcida que mis hermanas y yo. Llevar mis cuentas en Colombia la mantenía incluso más alerta. En otros correos me hablaba de la posible venta de una parte de La Oculta para pagar los daños que había hecho un vendaval, por la caída de un árbol sobre los tanques de agua potable. Ella no estaba de acuerdo con que se vendiera más tierra, porque al paso que íbamos quedaríamos solo con la casa y rodeados de extraños, pero al mismo tiempo no estaba dispuesta a tener que asumir esos gastos, pues no podía quedarse sin ahorros para los últimos años de su vida. El problema era que Eva, como ya solo iba a la finca en Navidades, porque seguía resentida con lo que le había pasado allá hacía tanto tiempo, no quería poner ni un centavo más para reparaciones y a duras penas ponía la cuota fija para impuestos, servicios y sueldos. Prefería venderla. Pero venderla, para Pilar, sería como la muerte.

Yo tampoco quería vender la finca, así viviera en Estados Unidos la mayor parte del año. Colombia, para mí, era mi mamá, mis hermanas y La Oculta. Ahora Anita se había muerto, y con ella un pedazo enorme de mi vida. Lo raro es que se hubiera muerto en la finca y no en Medellín, donde vivía. Aunque si lo pensaba bien, tenía mucho sentido que se hubiera muerto en La Oculta al amanecer de un domingo. Pensando en mi mamá, en su muerte, me di cuenta de que nunca habríamos podido conservar la finca —que nos había llegado por herencia del lado de la familia de mi padre— si no hubiera sido por ella. A pesar de que mi mamá no tenía ningún apego familiar a esa tierra, había sido ella la que había vendido su propio apartamento para poder conservarla cuando estuvimos a punto de venderla, poco después de la muerte de mi papá, de Cobo; era ella la que se había gastado parte de las ganancias de la panadería para hacer mejoras y reparaciones en la casa; era ella la que nos reunía a todos en La Oculta, en diciembre, con esa manera al mismo tiempo dulce y firme que tenía de hacer las cosas. Nos invitaba a todos, mercaba para todos, cocinaba para todos, y en esas semanas juntos, los hijos y los nietos girábamos a su alrededor como planetas de un sol tibio y benigno, irresistible. Así ella no fuera dueña de La Oculta, porque Cobo nos la había dejado de herencia a los hijos y no a ella, la finca era inseparable de ella, y ahora casi impensable sin su presencia. Sin mi mamá viva, sin su alegría, sus recetas, sus mercados, ir a la finca ya no volvería a ser nunca lo mismo. Alguien tendría que asumir su papel, Eva o Pilar, pero no estaba seguro de que ellas lo quisieran hacer. Yo nunca tendría tanta alegría, tanta energía ni tanto amor como para asumir ese rol de unir y reunir a toda la familia.

Jon me acompañó al aeropuerto y me ayudó a buscar la mejor conexión. El vuelo directo a Medellín ya había salido, así que tuve que viajar por Panamá. Como las manos me temblaban y casi ni podía hablar en inglés, él hacía todo, amorosamente. También pagó todo con su tarjeta y me acompañó hasta el momento en que debía pasar el control de rayos X. Nos abrazamos largo, con una ternura que yo necesitaba; le dejé húmedo el hombro de la camisa. En la sala de espera me puse a buscar en los archivos del portátil fotos viejas de mi mamá. Las fotos de su juventud, en las que se veía bonita y sonriente, llena de vida, con todo su futuro por delante. Encontré una en la que me tenía a mí, de un año, en los brazos, y los dos sonreíamos y nos mirábamos enamorados y felices. La puse en Facebook, que es donde ahora se hacen los anuncios, los duelos y las visitas de pésame, y mientras escribía algunas frases sobre ella, con dedos temblorosos, las gotas que me rodaban por las mejillas caían en el teclado. No sé si me miraban en la sala de espera, porque no me importaba. Al poco rato mis amigos empezaron a dejar mensajes de condolencias, algunos muy bonitos, y a escribir viejos recuerdos de Anita, como le decíamos todos a mi mamá, empezando por mí: Ana, Anita.

Logré llegar ese mismo día por la noche a Medellín. Mientras esperaba el equipaje noté que los zapatos no me salían con los pantalones y cuando llegó la maleta me cambié de zapatos en el baño. Mi mamá muerta y yo pensando en esas bobadas, me dijo la conciencia, pero no podía evitarlo, soy así. Benjamín, el hijo de Eva, estaba aguardándome a la salida, en el aeropuerto. Estaba hermoso y triste, mi sobrino menor, y nos abrazamos. Desde ahí nos esperaban todavía casi cuatro horas de camino hasta La Oculta. Pilar ya había organizado para que hubiera una misa en el pueblo, Jericó, al otro día. A Anita la estaban velando en la finca. Benjamín me contó que su mamá se había ido para allá esa misma mañana, después de llamarme. Que la tía Pilar había estado arreglando a la abuela, que un médico había firmado el certificado de defunción y que el cura de Palermo había bajado a bendecirla.

Pilar siempre había arreglado a todos los muertos de la familia. Hacía dos o tres años la tía Ester, la hermana de mi papá, se había muerto también en La Oculta y era como si la finca se estuviera convirtiendo en un sitio para morirse. La tía Ester tenía una insuficiencia renal grave, pero estaba muy vieja y a esa edad ya no se hacen trasplantes, así que estuvo en diálisis como cuatro años, pero su salud se fue deteriorando cada vez más hasta que había dicho que no quería más diálisis ni más tratamientos y que quería irse a morir en La Oculta. Pilar la recibió en la finca, contenta de tenerla allá porque Ester era su tía preferida y le gustaba poder cuidarla. Pusieron una cama de enfermo en el mismo viejo cuarto que había sido de ella cuando estaba soltera, y contrataron una enfermera para que pasara las noches con ella. Los hijos de la tía Ester iban desde Medellín de vez en cuando a visitar a su madre y a darle las gracias a Pilar por encargarse de ella. La tía Ester se fue apagando poco a poco —cada vez más débil, más pálida y más flaca, frágil como un pajarito— y al final empezaron a darle morfina. Cuando perdió el conocimiento y se veía que estaba sufriendo porque se quejaba mucho, Pilar hizo salir a la enfermera del cuarto, la mandó a calentar un caldo en la cocina, cogió una jeringa y le puso a la tía una dosis mucho más grande de morfina, como cinco ampolletas seguidas, me dijo a mí en secreto, y la tía Ester se apagó serenamente, tan relajada que hasta a su cuerpo se le olvidó respirar. Después Pilar llamó a los hijos de la tía Ester, les dijo que su madre se había muerto tranquila, y se puso a arreglarla para que la encontraran presentable cuando fueran por ella.

Pilar arregla muertos desde cuando tenía veintiún años. Mi papá, que era médico, le enseñó de qué manera hay que preparar a alguien cuando se muere, para no tener sorpresas desagradables antes del entierro. En medio del dolor, y sobreponiéndose a él, hay que superar el fastidio y la impresión, para que la vida, o mejor dicho la muerte, sea un poco menos insoportable o un poco más llevadera. Pilar es la mayor y ser la hija mayor tiene ventajas y desventajas. Hay responsabilidades con las que nadie más es capaz de cargar porque los otros hermanos son muy jóvenes. Pilar no se amilana ante ninguna dificultad; ella pasa por encima de lo que sea, sin rendirse nunca. Nada le da asco, nada le da vergüenza, nada le da miedo. Cuando hay algo casi imposible de resolver, en la casa pensamos: si no lo resuelve Pilar, no lo resuelve nadie.

Los muertos no hablan, los muertos no sienten, a los muertos no les importa que los vean desnudos, pálidos, demacrados, en el peor momento de su vida, por decirlo así. O quizá haya un momento aún peor, bajo tierra, o en el horno crematorio, pero ese ya casi nunca, por fortuna, lo tenemos que ver. Pilar tiene un trato íntimo y cariñoso con los muertos; ella lo hace como si a ellos de verdad les importara, como si les doliera que los vieran tan feos. Ella no arregla a nadie que no sea de la familia, o por lo menos muy cercano. Arregla tan bien a los muertos (los deja tan presentables, casi como si estuvieran vivos) que uno de los hijos de la tía Ester, Arturo, un empresario exitoso, al ver a su madre muerta, tan bien arregladita, casi tan agradable de mirar por última vez, le propuso a mi hermana que montaran juntos un negocio (él se ofreció a poner el capital, mi hermana aportaría la mano de obra) de recomponer a los muertos. Mi hermana no quiso. Le dijo que para ella eso era casi como arreglar a un bebé cuando nace, porque también los bebés nacen horribles, y aunque ellos tampoco se den cuenta hay que limpiarlos, acicalarlos, peinarlos, vestirlos, para que el papá y la mamá y los abuelos, cuando los vean, se llenen de ternura. La primera y la última mirada son muy importantes, dice Pilar, y así como la madre quiere ver bien a su hijo por primera vez, así también el hijo quiere ver bien a su madre por última vez, y por eso ella lo hace.

En toda familia, tarde o temprano, alguien es derrotado definitivamente. Cuando eso pasa en la mía, Pilar siempre está ahí y hace lo que debe, pero no por dinero. Arregló a los abuelos, a algunos tíos, a su suegra, a mi papá cuando se le explotó el corazón de tanto sufrir por Lucas, su nieto mayor, a los hijos de amigas íntimas. Ahora lo estaba haciendo o lo había hecho ya con Anita. No sabemos bien qué es lo que hace. Sé que usa algodones, velas y gasas para tapar algunos orificios. Según ella, la muerte es compasiva con la cara porque las personas se hinchan un poco al morir, y eso borra muchas arrugas, lo que es muy bueno, y lo único que impresiona es la lividez, y por eso lo primero que debe hacerse es reponerles el color. Hay que usar bases según el color del cutis, ruborres, pintalabios, polvos, pestañinas, inyecciones, para devolverle a la piel cierta vitalidad. Ella es una maquilladora experta y desde muy pequeña se encargaba de peinar a mi mamá para las fiestas, así que en asuntos de peluquería y estética facial tiene experiencia. Siempre que arregla a alguien mira fotos del muerto y hace que se parezca a su rostro, ojalá un poco más joven. Cuando voy de Nueva York a Medellín siempre le llevo de regalo cosméticos, tijeritas y pinzas que le voy escogiendo; es lo que más le gusta que le lleve, aunque esta vez no había tenido tiempo de comprarle nada, apenas un par de pintalabios que había conseguido baratos la semana anterior, uno rojo bermejo y otro fucsia tiránico, según decía el empaque. Le llevaba también la noticia de que ahora, muerta mi mamá, nos había llegado el turno de morir a nosotros. Una noticia que Pilar ya sabía porque al llegar nos dijo que ella, desde el amanecer, había sentido que la verdadera vejez le había caído de repente desde el mismo momento en que había visto que mi mamá no respiraba.

Cuando llegamos a La Oculta, lo primero que hice fue ir al cuarto de Anita. Tenía la cara dulce y firme que siempre tuvo; esa rara mezcla de belleza con carácter. La belleza estaba en los rasgos de la cara, en la forma de los huesos o de la nariz —porque uno distingue ecos de la belleza aun en la vejez— y el carácter en algunas arrugas, que son como la memoria de los gestos de toda una vida. Pilar le había puesto un vestido rojo bordado, muy bonito, que yo le había llevado de México una vez y la hacía ver alegre, a pesar de todo. El rojo era el color que mejor le sentaba. Pilar contó que en la madrugada la había despertado un aguacero y había aprovechado para asomarse al cuarto de Anita. La quietud y el silencio le dieron mala espina, hasta que prendió la luz y se dio cuenta de que estaba muerta. Mi ola de tristeza creció, al imaginar ese instante, pero abrazado a mis hermanas me sentí mejor. Pudimos conversar toda la noche al lado de su cuerpo, tomando tinto, rezando avemarías y padrenuestros, que cuando se repiten mucho con el mismo ritmo, dan una especie de calma. Todos mis sobrinos, los nietos de mi mamá, fueron llegando, con hijos y esposas y esposos, y La Oculta se fue llenando como si fuera diciembre, aunque un diciembre triste, en marzo. Cuando yo me muera, quisiera que Jon pudiera asomarse a la tapa del ataúd, y mirarme, y hablarme, sin asco y sin miedo, detrás del vidrio. En Estados Unidos esto lo hacen las empresas de pompas fúnebres. Si me muriera en La Oculta, que es lo que todos queremos en la familia, quisiera que Pilar me arreglara.

Mi mamá estaba acostada en su cama de siempre, la que había compartido con mi papá, la que antes había sido del abuelo Josué y la abuelita Miriam. El cuarto estaba tal como le gustaba a mi mamá. Desde que se había muerto Cobo, Anita no había permitido que lo tocaran. En el armario seguía la ropa de él, al lado izquierdo, y la de ella en el ala derecha: las camisas blancas, el sombrero aguadeño, las botas de montar a caballo, las zapatillas para ir al chorro de la quebrada, las bermudas, las piyamas, las medias. Ropa vieja, la que uno usa en el campo y está tan ajada que no sirve siquiera para dejársela de herencia a los campesinos. Un viejo cuadro de los abuelos paternos, cuarentones. Fotos de la familia: la primera comunión de los hijos, la foto del matrimonio, viejas instantáneas de cuando vivían en Bogotá y, enmarcado encima de la cama, el soneto imperfecto que mi papá le había escrito a La Oculta y que se titulaba con el mismo nombre de la finca:

> Las camas duras, los colchones malos,
> pero al amparo de la noche oscura,
> los invitados duermen sin premura,
> acostados en lechos, como palos.
> Al despertar, dolor en la cintura,
> calmado por dos huevos amarillos
> que doña Berta trae en los platillos,
> servidos con un gusto, que ni al cura.
> Luego a leer, tendidos en la hamaca,
> esperando la suerte tan verraca
> de un almuerzo con yucas y gallina.
> Un bañito a las tres en la quebrada,
> por la noche una buena frisolada,
> y a escuchar el roncar de la vecina.

Roncaban Cobo y Anita, mi papá y mi mamá, como en un contrapunto desentonado, pero ya nunca más volverían a roncar. Los ronquidos son una música estentórea, desagradable, y todos se burlan de los que roncamos porque es un signo de vejez, pero al menos indican que seguimos respirando, y a mí en ese momento me dio tristeza que mi papá llevara años sin roncar, y que, aunque mi mamá no pareciera tan muerta, gracias a los arreglos de Pilar, ya el suyo fuera un sueño sin aire y sin ronquidos. Añoraba sus ronquidos como añoraba su respiración. Eva le dijo a Pilar que ella quería ahora ser la dueña del cuarto de los papás, y que por favor no cambiara nada, no moviera nada. Que no botara la ropa, que no cambiara las fotos, que no sacara los libros, que no pusiera otras colchas ni otro colchón, que no remplazara la lámpara ni la mesita de noche, que no cambiara los azulejos del baño, que no vaciara los armarios ni quitara de la pared el poema de mi papá. Le hizo la lista completa y casi con rabia, para que entendiera. Pilar la miró abriendo mucho los ojos, porque ella detesta ese romanticismo de guardar cachivaches y vejestorios, y era una de las pocas cosas por las que peleaba con mi mamá. «Mami, ¿cuándo será que te decides a regalarle a Próspero las camisas de mi papá?», le decía siempre que venía. Y Anita simplemente respondía, con su voz tierna y segura: «Déjame mis cositas, Pilar, que a mí me gusta así. Ya harás con ellas lo que quieras, cuando yo falte». Pilar podía decidirlo todo en la finca, y mandar casi siempre, pero en el cuarto de Cobo y Anita no podía mandar. Por eso, Eva quiso que de ahí en adelante ese fuera el cuarto de ella, su reino privado, el único lugar de La Oculta donde podía mandar alguien que no fuera Pilar.

Hay oficios raros en esta vida. Y uno de los más raros y difíciles es el oficio de hija mayor. Sobre todo cuando este implica labores como dejar visible a un muerto. Al fin y al cabo en todas las familias, poco a poco, la gente se va yendo. Estas cosas ya no se hacen en la casa, tampoco en Medellín, ni siquiera en Jericó, donde queda La Oculta. No sé por qué, pero creo que en esos tanatorios no lo tratan a uno, después de muerto, con mucho respeto ni con mucho cariño. No sé por qué, pero los que se dedican a esto como un oficio lucrativo me parecen personas con una cierta deformación en la personalidad. Quizá me equivoque. Habrá quien diga que un cuerpo muerto ya es solo una carcasa, una ropa sin dueño, que no siente, y ya no importa siquiera si te maltratan. Pero no es cierto: si uno piensa en la persona que más quiere, muerta, y luego piensa que maltratan su cuerpo inerte, que lo tratan con brusquedad y que se burlan, hay una molestia, y duele. Sea como sea, cuando hay alguien de la familia que lo sabe hacer, me parece mejor, más sabio, más amoroso, y preferible, acudir a ella. A Pilar ni siquiera hay que decírselo.

Ella lo hace, y punto. Y para la amortajadora, a la larga, un oficio tan duro debe tener una recompensa secreta. Toda dificultad, a las personas que son capaces de cosas así, les parece fácil de superar. A Pilar nada le parece muy difícil. En realidad, solo la muerte la derrota. Pero entonces, todavía, hace algo más, lo único que puede hacerse, lo que hace la vida más llevadera: nos entrega a nuestros muertos, por última vez, de un modo aceptable. Por ella podemos despedirnos de ellos sin llevarnos como última imagen el más triste y horrendo de los recuerdos. Gracias a ella puedo decir que la última vez que vi a Anita, a mi mamá, no me impresioné, y el último recuerdo que tengo de su cara es como de una persona casi viva, o incluso con algo mejor que los vivos: la tranquilidad sin más preocupaciones, la paz de verse serena y sin angustias, gracias a la última semblanza que Pilar ayudó a darle.

EVA

Yo volví a La Oculta solo por darle gusto a mi mamá y después de varios años sin ir, y solo porque ella decidió recuperar una vieja costumbre de la familia: pasar la Navidad todos juntos en la finca. En realidad, todos tuvimos que dejar de ir varios años; primero por la guerrilla, que robaba, secuestraba y mataba, y después por los paramilitares, que extorsionaban, robaban y mataban. Cuando las cosas más o menos se normalizaron, porque el Estado volvió a ser el único que podía matar, Pilar empezó a volver, y le dio la fiebre de reconstruir la casa, de reparar las partes que se habían quemado, de dejarla como antes, incluso mejor que antes. Hasta que después de un tiempo resolvió irse a vivir allá, con Alberto, que acababa de jubilarse, y entonces mi mamá empezó otra vez con el cuento de que teníamos que pasar las vacaciones de Navidad todos juntos en La Oculta. Ojalá también las de Semana Santa, insistía, pero si no por lo menos las de Navidad. Mi mamá tenía una teoría, y había vivido siempre de acuerdo con ella, y es que los viejos tienen que comprar la compañía. Una vez la oí cómo se la decía por teléfono a la tía Mona, su hermana:

—Mira, Mona, yo sé que los viejos tenemos que pagar para no estar solos, pero esa es la plata mejor gastada del mundo. Por eso no podemos darles en vida la herencia a los hijos, sino írsela soltando de a poquitos, para no quedarnos íngrimas y arrinconadas en un asilo.

Mi mamá nos invitaba a todos y por eso en diciembre siempre venía Toño de Nueva York, con Jon o sin Jon, y casi siempre también en Semana Santa, o de sorpresa, en cualquier momento del año, cuando se cansaba de vivir en Harlem. Si no nos juntamos siquiera dos o tres veces al año, decía mi mamá, entonces dejamos de estar unidos, de querernos y de ser una familia. Para que no hubiera ninguna disculpa, mi mamá se encargaba de comprar el mercado y de pagar los gastos de los hijos y los nietos: la comida, el vino, las muchachas del servicio. Empezaba desde junio a planear lo que ella llamaba «la temporada», e iba a todas las promociones que había para ir comprando baratas las cosas para la Navidad: las latas, el jabón, el papel higiénico, las conservas de arvejas, palmitos o alcachofas, las cosas que duran. El trago no, decía; si van a tomar ron, cerveza, whisky o aguardiente, se lo compra cada uno. De alcohol solo llevaba vino, cuando encontraba botellas rebajadas. A principios de diciembre empezaba a comprar perecederos, y hacia el 15 de ese mes mandaba un camión repleto de todas las cosas para las vacaciones, además de cajas llenas de regalos ya empacados, los aguinaldos para poner debajo del árbol, el 24, para los hijos, para los nietos, para los trabajadores, para las empleadas.

Desde que ella se murió sentí que la parte más sólida de mi vida se había desmoronado. Y que lo menos sólido, empezando por La Oculta, ya no tenía ningún sentido para mí. Yo siempre pensaba que habría preferido pasar las vacaciones de diciembre haciendo algún viaje, lejos, a la Patagonia, por ejemplo, o a México y Guatemala, después de todo lo que Santiago me había enseñado sobre la cultura maya, pero nunca lo hacía, para que mi mamá se pusiera contenta de tener a toda la familia a su alrededor. Ahora que ella no está no pienso volver más a la finca, o por lo menos nunca en Navidad. Sin ella no es lo mismo y lo único que voy a sentir, si voy, es tristeza de que ella no esté ahí. No más.

Yo siempre trabajé con mi mamá en la panadería, así que estar más unidas o verla más era casi imposible: nos pasábamos el día juntas. Pero resistirse a la voluntad de mi mamá, y además a la de Pilar, para que siempre pasáramos las vacaciones en familia, también era imposible. Y bueno, en últimas era un deber agradable, porque yo también quise mucho a La Oculta. Si dejé de quererla, si llegué a odiarla durante años, es porque una vez allá estuvieron a punto de matarme. La primera vez que volví después de que casi me matan, ese primer diciembre en que volvimos a pasar las Navidades todos juntos, todavía temblaba de miedo, de solo pisar la casa, de solo oír el crujido de las tablas bajo mis pies. Pero estaba con Benjamín, que me abrazaba para calmarme, y con Pilar y Alberto, que ya vivían allá, y con mi hermano que había venido de Nueva York, y con mi mamá que estaba viva y lúcida como siempre, y además con un montón de niños (los nietos de Pilar) que eran capaces de tirarse a las aguas oscuras del lago como si nada, de correr por las montañas como si nada, de explorar las quebradas y meterse en los montes como si nada, así que poco a poco me fui tranquilizando. Cuando vi a Próspero, el mayordomo, después de mucho tiempo, más viejo pero casi igual, apenas con uno o dos dientes menos, con esa amabilidad franca y discreta que tiene él para tratar a la gente, no pude aguantar las lágrimas y lo abracé largo rato, pues era como ver a un fantasma, a alguien que se hubiera muerto años y luego resucitado.

Fui capaz de volver a nadar en el lago, después de mirarlo varios días con desconfianza, de la mañana a la tarde, después de mucho dudar de si meterme o no en esas aguas oscuras, ominosas. Tirarme otra vez al lago fue tal vez lo más difícil; como superar una fobia, como sacar del cuarto con los dedos una mariposa negra, viva, como coger una culebra venenosa con la mano. También fui capaz de volver a montar a caballo. Pero todo mi cuerpo palpitaba en el lago, recordando y tratando de olvidar al mismo tiempo, y a caballo temblaba de miedo todavía, y sentía una punzada en las nalgas, el dolor del recuerdo, aunque antes siempre me hubiera encantado montar a caballo. Casi no me repongo, realmente, y desde que me pasó todo eso tengo que tomar pastillas para el dolor y gotas para dormir. Creo que para siempre; ya será para siempre. No ha sido fácil la vida, aunque también ha sido magnífica. Era muy buena cuando atravesaba cinco o seis veces el lago, apostando carreras con mi amigo Caicedo, que había sido nadador olímpico (en los Juegos de Melbourne, en el 56), o cuando salía a caminar con Toño o a montar a caballo con mi hijo, o cuando me sentaba a coser y a conversar con mi mamá y con Pilar y recordábamos todo lo que habíamos vivido, y lo que nos habíamos reído y gozado; entonces sentíamos que había valido la pena sufrir tanto. Contarlo es fácil, pero vivirlo... otra cosa es vivirlo.

Aunque fue hace más de quince años, todavía me acuerdo de lo que pasó como si fuera ayer. En ese tiempo Pilar no estaba viviendo en la finca todavía, pero me había dicho que tranquila, que podía ir a La Oculta sin preocuparme, que las cosas estaban bien por allá porque desde cuando los paracos habían expulsado a la guerrilla ya no había robos y se habían acabado los secuestros. Y me fui sola una semana, a descansar, a no pensar en nada. Era a finales de mayo y hacía muy buen tiempo. Yo tenía cuarenta y pico de años y estaba linda todavía, o al menos eso me decía todo el mundo. Acababa de echar a uno de mis novios, uno de esos novios bobos que a veces me consigo para pasar el rato y no estar sola. Después me arrepiento, no de echarlos sino de haberlos tenido, y me da rabia, pesar del tiempo perdido en otra ilusión inútil.

Cuando llevaba dos o tres días en La Oculta recibí una carta muy rara. Próspero, el mayordomo de toda la vida, me la entregó y me dijo que se la había dado un niño en el pueblo. En el papel doblado, sin sobre, decía simplemente «Eva Angel» (sin un señora, sin un doña, sin el nombre de la finca, sin ninguna otra seña) y al desdoblar la hoja —cuadriculada, mal arrancada de un cuaderno escolar—, estaba escrito lo siguiente en letras de imprenta:

COMO YA SE LO ALVERTIMOS A DOÑA PILAR
USTEDES TIENEN QUE VENDER O VENDER LA
FINCA. ESTA SONA NO ES PARA UNAS
HIJUEPUTAS VIEJAS SOLAS. O VENDEN
USTEDES O VENDEN LOS HUERFANITOS. LA
ESPERAMOS ESTA MISMA TARDE EN PALERMO
A LAS 3 EN PUNTO EN EL PARQE CON LAS
ESCRITURAS PARA ENTREVISTA Y ENPESAR
TRAMITEZ. TERCER Y ULTIMO AVISO.
EL MUSICO
SI NO VIENEN ATENGASEN A LAS
CONSECUENSIAS

Próspero me contó que una vez lo habían parado en el atrio de la iglesia de Palermo y le habían mandado decir a Pilar que, si les vendíamos, pagarían en dólares y en doce cuotas mensuales. El precio lo ponían ellos y aunque era mucho más de lo que valía comercialmente La Oculta, nosotras sabíamos que cuando esa gente compraba, pagaba solamente la cuota inicial, con la que se firmaba la escritura, ocupaban la finca, se apoderaban de todo, escarbaban la tierra y las quebradas con dragas en busca de oro, sembraban coca o amapola, y después no volvían a responder por los pagos. Es más: si alguien les reclamaba las cuotas sucesivas, se moría, lo desaparecían. Yo nunca había conocido a ninguno de Los Músicos, pero ellos eran famosos en la zona. La sola letra asquerosa y la mala ortografía me decían muchas cosas sobre ellos.

En ese tiempo ya había celulares, unas panelas grandes y pesadas, pero servían solamente en la ciudad. En La Oculta no entraba la señal, y teléfono fijo nunca había habido en la finca. Así que fui al radioteléfono para hablar con Pilar, pero no podía decirle exactamente lo que estaba pasando porque las llamadas por radioteléfono se podían oír en todas las fincas de la región, y también en Palermo, el caserío más cercano. Había un canal privado por el que no oía todo el mundo, pero no podíamos estar seguras. Le conté a Pilar, con medias palabras, lo que estaba pasando, y ella más o menos me entendió, aunque no del todo. Pilar me dijo que no le parara bolas a eso, que esos tipos eran loquitos pero cobardes, que ella lo iba a arreglar todo llamando al carnicero del pueblo, que era el contacto con ellos, y que de todas formas ella ya les había hecho saber que no pensábamos vender La Oculta por ningún motivo, y que si la estaban oyendo que la oyeran. Mucho mejor. Pilar es así, frentera, menos miedosa que yo. Me quedé intranquila, pero no me fui de la finca, como debí haber hecho, en ese mismo instante. Estaba muy contenta allá, leyendo mucho, haciendo yoga, comiendo ensaladas y verduras, purificando el cuerpo, detallando una por una las flores del jardín que Pilar tenía más bonito que nunca, nadando en el lago, saliendo a montar a caballo por los caminos, hacia arriba, hasta La Mama en tierra fría, y hacia abajo, hasta el río Cartama, ya en tierra caliente. Además, todavía en ese tiempo yo sentía que si estaba en la finca a mí no me podía pasar nada; fuera de ella todo era intemperie, todo era peligro y riesgo, pero dentro de ella yo me sentía protegida, segura, como en una fortaleza inexpugnable, en un castillo con puente levadizo y el lago como fosa de cocodrilos, como en los cuentos infantiles, así los cocodrilos fueran solamente iguanas, carpas y tortugas.

Aunque después no volví a querer nunca como antes a La Oculta, y ahora quiera venderla definitivamente, reconozco que el paisaje de esa región es el que más me conmueve de todos los que he visto en el mundo, y que vaya a donde vaya lo llevo conmigo. No se me olvida. Quizá no sea el más bonito, puede haber mejores, más amenos o menos dramáticos, pero es el paisaje que tengo metido en la cabeza. El paisaje que le iluminaba la cara a mi papá cada vez que llegábamos a la finca. Una vez, estando allá con él sentados en la misma hamaca, mirando juntos el lago y las montañas, me di cuenta de que ese sitio, esa tarde, con esa luz, en ese momento y en esa compañía, sí era el lugar más hermoso del mundo. Y es algo que he vuelto a sentir otras veces allá, en instantes luminosos que solo se parecen al éxtasis que se siente en ocasiones con ciertos cuadros y con cierta música, por ejemplo cuando Antonio nos toca algunos trozos de conciertos para violín y pone toda la orquesta en una grabación, o cuando oía arias de ópera con mi amigo Santiago, el viudo, como le decían en mi casa, el compañero del que me separé poco antes de que mi mamá se muriera.

Incluso cuando dejé de ir varios años a la finca, podía repetir su paisaje de memoria si cerraba los ojos. Y todavía sueño con él varias veces al año. Es el paisaje de mi infancia, cuando iba a temperar con los abuelos, que todavía vivían, el sitio de mi juventud, de los días más felices y los momentos más desgraciados de mi vida, donde mi cuerpo más ha gozado y sufrido, el paisaje de mi casa verdadera, el de la casa perdida y recuperada. Mi sueño más repetido consiste en que algo pasa, me asusto, me persiguen, y yo salgo corriendo y puedo caminar sobre las aguas del lago de La Oculta. Corro por encima de la superficie y me empiezo a reír, feliz como los dioses y algunas lagartijas, corriendo sobre las aguas, lejos del peligro.

Bastaba que yo llegara a La Oculta para sentir algo especial, como una euforia por dentro, mezclada con serenidad, una alegría tranquila, una compenetración con las montañas, con los ruidos, con los infinitos colores de las flores y las frutas, con la brisa que subía del río, con el agua oscura del lago, con el canto de los pájaros al amanecer, con la luz intermitente de los cocuyos y el llamado del currucutú por la noche, con el chirrido de las chicharras al mediodía, con el vuelo de las garzas, de las loras y de las mariposas, con el lejano zumbido de las abejas recorriendo las flores del café, con los mugidos y el olor de los animales en el establo, con los colores increíbles de las guacamayas, con las plumas irisadas de las soledades, con el sonido de las hojas de teca cuando caían al sendero de tierra, con el bochorno de la tarde y la frescura llena de rocío de la mañana.

Me había llevado al perro que yo tenía en ese tiempo, un labrador dorado, Gaspar. Gaspar era manso, pero buen cuidandero, aunque nunca en la vida hubiera mordido a nadie. Lo máximo que hacía, si oía intrusos, era gruñir y ladrar, fingiendo una rabia exterior que no pasaba de ser una advertencia sin consecuencias. Así es un perro bueno, o al menos los perros que a mí me gustan, los que ladran y no muerden.

Gaspar y yo nos cuidábamos y nos acompañábamos. Estaba siempre a mis pies, o a mi lado, no me desamparaba. Si yo me levantaba, él se levantaba; si me iba a nadar al lago, él se tiraba al agua y nadaba conmigo; si salía a pie o a caballo a recorrer la finca, él me perseguía, haciendo zigzag por el campo, siguiendo rastros imperceptibles para nosotros, olfateándolo todo, marcando con su orina un territorio imaginario que él sentía tan suyo como yo sentía mía mi finca, la de los bisabuelos, la que nos había dejado mi padre, la que algún día sería de mi hijo, Benjamín.

Yo me acuesto temprano todos los días, antes de las diez, porque madrugo mucho, pero ese día me había quedado leyendo en la hamaca hasta tarde, hundida en una novela que había encontrado en un cuarto de la finca, una novela vieja, amarillenta, que había sido de Cobo, seguramente, porque estaba marcada con su nombre (Jacobo Ángel, 17 de abril de 1967, decía en la página de los títulos, y 20 de abril de 1967, en la última hoja: a él le gustaba poner las fechas en que empezaba y terminaba cada libro) y tenía subrayados y apuntes con su letra. Cobo se había muerto hacía algunos años, y su recuerdo me ardía todavía en la garganta. La había empezado a leer el día en que llegué y aprovechaba las horas serenas de la noche para meterme otra vez en ella. El libro tenía notas en las márgenes e incluso un comentario más largo, también escrito a mano por él, en la última página. Me gustaba seguir las huellas de la vieja lectura de mi papá, saber que a lo mejor, en los mismos pasajes, estábamos pensando en las mismas cosas, que él se había reído donde yo me reía, que se había espantado donde yo me asustaba. Siempre en la casa han dicho que él y yo éramos los que más nos parecíamos. En la mesa vivíamos diciendo exactamente la misma cosa, al mismo tiempo, desde que yo era chiquita, y recuerdo que nos reíamos y gritábamos: «¡Matamos un diablo!». Decir lo mismo al mismo tiempo era matar un diablo, quitarle algo de mal al mundo, mejor dicho. Son cosas que se creen, así no sean ciertas, aunque más que supersticiones son consuelos. Un pensamiento mágico, por mentiroso que sea, ayuda a veces. En la casa repetimos también una creencia que era del abuelito Josué, y que aunque sea mentira nosotros la repetimos como si fuera verdad. Cada vez que se moría un animal en la finca, si una vaca se enfermaba o un novillo se desbarrancaba y se partía el espinazo al caer en la quebrada, o si le daba cólico a una potranca y se moría, entonces el abuelo decía: «Me acaban de revocar la sentencia en el cielo». Quería decir que se iba a morir alguien de la familia, pero Dios, compasivo, nos había librado de esa muerte horrible por un sacrificio menor, la muerte de un animal. Ahora mismo que pienso en esto y recuerdo a Gaspar, me da un escalofrío.

Leer una novela ya leída y subrayada por mi papá era como volver a conversar con él a través de la historia del libro; era como si lo estuviéramos leyendo y comentando juntos en la finca, como habíamos hecho muchas veces en la vida, de una hamaca a otra, por las tardes, o en el cuarto de ellos, que había sido el mismo de los abuelitos, o en el comedor, durante tantos almuerzos de la tarde. A veces me detenía en la lectura para pensar en la historia e imaginarme las situaciones de lo que estaba leyendo. Mientras tanto, sacaba un brazo por un lado de la hamaca, acariciaba el lomo de Gaspar, con la mirada perdida en la oscuridad, sin ver nada, alejada del mundo, esas cosas que nos pasan cuando leemos un buen libro, y los propios pensamientos flotan, arrastrados por las ideas escondidas en la escritura, como dos nubes distintas que se juntan y se mezclan en el cielo. A veces, incluso, se ennegrecen y salta un relámpago, palpita un trueno en la frente, llueve, lloramos, se toca una cuerda honda que no sabíamos tener tensa dentro del pecho, en la mitad del cuerpo.

Todas las luces de la casa estaban apagadas, menos una lámpara de pie que me gustaba poner al lado de la hamaca para alumbrar las páginas. Era una hamaca blanca, me acuerdo perfectamente, de las de San Jacinto, de una lona basta que los años habían suavizado hasta convertirla en algo que se parecía a la piel. Era suave, acogedora, tibia y fresca al mismo tiempo; la tela me daba el abrazo que en esos días no me daba nadie. La hamaca es el mueble perfecto para leer, dice una amiga mía. Había insectos revoloteando alrededor de la lámpara, pero no picaban; en La Oculta no hay plaga de mosquitos, nunca hay plaga, o al menos a nosotros no nos pican. Algunas ranas croaban todavía en el lago. Una iguana o una tortuga se tiraban al agua y hacían ese ruido seco, de fruta que cae y se sumerge. La hamaca, el perro, e incluso los insectos y las ranas, me hacían compañía, me hacían sentir bien, segura, con esa imaginaria confianza que dan los ruidos habituales de los seres vivos, aunque estuviera sola.

En ese tiempo yo todavía pensaba que La Oculta era mi verdadera casa. Nosotros, los de esta familia, siempre hemos sentido algo muy hondo, algo muy especial cuando estamos allá. No me gusta la palabra *energía,* pero si me gustara la usaría en este momento: la finca nos transmitía algo que no podía palparse, pero era real. Un anticipo del cielo, decía Alberto, mi cuñado. Como la serenidad del perro, en ese momento, que mientras dormitaba era tan grande que se me contagiaba. Si no hubiera tenido perro, ni hamaca, ni lámpara, ni libro, tal vez me habría dado miedo estar sola en La Oculta, de noche, después de haber recibido esa carta asquerosa, amenazante. De hecho, hacía apenas un rato me había asustado un poco por un ruido de motores que parecían subir por la carretera de la finca, un kilómetro y medio más abajo, cerca de la fonda. Era raro ese ruido, pues yo misma había puesto la cadena y el candado en la portada de hierro, por la tarde, al subir a caballo, y nadie tenía las llaves. Bueno, las tenía también Próspero, pero él se había acostado temprano, como siempre, con las gallinas, y estaría roncando en su casa, con Berta, su mujer, al lado del establo. También Gaspar había alzado las orejas al oír el ruido, había insinuado un gruñido, pero no se había levantado del suelo. Después el ruido paró por completo. Pensé que había sido una ilusión.

PILAR

Las cosas que han pasado, las cosas que todavía pasan en esta finca. Primero los que se han ahogado en el lago (que yo sepa son cinco), y que me hacen sentir un respeto especial por esas aguas oscuras, misteriosas. El secuestro de Lucas, que para mí fue lo peor porque no solo me robaron a mi hijo durante casi un año sino que por ahí derecho nos quitaron a mi papá, que no pudo soportarlo. La llegada de los salvadores, que fue una salvación peor que la condena, un remedio peor que la enfermedad, pues tal vez nunca antes había corrido tanta sangre por aquí. La vez que ellos mismos vinieron a matar a Eva. La muerte de los Ángel de las generaciones anteriores, que a nosotros no nos tocó vivir, pero que los abuelitos contaban. Y todas las historias que Toño se sabe de todos los antepasados hasta no sé cuál siglo. Pero esas cosas viejas a mí no me interesan nada, ni las genealogías, ni la fundación del pueblo, ni todos los que se mataron o se murieron por defender la finca hace cien años. Eso ya no me toca. A mí me duelen las muertes o las cosas duras que me han tocado aquí, a mí, a nosotros, pero el pasado no. Por ejemplo, personalmente, y en los últimos años, ya me han tocado dos muertes en La Oculta. Antes, la tía Ester; después, mi mamá. Fue menos triste pero más duro lo de la tía Ester, no solo porque se fue muriendo durante meses, y yo la estaba cuidando, sino porque de alguna manera yo misma tuve que decidir en qué momento ya no valía la pena que siguiera viviendo. Mi mamá no, mi mamá estaba perfecta hasta el último día, con la cabeza intacta, independiente y mandona como siempre, haciendo negocios de novillos con Próspero, preguntando cuántos bultos había dado la cosecha de café, cuántos centímetros por año estaban engrosando los troncos de las tecas. Mi mamá se apagó tranquila durante el sueño, sin que nos diéramos cuenta. Ni siquiera tocó el timbre, ni siquiera me llamó. La encontré de lado, como ella siempre se acuesta, sobre el lado derecho, como abrazándose a sí misma. Casi no soy capaz de deshacer ese abrazo para vestirla, para arreglarla. Se había tomado todo el vaso de agua, seguro tenía sed. No había angustia en su cara, solamente lejanía, serenidad, descanso. A mí también me gustaría morirme así; la muerte del justo, como dice la gente.

La noche del velorio discutimos un rato sobre si debíamos enterrar o cremar a mi mamá. Yo decía que cremarla y traernos las cenizas para la finca. Antonio, con esa bobada de él de creer que a los muertos de la familia no se los debe quemar, dizque porque no somos hinduistas sino judíos conversos, dice él, prefería que la enterráramos en el mausoleo de los Ángel en Jericó, y que después de un tiempo trajéramos los restos, y aprovecháramos para traer los de Cobo también, para ponerlos juntos en el sitio donde quería mi papá, en el descansadero. Eva decía que le daba igual, que después de muertos todo era lo mismo. Benji, Lucas y todos mis otros hijos estaban por la cremación, así que Toño se quedó solo con la idea del entierro y tuvo que aceptar la decisión de la mayoría.

Ahora lo que queda de mi mamá está debajo del cedro que se ve desde la parte de atrás de la casa, la que da hacia el Cartama, en la pequeña explanada donde hay una banca, y todo es de un verde más intenso porque está sembrado de maní forrajero. A Próspero no le gusta que nosotros le digamos «tumba» a ese sitio y por eso él le dice, de un modo más sutil, «el descansadero», y desde que lo dijo adoptamos su nombre. Esta es la parte de la finca que tiene la vista que más me gusta, la que no mira hacia el lago de los ahogados y al poniente, sino hacia el lado del amanecer y hacia el paisaje abierto, abajo, hacia las vegas del Cauca, que ahora son tierras ajenas, de viejos hacendados o de mafiosos de la vieja guardia, aunque antes fueron también de nosotros, de los viejos Ángel, hace muchos años.

ANTONIO

Después de la muerte de mi mamá quise quedarme unos días aquí, escondido en la montaña, revisando mis apuntes viejos sobre la fundación de Jericó, sobre mi familia, La Oculta y esa región del Suroeste antioqueño. Su muerte me dio el impulso definitivo para ponerme al fin a contar la historia del pueblo y de la finca. Recordar es como un abrazo que se les da a los fantasmas que hicieron posible nuestra vida aquí. Han pasado tantas cosas en esta tierra, en esta casa grande, blanca y roja, rodeada de agua y de verdor. Verde, verde en todos los tonos, inmensas montañas verdes, y la oscuridad del agua del lago donde no se refleja el cielo azul y blanco, hacia arriba, sino las peñas negras y verdes que parecen más altas que el cielo, y que suben hacia Jericó, el pueblo donde nacieron mi papá y mis abuelos y mis bisabuelos, los dueños de esta finca, los que la abrieron tumbando selva, moviendo piedras y quemando monte, que antes era lo único que había aquí desde el principio del mundo.

Por las mañanas, apenas me levanto, camino descalzo por el prado que hay alrededor de la casa y siento que el rocío se me mete entre los dedos de los pies. Respiro hondo y me dan ganas de volver a rezar, como hacía de joven y de niño, pero ya no se me ocurre a quién rezarle. Digo algo en silencio y es casi una oración a los antepasados, aunque ya no crea como antes en que el espíritu sobrevive a la muerte. Una oración a la naturaleza y al destino que nos dio esta finca. A esa hora empiezan a subir las nubes desde el río y yo espero a que pasen por acá. Las veo venir. Las nubes suben, despacio, y atraviesan la casa, la humedecen, la besan. A esa nube que sube pegada a la montaña, Próspero le dice «la pelona», no sé por qué, tal vez porque roza el pasto, como si lo pelara con una peinilla. Las nubes me envuelven, me acarician, por un momento desaparece el mundo, el lago y las montañas desaparecen, me siento hundido en un vaso de agua con aguardiente de anís, blanco como la leche, hasta que las nubes pasan y siguen hacia arriba, haciéndole cosquillas a la falda de la montaña. De repente todo se tiñe de rosado o de naranja, hacia el oriente, y entonces vuelve a aparecer la vista del río, grande y amarillo, en invierno, oscuro y más angosto, de aguas cristalinas, en verano, abriéndose paso en el valle profundo —y vuelven a verse el par de farallones, debajo de las nubes, «las tetas de doña Quiteria», como decía el abuelito Josué—, arrimándose al Cauca.

Con la luz del sol aparece también el color de los pájaros y de las flores: las orquídeas blancas y moradas que cuelgan de los árboles, el anaranjado de las aves del paraíso, el morado o el rosado de los besitos, el rojo y el negro de los anturios, las maravillas que ha sembrado Pilar. A veces una hojita de hierba se me pega a la planta del pie, mientras desyerbo una mata, o un terrón de tierra se aplasta contra el talón, y yo sé que soy ese rocío, esa hoja de hierba y esta tierra negra. Yo he olido esa tierra, me la he puesto en la nariz para tratar de saber —por el olor— por qué la queremos tanto. Pero no, no huele a nada, huele a tierra como cualquier otra tierra. Conozco cada mariposa, cada canto de pájaro, las noventa y siete tecas que forman la alameda de la entrada, todos los so- nidos (el agua de la quebrada, las chicharras, las guacharacas, los mayos, los sinsontes, los gavilanes, los gallos, los carpinte- ros que picotean los troncos de los yarumos secos, las guaca- mayas que hacen nido en los troncos muertos de las palmas reales), sonidos que para mí son lo mismo que el silencio.

Siento que soy parte de esta finca, esta vieja finca de antepasados que conocí y que no conocí. Soy el único en la familia que sabe recitar su letanía de nombres, porque a mí me interesan los libros con polillas, las partidas de bautismo y los registros de defunción. No como mis her- manas, que son más parecidas a mi mamá y son más di- rectas y prácticas que yo, más realistas, y viven el presente. Aquí tengo una cómoda y en la cómoda un cajón lleno de papeles que vengo juntando o escribiendo hace años; cada vez que vengo, saco las hojas y las corrijo o les añado algo más que leí o que me contaron en el pueblo. Historias, chismes, verdades confundidas con mentiras, suposiciones y hechos rigurosos. Me gusta cuidar y revisar estos apun- tes, como hacen los coleccionistas con sus monedas, sus mapas o sus estampillas; los acaricio, los paso en limpio, los sopeso y los pienso. Hace años quiero hacer un escrito sobre esta finca, para que mis sobrinos y los hijos de mis sobrinos sepan y recuerden cómo fue la cosa. Así sabrán cómo empezó todo, y así sabrán también que para conservar esta finca muchos tuvieron que sudar y llorar y hasta derramar sangre. Sangre, sudor y lágrimas, sí, puras cosas saladas. Muchos de mis apuntes no son más que divagaciones, ensueños. Otros son anotaciones históricas sobre Jericó que a casi nadie le importan, pero que a mí me gustan. Este apunte, por ejemplo, se refiere a las cosas más viejas que sé de nuestra familia, y creo que son los párrafos con que quisiera empezar la historia de la finca:

No sé si éramos judíos, pero de sangre muy limpia no parece que fuéramos, pues teníamos nombres de judíos y apellidos de conversos, así que en la casa siempre se decía, sin vergüenza y sin orgullo, que tal vez fuéramos marranos, es decir, cristianos solamente de dientes para afuera, y por dentro otra cosa que se oculta. El primero de nosotros en llegar a Colombia, un país que todavía se llamaba la Nueva Granada, fue un joven español natural de Toledo, de profesión escribano y de nombre Abraham Santángel. Lo poco que sabemos de él es que llegó a las Indias por Cartagena, cuando tenía apenas veinticuatro años, pasó a Antioquia subiendo por el río Magdalena y por caminos reales que buscaban el Cauca, hacia 1786, cuando ya la Colonia agonizaba, y que allá por los años de las guerras de Independencia dictó su testamento en Santa Fe de Antioquia.

Nadie sabe el motivo por el cual Abraham se vino a vivir en estas breñas alejadas del mundo, en estas peñas y lomas donde hasta un gato se rueda, pero seguramente veía oscuro su futuro en España y soñaba, como tantos otros, con que quizá en otra parte la vida le sonriera. Creía que a lo mejor acá, al otro lado del océano Atlántico, respirando otros aires y pisando otras tierras, la fortuna podía sorprenderlo con alguna alegría, con lluvia y suelos fértiles, con los muslos jóvenes de una mulata generosa donde sembrar su semilla para siempre. Las ganas de sacarle el cuerpo a la tristeza, el sueño de esquivar la pesadumbre y de abrirse un camino mejor en otros cielos, son ilusiones que casi

37

todos hemos tenido, pero este Abraham Santángel tuvo el valor de convertir en actos sus pensamientos, así como la valentía de exponerse a un viaje peligroso e incierto, y fue capaz de irse a la aventura cuando sintió las ansias de países lejanos, oyendo más el oscuro llamado del corazón que las cautelas dictadas por la razón y por el miedo.

Parece que la suerte fue más bien avara con él, sin embargo, pues la herencia que dejaba en el testamento era bastante pobre, casi nada. En sus últimas voluntades simplemente declaraba que lo poco que había (la lista era breve y precisa), la yegua, la ropa, los muebles —un baúl, un candelabro, un apero completo de montar, una cama de comino crespo, una mesa con nueve taburetes—, pasaba a sus hijos, a quienes rogaba que se lo repartieran como pudieran, sin pelear, y a punto seguido los enumeraba, de mayor a menor: Susana, Eva, Esteban, Jaime, Ismael, Esther y Benjamín, todos nacidos de su unión legítima con Betsabé Correa, natural de Yolombó, aunque no decía hija de quiénes, por lo que podría haber sido una negra, una india, una mestiza o una criolla criada aquí en las Indias, pero tampoco podía descartarse —por el nombre— que fuera conversa, si bien lo más probable es que haya sido indígena o mulata. Fuera lo que fuera, a sus hijos les encomendaba que cuidaran y respetaran a Betsabé hasta el final de sus días, so pena de recibir su maldición desde la otra vida. Al final del documento añadía, como quien no quiere la cosa, que redactaba el testamento porque sufría quebrantos de salud, y que como no tenía con qué mantener a la familia ni podía legarles bien alguno, fuera de esas minucias, les mandaba también a sus hijos varones que, si no querían volverse inútiles, trabajaran duro y con las propias manos, sin aprovecharse del trabajo ajeno. A las mujeres les aconsejaba que se casaran pronto y bien casadas, con hombres mansos y rectos, y que todos se buscaran un destino honrado que no fuera a mancillar el apellido Ángel (al final ponía Ángel y no Santángel), cuyo origen, como ellos bien sabían, y esta era la parte más sibilina del documento, «nunca debía ser motivo de vergüenza o mancilla». Por último, les dejaba un consejo que se ha convertido en una especie de consigna de la familia: «Recuerden que no son más pero tampoco menos que nadie. Traten de vivir entre iguales; trabajen pero no manden, ni tampoco obedezcan».

Esta misma recomendación, que todavía seguimos en la casa, es la que hace que nos quieran y nos odien. Más que mandar, explicamos, pedimos; y más que obedecer, decidimos si lo que nos piden es razonable, se puede hacer y está bien pedido. Ser desobedientes y poco mandones, en un país de peones y capataces, siempre ha sido algo extraño, atípico, antipático. No nos gusta que otros nos hagan las cosas, pero tampoco hacer las cosas de los otros. Preferimos hacerlo todo con las propias manos, y si necesitamos ayuda, de todas maneras somos los primeros en meter el hombro. Y metemos el hombro por otros, siempre y cuando ellos también trabajen y no se queden mandando y mirando, como si fueran de otra casta o de mejor familia. Eso no lo aguantamos.

Nosotros, los Ángel de Jericó, venimos del quinto de la camada de Abraham, Ismael, que se afincó en El Retiro a principios del siglo XIX. Allá no sabemos exactamente qué hizo pero algo debió medrar, pues ya a su hijo mayor, Esteban, le dejó de herencia una salina. El segundón de Ismael, Isaías, fue el que emigró a Suroeste, en 1861, cuando Jericó todavía ni siquiera se llamaba así, sino la Aldea de Piedras, en algunos documentos, y en otros, Felicina, y ahí empieza todo esto porque con él comienza también La Oculta.

La Oculta fue una selva; después fue una finca cafetera y una hacienda ganadera; ahora es una casa en el campo con un poco de tierra alrededor. Los linderos estaban demarcados por árboles y quebradas, por chambas y zanjas que hoy ya nadie sabe exactamente por dónde pasaban. Yo, Antonio, tal vez el último de la estirpe que lleve el apellido Ángel, quiero reconstruir para mis hermanas, Pilar y Eva, y para mis sobrinos, ya que no tengo hijos, la historia de esta finca a la que estamos tan apegados como si fuera una parte de nuestro cuerpo. Sí, porque a La Oculta estamos aferrados con garras y dientes, como si fuera la última tabla de salvación de unos náufragos a la deriva del mundo.

Sí, este es el primer comienzo que tengo para mi librito, pero a veces me parece demasiado extenso, y por eso he escrito otro principio, que es una variación más breve del anterior, más conciso, porque yo no he sabido bien cómo empezar a contar desde el principio la historia, que para mí empieza con la historia del pueblo, que se confunde con la historia de mi familia al menos desde cuando Abraham se vino a vivir al Nuevo Mundo:

El primer hombre dejó Toledo y pasó la mar para llegar a una tierra menos dura, menos árida, una tierra donde su nombre, Abraham Santángel, no fuera un estigma, y allí, algunos años después de llegar a Antioquia, del vientre de su mujer, Betsabé, nació Ismael, el quinto de sus hijos. Ismael con Sara engendró a Isaías, que con su esposa Raquel engendró a Elías, quien con su esposa Isabel tuvo un hijo de nombre José Antonio, del cual con Mercedes nació Josué, quien se casó con Miriam, que parió a Jacobo, mi padre, que con mi madre, Ana, tuvo también a mis dos hermanas, Pilar y Eva, y me tuvo a mí. Esta es toda la genealogía de nuestro apellido, Ángel, que antes de ser más corto fue Santángel, y que seguramente conmigo, que me llamo Antonio, se extinguirá. A quien Dios no da hijos, el diablo le da sobrinos, dicen. Sí, porque mis sobrinos son Gil y Bernal, y llevan el Ángel solo en segundo lugar. No debería importarme, y sin embargo me importa, es casi lo único que no me gusta de mis sobrinos. Habrá otros Ángel, pero de otras ramas, de otras tribus, como si conmigo desapareciera de la tierra nuestro nombre. Es triste que yo hable tanto de mis antepasados, que busque tanto mis orígenes, sabiendo que yo no seré antepasado ni origen de nadie. Sí, al menos por este flanco de la familia ya no habrá nadie que lleve nuestro apellido, primero que todo porque no tengo hijos, en segundo lugar porque, como me gustan los hombres y no las mujeres, me resulta más difícil tenerlos, y en tercer lugar porque Jon desconfía de la adopción y creo que yo también. Los nombres de mis antepasados los averigüé en los registros de nacimientos, bautizos y defunciones de Jericó, nuestro pueblo en Antioquia, y por otros documentos notariales puedo certificar que ese Isaías, nuestro primer antepasado en Jericó, nacido en El Retiro e hijo de Ismael Ángel y Sara Cano, nieto de Abraham Santángel y Betsabé Correa, cristianos no muy viejos, firmó y registró las escrituras por esta finca, nuestra finca, La Oculta, el 2 de diciembre de 1886.

PILAR

A Toño le interesan las cosas viejas, los orígenes familiares, los antepasados y los apellidos. A mí todo eso me importa un comino. Yo, lo que soy yo, Pilar Ángel de Gil, de memoria, a duras penas llego hasta el abuelito Josué y la abuelita Miriam. Josué Ángel y Miriam Mesa, y pare de contar. Bueno, si mucho hasta la bisabuela, Merceditas, de apellido Mejía, o Ditas, a la que le decíamos Mamá Ditas, o mejor Mamaditas (aunque a nadie siquiera se le ocurría que ese nombre pudiera querer decir otra cosa, una grosería). De Mamaditas me acuerdo solamente porque la fuimos a visitar algunas veces en la casa grande de Jericó y porque tengo buena memoria, no como Toño, que como no se acuerda de nada, entonces todo se lo inventa. Cuando yo no sé algo o no lo recuerdo, ¿qué hago? Pues me quedo callada; en cambio Toño no se calla sino que inventa una historia para completar lo que se le olvidó o lo que no sabe. Una de dos: o inventa, o cree todo lo que lee o todo lo que le dicen, como un niño, y lo apunta. Oye y cree, cree

41

y escribe, escribe y piensa, y entonces inventa lo que no sabe y al tiempo empieza a creérselo: así es él. Para él, la verdad acaba siendo las mentiras que se cree. Es tan crédulo y tan ingenuo como los bobos o los locos del pueblo, y en ningún pueblo hay tantos bobos ni tantos locos como en Jericó, porque al principio allá todos eran primos que se casaban entre ellos, y de ahí nos vienen todas las taras posibles e imposibles. Lo único que nos falta es la cola de cerdo, pero de resto: asma, epilepsia, esquizofrenia, miopía, artritis, hemofilia, lo que quieran.

Francamente a mí, de los abuelitos para atrás, no me importan nada los antepasados, primos que se casaban con otros primos del pueblo. Si no los conocí, si lo único que son es un montón de nombres sin cara y sin recuerdos, unos huesos blancos y secos en el cementerio de Jericó, ¿qué influencia van a tener en mi vida o en la vida de mis hijos? Ninguna. En cambio, el abuelito Josué y la abuelita Miriam sí tienen importancia todavía. Mi hija menor, por ejemplo, Florencia, se parece mucho a la abuelita Miriam, y no solo en lo bajita que es, como ella, que medía metro y medio, sino en el carácter. El abuelito Josué le llevaba a la abuela Miriam más de treinta centímetros de estatura; en las fotos se veían hasta ridículos, él un gigante y ella una enanita. Pero era una enanita que mezclaba la alegría con el temple. Cuando tenía alguna discusión con el abuelito, levantaba la voz y le decía siempre lo mismo, una frase que en la casa se ha vuelto legendaria para hacer una amenaza o una advertencia. Ella movía el índice y le decía al abuelito Josué, mirándolo en la mitad de sus ojos oscuros desde el centro de sus ojos amarillos: «¡Bismuto, sulfamidas y mercurio-yodo!». Bastaba que dijera eso para que el abuelito se calmara y le diera la razón. Si mucho él, a veces, le contestaba con una sola frase: «Le faltó el arsénico, doña Miriam, el arsénico». Ellos se trataban de usted y siempre preguntábamos por el origen de esa frase; los tíos decían que era un veneno que se usaba en Jericó para matar las hormigas arrieras, y que una vez el abuelito le había dicho que si seguía echando cantaleta le iba a echar un sobre de ese veneno en la sopa. A lo mejor era eso. El caso es que bastaba que la abuelita Miriam dijera, en voz baja, «Bismuto, sulfamidas y mercurio-yodo» para que el abuelito bajara la vista y se callara. Dejaba de mandar y de alegar y se quedaba lelo, como pasmado. La abuelita, por la espalda, le hacía caras, le sacaba la lengua, le hacía muecas poniéndose el pulgar en la nariz y moviendo los dedos como una niña necia de colegio. De eso el abuelito no se daba cuenta. Y así, como la abuelita Miriam, así es Florencia, la menor de mis hijas; esos genes antiguos se le notan a ella todavía. Son como los lunares, como los tics y como las manías, que los heredamos de alguien aunque no sepamos bien de dónde vienen.

Pero la mamá de la abuelita, o el papá del abuelito, que nunca los conocí, y ni siquiera sé qué cara tenían o cómo se llamaban, esos ya no me importan nada. Y de ahí para atrás mucho menos, pues están requetemuertos y requeteolvidados. A lo mejor algo de ellos sigue vivo en mí, pero como no sé qué es, ya no me importa. Será heredado, pero ahora es mío, y listo.

Antonio dice, por ejemplo, que dizque somos judíos hasta la médula y que por eso una de las primeras fincas del primer antepasado que llegó a Jericó (ya no sé si fue Elías o Isaías o Matías o Zacarías, algo con *ías*) se llama La Judía, y que la casa de paredes de madera fina todavía existe por allá arriba, en las vegas del río Frío, que tenemos que ir a verla antes de que se caiga de vieja, pero yo no le creo nada. Yo soy católica, apostólica y romana, como mi mamá y mis abuelitas, y ya, y si éramos judíos no importa porque hace siglos que nos convertimos a la religión verdadera, y ante Dios todos somos iguales, los judíos, los indios y los blancos, los protestantes, los ateos, los budistas y los musulmanes. Dios es misericordioso y todos nos vamos a ir para el cielo, hasta los malos, porque el mismo papa, que de eso sí sabe, ya dijo que el infierno sí existe, pero que está

43

vacío, y por eso los malos no se van para allá, sino que solamente tienen que pasar unos cuantos siglos en el purgatorio, eso sí, purgando sus fechorías y arrepintiéndose, hasta que se den cuenta de todas las maldades que hicieron y sufran en carne propia el dolor que repartieron. Eso es lo que yo creo, lo que siempre he creído, y si los otros no lo quieren creer, pues peor para ellos porque más purgatorio les toca.

A Toño los asuntos de la religión no le parecen muy serios. Antes sí, antes él era muy piadoso, y creo que hasta iba a misa en Nueva York cuando se fue a vivir allá, hace casi treinta años. Él le decía a mi mamá, para que estuviera tranquila, que iba a la iglesia de Todos los Santos, en Harlem, que era hasta muy bonita, gótica, decía él. Luego se juntó con Jon, y me parece que él no ha sido muy buena influencia en este sentido, pues Jon ni siquiera es católico, sino que viene de una familia evangélica, de esos que cantan y gritan y lloran y agitan las manos. Hacen unas misas que parecen obras de teatro, en las que todos son actores de un drama exagerado. Poco a poco, Toño dejó de mencionar su misa de los domingos y mi mamá dejó de preguntarle. Aunque en el fondo yo creo que él cree, Toño dice que ya no está seguro de nada, y que las religiones van y vienen, como las modas, que hay más religiones muertas que religiones vivas, más dioses muertos que dioses vivos, y que seguro faltan otras religiones y otros dioses todavía por nacer y morir. Que él iría a misa en una capilla que incluyera todas las religiones, porque estas van cambiando, como el estilo de las corbatas. Qué infamia: la religión no es una moda ni una adivinanza, como el horóscopo o el espiritismo; es una cosa seria e importante, lo que nos da un piso firme. Y Dios, por mucho que le cambien el nombre aquí o allá, es siempre el mismo. Si no hubiera religión y si no hubiera otra vida, ¿entonces quién premiaría a los buenos y castigaría a los malos? Como los premios y los castigos no se reparten con justicia en esta vida, tiene que haber otra, donde las cosas no sean tan torcidas. Si no hubiera otra vida, Dios estaría loco, y yo no creo que Dios esté loco. Y aunque estuviera loco, yo prefiero un Dios loco que un Dios que no existe.

Alberto, que es más bueno que yo, y que también tiene mucha más fe que yo, siempre me convence y me explica todo cuando tengo dudas. Me recuerda lo bueno que tenemos; me hace ver el privilegio que es poder vivir aquí, en La Oculta, que para él es un trozo del paraíso. Vivo aquí con él desde hace casi diez años, con mi marido, mi único amor, mi primer novio, el único, mi único hombre. También él tiene su manera de ser silencioso. A él lo beso y lo muerdo y lo pruebo todavía, pero ni aun sabiendo a qué sabe entiendo bien por qué lo quiero tanto. No sé a qué sabrán otros hombres, porque a Alberto es al único que yo he probado, pero deben de saber parecido, seguramente, así como todas las tierras del mundo se parecen. Pero esta es la mía, y la que más me gusta, así como Alberto es mi hombre, mío y solo mío, y yo de él solamente.

Una vez yo tuve una pelea con Rosa, la cocinera, hace tiempos. Peleamos y yo le pregunté: «Rosa, si está tan aburrida, ¿entonces por qué no se va? Usted es libre de irse». Y ella me contestó: «Ay, doña Pilar, yo para qué voy a irme, si cualquier tumba es igual». A mí hasta me dio risa, y después pensé que así es también el matrimonio. Bueno o malo, hay que quedarse de una vez y para siempre con el mismo, y con mayor razón si es bueno, como Alberto. Pero todo el mundo es distinto. Por ejemplo Eva, mi hermana menor, se ha casado tres veces y ha tenido tantos novios que ya perdí la cuenta. El último amigo que tuvo fue el viudo Caicedo, que aunque era muy viejo para ella, porque le llevaba dieciocho años y parecía el papá de ella, al menos era decente y generoso. Pero no, también lo dejó, como a los otros. Y para qué, para aburrirse y separarse otra vez. Yo no sé. A veces me siento tan ridícula y tan anticuada, tan distinta de Eva. Ella está casi tan vieja como yo, tuvo tres maridos que no le sirvieron, ha probado una docena de novios buenos, malos y regulares, jóvenes y viejos, locales y forasteros, judíos y cristianos, y todavía tiene esperanzas de encontrar uno mejor. Estuvo varios años dolida, resentida con esta finca, y no quería volver, decía que nunca iba a volver. «Nunca voy a volver a La Oculta», decía. Nunca, qué bobada, nunca digas de esta agua no beberé. Después volvió, cuando todos volvimos y mi mamá resolvió organizar otra vez las Navidades como antes de las penas, cuando no se había muerto nadie, cuando no habían secuestrado a Lucas, ni mi papá se había muerto de tristeza, ni habían estado a punto de matarla a ella. Cuando al fin mataron o desaparecieron a Los Músicos pudimos volver, olvidar, y todo volvió a estar sereno, apacible, dulce. La vida es así, después de la tormenta viene la calma, dice una canción, y la calma dura más que las tormentas, digo yo. Todos volvimos y mi mamá volvió a hacer tamales, natillas, hojuelas y buñuelos, como todos los años. Y volvieron las frijoladas, las paellas, los ajiacos, el ají de gallina, el chupe de camarones, el salmorejo, la posta cartagenera, los asados, el arequipe, el pastel de manzana, el bocadillo de guayaba con quesito fresco, la mazamorra con piedritas de panela. Diciembre es siempre eso: cantos, juegos y comilonas. Alegatos, peleas, llantos, reconciliaciones, alguna borrachera memorable con músicos de verdad, un trío del pueblo o un grupo de Medellín. Novenas, villancicos y aguinaldos. El árbol y el pesebre. Ahora la región está en paz. Ya casi nunca secuestran ni roban, y solo matan de celos y amenazan por plata. Ahora podemos vivir aquí tranquilos. Ahora las muertes no han sido de disparo ni de dolor, sino de vejez, que es la mejor muerte, o la menos mala, la más aceptable. En vez de mi mamá, ahora Eva y yo tendremos que encargarnos de las Navidades, y hacer que todos vengan, los hermanos, los hijos, los nietos, los amigos, y nos juntemos. Ojalá esta calma nos dure hasta la muerte. Si hay otra tormenta, que les toque a mis hijos y no a mí, no, no es justo, yo ya no me merezco más tormentas.

Eva era mucho más bonita que yo, y mejor estudiante, y mejor bailarina. De hecho, ella decía que quería ser bailarina y psicóloga. De tanto que bailaba tenía un cuerpo bellísimo, y la cara ni se diga, una cara perfecta, y una sonrisa que ya la quisiera una reina de belleza. Tenía el pelo negro, largo, las facciones pulidas, los dientes más blancos que he visto en mi vida. Además vivía feliz, alegre, muerta de risa. Tal vez por lo bonita que era, siempre le parecía que todo era poquito: quería más y más y más. Más y mejor. Íbamos juntas al mismo colegio de monjas, La Presentación, y ella se ganaba todas las medallas. Era la mejor estudiante de la clase, siempre. Yo, en cambio, era apenas regular e iba a su mismo curso porque había perdido un año. Eva siempre llegaba a la casa con el uniforme azul oscuro repleto de medallas: medalla roja de aritmética, medalla amarilla de religión, medalla azul de conducta, medalla blanca de castellano, medalla verde de geografía, medalla a rayas de música, medalla fucsia de geometría, medalla anaranjada de disciplina, todas las medallas. Parecía un general. Y yo ni una sola medallita. Recuerdo que una vez, al bajarnos del bus, la obligué a que me diera una medalla. Una amiga me ayudó a tenerla por la espalda, a la fuerza, que no fuera egoísta, le decíamos, y yo le quité la medalla más bonita, la medalla tricolor, con la bandera. Me la chanté en el pecho, muy oronda, y al llegar a la casa mi papá, feliz, me preguntó de qué era la medalla que me había ganado, y como yo no sabía le dije que era la de Amor al Colegio. Eva me miraba muerta de rabia, desde un rincón de la biblioteca, pero no habría sido capaz de hacerme quedar mal, y se quedó callada, resentida, mientras mi papá me daba a mí un beso más grande por mi única medalla robada que a Eva por sus siete medallas ganadas con esfuerzo. Ay, qué pesar y qué pena. Claro que mi papá también estaba feliz con las medallas de Eva, pero lo que pasaba es que ya estaba acostumbrado (ella siempre se ganaba todos los premios) y que yo me ganara algo tenía más gracia, por lo raro.

Eva fue a la universidad y yo en cambio me salí en el último año del bachillerato, sin terminarlo siquiera, para casarme con Alberto. Yo sé que Eva me miraba con todas sus medallas, con todos sus diplomas, y se preguntaba: ¿será mejor mi vida con esta estudiadera, con tanta disciplina y responsabilidad, o irá a ser mejor la vida de Pilar, que nació vieja y desde ya parece una abuelita? Ya ha pasado más de medio siglo desde que íbamos juntas al colegio, ya podemos saber cuál vida fue mejor. En realidad no se sabe, son vidas muy distintas, pero no me parece que ninguna de las dos sea tan mala. Tal vez lo que más nos separa sean dos o tres cosas: ella no tiene marido y yo sí; yo voy a misa y ella no; a ella en el fondo no le importaría vender La Oculta y en cambio yo quiero vivir y morirme aquí, en esta finca, que (después de mis hijos, mis hermanos y mi marido) es lo que yo más quiero. La tierra, la sensación de tener un lugar donde caerme muerta, un lugar mío donde me entierren, como prefiere mi hermano, o donde echen mis cenizas, como prefiero yo, y en cualquier caso me vuelva tierra de mi tierra. Yo no sé si en otras partes del mundo sean como nosotros, los antioqueños, que vivimos obsesionados con tener un pedazo de tierra. Aquí hasta los más pobres tienen o quieren una finquita, así sea de cincuenta metros cuadrados, una huerta con tres eras de legumbres o una hilera de flores. No tener tierra es como no tener ropa, como no tener comida. Así como para vivir hay que tener agua y aire y hogar, aquí sentimos que también hay que tener tierra, si no para vivir, al menos para morirnos en ella.

Tal vez lo que más nos separa a Eva y a mí sea nuestra actitud hacia el matrimonio y el amor. Yo creo que es mejor que sea como antes: de una vez y para siempre; a Eva lo mejor le parece, quizá porque así empezó su vida amorosa, que nunca sea para siempre, sino algo precario, incierto y casi con fecha de caducidad, como el yogur o la mermelada. Hay personas que optan por una vía intermedia. Cerca de La Oculta, en una hacienda que se llama La Ley, el dueño de esa finca, Iván Restrepo, tiene dos esposas. El hermano de Próspero trabaja allá y él nos cuenta que don Iván lo llama siempre que va a ir y le advierte: «Aquileo, mañana voy con Consuelo». Y entonces Aquileo sabe que tiene que poner los muebles, los cuadros, las fotos, los adornos, de doña Consuelo. O llama don Iván y dice: «Aquileo, voy a ir con Amparo». Y Aquileo corre a quitar las cosas de doña Consuelo para poner las de doña Amparo: todo es distinto, hasta los cubiertos, la vajilla y las ollas. Debe tener mucho cuidado para no equivocarse, pues en las fotos hay hasta hijos distintos de cada mujer. Tienen una bodega donde guardan las cosas, bien sea de la una o de la otra, según quien vaya a ir, una bodega cerrada con candado de la que solamente tiene llaves el mayordomo, Aquileo. No es que Amparo no sepa que existe Consuelo, ni que Consuelo no sepa de la existencia de Amparo, ni que fueran tan bobas, sino que ninguna de las dos quiere saber nada de la otra. Una vez Aquileo se confundió y se le quedó una foto en la que se veía a doña Consuelo al lado de los hijos, con don Iván. Y la que acababa de llegar era doña Amparo, que se hizo la que no había visto la foto. Don Iván le abrió los ojos al mayordomo, y Aquileo corrió a la bodega a cambiar esa foto por la foto correcta. A nosotras nos encanta ese equilibrismo del vecino de La Ley, Iván, un tipo muy simpático, y siempre que viene Aquileo le preguntamos los detalles. Nos cuenta, por ejemplo, que a doña Amparo le gusta mucho ir a Miami, y que don Iván la lleva de compras, pero que a doña Consuelo lo que le gusta es Europa, por lo que a veces don Iván se va con ella para Europa, y dizque van a conciertos y museos. A las dos, dice Aquileo, les da muy buena vida, y son muy distintas, porque a la una le gusta la música clásica y a la otra las rancheras, a la una leer y a la otra beber. Y hasta tienen grupos de amigos diferentes. «Don Iván es un sabio —comenta siempre Próspero—, pero para semejante sabiduría hay que tener mucha plata, ¿no le parece?». Son de verdad dos esposas y dos vidas las que se da Iván, el vecino de La Ley, con mucha habilidad. Dos vidas muy distintas y muy completas. Pero ni yo vivo así, porque solo me gusta Alberto, ni Eva es así, porque aunque ha cambiado muchas veces de novio o de marido, siempre está con uno solo, aunque cada vez sea uno distinto. Ella es muy fiel a cada uno, pero por un tiempo, hasta que algo le choca o se aburre: para mí es un misterio. En realidad, nadie sabe cómo se debe vivir y todo el mundo vive como puede. Toño vive con un hombre, Eva busca, Iván Restrepo es bígamo, los musulmanes pueden tener cuatro esposas. Eso estaría bien siempre y cuando las mujeres pudieran tener también cuatro maridos. Yo, por mi parte, encontré a Alberto, y desde que lo encontré ya no sé vivir de otra manera.

Eva

No puedo negar que estaba algo nerviosa desde cuando había recibido el papel con la orden de vender la finca. Digamos que tenía los sentidos alertas; que aunque estuviera leyendo no estaba distraída del todo, sino que con un ojo leía y con el otro estaba pendiente de la realidad. No podía desentenderme completamente de ese papel asqueroso, con mala ortografía, escrito a mano, con letras de imprenta torpes, de persona que no ha hecho ni siquiera la primaria. Todo me molestaba, hasta ese nombre falso y fastidioso: El Músico. Qué músico iba a ser. Ellos eran todo lo contrario de la música; eran la música de las balas, el traqueteo de las armas y de las amenazas, nada más. Por lo que se sabía, los que mandaban las boletas eran unos tipos entre traquetos, ladrones, mineros ilegales y paramilitares, que se iban apoderando de la tierra a la fuerza, que operaban por los lados de Támesis, Salgar y Jericó, y que venían invadiendo algunas fincas para sembrar coca y amapola, para montar cocinas y laboratorios de cocaína, para sacar oro ilegalmente y llenar de mercurio las quebradas. No querían vecinos ni testigos. Querían ser dueños de todo, por las buenas o por las malas. En la carta decían exactamente lo que querían: que Pilar y yo teníamos que «vender o vender» La Oculta. A Toño ni lo mencionaban porque como lleva tanto tiempo viviendo afuera, ni siquiera saben que existe.

En todo caso, yo no quería pensar en la amenaza y trataba de concentrarme en la novela. Recuerdo que en el libro que estaba leyendo había un comentario escrito a mano por mi papá en la última página. Era algo sobre cómo debería ser la literatura. Mejor voy a buscarlo; quiero volver a leerlo. Sí, aquí tengo el libro todavía; tiene un borde chamuscado por lo que pasó después. Ahí sigue su apunte y debe de ser un pensamiento ajeno, porque está entre comillas: «Así es como debía ser la literatura: repleta de acción, sin espacio para los clichés y las meditaciones sentimentales. Había oído muchos elogios de Joyce, Kafka, Proust, pero había resuelto no seguir el sendero de la llamada escuela psicológica o la del flujo de conciencia. La literatura debía volver al estilo de la Biblia y de Homero: acción, suspenso, imágenes, y solo una pizca de juegos mentales».

Tener en las manos el libro me hace revivir, me ayuda a recordar exactamente lo que pasó después: de repente Gaspar levantó las orejas y arañando con las uñas las tablas del corredor se precipitó ladrando con furia hacia el patio de atrás. Yo me levanté de la hamaca como un resorte, asustada. Apagué la lámpara y miré hacia el sitio oscuro de donde venían los ladridos y gruñidos del perro. Vi varios chorros de luz, de dos o tres linternas. Después la penumbra se rompió con un fogonazo y al mismo tiempo oí un tiro y el doloroso aullido de Gaspar. Otro fogonazo, otro tiro. Ahora había silencio y las linternas se apagaron.

Mi primer impulso fue correr a ayudarle al perro. Lo pensé mejor y cambié de rumbo. Me di cuenta de que mi única escapatoria era por el lago. Corrí por el corredor, bajé a ciegas las escalerillas de madera que llevan hacia el muelle de tablas, tiré a un lado las sandalias, sin dejar de correr, y respiré hondo, muy hondo, al llegar al borde del muelle. Alcancé a pensar que era bueno que tuviera *shorts* en vez de pantalones. Cogí impulso con todas mis fuerzas y me clavé en el agua helada, lo más lejos que pude del muelle y de la casa. Aun con los ojos abiertos todo se volvió negro, negro, negro como la brea, más negro que la noche. No veía absolutamente nada. Aguanté la respiración dentro del pecho y nadé debajo del agua lo más rápido que pude, alejándome de la casa en una línea diagonal. Alcancé a pensar que si no tuviera estas benditas tetas tan grandes, que me pesaban y eran como un lastre, nadaría más rápido. Salí a tomar tres bocanadas de aire, todo el que me cupo en los pulmones, y me volví a hundir bajo el agua.

Empecé a contar *uno dos tres...* Sabía que era capaz de nadar casi un minuto debajo del agua, porque era un ejercicio que me gustaba hacer en la piscina donde entrenaba casi todos los días en Medellín. No asomaría la cabeza hasta no haber contado hasta sesenta. *Cuatro cinco seis siete* hay que contar despacio, decía yo por dentro, para que cada número sea un segundo, *ocho nueve diez once,* me pareció oír la voz de mi papá en la cabeza, *doce trece catorce quince dieciséis diecisiete,* nunca nades de noche en el lago si no es absolutamente necesario, *dieciocho diecinueve veinte veintiuno,* solo si alguien se cae y se está ahogando, *veintidós veintitrés veinticuatro veinticinco,* o para salvar tu propia vida, *veintiséis veintisiete veintiocho veintinueve,* no voy a aguantar, pensaba, *treinta treinta y uno treinta y dos treinta y tres,* se me va a reventar el corazón, *treinta y cuatro treinta y cinco treinta y seis,* vinieron a matarme, me matan si me ven, *treinta y siete treinta y ocho treinta y nueve cuarenta,* voy a botar un poco de aire, *cuarenta y uno cuarenta y dos,* me sentí un poco mejor al soltar aire, sentí mi pelo largo rozándome la cara, *cuarenta y tres cuarenta y cuatro cuarenta y cinco cuarenta y seis cuarenta y siete,* me voy a reventar, se me nubla la mente me estoy mareando, *cuarenta y ocho cuarenta y nueve,* tengo que salir del agua muy despacio para que no se oiga nada, *cincuenta cincuenta y uno cincuenta y dos,* un poquito más, *cincuenta y tres cincuenta y cuatro,* me duele la cabeza, un hormigueo eléctrico me recorre el cuerpo, más despacio, *cincuenta y cinco cincuenta y seis,* tomar aire y hundirme otra vez ahí mismo, *cincuenta y siete cincuenta y ocho cincuenta y nueve sesenta,* un poquito más, dos brazadas más *sesenta y uno sesenta y dos sesenta y tres,* voy a salir, salí.

Pilar

Todas las vacaciones, cuando estábamos todavía en el colegio, Eva iba a trabajar en la panadería de mi mamá; le ayudaba a hacer las cuentas en una sumadora de manivela, y hacía con lápiz unos cuadros muy ordenados de todos los gastos en papeles verdes grandes como fundas de almohada. Mi mamá había abierto un pequeño negocio en Laureles, nuestro barrio, la Panadería Anita, pero no sabía llevar la contabilidad formalmente, con los ingresos y egresos, el debe y el haber, según las normas contables. Ella se limitaba a apuntar lo que gastaba en azúcar o en harina, en aceite o mantequilla, en electricidad para los hornos y en el pago al único panadero que tenían al principio. También el lápiz se afilaba en un sacapuntas de manivela y Eva lo mantenía muy afilado para que las cifras le salieran nítidas y precisas, con trazos muy delgados, firmes y redondos. Cuando acababa de hacer las cuentas, también ella se metía adentro, a la parte de los hornos, con mi mamá, y le ayudaba a hacer el hojaldre, a preparar los rellenos de los pasteles, que empezaban a venderse al lado de los panes.

Toño era muy niño todavía, y vivía en otro mundo. Había llegado tarde, cuando ya no creíamos que íbamos a tener otro hermanito. Y de bebé había sido como una muñeca más para Eva y para mí. Siempre fue un niño hermoso, de pelo muy negro y abundante, ensortijado, de facciones pulidas como las de una niña. Por la calle muchas veces preguntaban ¿cómo se llama la niña?, y él a veces contestaba, con rabia y risa, Antonia. Siempre tuvo la cara muy femenina, y como era lampiño, y lo sigue siendo, había en su aspecto algo ambiguo, de hombre y mujer al mismo tiempo. Tiene la voz muy dulce, aflautada, aunque yo no diría que es amanerado, sino que tiene una voz delicada, como de italiano. Es flaco y largo, y con unas manos delgadas, largas y pulidas, que siempre ha movido con ademanes elegantes, como de bailarín de ballet. Cuando mi mamá abrió la panadería él era muy chiquito todavía, tendría siete u ocho años, si mucho, y estudiaba violín todo el día, con un violín pequeño, pero muy fino, decía mi papá, que se lo había hecho traer de Estados Unidos. La casa era como un ensayo permanente, a veces muy lindo pero a veces también un pito insoportable, cuando tenía que repetir el mismo pedazo toda la tarde, para aprendérselo bien, o cuando trataba de afinar una nota que no le salía, moviendo sus deditos largos y pulidos. Ya algunos, sobre todo otros niños, y primos, empezaban a decir que era raro. Marico, se decía en esa época, con *o* y no con *a*. Mi papá le decía siempre: «¡Machito pues, mijito, bien machito!», cuando se asustaba con un insecto o cuando se pasaba horas peinándose frente al espejo su melena negrísima. También los ojos eran muy negros, y si te clavaba un rato la mirada —dura, honda— la gente se sentía calada, analizada. Esa era su única dureza, porque en otras cosas él no era capaz de ser machito y era más bien blando, suave. Le daba miedo montar a caballo en La Oculta; no era capaz de ordeñar ni de coger un grillo. Aunque le habíamos enseñado a nadar, decía que en el lago no nadaba porque cuando se metía al agua oía las voces de los ahogados que lo llamaban desde el fondo y le decían: «Ven, ven, ven a hacerme compañía que tengo frío», o peor, en diciembre, le cantaban un villancico: «Ven, no tardes tanto». No le gustaban los juegos de los niños, no salía a la calle a jugar fútbol ni a tirarles piedras a los pájaros, le daba miedo que le dieran un balonazo en las manos, y se cuidaba los dedos como si fueran de vidrio: decía que su profe de violín le había advertido que las manos eran el tesoro del violinista. Si iba Martica la manicurista a pintarle las uñas a mi mamá, a él también le gustaba que le hicieran el manicure. Si mi papá lo veía en esas, pegaba un grito; él toda la vida se había arreglado las uñas solo, con un cortauñas, y ya está. El abuelito Josué decía que entre tantas mujeres y tantos mimos estábamos volviendo a Toño un afeminado, y mi papá y mi mamá sufrían, pero no podían hacer mucho: Toño era como era. Era delicado y dulce, muy ingenuo, ¿por qué había que cambiarlo y volverlo como un gamín? A Eva y a mí nos gustaba así, delicado, tierno.

Yo era muy mala para hacer cuentas y peor para amasar, así que nunca les ayudaba a Eva y a mi mamá en la panadería. Prefería salir con las amigas, o con Alberto, que me llevaba a cine, a fiestas, a reuniones familiares. En cambio, Eva tenía ese destino que nadie le había asignado, pero que era así: estar al lado de mi mamá en el trabajo, administrar con métodos modernos la Panadería Anita, que así se llamaba y se llama todavía, aunque hubo que venderla en los años de la crisis, después de la muerte de Cobo, cuando parecía que a este país se lo iba a llevar el demonio y cuando Eva se hartó de sufrir por mantener a flote un negocio tan difícil. Mi mamá puso la plata de la venta en acciones, y vivió de esa renta hasta el final de sus días; con esa misma renta, más la pensión de mi papá, nos ayudó siempre a resolver los problemas de La Oculta. Y más mientras tuvo la panadería y Eva le ayudaba con la gerencia. Mi mamá, que no había hecho estudios universitarios, fue capaz de llevar las cuentas de la panadería informalmente, en un sencillo cuaderno de apuntes, mientras nosotros crecimos, pero el negocio fue creciendo y cuando llegó la hora de que Eva entrara a la universidad, ya la panadería empezaba a quedarle grande a Anita, por su mismo éxito.

Si lo pienso mejor, ese destino de ayudarle a la mamá sí se lo había indicado alguien como una sentencia inapelable. Cuando Eva iba a entrar a la universidad, ella quería estudiar humanidades (su sueño había sido siempre ser psicóloga o bailarina), pero mi papá le dijo que debía hacer una carrera de administración, para que pudiera ayudarle a mi mamá en el negocio de la familia. «Mientras Anita se dedica a ese oficio limpio y bonito de hacer pan para todos, tú le ayudas con los números y la gestión de la panadería», sentenció Cobo, como un oráculo. Y a mi mamá esa decisión le pareció buena, primero que todo porque Eva era su preferida, y segundo porque le parecía que si se iba por el lado de las humanidades podía perder el piso. Para ella era necesario que Eva dejara un poco de soñar y se volviera más realista. Como Eva no era rebelde en esa época y tenía muy buen genio, no le pareció mal el cambio de planes; al contrario, lo tomó con alegría, como si no le importara mucho. Obedeció porque Cobo lo decía, porque la mamá lo quería y porque le pareció razonable ayudarle a la familia. En Eva había algo que iba siempre primero: la responsabilidad. Aunque ella sentía que no tenía materia prima para ser administradora, obedeció y aprendió a hacerlo, y lo hizo bien. Yo me acuerdo de que al mismo tiempo ella se había presentado a psicología en la Universidad de Antioquia, y había pasado con un examen de admisión muy bueno, en el que analizaba una película que se llamaba *Momento de decisión,* sobre dos bailarinas que tenían que decidir si seguir en su carrera artística o cambiarse a otra cosa, a algo más práctico. Y aunque pasó en dos universidades, no se matriculó en la Universidad de Antioquia, la de humanidades, sino que entró a Eafit, que era una universidad nueva en Medellín, especializada en finanzas, privada y más bien cara, para los futuros empresarios de la ciudad. Pero nunca pareció que esa decisión le hubiera pesado, o al menos a mi papá nunca se lo dijo. A mi mamá sí se lo decía de vez en cuando, cuando le daban las crisis cíclicas que ha tenido toda la vida, tal vez por no haber seguido su vocación más profunda.

Eva pasaba muy contenta en la universidad, de eso estoy segura, siempre rodeada de amigos que le coqueteaban. Se enamoraban de ella los compañeros, los profesores, los estudiantes de las otras carreras, los choferes de bus, los barrenderos que la veían pasar. Había un profesor francés muy importante que nunca había aceptado esa aberración antioqueña de dar clases en la madrugada, pero un año accedió a dar un curso a las seis de la mañana, dijo, «solo por tener el gusto de ver a Evita Ángel recién bañada». Cada fin de semana dos o tres pretendientes le llevaban serenata y sus compañeros recitaban un versito: «A Evita evita, la que nunca nos invita». A mí, en cambio, el único que me llevó serenata fue Alberto. La belleza es como una condena: te abre todas las puertas y después te las cierra. No es que yo fuera fea, ni que no hubiera podido tener más novios si hubiera querido; yo no era fea, sino fiel. Fiel como un perro: para toda la vida. Yo nunca pensé que iba a poder encontrar a nadie mejor que Alberto y desde que lo vi supe que iba a casarme con él. Nos casamos cuando yo tenía dieciocho y él veintiuno. Y no es que Eva fuera infiel, sino inquieta; como era tan responsable, quería encontrar el mejor marido del mundo, no el primero que se le atravesara en el camino.

ANTONIO

A mis hermanas no les importan nada estas cosas y empiezan a bostezar y se distraen cuando me pongo a contarlas, pero para mí ha sido importante saber cuál es el origen de La Oculta. Durante años he investigado en libros, en viejos documentos que hay en la familia, y he visitado archivos catastrales, notarías, parroquias, para saberlo todo sobre la finca. He hablado con historiadores, con curas; he leído, les he preguntado a los parientes más viejos, a las hermanas de mi papá, a los primos, a los tíos, y a mi papá y al abuelo cuando estaban vivos.

La cosa es muy sencilla. Casi todas estas tierras de la orilla occidental del río Cauca, digamos entre la desembocadura del río San Juan (cerca de Bolombolo) y la del río Cartama (abajito de La Pintada), hacia arriba, hasta llegar a los páramos de la serranía del Citará, eran de dos familias: los Echeverri y los Santamaría. Estos Echeverris y estos Santamarías no eran nobles que hubieran recibido alguna encomienda de almas y de tierras por el rey de España, que es el origen de muchos latifundios de esta parte del mundo (los Aranzazu y los Villegas, grandes de España, por ejemplo, esos sí que habían recibido tierras en encomiendas y concesiones), sino que el origen de estas propiedades era más reciente y, digámoslo así, más meritorio. Ambas familias recibieron esas montañas de los republicanos, por haber sido aliados del Ejército Libertador.

Creo que a mis hermanas les da lo mismo, pero a mí sí me importa que La Oculta no haya sido nunca una tierra donada por monarcas de España a segundones o nobles de tercera categoría, enviados al Nuevo Mundo un poco para sacarse de encima una segunda camada de cortesanos pedigüeños y conflictivos. Su origen no era tampoco una misión, ni un monasterio, ni un seminario de curas, que fueron los principios de muchos otros pueblos americanos. Jericó no empezó con conquistadores ni con monjes, sino con gentes sencillas, y si no iguales, al menos muy parecidas en la forma de hablar y en el atuendo. La Oculta fue un lote insignificante dentro de una inmensa extensión de tierras que entregó la república para pagar unas deudas legítimas con dos comerciantes, uno de origen vasco, Echeverri, y otro de origen judío, Santamaría, que de nobles no tenían ni un pelo, ni de monjes tampoco, pero sí mucha astucia en los negocios, mucha confianza en el trabajo serio de todos los días, en las empresas manejadas con orden y mesura. Hay algún mérito en este origen, y no esa suerte inmerecida de haber heredado un título nobiliario y recibido unas tierras por la ruleta del nacimiento o los remordimientos de un virrey que pagaba sus pecados donando tierras a los franciscanos, los jesuitas o los benedictinos.

Echeverri y Santamaría eran parientes políticos y socios. Eran comerciantes e hijos de comerciantes que habían llegado a tener un par de almacenes en la Plaza Mayor de Medellín. Negociaban con polvo de oro, entre otras cosas, que les compraban a los barequeros por tomines, adarmes, castellanos, libras. Tenían fama de judíos conversos, sobre todo el segundo, que era un seguro marrano. No se descarta que, especialmente al principio de su vida, hayan sido contrabandistas que llevaban oro fundido a Curazao, sin declararlo al erario, y volvían con mercancías para vender acá, de las cuales no declaraban sino la mitad, que entraba con una primera recua de mulas de carga, y la otra mitad entraba con los mismos papeles de la primera, es decir, de contrabando, al mismo tiempo, pero por otro camino. En todo caso, lo de la tierra en Suroeste fue otra cosa, otro tipo de negocio, quizá también de astucia, pero no de ilegalidad, sino de cálculo. Lo que habían hecho antes de recibir estas tierras fue fiarles víveres y mercancías a soldados, oficiales y batallones del Ejército rebelde durante las guerras de Independencia, apostando a que algún día serían ellos los vencedores y los gobernantes.

Como los patriotas no tenían dinero, compraban los víveres y las cosas con bonos y títulos, pagaderos cuando llegaran al poder. Los coroneles y los generales firmaban lo que fuera, con tal de tener provisiones y pertrechos. Confiando en un futuro incierto (si España ganaba lo perdían todo), pero apostando por los insurgentes y contra los gachupines, Echeverri y Santamaría habían cambiado arroz, panela, maíz, tabaco, sombreros, municiones, avíos de montar, herraduras, clavos, telas bastas, telas encauchadas, botas, lazos, sogas, por pagarés de los libertadores. Esos pagarés se habían ido acumulando poco a poco, hasta convertirse en una montaña de papeles que al parecer no tenían valor, pero que ellos guardaban celosamente en una caja de caudales inglesa que estaba al fondo de su almacén. En Medellín todo el mundo se burlaba de «los bonos de Echeverri & Santamaría», que en la opinión común tenían el mismo valor que el papel amarillento y tostado de los periódicos viejos, bueno solamente para madurar aguacates y prender fogones.

Los viejos, don Alejo Santamaría y don Gabriel Antonio Echeverri, sin embargo, guardaban sus papeles en la caja fuerte y decían: «El que ríe de último, ríe mejor». El tiempo pareció darles la razón cuando al fin los chapetones salieron derrotados definitivamente, con el rabo entre las patas, y la república se instaló en Bogotá. Toda revolución deja quebrado a un país y los primeros fueron años de penuria e incertidumbre, con un nuevo gobierno sin recursos para consolidar la nación recién nacida. Además, con la cantidad de muertos dejados por las batallas, no había mano de obra para emprender empresa alguna, ni privada ni pública. Se requería paciencia y esperar a que crecieran las nuevas camadas de niños. Durante mucho tiempo pareció imposible redimir esos papeles, pues las arcas del Estado estaban agotadas después de la guerra, y cuando algo se recogía en impuestos o exportaciones, había asuntos mucho más urgentes que resolver. Pero después de numerosas antesalas, visitas e insistencia con los gobernadores de la provincia de Antioquia y con los sucesivos ministros de Hacienda, el gobierno central decidió quitarse a esos comerciantes antioqueños de encima ofreciéndoles a cambio de los bonos unas tierras lejanas, selváticas, inhóspitas y aparentemente inútiles, a la orilla izquierda del río Cauca. Esos papeles, resolvieron, podían redimirse titulándoles baldíos, propiedad del Estado, al suroeste del departamento, en las selvas de la orilla occidental del río Cauca, tirando ya hacia el Chocó y el océano Pacífico. Tierras despobladas, de monte tupido, de montañas abruptas y enmarañadas, donde a duras penas había dos pequeños resguardos muy menguados de indios chamíes y katíos —diezmados desde antes por las plagas o masacrados por la violencia de los conquistadores blancos— y donde no se habían refugiado ni siquiera monjes ermitaños ni negros cimarrones ni ladrones, locos o asesinos fugitivos.

Después de muchos ires y venires, esas dos familias emparentadas (hijas casadas con hijos) de comerciantes, los Echeverri y los Santamaría, se habían avenido a recibir tierra inútil a cambio de las deudas. «Del ahogado, el sombrero», dijeron: más vale eso que nada, en vista de que el gobierno ni podía ni quería pagar los bonos en efectivo. En esas selvas tupidas al otro lado del Cauca, no había más que árboles, fieras, pájaros, torrentes, matorrales, serpientes, mariposas, quebradas y mosquitos. Los climas eran tan variados que en lo más alto de la cordillera crecía el asombroso frailejón de los páramos, con su suave pelusa para el frío, y en las partes más bajas el cacao, de donde se saca la bebida más sabrosa del mundo, que antes solo tomaban los dioses, pero algún prometeo local se la robó en beneficio de los hombres.

Eva

Asomé la cabeza muy despacio por encima de la superficie del lago, tratando de no hacer ruido. La boca abierta empezó a tragar aire una y otra vez, a toda velocidad. Dos, tres, cinco, siete veces. El corazón me retumbaba en el pecho, como el tambor más grande de una banda de pueblo. Oí voces e insultos que venían desde la casa. Varios chorros de luz recorrían el lago. Volví a hundirme. Ya no contaba. Pensé que debía alejarme lo más pronto posible de la casa y dirigirme hacia el otro extremo del lago. Tenía que salir por el guadual de la otra orilla. No veía nada debajo del agua, aunque abriera los ojos: una barrera viscosa, negra, fría, que por el afán de huir me parecía una sopa de aceite en la que mis brazos y mis piernas me hacían avanzar muy despacio, así los moviera con todas mis fuerzas. Movía las manos y los pies frenéticamente. Otra vez se me estaba acabando el aire, en pocos segundos, pero me obligaba a aguantar un poco más. Yo toda la vida he hecho ejercicio, ha sido una de mis pasiones, y empecé a nadar, en este mismo lago y en el río Cartama, desde cuando tenía cinco años y Cobo me enseñó. Pensé que era mejor conservar cierto orden, y empecé a nadar abriendo piernas y brazos, como una rana, acompasada, con mi mejor estilo.

Si habían llegado por el patio de atrás, entonces seguramente habrían subido por los rieles de la carretera. Habían dejado los carros abajo, para no hacer ruido. Querían llegar de sorpresa, pero no contaban con el oído fino de Gaspar. Ah, si no hubiera sido por mi perro, por la vida de mi perro, no habría tenido tiempo de escaparme. ¿Cuántos serían? ¿Quiénes? Seguramente eran los tales Músicos a los que les teníamos que «vender o vender» La Oculta. No aguantaba ni una brazada más, me iba a desmayar si no respiraba. Salí otra vez a la superficie. El aire entró en mi cuerpo casi con un ronquido, como el estertor de un moribundo. Un chorro de luz me rozó el hombro, me volví a hundir a toda velocidad, sonó un tiro, pero no sentí ninguna bala cercana. Viré a la izquierda, para despistarlos, el corazón retumbándome en las sienes, en todo el cuerpo, desde la punta de los pies hasta la coronilla. Con otras tres veces que me hundiera sería más difícil que pudieran verme, pero tenía que volar, volar debajo del agua. Al menos los haces de luz de las linternas que barrían el lago me informaban en qué dirección tenía que alejarme; había que alejarse de la luz hacia la oscuridad. Huir de todo resplandor, hacia las tinieblas más negras.

Salí otra vez del agua, sin aire, a respirar. Miré hacia atrás. Habían prendido las luces de la casa. Dos hombres estaban parados en el muelle y barrían la superficie del lago con los faros de luz de sus linternas, un poco a la loca. «¡Vieja hijueputa, ojalá se ahogue!», decía uno, en voz alta. Me hundí otra vez. Ahora me impulsaba con un ritmo más ordenado, con la misma técnica del estilo de pecho, pero debajo del agua, dejando que la inercia de la patada me impulsara. Iba a buen ritmo y ahora confiaba en que alcanzaría la otra orilla sin ser vista. Aunque el agua era helada, de vez en cuando encontraba el consuelo de grandes bolsas de agua tibia, residuos del sol del día anterior. Sentía bombear la sangre en todas partes, como si todo mi cuerpo fuera un solo corazón. Estaba tensa; por el miedo, por el esfuerzo. Pero ese mismo corazón palpitante era un mensaje que me decía estás viva, viva.

Pensé en Gaspar, mi perro muerto. Llevaba cuatro años conmigo y yo lo quería casi como se quiere a un niño. Me parecía inteligente, me parecía que leía mis pensamientos y que siempre se adaptaba a mi estado anímico: alegre si yo estaba alegre y melancólico si yo estaba triste. Bravo y asustado, si yo me asustaba. Ese había sido su último gesto solidario, el que me había salvado. Se habían equivocado al matarlo. Era un perro que ladraba, pero jamás había mordido a nadie. Además, Gaspar siempre nadaba conmigo, persiguiéndome cuando me tiraba al lago. Si no lo hubieran matado, me habría seguido en el agua y me habrían rastreado por su cabeza amarilla asomada siempre fuera de la superficie. Salí una vez más a tomar aire. Me había alejado lo suficiente de la casa. Discutían a los gritos. Sonaron otros tres disparos, un poco más lejos, hacia la casa de los mayordomos. Pensé en Próspero y apreté los párpados con horror. Empecé a nadar, con fuerza pero despacio, sin hacer ruido ni sacar los pies o los brazos del agua, sin levantar burbujas, tratando de no dejar ninguna estela, como nadan las tortugas, casi imperceptibles, con la cabeza a ras del agua, asomando la boca un instante para respirar. Los chorros desordenados de las linternas llegaban ya muy débiles hasta la parte por donde yo nadaba, cada vez más lejos de la casa y más cerca de la maleza y los guaduales de la otra orilla. La oscuridad era casi total, pero alcanzaba a ver algunas espigas blancas que se alzaban en el borde del lago frente a mí. Oí un revoloteo de alas encima de mi cabeza. Me di cuenta de que los cormoranes o las garzas que dormían en la ceiba del otro lado se habían espantado al percibir mi presencia. Ya estaba cerca de la orilla. Me hundí de pie, pero todavía no tocaba el fondo fangoso del lago, que siempre me había parecido una gelatina negra y asquerosa, repugnante, pero que esa noche quería desesperadamente tocar. Quería llegar a la orilla, salir, correr.

No podía arriesgarme y volví a nadar debajo del agua. Estaba muy cansada y no aguantaría ni medio minuto. Intenté contar hasta treinta. Tuve que salir a los dieciséis, exhausta. Vi que caminaban por la orilla del lago, rodeándolo, buscándome con las linternas, pero habían salido hacia el lado contrario, el más lejano. El lago era alargado y tardarían mucho en darle la vuelta. Además, se toparían con el monte cerrado, tupido, al seguir por la orilla. Sin machete era imposible pasar a pie; había que ir tumbando matas, tallos con espinas, bejucos, ramas.

Al fin mis pies descalzos sintieron el fondo fangoso; la orilla estaba cerca. Tenía que buscar por la orilla, dentro del agua, hasta dar con la piedra grande adonde a veces iba a tomar el sol. De allí salía un sendero entre el guadual, que me sacaría hasta la carretera destapada que sube a Casablanca, la finca de los primos. Los primos no estaban, no habían vuelto hacía meses, por precaución, pero estaría Rubiel, el mayordomo. Le podía pedir que me escondiera allá, o algo. Encontré la gran piedra redonda, alta. La fui rodeando, me encaramé en ella por un lado y salí al otro lado, ya en tierra firme. Tiritaba de frío, temblaba de miedo, respiraba ansiosa. Los gritos y las voces eran ya muy lejanos. Los haces de luz de las linternas los iluminaban más a ellos que al lago. Había gente nerviosa que se movía en el corredor de la casa. Los que buscaban por la orilla del lago habían llegado hasta el borde del monte y seguían lanzando los chorros de luz a la oscura superficie del agua. No me veían. Menos mal que nadie conocía ese lago mejor que yo. Menos mal que se contaban tantas historias de ahogados en él, y que todos les temían a sus aguas oscuras y profundas, incluso en el día, ni qué decir de noche. Sentí que el mismo espíritu de los viejos ahogados del lago me estaba protegiendo. No podían verme; tampoco habían sido capaces de tirarse al agua. Mis pies pisaban las tunas de las raíces de las guaduas y el dolor en las plantas me subía hasta la nuca, como corriente eléctrica; tenía ganas de gritar de dolor, pero me contenía; las ramas y tunas me rasgaban la blusa mojada, las espinas me cortaban los brazos y la pelusa de las hojas me lijaba las piernas desnudas. Llegué hasta el alambrado y pasé por debajo. Una púa más me rompió la blusa, en la mitad de la espalda, pero de esto no me di cuenta hasta mucho después. Llegué a la carretera y empecé a correr loma arriba.

ANTONIO

Los dueños de las montañas del Suroeste, en realidad, ni siquiera sabían qué hacer con ellas. Estaban encartados con esas tierras enormes y vacías a las que no se les podía sacar ningún provecho. Primero buscaron minas y salados, sin ningún éxito, pues en esas breñas no parecía haber oro en abundancia ni plata ni sal ni carbón. Tampoco se encontraron guacas de indios que tuvieran mucho valor, ya que en las tumbas lo único que se hallaba eran cuencos y ollas de barro cocido, sin ningún tesoro metálico, salvo de vez en cuando algún ídolo pequeño tan oxidado que de oro no podía ser. Uno que otro guaquero, al parecer, había encontrado piezas de tumbago, pero seguramente las había fundido por su cuenta, y sin contarle a nadie, para sacar el poco oro que había en la aleación. En cuanto a los cuencos de cerámica o los ídolos de barro, carecían de la belleza y misterio de los de otras culturas indígenas, y además en esos años casi nadie les daba el valor que tenían, y los sepulcros indígenas se profanaban sin ninguna consideración. Más bien los rompían, como si fueran cosas del diablo que podían traer desgracias y maldiciones a los saqueadores de tumbas, que era lo que se decía de esos ídolos, que estaban ahí para proteger el descanso eterno de los huesos de los muertos al lado de sus pocos tesoros enterrados. A veces, sobre la piel de las rocas de las cañadas, se hallaban misteriosas inscripciones, últimos rastros de una inteligencia arrasada por los blancos, y finalmente borrada por el sol, la lluvia y la intemperie.

La madera de los montes tampoco se podía sacar, porque no había carreteras para transportarla, y los caminos eran muy difíciles de hacer, por ser toda la tierra muy quebrada, de montañas abruptas, casi impenetrables, de lluvias torrenciales buena parte del año, y de ríos turbulentos llenos de piedras, imposibles de navegar. Bastaba un aguacero para convertir en barrial cualquier intento de camino. El Estado no tenía presupuesto para invertir en carreteras que no llevaban a ningún pueblo, así que contar con su ayuda para abrirlas era imposible. Del mismo modo, los dueños, más comerciantes que hacendados, no tenían los medios ni el conocimiento para fundar haciendas en esos montes selváticos. Además, no tenían de dónde contratar peones o labriegos en esas soledades donde nadie vivía.

Si los habitantes de Medellín se burlaban antes de los bonos de guerra y los papeles sin valor de los Echeverri &

Santamaría, ahora se reían de sus tierras inútiles, que no servían para nada ni daban renta alguna, y que lo único que producían era cigarras y calor, culebras, tigres y mosquitos. Eran extensiones grandes y feraces, pero completamente agrestes. Toda esa tierra inútil por escasez de músculos era lo mismo que no tener nada, y no era fácil en Medellín conseguir quien se quisiera ir de la Villa de la Candelaria (que ya tenía ínfulas de ciudad, siendo un pueblo infeliz) para una selva inhóspita. Los citadinos, más que echar azadón o volear machete, más que usar pico y pala, preferían ver fugarse los crepúsculos.

Pero la nueva generación de los Echeverri y los Santamaría tampoco eran brutos; sabían que habían heredado títulos sobre grandes extensiones de tierra, y en su cabeza maduraban alguna solución que convirtiera la selva en terrenos ganados para lo que en aquellos años se llamaba, con la boca llena, la civilización. Para cuando murieron los viejos, sin haberle sacado ningún provecho real a la tierra recibida, ya la nueva camada de los Echeverri y los Santamaría se había ideado un plan que más parecía un sueño. Muchas veces, a caballo y en mula, habían recorrido partes de sus propiedades. Habían abierto algunos potreros y medio trazado algún camino loma arriba. Sabían de su belleza sin límites y les veían a esos montes vacíos e inhóspitos una potencia futura. Los antioqueños eran prolíficos y no era raro hallar familias de doce, de quince, de dieciocho hijos, alimentados todos con frisoles, arroz, arepa, aguapanela, huevos y algo de tocino. Lo primero que debían hacer era atraer jóvenes colonos para poblar la tierra baldía; pero esos jóvenes habían nacido ya en la república y no querían ser súbditos ni siervos; tenían ya conciencia de ciudadanos libres y confiaban en el sueño de poder progresar gracias al esfuerzo, sin regalar a otros la fuerza de sus brazos. Tenían su pundonor: podían ser humildes, pobres, pero ya no eran tontos, sumisos ni obedientes. Si se iban a marchar de las pequeñas ciudades era para tener tierra propia, no para irse a trabajar de peones, aparceros o arrendatarios de otros. Todavía no habían liberado a los esclavos, pero sus vientres ya eran libres, y los nuevos negros que nacieran no podrían esclavizarse; ya se hablaba incluso de manumitirlos a todos.

PILAR

Yo nunca dudé de que Alberto era, de que Alberto sería para siempre el amor de mi vida. El primero y el único. Vivía en el mismo barrio que nosotros, Laureles, a tres cuadras de la casa, y nos conocimos en una Semana Santa, por la tarde, cuando estábamos en plena procesión de Jueves Santo y cayó un aguacero. Yo no sé por qué, pero siempre que me va a pasar algo importante cae un aguacero. Yo tenía doce años y él quince. Nosotras a las procesiones no íbamos a rezar sino a coquetear; algunos hombres también. Yo estaba con un grupo grande de amigas, y ellas, mientras caminábamos detrás de las estatuas de los santos, chuzaban a los muchachos con un alfiler largo que tenían en la cachirula. Yo no, yo no chuzaba a nadie, yo solamente miraba y me reía. A esa edad y en esos años las misas y las procesiones eran una manera de conocer amigos y de conseguir novio; lo de la religión era también un pretexto para estar todos juntos.

Toño dice que Alberto y yo somos novios desde que hicimos la primera comunión. Tan exagerado. No es así, pero casi. Cuando empezó a caer el aguacero unas amigas y yo nos fuimos corriendo a refugiarnos debajo del alero de una casa, para no mojarnos. Otros muchachos llegaron al mismo sitio y a mi lado quedó él; yo no sabía cómo se llamaba, pero lo miré de arriba abajo. Aunque éramos vecinos, hasta ese día no lo había visto nunca. Era hermoso, alto y fornido, de esos muchachos que juegan fútbol y montan en bicicleta y hacen ejercicio; estaba vestido de saco y corbata, que era lo que se usaba; todavía me parece verlo. El vestido era gris, y se notaba que era muy fuerte porque se le forraban los músculos de los hombros y de los brazos. Tenía un copete divino, como de un rubio discreto, quemado; era un copete alto, llamativo, estilo Elvis Presley. Lo más normal era estrenar ropa en Semana Santa, pero yo no tenía vestido nuevo, esa vez, y además se me había mojado con el aguacero. Como mi mamá no estaba yo me había puesto un vestidito blanco con bordes rojos, que no era adecuado para una procesión, pues no era muy discreto que digamos, y menos mojado. Pero él, ese muchacho, no me estaba mirando. Miraba al frente, distraído, como pensando en el agua. Ni me determinaba. Yo en cambio no le quitaba el ojo de encima, como quien mira una escultura en un museo. Le pregunté pasito en la oreja a la que estaba a mi lado, a Libia Henao:

—¿Quién es este?, ¿quién es este? Me voy a morir.

Ella me dijo:

—No, mija, se llama Alberto Gil, pero ni sueñe con él que ni la Mona Díaz se lo ha podido conquistar.

La Mona Díaz era la más alta, la más atractiva, la más bonita del barrio. Libia insistió:

—Eso es imposible.

—¿Imposible? —le dije yo alzando las cejas—. ¡Pues me voy a casar con él!

Cuando se acabó la procesión, después del aguacero, yo quedé horrible. Me había maquillado sin permiso de mi papá y mi mamá, que no estaban, y tenía pestañina regada por toda la cara, unos chorros negros que rodaban hasta el vestido blanco, como esas vírgenes que lloran a los pies de la cruz. El muchacho se había ido y yo no sabía para dónde. Pensé que seguramente se había ido para El Múltiple, que era la única heladería del barrio y adonde siempre íbamos los jóvenes. Yo convencí a mis amigas de que fuéramos a El Múltiple; como no teníamos casi plata, entre todas juntamos monedas para comprar un solo cono y compartirlo. Entré a El Múltiple y lo vi sentado, con el pelo mojado, pero no mucho, y con la ropa seca. Lo miré, desafiante, y le hablé. Eso no se usaba, hablarle a alguien que uno no conocía, pero me atreví a hablarle.

—Eh, descarado, mire yo cómo estoy, toda mojada, y usted ni siquiera me prestó su saco para taparme.

No me contestó nada. Claro. Me miró sonriente, tímido. Al otro día volví a verlo en la iglesia visitando monumentos. Era lo que se usaba el Viernes Santo por la mañana, visitar monumentos. Él había ido a muchas otras iglesias pero yo lo vi en dos: en Santa Teresita y en la iglesia del Colegio de las Bethlemitas. Lo perseguía, trataba de adivinar adónde iba. Al menos ya me miraba y yo lo miraba, de lejos. No podíamos hablarnos porque todavía no nos habían presentado.

Al terminar Semana Santa, al cuarto día de la semana de Pascua, Pompi, un amigo de él, me lo presentó. Cada vez que veo a Pompi, todavía hoy, se lo agradezco: «Pompi, vos tan querido, presentarme a este ángel». Y Alberto se me declaró poco después, un 7 de mayo. Yo estaba feliz y muerta por dentro, pero por fuera fingía indiferencia. Era lo que se usaba, y no le dije que sí ahí mismo, como hubiera querido, sino que le dije que lo tenía que pensar; que me dejara pensarlo hasta el otro día. Esa noche casi no duermo, muerta de miedo de que se le olvidara la propuesta y no volviera a preguntarme. Pero volvió al otro día para ir a misa. Y fuimos a misa de siete. A la salida me preguntó: «¿Qué pensaste?», y yo le dije que sí.

Alberto tenía una Lambretta, y cuando pasaba frente a mi casa pitaba. Yo me asomaba a la ventana y lo veía pasar, el corazón a mil, qué dicha cuando lo veía pasar pitando y alzando una mano. Un poquito después, el Día de la Madre, que es el segundo domingo de mayo, me llevó serenata. Nos despertó la música en la casa y Cobo me preguntó, pasito: «Mi reina, ¿no estás como muy chiquita para que te traigan serenata?», y yo le contesté: «Ay, yo no sé, papi, pero estoy feliz»; entonces él me dijo: «Eso es lo importante». En la tercera canción yo prendí la luz un instante, que era la señal para que se diera cuenta de que estaba despierta, oyendo la música. Ahí mismo la apagué y abrí un pedacito de la persiana para verlo un segundo. Todavía me acuerdo de la tarjetica que me echó por debajo de la puerta. No la había escrito él, sino el hermano mayor, Rodrigo, que tenía mejor letra y sabía hacer rimas: *Eres el centro que mi vida tiene / nadie podrá vencer esta pasión / el dolor que te amarga a mí me ofende / lejos de ti mi alma nada siente / Dios hizo para ti mi corazón.* Y había firmado sin poner siquiera el nombre completo; firmó así: Albto.

ANTONIO

El que convenció al bisabuelo de mi abuelo de que se fuera a vivir al otro lado del Cauca, una tierra de calor y de mosquitos, de culebras y cigarras, fue un ingeniero que se llamaba Pedro Pablo Echeverri, el Cojo, hijo de don Gabriel, uno de los que estaban fundando pueblos en el Suroeste. Ese antepasado nuestro, que se llamaba Isaías Ángel, había nacido en El Retiro en 1840, muy sospechoso de ser tornadizo, judío a veces y a ratos cristiano, según la conveniencia del momento, o al menos eso me han dicho los que saben.

Cuando el Cojo Echeverri pasó por el pueblo buscando colonos para las tierras baldías de su familia, Isaías era apenas un muchacho de veintiún años, recién casado con una adolescente de apellido Abadi, Raquel, la hija del zapatero de El Retiro, que seguramente por un error del escribano, o por disimulo del cura del pueblo, terminó siendo Abad, sin la *i,* cuando la registraron como madre de Elías Ángel Abad, en el libro más antiguo de nacimientos y bautizos de Jericó. Tuvo a Elías a los diecisiete años, en la misma cama en que dormía, con ayuda de una comadrona y después de diecisiete horas de trabajo de parto.

El Cojo llevaba meses convenciendo gente por los pueblos de Antioquia para que se unieran a una empresa sin precedentes en la región, que parecía demasiado bonita para ser cierta. Si resultaba, el asunto sería provechoso para las dos familias fundadoras, la de él y la de los Santamaría, pero conveniente también para todos los demás, para las familias colonizadoras que quisieran unirse a la aventura. Lo más difícil era que le creyeran eso, que hubiera un negocio en el que todos podían ganar. De ahí que el Cojo tuviera que hacer muchos esfuerzos para que no pensaran que era un ventajoso, un embustero que pretendía engatusar a los más tontos y necesitados de cada pueblo. La propuesta, en el fondo, era muy simple: las familias fundadoras, dueñas de esos baldíos inmensos, entregarían a nuevos colonos una parte de las tierras de sus abuelos, en propiedad, siempre y cuando se asentaran allá y les ayudaran a tumbar el monte y a abrir caminos, determinados días al mes. No había más condiciones.

Desde el primer día se le asignaría a cada colono un solar fiado en alguna parte del pueblo recién fundado, ya trazado en manzanas (pero inexistente todavía), que en esos días se llamaba Aldea de Piedras. Y al cabo de pocos meses de trabajo serio, si mucho un año, a cada jefe de familia se le fiaría también un pedazo de tierra, en las afueras del pueblo, para que tuvieran ahí los cultivos básicos. Además, a los que tuvieran algún ahorro para dar una cuota inicial, como las tierras eran quebradas, baratas y difíciles de cultivar, se les venderían con muy buenos plazos y sin intereses, terrenos más grandes, que podían llegar hasta las doscientas hectáreas, o más, para lo cual se firmaría una escritura de propiedad, debidamente legalizada ante el notario público de Fredonia (el único pueblo de la zona que ya tenía funcionarios), con linderos bien establecidos y mojones precisos: la quebrada, la piedra, la ceiba, el morro, el río, la chamba.

Para su familia, y eso no se lo ocultaba a nadie, pues al fin y al cabo eran los dueños originales y legítimos, se reservaría la parte del león —las tierras más llanas, en las vegas de los ríos (en el Silencio, el Cartama, el Frío, el Piedras, sobre todo el Cauca), donde podían establecerse lecherías y cebar novillos—. Ya el propio Echeverri, en sociedad con los Santamaría, de hecho, tenía una hacienda abierta por los lados de Tarso, a la que habían llamado Canaán, que era lo mismo que la Tierra de Promisión, y otra a la que habían dado el nombre de Damasco, nombres todos que habían encontrado en el Libro de Josué. También sería para las dos familias fundadoras el derecho exclusivo a cobrar peaje por los caminos abiertos. Este tendrían que pagarlo los arrieros, los comerciantes, y todo aquel que quisiera hacer uso de las nuevas vías que llevaban al occidente y al sur. Conservarían estos privilegios, sí, pero con tal de poblar esa selva desierta estaban dispuestos a entregar buena parte de su propiedad. Eran terrenos abruptos, pero con muy buenas aguas, y de tierra fértil, volcánica, así que servían para cultivar alimentos y levantar animales, después de tumbar el monte, desyerbar la maleza y desenterrar las piedras.

Luchando por un sueño, y siguiendo las indicaciones de don Gabriel, su padre, el Cojo buscaba por los pueblos de Antioquia familias jóvenes sin muchos recursos, pero deseosas de progresar y vigorosas, que quisieran participar en esa empresa, que para los más incrédulos no era otra cosa que una locura colectiva, o un engaño. Solteros no querían, sino parejas fértiles, con hijos o sin hijos, para que entre todos poblaran esas soledades y cultivaran la tierra. «De eso tan bueno no dan tanto», decían los desconfiados. El Cojo era un hombre alto, flaco, desgarbado, de poco más de treinta años, más bien feo, medio bizco, con una pierna más larga que la otra por una vieja fractura que había tenido al caerse de un caballo, pero con una labia encantadora. Tenía una franqueza genuina y un entusiasmo contagioso. Su manera de ser inspiraba confianza, y él, como su padre, estaba seguro de que se podría convencer a cien o doscientas familias antioqueñas de que se fueran a trabajar y a vivir allá, en esas breñas lejanas donde todavía no había llegado el diablo.

—Usted seguramente ya no, Isaías, pero quién quita que los hijos de sus hijos, o los hijos de los hijos de sus hijos puedan ir a la universidad, gracias a este esfuerzo — le decía el Cojo al joven Ángel, un hombre de facciones limpias, de frente amplia y sonrisa agradable. Sin muchos estudios, apenas la primaria, y quizá por eso mismo, sin bobadas—. Si cada familia tiene —seguía el Cojo—, y esto no es nada descabellado si se alimentan bien de los frisoles, los huevos, la leche y el maíz que produzcan sus parcelas, un promedio de diez hijos, en veinte años la región tendría la población justa para salir del atraso y construir un pequeño paraíso. Ese es nuestro destino, ese es el horizonte, si tenemos constancia y un poco de suerte. Dentro de veinte años, cuando allá vivan diez o doce mil almas, nadie podrá creer que apenas unos decenios antes lo único que había en esas breñas eran alimañas y selva cerrada. Me imagino ya a un geógrafo que escriba, a finales de este siglo, que los colonos del Suroeste ofrecen el espectáculo de una sociedad libre, propietaria de terrenos, holgada y feliz.

Mientras oía al Cojo, Isaías Ángel ya estaba pensando en las palabras con que iba a convencer a su esposa, Raquel. Quedarse en El Retiro sería resignarse a ser peones y sirvientes de otros para toda la vida; irse a la tierra nueva era la posibilidad de una vida distinta, donde ellos fueran dueños y señores no solamente de un pedazo de tierra, sino de su destino. Sabía que Raquel —que había recibido de un tío un buen regalo en metálico, por su matrimonio— aspiraba a algo más que fregar trastos, quitar hojarasca y lavar ropa. Por eso, mientras oía a Echeverri explicar el negocio, los ojos le brillaban y no veía la hora de ir a decirle a Raquel que fuera a despedirse de sus padres, recibiera su bendición y empacara con él lo que les cupiera en tres machos.

Eva

Mis ojos se habían acostumbrado a la oscuridad y algo distinguían entre las sombras. Ya estaba en el camino que subía hacia Casablanca, una cuesta muy empinada; el sudor se me mezclaba con el agua del lago. A lado y lado había rieles de cemento estriado, y por el centro una franja de hierba y maleza. A veces subía por el cemento, áspero en las plantas de los pies, pero sin espinas, y a veces me iba por la hierba del centro. Cuando tenía fuerzas corría o trotaba un trecho cuesta arriba; después caminaba para recuperar el aliento y mirar hacia atrás.

Iba jadeando y llorando, pero ni siquiera me daba cuenta del llanto; las lágrimas se confundían con las gotas de agua que me chorreaban del pelo mojado, y con el sudor, que era más y más a cada minuto que pasaba. Las estrellas estaban más frías y distantes que nunca y su luz macilenta de nada me servía para alumbrar el camino.

Los perros de Casablanca me sintieron cuando crucé el quiebrapatas de la finca de mis primos Vélez, y yo cogí la carretera destapada que llevaba hasta la casa. Las piedras me lastimaban los pies y me salí a la vera del camino, detrás de un alambrado, para caminar por encima del pasto. Los perros vinieron a mi encuentro ladrando. Cuando estuvieron más cerca me reconocieron y dejaron de ladrar; se me acercaron moviendo la cola, me olieron las manos, me lamieron las piernas húmedas. Siempre me he entendido bien con los perros. Llegué hasta la casa de Rubiel, el mayordomo de Casablanca, y toqué la puerta con los puños.

—¡Ábrame, Rubiel, ábrame rápido! ¡Soy Eva, de La Oculta! ¡Ábrame, Rubiel, ábrame! ¡Me quieren matar, Rubiel, ábrame la puerta!

Vino a abrirme Sor, la mujer de Rubiel, alarmada y con cara de desvelo. Habían oído los disparos, hacía un rato. Entré con miedo y cerré la puerta detrás, como dejando afuera un monstruo, un fantasma. Me senté en el suelo; no podía hablar. Sor me dio una toalla para que me secara; me trajo ropa de una de mis primas, Martis, para que me cambiara. Ponerme ropa seca, y limpia, me hacía sentir mejor; habría querido echarme algún perfume para olvidarme del olor a sudor, a agua del lago, a tierra, a hojas y espinas que me desgarraban. Me calentó una taza de aguapanela, me prestó medias para calentarme los pies adoloridos y ensangrentados. Cuando al fin fui capaz de contar atropelladamente lo que había pasado, Rubiel dijo en voz baja que era mejor que me fuera. Podían venir a buscarme de un momento a otro y los matarían a ellos también si se daban cuenta de que me estaban escondiendo.

Yo asentí con la cabeza, mientras acababa de vestirme. Sor me trajo también unos tenis de mi prima para calzarme. Le pedí a Rubiel que me prestara un caballo. Le dije que le dejaría el caballo en el pueblo, en Jericó, en Támesis o en Palermo, en alguna parte. O tal vez en la fonda, si podía. Donde pudiera.

Rubiel sacó una linterna y agitados, de afán, fuimos juntos a las pesebreras; entre los dos le pusimos un galápago a una yegua negra. Se llamaba Noche. Yo misma la escogí por el color; era la más adecuada, pues se veía menos en la oscuridad. Rubiel dijo, en un susurro, que si venían los tipos no les diría que yo había venido por aquí. Pero tenía que irme cuanto antes, me rogó. Poníamos mucha atención, hablando en voz baja mientras acabábamos de ensillar, casi a oscuras, y a veces nos parecía oír el zumbido de un motor lejano.

—Yo le dejo la yegua con alguien de confianza, Rubiel. Apaguen todas las luces. Adiós y gracias —le dije mientras me montaba al caballo.

—Llévese la linterna, doña Eva —me dijo—, pero no la prenda mucho.

Yo cogí la linterna, la apagué, y salí al trote por la carretera.

ANTONIO

Siempre que vuelvo de Colombia a Nueva York, los primeros días, cuando me levanto, tengo la impresión rara de seguir estando en La Oculta. Es la ausencia de pájaros y el ruido de las sirenas lo que me recuerda que estoy en otra parte. Sirenas de bomberos, de ambulancias, de carros de la Policía. Luego, a la hora del desayuno tan silencioso de aquí, extraño el bullicio de los niños, los nietos de Pilar, que siempre nos despiertan con sus juegos y sus gritos; una molestia llena de alegría. Aquí como cereales con yogur, *pancakes, bagels* con queso philadelphia, rollitos de canela, salmón crudo, cosas así. No las arepas con quesito, los chorizos, las morcillas, el chocolate espumoso, los huevos pericos ni los pandeyucas de allá. Si me traigo arepas congeladas no me saben igual, y en Nueva York hay grandes quesos curados de todo el mundo, pero no quesito. A la hora de la siesta —no hago siesta en Nueva York, solo en la finca— me hacen falta el tacto de las hamacas, el calor del mediodía, los ruidos de las chicharras, la extraña luz con que uno se despierta otra vez, a las cuatro o a las cinco, que ya no se parece para nada a la luz de la una, de las dos, cuando cerramos los ojos y era tan intensa que dolía incluso con los ojos cerrados. La luz de la finca, tan especial, la intensa luz del trópico, no se me va de la cabeza, a pesar de la oscuridad del invierno, a pesar del frío, o quizá precisamente por el frío y por la oscuridad. Sé que he cambiado de espacio, de lugar, sé que he vuelto a dormir con Jon —y eso es lo mejor del regreso—, pero dentro de mí sigo siempre allá durante algunos días, elevado, embelesado en el recuerdo. Él mismo se da cuenta, me mira a los ojos y me dice:

—Sigues allá, lo veo en tu mirada. Ya llegaste, acuérdate.

—Dame tres días y seré otra vez un neoyorkino perfecto, tenme paciencia, el trópico se pega a la piel como la leche de un sapo, que no sale ni con jabón y esponjilla.

Al despertarme, antes de sacar el violín del estuche para ponerme a estudiar, prendo un momento el computador para revisar el correo. Siento una punzada de dolor al saber que ya nunca más tendré cartas de Anita, pero mientras lo pienso, en la pantalla, aparecen mi finca, las montañas, La Oculta. La tengo frente a mí: el lago, las paredes blancas con el zócalo rojo, el piso de madera de los cuartos, cuyas tablas se hunden y traquean un poco, siempre en los mismos sitios que me sé de memoria; las chambranas regulares hechas con bastones negros de macana, en las barandas de los corredores abiertos que rodean la casa por los cuatro costados; las tejas curtidas por la intemperie y cubiertas de musgo; las hamacas colgadas de los pilares que dan hacia el lado del agua o hacia la vista del río; los árboles gigantescos —pisquines, samanes, robles, nogales, quinas, ceibas, mamoncillos, madroños, cominos, barcinos, caunces— invadidos de plantas parásitas, enredaderas, musgos, líquenes, bromelias, orquídeas; las peñas que suben casi verticales hasta Jericó y que escalé tantas veces con mis amigos y primos, cuando yo era un muchacho, y ahora con mis sobrinos.

Afuera está nevando; cae una nieve triste y silenciosa que se derrite en las aceras; por la ventana veo pasar personas vestidas de negro y con el cuerpo entelerido. Aquí, en Nueva York, en Harlem. No en mi casa; en mi casa no ha nevado al menos desde los tiempos de la última glaciación. En mi casa no nieva nunca; nunca hace frío y nunca hace calor, como en el paraíso. Si quiero frío trepo la montaña; si quiero calor bajo hasta el río Cartama. Pero en esa mitad entre la tierra fría y la caliente, el clima es siempre templado, y lo que nos rodea está siempre así, igual, verde y florecido, tibio, perpetuo. Y el paisaje se abre al frente, inmenso, de montañas y valles profundos que nunca terminan, sino que se esfuman en un horizonte que del verde pasa al azul, como un paisaje marino. Desde La Oculta las montañas parecen grandes y poderosas como el mar. Es así, tal como puede verse en la foto que se abre frente a mí. Ahí está siempre La Oculta, para que no la olvide, para conservar la ilusión de que sigo allá, o al menos de que voy a volver algún día. Para seguir creyendo que Cobo y Anita siguen vivos ahí, de alguna manera, así sea convertidos en tierra, en cenizas, en briznas de hierba o en hojas de árboles. Veo la foto y es como si rezara: esta es mi casa, mi verdadera casa, mi finca cafetera en el trópico, en las montañas de Antioquia.

La gente cree que yo me vine a vivir en Nueva York, hace casi treinta años, porque me gané una beca para seguir estudiando violín. No, yo me vine a vivir en Nueva York para salir de Medellín, para salir de Antioquia, que es un lugar con un encanto tosco, pero real, y al mismo tiempo un sitio asfixiante, clerical, intolerante, racista, homófobo, conservador, o por lo menos lo era hasta la médula cuando yo me vine. Ahora lo sigue siendo, aunque quizá un poco menos; incluso hasta Antioquia ha llegado la noticia de que el mundo cambia. Las montañas lejanas y aisladas producen gente cerrada, reservada, desconfiada, y ese no era el ambiente para vivir en libertad que yo había resuelto permitirme. Quería vivir a mi manera, quería besarme y acostarme con quien yo quisiera, sin el ojo vigilante de la familia, de los amigos, de mi papá y mi mamá, de las hermanas. Ellos, después del susto y el escándalo iniciales, me entendían, o decían que me entendían, pero no podían dejar de ser antioqueños en el peor de los sentidos. Sabían que a mi abuelo le habría dado un infarto si supiera, que mi mamá prefería no hablar del asunto y que mi papá, si bien estaba de acuerdo en teoría con mis preferencias, le molestaban mucho, o más que molestarle, lo entristecían, las sentía como una enfermedad o una desgracia, como si su hijo hubiera nacido con una deformidad, ciego, sordo, o sin un brazo. Una vez, borracho, había dicho (él creía que yo no estaba oyendo) que el problema no era que yo fuera marica, que eso no era tan grave, que el problema era que yo iba a sufrir mucho en este mundo por ser marica, y que por eso mismo debería esforzarme para no serlo, hacerme un tratamiento, y si no servía, que intentara controlarlo con disciplina, o al menos disimularlo con abstinencia. Eso era lo que siempre se había aconsejado hacer en Antioquia, lo que los curas me insinuaron que intentara también, y en cierto sentido yo no he podido dejar de ser antioqueño.

Quizá sea por eso que a veces yo mismo no me perdono o no me perdonaba de ser como soy. A veces me gustaría cambiar, por unos días, y ser un hombre macho verraco, de esos que hablan duro, tienen las manos toscas, cortas y callosas, se montan sin miedo en un caballo brioso de paso fino, en un potro a medio amansar al que doman con gritos y guascazos, que es el ideal de hombre que tienen en mi tierra, un tipo de bigotes y sombrero, con espuela y zurriago, de pocas palabras y de lengua tajante, cortante, definitiva, y que al hablar no emite propuestas ni pensamientos, sino sentencias. Ese modo de ser es el que yo más odio, y al mismo tiempo lo que quisiera ser —un rato—, un dictador furioso, un tirano que les diera a todos los antioqueños la orden de cambiar, de dejar de ser así, tan machos, tan montañeros, tan burdos y bruscos, tan atrasados. Es lo que me da rabia: ¿por qué el bueno y el fuerte casi nunca coinciden en la misma persona? Tal vez porque el bueno nunca puede obligar, solo convencer. Pero por un instante quisiera ser fuerte y obligarlos, y después de obligarlos, volver a ser yo mismo, lo que soy, una persona mansa, que no quiere imponerse ni obligar a nadie a ser de ninguna manera, sino simplemente ser, y ser como yo soy, porque no tengo de otra, y no como los demás quieran que yo sea. A esta aceptación tranquila llegué gracias a una psicóloga judía de Nueva York, a medias psicoanalista y a medias constructivista, la doctora Umansky. Ella, básicamente, me enseñó a encontrar y a aceptar lo que yo era, lo que yo soy en lo más profundo. A Jon también le debo esto, pues fue él quien me pagó el tratamiento, tres sesiones semanales carísimas, durante más de cuatro años. La doctora Umansky es sabia, pero implacable como un banquero en el cobro de sus sesiones de cuarenta minutos. Hay que pagarle cada mes o de lo contrario no te recibe ni aunque estés a punto de tirarte a las vías del metro en un día de desolación.

Poco a poco me fui quedando a vivir en Nueva York, casi sin darme cuenta; primero porque encontré trabajo en una orquesta, como último violinista, pero en una gran orquesta, y más tarde porque me enamoré de Jon con toda el alma y con todo el cuerpo. Luego vino la terapia psicológica, y tras ella la meditación dirigida, que también hago, con un sabio de la India que pasa cada año un mes por Nueva York. Y al cabo de muchos años terminé casándome con mi querido Jon, con un gringo, porque al fin aquí aprobaron el matrimonio gay y en Colombia sigue estando prohibido que dos hombres o dos mujeres se casen. En realidad, yo ni siquiera quería casarme, pero Jon sí. Llevábamos muchos años viviendo juntos, y cada vez todo era más tranquilo en la relación, nos entendíamos mejor y habíamos dejado de traicionarnos. La madurez trae cierto sosiego. Porque al principio los dos nos traicionamos, vivimos la vida loca de los ochenta, hicimos el amor con muchos otros hombres, como macacos, y pasaron cosas horribles, dolores atroces de telenovela.

Jon había sido siempre activista de los derechos de los homosexuales, un abanderado de la guerra contra el sida, un luchador para que se aprobara el matrimonio gay.

Para él era importante que hubiera ceremonia, firmas, papeles, y aunque a mí todo eso me daba igual, lo hice por com-
placerlo, por darle a él una felicidad. «Así, además, si me
muero —decía Jon—, heredas todo lo mío, y no mis hermanos, que son unos *bastards* —así dice él—, unos hijueputas que siempre me han odiado por marica». Toda la frase
la decía en inglés, que suena un poco distinto, más elegante,
pero quiere decir lo mismo. No crean, también en Nueva
York hay mucha homofobia todavía, y más entre los afroa-
mericanos, o entre los negros, como decimos nosotros, sin
querer insultar con la palabra ni con esta verdad que les digo.

Uno de los motivos por los que me pude casar con él
es porque a Jon le gustaba mi finca en Colombia. Sin compartir eso sería como casarse con un ateo si uno es muy creyente, o con un vegano si uno es carnívoro: la discusión
perpetua de los matrimonios fallidos. Con el pasar de los
años él fue aprendiendo a querer La Oculta, creo, porque al
principio todas las cosas del trópico le parecían excesivas.
O al menos en los últimos años, cuando está allá disimula
muy bien lo que no le gusta (demasiado calor, demasiada
familia, demasiada lluvia). Le toca aceptar mi ambiente, mi
casa, mis montañas.

Claro que a él le pasan cosas extrañas en La Oculta;
por ejemplo, es al único al que pican los mosquitos, y se
queja. Pilar lo consuela explicándole una teoría que ella tiene: que si a uno nunca lo pican los mosquitos es porque tiene
cáncer, que los mosquitos detectan el cáncer en el olor de la
piel. Jon a toda hora tiene que echarse repelente, de día y de
noche, y a veces, si llueve mucho, se queja también de la
humedad, dice que respira mal, que le da asma otra vez,
como cuando era niño. Y duerme intranquilo, inquieto.
Si ladran los perros por un caballo o por una chucha, piensa
que vienen los bandidos a atracarnos o a secuestrarnos. Pero
si el clima es seco, hasta elogia el paisaje de la finca y deja de
quejarse. Más le vale. Al fin y al cabo, yo he aprendido a
gozar de Nueva York casi tanto como él, por eso vivimos

aquí, y no me quejo del frío ni de los precios ni de los turistas, sino que gozo en los parques, en las playas, en los conciertos, las exposiciones, los museos.

A la finca vamos, o al menos íbamos todos los años y Jon algunas veces llegó a sentirla, a entenderla, o al menos eso creo, y si no es cierto, lo disimula muy bien. A veces, cuando vamos, saca un lienzo, un caballete y pinta la casa, el lago o el paisaje, a la antigua, al óleo, de un modo realista, figurativo, de esa manera que parece tan ridícula en el arte de hoy en día. Esos son los cuadros que a Pilar le gustan, y él se los hace como ella quiere, para que los ponga en su cuarto, o en los corredores de afuera que rodean la casa. Después el sol les da de lleno y los destiñe, y entonces Jon los retoca cada vez que vuelve, para que recuperen los colores reales, aunque las mil tonalidades del trópico sean inimitables en cualquier pintura. A veces, al retocarlos, aprovecha para añadirles algo, casi siempre un detalle no realista, alguna cosa horrible, un monstruo o un esqueleto, un fusil o una motosierra, algún efecto miedoso que Pilar le critica: «¿Para qué le pusiste eso, Jon? Te lo tiraste con esa motosierra». Y Jon solo se ríe, o le dice que en La Oculta siempre está a punto de pasar alguna cosa espantosa y era bueno que todos lo recordaran al mirar un cuadro.

Cuando los guerrilleros secuestraron a Lucas, mi sobrino, y más tarde, cuando querían obligarnos a vender la finca y amenazaron de muerte a mis hermanas, hubo un momento de duda, casi de odio por la finca, y estuvimos a punto de ceder, de que nos derrotaran. Jon estaba furioso con Colombia y decía que ese era un país fallido, sin futuro, con un Estado lejano, indolente y corrupto. Él mismo me aconsejaba que vendiera mi parte de La Oculta y que compráramos juntos una cabaña en Vermont, cerca de algún lago, a la que podríamos ir de vez en cuando. «Si quieres le ponemos La Oculta», me decía sonriendo. «Es increíble, pero aquí la tierra es más barata que en Antioquia, así que vendes allá y compramos acá algo parecido, o incluso más bonito.»

¿Más bonito? Esa frase me ofendió, pero tuve que entenderlo. Él no es antioqueño y no siente lo que nosotros sentimos. «Es más bonito en verano y a principios del otoño, tal vez, pero después es invivible», le dije, casi con desprecio. Jon volvió a sonreír, pero al menos no me habló de las blancas bellezas del invierno, de los trineos en enero, del brillo irisado de la escarcha matutina. Yo lo estuve pensando, o mejor dicho, le dije a él que lo estaba pensando, hasta que le expliqué que la zona cafetera del trópico es una cosa muy distinta, por bonito que sea Vermont, y que era a esa tierra a la que estaban apegadas mi memoria y mi sangre. Así le dije, exagerado y melodramático: mi sangre, *my blood*. Que yo no era bisnieto de irlandeses ni de esclavos ni de holandeses, como los neoyorkinos, sino de españoles y judíos conversos, mezclados con indias andinas. Le hablé de la ausencia de estaciones, del verdor en enero, de la tibieza en diciembre, del calor en agosto, de las orquídeas del trópico. Jon solo sonreía, discreto y tolerante, comprensivo, y me dijo que bueno, pero que él en cambio no tenía ninguna nostalgia por África y no se le había ocurrido nunca ir a colonizar una tierra en Liberia. Así que nos quedamos quietos, aguantamos.

Durante varios años viví solamente de la memoria, sin poder volver. Incluso una vez mis hermanas y mi mamá vinieron a Nueva York a visitarnos en diciembre, pero pasar la Navidad aquí, con este frío, acostumbrados como estábamos a pasarla en La Oculta, nadando, asoleándonos, haciendo arroces, asados y sancochos al aire libre, montando a caballo, era rarísimo. Yo miraba a Pilar y a Alberto acá, miraba a mi mamá medio marchita en esta ciudad, y ni siquiera me parecían reales, eran como hologramas, y no lo disfrutábamos. Disimulábamos la incomodidad y tomábamos mucho whisky para fingir una alegría que no sentíamos. El tema de conversación, además, iba a dar una y otra vez a La Oculta. Solamente Eva pasó feliz, y decía que si vendiera su parte de la finca pasaría tres meses en Nueva York cada año, yendo a los conciertos y las exposiciones de invierno, conociendo los nuevos restaurantes, las galerías, los museos de ciencias, los inventos. Eva ha tenido siempre una sed increíble de conocimiento, de cultura, y de alguna manera el trabajo en la panadería —ese destino que mi papá y mi mamá le señalaron a la fuerza— la había cercenado.

Para que me entendiera, cuando él insistía con la casa de campo en Vermont, por las noches le contaba a Jon alguna cosa de la finca que, en mi opinión, era irremplazable: los olores de la cocina, al desayuno o al mediodía. El olor del establo cuando había vacas paridas y las ordeñábamos en la madrugada, acompañados por los berridos de los terneros encerrados en el corral, con el abuelo y los primos. No había capuchino más espumoso que un tinto al que se le ordeñaban encima los chorros espumosos de la leche tibia; de la vaca a la boca, como decía el abuelito Josué, aspirando duro por la nariz para sentir el olor a hierba de la leche fresca. Los murciélagos que salían al crepúsculo, todas las tardes, y comían insectos al vuelo, que mi papá elogiaba, a pesar de lo feos que nos parecían, porque eran los que mantenían el equilibrio para que no hubiera demasiados insectos y los que demostraban que la zona estaba limpia de insecticidas. Los sapos que entraban en la casa por la noche, y teníamos que espantar con una escoba, porque mi mamá les tenía pánico y si veía alguno le daba un ataque. Si un sapo o una rana llegaban a entrar de día en la casa, le iba mucho peor. Cobo lo agarraba y lo crucificaba con alfileres en una tabla. Después cogía una hoja de afeitar y lo abría de arriba abajo. Nos enseñaba anatomía con el pobre animalito que no lograba liberarse y nosotros veíamos cómo le palpitaba el corazón, cómo se le inflaban los pulmones rosados, dónde estaban el hígado y los intestinos. Si era un sapo de los venenosos, su piel se llenaba de una leche asquerosa y mi papá decía que habría que estudiar la composición química de ese veneno, pues de los venenos de la naturaleza podían sacarse anestesias, analgésicos, pegantes y medicamentos.

Y seguía hablándole a Jon, sin parar, de todo lo que se me ocurría de La Oculta. El firmamento terrenal que formaban las luciérnagas con su llamado de luz. La música perpetua de Alberto, que no podía vivir ni un minuto de su vida sin música, porque odiaba el silencio, y cuando los demás nos cansábamos de tanto bambuco, de tantos porros y pasillos, de tantos boleros y tantas baladas cursis, y se lo decíamos, él sonreía y se ponía audífonos, para dejarnos descansar de su música, pero para seguirla oyendo siempre en su cabeza, siempre, incluso por las noches, cuando estaba dormido. El olor a melaza, cuando los caballos entraban de los potreros a las pesebreras y Próspero les preparaba el agua mezclada con melaza y salvado, para que bebieran hasta quedar barrigones, y las abejas y avispas que venían a probar también la melaza de los caballos, dulce, dulce. El sol del mediodía, con el cuerpo extendido sobre una toalla en el muelle, o sobre una de las piedras que rodean el lago, esas piedras inmensas, negras, como pequeñas mesetas, que no sé de dónde vienen, y el color de la piel que cada día se hacía más bello, más oscuro, más parecido al de las piedras (y al tuyo, Jon, al tuyo). Las conversaciones de ciencias con mis sobrinos, que eran cultos e inteligentes, sobre todo Simón, y habían hecho doctorados en física, en biología, en geología, y nos explicaban la antigüedad de esas montañas, sus fósiles, sus formaciones, la forma que los glaciares le habían dado a alguna parte de la montaña, a un estrecho valle. El ron con Coca-Cola del atardecer; la cerveza helada del mediodía, de distintos colores: mulata, blanca o mestiza, como la piel de toda la familia; el aguardiente o las ginebras con tónica de algunos viernes por la tarde, para una euforia más viva; el pisco *sour* que hacía Anita, delicioso, con el pisco traído del Perú, y que servía de aperitivo al mediodía, con el borde de la copa azucarado; los vinos blancos que Eva prefería, el Riesling, el Gewürztraminer, porque había vivido un tiempo en Alemania. Las dulces delicias del alcohol, su euforia suave, cuando no es demasiado y simplemente sirve para que todos conversemos más sueltos y mejor, porque todo el mundo habla de los daños del trago, de sus estragos, que no son mentira, pero hay que mencionar también sus beneficios.

Volvía a explicarle cómo era la mímica, uno de nuestros juegos favoritos, que se jugaba en dos grupos de todas las edades. Cada equipo tenía tres minutos para representar una palabra, y ganaban los que más rápido adivinaran. A los hijos de Pilar les gustaba poner a las señoras a representar palabras picantes, como orgasmo, o masturbación, y las proponían anticipando la risa, para que las representaran sin palabras delante de Anita, que a sus muchos años era la que más se reía y gozaba viendo a sus nietos avergonzados y felices de escandalizarla.

Le mencionaba también a los vecinos que venían de otras fincas a beber y a charlar de cualquier tema, al anochecer, a conversar de todo, de tierras y ganados, de música, de sueños, y en lo posible poco de política y de religión, para no acabar peleando, porque ellos solían ser más godos y nosotros más liberales y descreídos que el promedio: don Marcelino de La Querencia, Mario y Amalia de El Soñatorio, Camila de La Botero, Mariluz y Fernando de La Inés, Jaime y Ástrid de El Balcón, José de Casablanca, los Sierra de La Arcadia, el Bocha y Martis de Punta de Anca, Ismael de Las Nubes, Miriam y doña Elvia de La Palma, Álvaro, Diego y Darío de Potrerito... y más.

Todo esto le contaba a Jon, para explicarle por qué no quería que compráramos una finca en Vermont y por qué me hacía tanta falta La Oculta. Cuando se cansaba de oírme, o se hartaba de mis eternas listas de vecinos que él no conocía ni quería conocer, empezaba a acariciarme la espalda, como se acaricia el lomo de un caballo para calmarlo, hasta que empezaba a besarme en la nuca, decía que me entendía, que siguiéramos esperando, que no compráramos nada en Vermont, ni en Upstate New York, y me iba mordiendo la espalda despacio, y luego me lamía los mordiscos, me buscaba con la mano, como yo a él, en ese amor sencillo que tenemos los hombres con los hombres, y que la gente se imagina aparatoso y sucio, cuando casi siempre es sencillo y bonito, y fácil. Por eso, cuando terminamos, felices y sonrientes, nos quedamos serenamente dormidos y abrazados, como dos que se aman simplemente, aunque sus genitales se parezcan, y eso sea lo único distinto.

Cuando nieva y parece que el invierno va a durar toda la vida yo miro las fotos que tengo aquí de la finca y sueño que algún día voy a volver a estar allá, algún día, con Jon o sin Jon. Yo no tengo nostalgia de Colombia, menos de Medellín, que es una olla de presión de humos fétidos y un matadero, un hervidero de desplazados, mendigos e indigentes. Uno va en carro por la autopista que bordea el río, admirando las increíbles flores anaranjadas de los cámbulos, y de repente empieza a ver, a la izquierda, un infierno de seres que parecen salidos del Infierno de Dante, mujeres sucias que se bañan con el agua mefítica del río, hombres en greñas que fuman bazuco, niños que aspiran pegante, parejas que defecan y se aparean en la calle, como animales, y todo es un espanto, una vergüenza para la tal ciudad pujante, limpia, innovadora, la tacita de plata convertida en olla podrida. No sueño con la patria como dicen los patriotas, pues mi patria es terrible: a mí lo que me mata de *saudade* es esa finca. Todo el mundo me dice que yo vivo en Nueva York, que qué más podría querer uno sino vivir en Nueva York, y sin embargo yo sueño con La Oculta todas las semanas, una o dos veces al mes, por lo menos, pues la llevo por dentro aunque no viva allá. Sueño que nado en el lago o en el río, contra la corriente, sueño que monto a caballo sin camisa, que me subo a los árboles de mango y como mangos sin descanso, que es como morder un corazón amarillo, y la sangre amarilla y dulce chorrea por el mentón, por la garganta, por el pecho, sueño que ordeño las vacas, que trepo por las peñas rápido, casi ingrávido, sueño incluso que vuelo por el aire y veo La Oculta desde los ojos de un gavilán. Mis hermanas me dicen que ellas sueñan también cosas muy parecidas. La Oculta hace soñar, La Oculta es como un sueño que se vive. Y también, si tengo fantasías de cómo será mi vida en el futuro, me veo siempre caminando o montando a caballo alrededor de la finca, allá, lejos del mundo, en la zona cafetera, como si no me quedara más remedio que regresar a morirme allí entre las piedras donde están enterrados mis progenitores. Seguro yo voy a ser el último de los Ángel, al menos por esta rama de la familia, y el último de los Ángel tiene que tener su tumba allá, en La Oculta, la tierra que todo nos lo dio, la que permitió que mi padre fuera médico y mis tíos ingenieros y abogados, a la que le debo incluso la posibilidad de haber tenido un violín desde niño y más tarde de haber venido a vivir aquí, en Nueva York, donde a ratos me pudro de frío y de nostalgia por no estar allá, en La Oculta. Jon me enseñó qué quiere decir nostalgia. *Nostos* en griego, me dijo, es «regreso», y *algia,* «dolor», así como mialgia es dolor de los músculos, así mismo nostalgia es el dolor del regreso. Todos los viajes, todos mis viajes, son viajes de regreso, así dijo un poeta de mi tierra.

Pilar

Puedo decir que desde ese día que Alberto se me declaró hemos estado siempre juntos. Nunca nos hemos separado ni siquiera un mes completo desde hace más de medio siglo. Y todo nos ha unido más, empezando por las penas. Ese mismo año que nos ennoviamos, a Alberto se le murió el papá. Era un fumador empedernido, de Pielroja sin filtro, y le dio cáncer de pulmón; eso lo mató a los cincuenta y siete años. Alberto tenía apenas dieciséis, y veintiséis el hermano mayor, Rodrigo. Ellos quedaron muy ricos: con varias fábricas y muchas propiedades, pero al principio todo lo administraba un pariente, don Salomón Pérez. Me acuerdo de que mi mamá me dijo, cuando se murió el papá de Alberto: «Pobre doña Helena, viuda, y con esos hijos tan locos. Recemos por ella, que va a sufrir mucho levantando sola tantos hijos varones; los hombres son así: de cada cien, ochenta no sirven para nada».

Como ya éramos novios yo fui al entierro del papá. Me dio mucho pesar de doña Helena, mi suegra, vestida de negro; de ahí en adelante siempre se vistió de luto cerrado, hasta que se murió, de más de ochenta años. Seca, distante, muy piadosa, de misa diaria, de rosario diario, muy caritativa con los pobres, pero seca como una polvorosa con todo el mundo, incluso con los hijos, con los nietos. Jamás la vi darle un beso o acariciar a ninguno de sus hijos, o a mis hijos, sus nietos. Era tan seca que mis hijos no le decían abuela sino doña Helena. Sufría de una cosa que ella llamaba colerín calambroso, que era un daño de estómago tan rápido y tan horrible que no alcanzaba a llegar al sanitario, de las diarreas repentinas que le daban; por eso prácticamente no salía de la casa, solo para ir a misa, o a visitar amigas y parientes, y tenía una mueca de tristeza en la cara, creo yo, un gesto de nostalgia y desolación que la hacía parecer melancólica a toda hora, distante. Tenía felicidades, sin embargo; cada año, por ejemplo, en el aniversario de mi matrimonio con Alberto, me mandaba siempre una tarjeta en la que me agradecía por hacer tan feliz a su hijo. Yo la quería mucho.

Doña Helena había dejado de manejar, obligada por los hijos mayores, y entonces andaba siempre en taxi. Los hijos le compraron dos taxis: uno negro y uno blanco, para que nunca le faltara quien la llevara y la trajera. Los chóferes también eran uno negro, que era el que manejaba el taxi blanco, y uno blanco, que manejaba el taxi negro. El chofer del taxi blanco se llamaba Cucuma, bueno, le decíamos

Cucuma y era queridísimo, a toda hora feliz; el chofer del taxi negro se llamaba Gustavo. Ellos trabajaban el taxi cuando había horas muertas, pero tenían que estar siempre disponibles para cuando doña Helena los necesitara. Como ella salía poco, era un buen arreglo para los dos taxistas.

Los hijos en cambio no andaban en taxi, sino en carro. Cuando se les murió el papá, con un trocito mínimo de la herencia, cada uno de ellos se compró un carro. Carrazos, mejor dicho, porque de eso no se volvió a ver en Medellín hasta que llegaron los mafiosos. Rodrigo, el mayor, cuando recibió su parte de la herencia, se compró un Ford Mustang último modelo; Santiago, el segundo, encargó a Alemania un Porsche deportivo rojo; Lucía, a los pocos años, tenía un Camaro convertible y fue la primera mujer de Medellín en ganar una carrera de automovilismo. Juvenal, el hermano menor, tenía un *jeep* enorme, inglés, porque a él le gustaba salir por carreteras destapadas. En cambio Alberto, que tenía tanta plata como ellos, se conformó con un carro muy sencillo, pequeño, modesto, de segunda, un Volkswagen, una cucarachita negra, así le decíamos. Alberto siempre ha sido así, humilde, simple; no le gusta llamar la atención. No sé qué hizo con el resto de la plata; o la ahorró o se la dio a los curas. Creo que si por él hubiera sido, habría preferido montar en bus. En cambio los hermanos se la pasaban haciendo bulla por Laureles, dando curvas, haciendo piques, trompos, haciéndolos derrapar en la arena de las esquinas. Y cada uno o dos años volvían a cambiar de carro por otros más nuevos, más grandes, más coloridos, más ostentosos. Eran los ricos del barrio. Menos Alberto, él siempre tranquilo, despacio, primero en su Lambretta azul clarita y después en bus, o en el Volkswagen escarabajo. Yo lo veía así, con su sonrisa, con su timidez, tan humilde y tan lindo, y me enamoraba cada día más.

Iba a hacerme visita por la noche, en el murito de afuera; todavía no lo podía entrar a la casa. Hablábamos de cualquier cosa; no nos tocábamos ni un pelo. A veces él me hacía exámenes, o algo así. Cuando me preguntaba cosas difíciles, por ejemplo: «Pilar, ¿qué es mejor: casi ganar o casi perder?», yo corría para arriba y le preguntaba a Eva, Eva, qué es mejor, qué es mejor, y volvía corriendo, y le decía «Valiente bobada, pues claro, casi perder, es mejor casi perder». Yo le debo mucho a Eva. Alberto una vez me dio la biografía de madame Curie para que la leyera, pero yo me caía de sueño cada vez que abría el libro, así que le pedí a Eva que lo leyera rápido y me hiciera un resumen. A ella le encantó, y madame Curie siguió siendo como un ídolo de Eva para toda la vida, todavía dice que le habría gustado ser como ella. Yo a duras penas sé que era francesa, o polaca, ya ni me acuerdo. En el colegio también era Eva la que me soplaba en los exámenes. A veces yo le cogía la hoja del examen cuando ella lo tenía casi terminado y le entregaba mi hoja vacía, para que ella la llenara también. Borraba Eva arriba y ponía Pilar; el apellido era igual. Una vez no quería soplarme nada, no sé por qué, y yo le tiré encima el frasquito de tinta china y la manché toda.

A Eva nunca se le olvidaba la boina del uniforme y a mí sí. Ella sufría siempre cuando me veía en el bus con el uniforme arrugado y sin la boina. Ella siempre ponía el uniforme debajo del colchón, para que se aplanchara por la noche, sin que brillara, porque el paño empieza a brillar si se usa mucha plancha, nos había advertido mi mamá. Se bañaba y después se ponía su uniforme impecable, con todos los pliegues perfectamente marcados. En el bus se sentaba como una señorita, perfecta, para que la falda no se le arrugara. Y se peinaba despacio, a lo patico, con go- mina, lechuga le decíamos en esa época, y por último la boina. Una vez que yo no había llevado boina, porque casi siempre se me olvidaba, se la quité muy despacio, por de- trás, al entrar a misa, sin que se diera cuenta. Me la puse y fui a sentarme en la primera fila, en la banca de adelante de la capilla. Eva me vio pasar, de boina, y se puso feliz de que yo la llevara puesta. Gracias a Dios, se dijo, ¿de dónde la habrá sacado? Cuando llegó la monja a la iglesia, nos revisó con su mirada de águila, desde una tarima, y vio a Eva sin boina, se puso furiosa. La llamó adelante, de un grito: «¡Eva Ángel, pase al frente!», y cuando llegó le preguntó por la boina, y Eva se tocaba la cabeza; no podía creer que no tuviera la boina puesta, no entendía. Y yo fruncida, adelante, con la cabeza baja, pero muerta de risa. Ay, qué maldad, qué pesar; Eva, que era el ejemplo de la niña mejor vestida del colegio. Hasta la llevaban de clase en clase para que todas las niñas miraran cómo debían estar los pliegues de la falda, cómo había que hacer el nudo del corbatín en el cuello, con las dos cintas que debían ser exactamente igual de largas, cómo debía llevarse el pirulí, que era la boina del uniforme de gimnasia, una especie de solideo de los que se ponen los obispos, pero azul. La castigaron esa vez, pero ella nunca me delataba a mí. Le daba ira por dentro, pero como es noble como ella sola, no le contaba a nadie mis maldades. A veces, por la noche, hasta le daba risa, una risa nerviosa, una mezcla de rabia y compasión por mi manera de ser, que no podía traerme nada bueno, si es que había justicia en esta vida. Como dormíamos en el mismo cuarto, desde la oscuridad, a veces, me preguntaba, antes de dormirme:

—Pili, a veces me parece que vos nunca vas a ser capaz de no decir mentiras. Como que ya aprendiste a decir mentiras para poderte salir con la tuya. Eso es muy feo, Pilar.

Yo me hacía la dormida. Creo que en esta vida es casi imposible sobrevivir sin mentiras, o al menos sin un poco de disimulo. Tantas verdades, a Eva, no le han traído sino problemas que habría podido evitarse con solo cerrar el pico o decir, por piedad, alguna mentirita.

Cuando Alberto me cogió la mano por primera vez yo lo miré furiosa (aunque dichosa por dentro), le dije que me respetara, que no fuera tan descarado, que si estaba creyendo que yo era un numerito o qué. Pero dormí con la mano en la nariz, qué delicia, oliendo a Pino Silvestre, y me bañé con la mano afuera de la ducha, al otro día, para poder olerme la mano en el bus y para contarles a mis compañeras que me habían cogido la mano, que me la olieran si no me querían creer. Pino Silvestre, qué delicia, yo creo que ese perfume ya está descontinuado, el perfume de Alberto en nuestra juventud.

Tuvimos algunos problemitas durante el noviazgo, claro está. Un día, Alberto le hizo la visita a la Mona Díaz y yo lo eché. ¿Infidelidades a mí? Ni crea, y menos con la más bonita del barrio. Otra vez se enamoró de Olguita Pérez, una costeña linda, alta, morena, que bailaba divino, se mecía como una palmera, se vestía de rojo y en un baile se la embutieron, lo emborracharon y lo empujaron a que bailara con ella. Él estaba dichoso. Pero mi Dios le mandó un castigo. A los dos o tres días de bailar con Olguita Pérez le dio una hepatitis, y cuando yo fui a visitarlo me dijo que ya no estaba tan enamorado de mí y que mejor no siguiéramos. Esa vez casi me muero. Cuando se alivió, y el hermano menor, Juvenal, me empezó a pretender, yo fingía hacerle caso a Jota, que así le decía yo, aunque no me gustara ni jota, a ver si Alberto reaccionaba. Me funcionó, porque entonces él abrió los ojos y volvió a la casa a pedirme cacao.

Un día, como un año después de esa pelea, él fue a unos retiros espirituales, y yo lo estaba esperando con un vestido nuevo al regreso. Había ahorrado un mes para poder comprarlo. Me acuerdo de la modista que me lo hizo, dónde, cómo era el modelo, estilo imperio, el color. Me lo había mandado hacer rojo, como el de la costeña que casi me lo quita; de un rojo escandaloso. Y cuando se terminó la misa de doce él me salió con que debíamos terminar porque el cura de los retiros espirituales le había dicho que lo veía muy enamorado y no era bueno que estuviera tan tragado desde tan joven. Ese maldito cura, con su sotana negra, podía más que yo con mi vestido rojo. Maldito. Lo que quería era robármelo y llevárselo para el seminario. En la familia de Alberto, como él era tan bueno y tan formal y tan humilde, como iba siempre de misal a misa, y además era tan piadoso y tan inocente, todos pensaban que se iba a ir de cura. Yo pasé como dos semanas en ascuas, pensando que se iba a ir para el seminario, él iba a escoger entre el rojo y el negro, pero al fin vino a hacerme la visita y yo encontré la manera de que no se fuera a ir para el seminario.

Por ahí a los tres años de noviazgo me dio el primer beso, casi obligado:

—A que no es capaz de darme un beso —le dije yo, que me iba para Cartagena a vacaciones.

Entonces él me dijo que sí era capaz y me dio un beso en los labios. Yo corrí a confesarme ese mismo día porque si llegaba a caerse el avión me iba para el infierno. Pero era yo la que le iba proponiendo todo: la cogida de mano en cine, el beso y por último también el matrimonio. Yo misma lo forcé a que me propusiera matrimonio. Una noche le dije:

—Alberto, ¿a vos no te parece que nos debíamos casar?

Y él:

—Ah, pues bueno, ¿y cuándo?

—¿Vos cuándo podés?

Él sacó un calendario, como una tarjetica que tenía en la billetera, y dijo:

—Puede ser el 21 de diciembre, porque el 20 acabo exámenes en la universidad.

Yo tenía diecisiete años y le dije, rápido, como un rayo:

—¡Listo! Esperá un momentico.

Subí volada donde mi papá y le dije «Papi, papi, Alberto me propuso matrimonio. Me tengo que salir del colegio para preparar el ajuar». Mi papá y mi mamá me miraron medio aterrados, con los ojos inmensos, pero dijeron que bueno. Y yo volví a bajar a toda velocidad, para que no se me fuera a quitar, y le dije:

—Listo, mi papá y mi mamá dicen que me puedo casar. El 21 de diciembre, entonces. Pero antes tenemos que hacer la fiesta de compromiso.

Al otro día fui donde la hermana Fernando, la madre rectora del colegio, que era muy querida, y le dije:

—Hermana Fernando, me voy a retirar del colegio, no voy a acabar el bachillerato.

—¿Y por qué? Vea que le faltan apenas siete meses para terminar el bachillerato.

—Ay, hermana, es que me voy a casar.

A ella se le aguaron los ojos, toda contenta. Para mí que ella toda la vida se quiso casar. Y me dijo:

—Eso va a ser la felicidad de su vida. Váyase tranquila, que en los meses que le faltan no va a aprender nada más, y menos si está pensando que se va a casar. Tenga hijos, muchos hijos.

Me acuerdo de la hermana Fernando, tan querida; tenía párkinson, le temblaban las manos y nos leía libros piadosos en clase de religión. El ideal para una mujer, según nos enseñaban en el colegio, era casarse con un buen hombre, y Alberto era el mejor marido que yo me podía conseguir. Era piadoso, era buenmozo, era bueno, y era el mejor partido de Laureles. Yo me salí para preparar el ajuar, el compromiso, la fiesta de matrimonio, la luna de miel, todo.

En ese junio echaron a mi papá del hospital, dizque por radical y partidario del sindicato y de los comunistas. Él no era exactamente comunista, pero no le chocaban tanto Fidel Castro ni los sindicatos, y decía que los de la guerrilla, en algunas de las cosas que pedían, no estaban equivocados, por ejemplo en eso de la reforma agraria y la repartición de tierras a los campesinos. A mí no me pregunten, que yo no sé nada, pero eso les daba ira en la universidad, donde eran muy conservadores, requetegodos, y más rabia les daba porque sabían que mi abuelito Josué, el papá de Cobo, era ganadero, y dueño de La Oculta, que todavía era una hacienda grande, que era capaz de cargar trescientos novillos gordos y sacar no sé cuántas cargas de café al año; decían que mi papá escupía para arriba. Un día llegué a la casa y encontré todos los libros del consultorio de él en el garaje, tirados ahí, y en cajas. Mi papá tenía una cara espantosa. Yo creí que se me iba a dañar el matrimonio. No me importaba la echada de mi papá, sino que pensaba: «Ahora con qué plata me van a hacer la fiesta». Pero mi mamá me dijo que tranquila, que la fiesta se hacía de todos modos, que en la panadería ella venía haciendo unos ahorros para el matrimonio. Además, ella pensaba hacer un viaje a Cartagena para comprar el whisky y la champaña de contrabando, subiendo hasta Maicao, en La Guajira, hasta los almacenes de los turcos, donde todo salía mucho más barato. Tal vez lo único que no nos íbamos a poder permitir era la orquesta para la fiesta, que iban a ser Los Melódicos, y nos iban a tocar para que bailáramos hasta la madrugada. En la iglesia, durante la ceremonia, Toño iba a tocar piezas de violín en las partes más importantes, cuando nos bendecían, después de la elevación, mientras los invitados comulgaban, y así. Estaba divino, Toñito, de esmoquin negro y corbatín blanco por primera vez en su vida, en su primer concierto de solista, tan encantador. Esa música de él, angelical, nos trajo buena suerte.

Desde que nos casamos no nos hemos separado nunca, y hemos sido ricos y pobres, felices y desgraciados, normales casi siempre, pero hemos estado siempre juntos. A mí no se me olvida lo que le dije en la iglesia cuando nos casamos, porque aunque lo dice todo el mundo, yo sí se lo dije desde el fondo del corazón, no por decirlo sino para cumplirlo, y hoy mismo se lo repetiría: «Yo, Pilar, te recibo a ti, Alberto, como esposa, y me entrego a ti y prometo serte fiel en la prosperidad y en la adversidad, en la salud y en la enfermedad, y así amarte y respetarte todos los días de mi vida». Se lo dije llorando, lloré todo el tiempo en la iglesia, de tristeza de dejar a mi papá y mi mamá, a mis hermanitos. En la salud y en la enfermedad lo he querido siempre igual.

Los dos nos casamos vírgenes, claro, no teníamos ni idea de nada. De esas cosas no se hablaba en la casa, o si mucho por encimita, con mi papá. Ya Eva no se casó virgen, y Toño tampoco, cuando se casó, porque él antes se acostaba también con mujeres, al principio, cuando no estaba seguro o le tocaba disimular por pena de que supieran que era volteado. Él tuvo dos novias, me acuerdo perfecto, Rosa y Patricia, pero después solamente salía con muchachos a los que se les notaba a la legua lo que eran, y mi mamá sufría mucho, al principio, aunque acabó aceptándolo, y mi papá sufría todavía más, aunque sobre eso trataban de no hablar mucho, pero se le notaba, se le salía sin querer, porque a veces a la hora del almuerzo elogiaba a Fidel Castro, porque en Cuba estaba prohibida la homosexualidad y metían en campos de reeducación a los maricas, para que se curaran, y si no hasta los fusilaban, y llegaba a decir, hablando duro, dando golpecitos en la mesa, que eso era lo que había que hacer en todas partes porque los hombres se estaban volviendo afeminados, y entonces cómo iba a haber gente en este mundo, si así no era posible tener hijos y así hasta se acabarían los apellidos, por ejemplo el apellido Ángel, el apellido de los que habían llegado a Jericó de El Retiro y fundado La Oculta, un apellido que por nuestra rama dependía solamente de Antonio, y le decía el nombre completo, de Antonio Ángel, y lo miraba a la cara. A veces pienso que Toño se ocupa tanto de la historia de los antepasados como por compensar: ya que él no dejará ningún Ángel hacia adelante, sabrá todo sobre los Ángel hacia atrás.

Al fin Toño terminó casándose, él dice que con el hombre que más le ha gustado, Jon, un gringo, y no hace ni mucho tiempo que se casaron, se casó casi viejo, en

Nueva York, cuando mi papá ya se había muerto, aunque él no nos invitó al matrimonio, ni a mi mamá ni a nosotras, ni la familia de Jon tampoco estuvo en la ceremonia, porque es una familia negra y muy religiosa, muy tradicionalista, de una secta evangélica, y esas cosas les aterran todavía más que a los antioqueños, y eso es mucho decir. Creo que Alberto y yo somos como una bisagra entre dos mundos. A veces pienso que yo fui la última de la familia en vivir como mi abuelita Miriam, Eva la primera en vivir como mis hijas y Toño el primero en vivir como mis nietos, porque no me digan que no, cada día hay más maricos en todas partes, todas las niñas se quejan, cuando les gusta un muchacho, por suave, por caballeroso, porque las hace reír y por querido; nada, ahí mismo resulta que es gay y no hay manera.

　　¿Cómo será mejor la vida: a la antigua como yo o a la moderna como mis hermanos? No digo que como yo o como mis papás o mis abuelos; no digo que como ellos; es mejor no juzgar. Eso no se sabe. Yo ya estoy vieja y ya viví así; ellos están más jóvenes, pero tampoco tanto, y ya también vivieron así como son. ¿Quién vivió mejor? Eso no lo sabe nadie, cada cual hace lo que puede y siente. Nunca se sabe nada. Se escoge un camino, pensando que es el mejor, calculando los pasos que te van a llevar a una vida feliz, pero ningún cálculo sirve. Perseguimos un fin, y hasta lo conseguimos, pero una vez que llegamos ahí, nadie puede estar seguro de que era lo mejor posible. Mi mamá, que era más moderna que yo y casi a los noventa seguía tan viva y vivaz como siempre, decía que todo es bueno, que lo que pasa conviene. Yo debería haberle aprendido, y tratar de ser tan abierta y liberal como fue ella, que no dejó de renovarse nunca. A veces trato y a veces se me olvida. Yo soy así, «con ínfulas de burguesa», me dice Toño, y aunque no sé qué quiere decir eso le digo que sí, que a mí me gustan la buena vida, las cosas bien puestas, elegantes, y las cosas pequeñas que me hacen feliz, el jardín, las flores, la compañía de

Alberto, la música colombiana, la buena mesa. Seré muy normal, pero yo soy así, digna y auténtica como esta finca donde vivo. Pero ¿era esto lo mejor que podía sacar de mi vida? Eva, seguro, piensa que no, ella piensa que de su vida puede todavía sacar algo mucho mejor que esto. A veces me parece una injusticia no dejarla buscar más, no soltarla del todo, cortarle la pita a la cometa, entregarle la plata que tiene enterrada en esta finca y que vuele a donde ella quiera.

Eva

    Seguí al trote, carretera arriba. Yo conozco muy bien esa región: los caminos, los árboles, los torrentes, los montes. Me la sé de memoria como cualquier campesino, e incluso mejor que Pilar. Es verdad que ella ha pasado mucho más tiempo en La Oculta que cualquiera de nosotros, pero no es tan andariega como yo. Pilar es casera, sedentaria, la imagen que tengo de ella es cosiendo siempre, sentada en el cuarto o en el corredor, igual que mi mamá, que mis tías y que mis abuelas. Cosiendo y hablando, cosiendo y hablando. Contando una y otra vez el cuento de su noviazgo y matrimonio con Alberto, que ya todos nos sabemos de memoria. Cuando se levanta, camina alrededor de la casa y planea mejoras en el jardín, que cada vez amplía más. Después entra y recorre cuarto por cuarto, en un frenesí de trabajo. Ve telarañas, mugre, humedades, donde nadie las nota; cada vez que ve un huequito de comején le da un ataque, y grita y se alborota como una gallina. Su vida ha sido una pelea a muerte con el comején. Se encarama en escaleras altísimas, haciendo equilibrio con una jeringa, y echa formol por los orificios. Creo que son el mismo formol y las mismas jeringas que usa para arreglar a los muertos. También pelea con las úlceras, las manchas y los hongos de las paredes. Vive llamando al pobre Próspero para que prepare una colada, y saque el hisopo para hacer un remiendo de cal. Todas las semanas hay que blanquear alguna parte de la casa, pase lo que pase. Y si no nota nada que esté mal en la casa, entonces le da la ventolera de cortar árboles o sembrar palmas, de comprar o mandar hacer muebles, de recoger las hojas de las tecas y quemarlas, de cambiar el color de las flores porque ya está harta del anaranjado, de correr cercos y mejorar el jardín, de hacer caminos de piedras. Y entonces llama peones del pueblo, que tenemos que pagar entre los tres. Pero todo ahí, en la casa o alrededor de la casa. Yo, en cambio, me he recorrido esa zona de todas las maneras posibles: a pie, trotando, en *jeep,* en bicicleta y a caballo. Como si fuera un hombre, sí, a veces pienso que a mí me ha tocado asumir el papel del hombre en esta casa, el que produce la plata y organiza las cuentas, el que domina el territorio y lo recorre.

Taloneé la yegua y empecé a galopar por el camino. El cuerpo caliente del animal me calentaba también a mí. Había aprendido a montar desde niña, al mismo tiempo que aprendí a caminar, y parecía que formara con la bestia un solo cuerpo. «¡Hay que montar como formando un centauro!», decía Cobo, porque así mismo decía el abuelo Josué, y quien no haya sentido que su cuerpo es un centauro, tampoco sabe montar a caballo. Cuando se siente eso, el cuerpo experimenta una especie de serenidad muy difícil de describir. Noche sentía una mano segura que la guiaba; y yo sabía que la yegua veía mucho mejor que yo en la oscuridad; podía confiar en sus ojos mucho más que en los míos. Había montado a caballo infinidad de veces, de día y de noche, y siempre me sentía segura del animal. «Para montar bien —decía también Cobo—, el inteligente debe confiar en el bruto». A veces las herraduras levantaban chispas sobre las piedras y esas chispas me hablaban de la fuerza del animal, de su potencia, que yo misma sentía entre las piernas.

Empecé a hablarle a la yegua, en voz baja, no sé si para calmarla o para calmarme. Para sentirme acompañada:

—Noche, Noche, tranquila, vámonos para arriba, rápido, ve que me están persiguiendo y tenemos que escaparnos, me tenés que ayudar, Noche, o si no te matan a vos también. Vamos rápido para arriba, me tengo que esconder en el monte, cuidado, no te me vas a caer, si ves un alambrado tenés que parar, pero despacio, sin tumbarme, Noche, Noche.

No sé por qué, pero yo a los caballos los trato de vos. Como a los amigos. Y mi primer caballo se llamaba Amigo.

Llevaba la linterna en la mano izquierda, pero no quería prenderla para no dar ninguna pista por si había alguien mirando. Tenía todos los sentidos aguzados. A lo mejor se les ocurría subir a buscarme por ahí; pero no se oía nada. De vez en cuando el canto de una lechuza o de un currucutú. El zumbido de algún insecto perdido, una que otra luciérnaga, la brisa leve y fresca que bajaba de las peñas de Jericó. De pronto, desde La Oculta, se oyó un ruido extraño: habían prendido un motor, como una motosierra. Sí, era una motosierra y estaban cortando algo. Al momento, tan de repente como había empezado, se apagó. Yo no entendía qué podía haber sido y no quería ni imaginarme lo peor.

Seguí subiendo por la carretera, hacia las peñas. Tenía que buscar el broche que llevaba al tanque de agua; por ahí me metería y cogería potrero arriba, buscando el comienzo del monte. Al borde de las peñas podía esperar hasta que fuera de día. Por lo que yo sabía, los grupos como Los Músicos de Jericó no trabajaban mucho a la luz del sol; preferían las sombras para hacer fechorías sin que nadie los viera. La noche es el día de los facinerosos, decía mi papá.

Cuando calculé que ya nos acercábamos al broche, prendí un momento la linterna y alcancé a ver, entre las líneas del alambre de púas y los árboles de matarratón del cerco vivo, el portillo del tanque. Me bajé de la yegua para abrirlo. La hice pasar jalándola del cabestro; cerré el broche y me volví a montar, con la linterna apagada. Pasé por un lado del tanque de agua de Casablanca y seguí loma arriba por el caminito de tierra formado en el potrero. Iba al galope. Sabía que había que cruzar otros dos broches antes de que empezara a tupirse el bosque nativo, primero maleza y helechos, arbustos, algunas matas de café desperdigadas, y luego los primeros troncos. Nadie conocía esas tierras mejor que yo, nadie. Los Músicos, seguramente, no. Tal vez Próspero o Egidio, el mayordomo de La Inés, ambos nacidos en Palermo, pero Los Músicos no.

Se oía el croar de las ranas, alas de aves nocturnas de gemidos oscuros, a veces el mugido de una res a lo lejos. Respiraba más tranquila, apretando los muslos contra la yegua tibia. Me daba miedo irme a topar con un alambrado sin verlo y puse la yegua al paso. No había luna, había pocas estrellas y la limosna de luz de alguna casa lejana. Otra vez volví a pensar que tal vez, al menos esa noche, ya no me matarían. Sería difícil que dieran conmigo por allá. Abrí otros dos portillos cuando la yegua paraba; el animal veía los obstáculos que yo no veía en la oscuridad; me bajaba, prendía un instante la linterna, atenuando la luz con el puño, abría el broche, pasaba la yegua y lo volvía a cerrar. Me montaba otra vez y partía al trote, hacia arriba. Cuando llegué al borde del monte busqué en las alforjas pegadas de la silla. Había una cantimplora de agua, pero vacía. Había un poncho pequeño. Me lo puse, para protegerme un poco de la humedad del monte. Pensé que aunque el poncho fuera blanco, en la espesura nadie me vería. Calculé que sería la una de la mañana, más o menos, y pensé que para no enfriarme pasaría la noche montada en la yegua, quieta. El calor del animal, manso, noble, me hacía sentir bien.

Tenía sed, pero no quería pensar en eso. Deseché la idea de amarrar la yegua para ir a buscar agua en algún torrente que bajara de la montaña; era la compañía del animal lo que me hacía sentir segura. Montada en la yegua, además, podría salir al galope, escapar, si alguien se acercaba. Faltaban al menos cuatro horas antes de que empezara a clarear. Cerré los ojos y traté de absorber por oídos y nariz todos los rumores y olores de la noche. Tenía la boca seca, pero traté de no pensar en la sed. Me puse a recordar las historias de Pilar, no sé por qué, seguro para calmarme y no dormirme, las historias que ella siempre repite cuando estamos en La Oculta, y que a todos nos gustan y nos hacen reír y llorar. Las maldades que me hacía en el colegio, donde yo era tan juiciosa y ella tan maqueta. El cuento de la tortuguita en el avión, una vez que iba para Cartagena, o el de las visas americanas para el equipo de balonmano, que ella les sacó contra viento y marea a todos los jugadores, o el cuento de don Marcelino, cuando se murió y tuvo que llevarlo disfrazado y sentado a Medellín, maquillado y con sombrero, para que el Ejército y la Policía no se dieran cuenta de que estaba transportando un muerto.

Estaba tratando de recordar lo que pasaba con la tortuguita en el corredor del avión cuando olí algo, abrí los ojos y vi un gran resplandor, abajo en la montaña. Llamaradas que subían hacia el cielo, desde el sitio donde quedaba La Oculta. Había cenizas en el viento. En mi nariz se volvió más preciso el olor del humo, que para mí era como el olor de la muerte, de la derrota. Estaban quemando la casa. Sonó una explosión y hubo un resplandor más grande, como un hongo de fuego; yo no sabía qué era. Después me explicaron que era el tanque de mi *jeep*, al explotar, pues habían empezado por quemar el *jeep*. Me empezó un llanto hondo, con convulsiones. Rogué que al menos no hubieran quemado a Próspero y a Berta dentro de la casa.

En ese momento empecé a oír el ruido de unos motores que subían por los rieles de Casablanca. Eran dos pares de luces intensas, lentas, que exploraban la noche cuesta arriba. Se dirigían hacia la casa de mis primos. No apagaron las luces ni los motores. Una luz se encendió en la casa de Sor y Rubiel, en la distancia. Me pareció oír alguna voz, un grito de rabia, pero muy lejano, indescifrable. Yo rogaba por dentro, a nadie, al destino, que no hubiera disparos. Poco después las luces volvieron a salir y subieron por el mismo camino destapado que yo había recorrido hacía un rato con la yegua. Miraba alternativamente los faros y el incendio, más abajo. El corazón me empezó a bombear otra vez a toda marcha. Tenía que convencerme de que nadie sabía dónde estaba, ni siquiera Rubiel, de que nadie podía verme, en medio de los árboles. Acaricié a Noche, para que no se le fuera a ocurrir relinchar. Pero aun si relinchaba, ¿por qué iban a saber que ese animal estaba montado, o que yo lo montaba? Los caballos relinchan, eso es todo. Me quité el poncho y lo metí en las alforjas, para estar más segura sin nada muy claro encima. Dos camionetas grandes pasaron muy despacio por detrás del tanque de agua, pero siguieron cuesta arriba por la carretera. Me estaban buscando por el camino. Después de diez minutos dejé de ver las luces, que se alejaban hacia La Mariela, cuesta abajo. Volví a respirar mejor; el corazón se serenó. Al menos esta noche no me iban a encontrar para matarme.

ANTONIO

A veces, por las noches, escarbo mis papeles. En Nueva York conservo también una copia de los documentos que tengo en la cómoda de La Oculta, y trato de reconstruir su historia, lo que sé y lo que imagino que pasó por allá, en el Suroeste de Antioquia, lo que yo llamaría patria si la palabra patria —*fatherland,* como dicen aquí— no se hubiera ensuciado en la boca maloliente de todos los políticos nacionalistas del mundo. No, no soy regionalista ni nada de eso, pero lo que sí pienso, y lo digo sin pena, es que de los pueblos altos del Suroeste antioqueño, Jericó es el más bonito. Reconstruyo el origen de La Oculta, y lo escribo, no como el historiador serio y fidedigno que no soy, sino como un aficionado a las lecturas dispersas y a lo que personas más sabias y estudiadas me han contado:

Sé que Pedro Pablo Echeverri estuvo sentado en el café El Silencio de El Retiro, saboreando despacio un tinto endulzado con ralladura de panela. Serían las nueve o diez de la mañana y un nuevo sol picante le daba luz al aire fresco de la montaña. El sitio le hacía honor a su nombre; solo se oían las voces pausadas del ingeniero y de algunos parroquianos. Cuatro o cinco hombres jóvenes (me parece verlos, descalzos, mal trajeados), entre los veinte y treinta años, lo estarían escuchando con cuidado, con una atención casi reverente.

El Cojo les habrá dicho que don Gabriel, su padre, y un compadre suyo, Santiago Santamaría, el hijo de don Juan Santamaría, habían fundado un pueblo a la orilla izquierda del Cauca, tirando hacia el poniente, y que el pueblo ya había tenido dos nombres, antes Aldea de Piedras y ahora Felicina, desde que los habían autorizado a tener cura propio. Piedras, decía, no porque la tierra fuera tan pedregosa (era negra y fértil, en realidad, de cenizas del Nevado del Ruiz, arrastradas por el viento en erupciones milenarias), aunque había grandes rocas negras esparcidas por la montaña, sino por un río caudaloso, el Piedras, que bajaba por allá, entre rocas enormes, alimentado por múltiples torrentes, desde los páramos de la serranía hasta las vegas del Cauca.

Ahora los propietarios querían que esas tierras produjeran comida para los colonos, y eventualmente, si algo sobraba y se hacían buenos caminos, se podía empezar a comerciar con los productos que hubiera en excedente. Los pueblos mineros, que estaban más al sur, tirando hacia el Valle del Cauca, sacaban mucho oro, pero no producían comida, ni carne ni leche ni yuca ni frisoles ni plátano ni papa ni cabuya, y todo eso podría producirse en las tierras suyas y las de sus parientes, si se tumbaba el monte y se la trabajaba bien. Pero habría que abrir, o mejorar donde lo hubiera, un buen camino que llevara hasta Marmato, de modo que los arrieros pudieran ir a llevarles allá cerdos, terneros y víveres a los empresarios ingleses o alemanes, que no tenían con qué alimentar a sus mineros indios, negros, zambos, medio esclavos, y estos se les morían de hambre y por la vida horrenda de los socavones.

La condición para poblar y desarrollar esas extensiones de Suroeste era fundar aldeas e irlas llenando de familias jóvenes que quisieran tener muchos niños. Ya habían estado juntando gente en Marinilla, en Rionegro, en Fredonia, Titiribí, Medellín y La Ceja. En Sonsón y Abejorral era inútil, pues la gente de allá estaba tirando hacia el Arma, y más hacia el sur, por Aguadas, Salamina y Manizales, a invadir las antiguas encomiendas de los Villegas y de los Aranzazu. El Retiro iba a ser la última parada antes de volver a Felicina, con los que se atrevieran a seguirlo. Servía cualquiera que supiera un oficio, herrero, panadero, talabartero, aserrador, pero incluso servían los que no supieran nada; bastaba que tuvieran brazos fuertes y ganas de no quedarse parados vegetando en una esquina. Buscaba segundones sin tierra ni destino, buscaba parejas fértiles, ojalá ya con hijos, aventureros con arrojo, pero sin maldad.

—Mañana madrugado cojo el camino de Minas y sigo hasta Fredonia —decía Echeverri con voz pausada y segura—. Allá nos quedamos menos de una semana alistándolo todo y entrevistando colonos nuevos. En dos o tres días llegamos al Cauca, que se cruza por el Paso de los Pobres, en una balsa con pértigas que manejan dos paseros expertos, y después de atravesarlo estamos ya en las tierras que por ahora son de papá y de don Santiago Santamaría. Hay suficiente para todos. Yo les aseguro que en menos de un año estamos haciendo el reparto de las parcelas, no regaladas, sino baratas y fiadas. Vamos a ser justos y generosos, sobre todo con los primeros que se apunten y con los que más trabajen tumbando monte y abriendo caminos.

A los colonos que lleguen después, atraídos por las buenas noticias, la tierra no se les va a dar tan barata, sino que se les vende, y ya será más cara, cuando haya otros colonos veteranos, como ustedes.

—¿Podemos llevar peones? —preguntó uno de los jóvenes, un muchacho Peláez bien vestido y bien plantado, con tantos pelos en las cejas que estas parecían un mechón más de la cabeza.

—Pueden convidar al que quieran, no importa si es negro, blanco, mulato o mestizo. Lo que más sirve es que lleven mujeres y niños, porque por allá espantan; no hay ni un alma. Los pocos indios que había, chamíes, katíos o caramantas, salieron de huida hacia el Chocó cuando nos vieron llegar hace quince años, creyendo que los íbamos a matar, como siempre les había pasado con los blancos, con los conquistadores de antes. Solamente se quedaron unas pocas mujeres, que ya están casadas y establecidas con colonos solteros llevados por nosotros. Unos negros que liberó el gobernador Faciolince ya están trabajando allá, y a ellos también les dimos su cuadrita de tierra, como a cualquier blanco pobre. No hay sino selvas tupidas, pero con buenas maderas, y agua limpia y abundante. También a los peones, si trabajan duro, les vamos a fiar pedazos de terreno. No va a ser una tierra de peones y señores, sino de propietarios. Pueden llevar peones, pero no para que ellos trabajen y ustedes, como señoritos, los vean trabajar y los manden a los alaridos, eso no. Hasta los peones van a ser propietarios.

—Ah —insistió Peláez—. ¿Entonces usted es de esos modernos que creen que todos somos iguales, blancos y negros, ricos y pobres, inteligentes y brutos?

—No, yo no creo eso —respondió Echeverri con tanta calma que hablaba y sonreía al mismo tiempo—. Lo que sí creo es que cuando uno va a empezar algo hay que darles a todos lo mismo, como cuando se empieza a jugar tute o dominó. En un principio a todo el mundo se le dan las mismas fichas, o el mismo número de naipes, ¿no le parece?

—Eso es cierto —admitió Peláez.

—Bueno, pues eso mismo vamos a hacer en Felicina, que por eso se llama así, como felicidad: todos empiezan con lo mismo. Después, la suerte, el talento o el esfuerzo son los que deciden. También el abuso de los malos o la bobada de los bobos. Estas cosas no son estáticas como las rocas, sino que fluyen como los ríos.

—Entonces más adelante sí habrá patrones y peones, siervos y señores...

—Puede que sí, dentro de algunos años. Es más, no niego que mi padre tiene peones, y les paga un jornal. Pero él sabe que a punta de peones y jornales necesitaría un siglo para desarrollar sus tierras. Por eso ahora prefiere hombres libres, colonos casados, que empiecen con lo mismo, o casi. Las desigualdades surgen por el esfuerzo o la astucia de algunos, incluso por la maldad; por los vicios o por la pereza o la simple mala suerte de otros. O por herencia, que es el caso mío, pero quién que tenga hijos no quiere dejarles a ellos lo que recibió o lo que consiguió. A veces por la malicia, a veces por el mérito, a veces por la suerte. Hay quien se vuelve pobre porque se cae del caballo y queda inválido, y hay quien se vuelve rico porque lo tumba la mula y en el suelo encuentra una mina de oro. Porque fíjese que no solo hay injusticias de los hombres; también hay injusticias del destino, como dijo un poeta. Uno qué sabe. Tal vez las desigualdades vayan creciendo y entonces a lo mejor, si ya son muy grandes, dentro de un siglo o más, habrá que volver a barajar y a repartir. Pero por ahora todos van a empezar, si no con lo mismo, al menos con algo que se parece mucho: tierra.

—¿Y cómo podemos estar seguros de que sí nos van a fiar las tierras, de que no nos van a engañar? —preguntó otro.

—Para eso no hay más seguridad que mi palabra. Yo no digo mentiras. Les toca creerme, y venir. O no creerme, y quedarse aquí, ociosos y sin destino, calentándose al sol de la pereza —dijo terminantemente el Cojo Echeverri.

Isaías Ángel y Raquel Abadi fueron de los últimos en apuntarse a la lista del Cojo. Según la costumbre de su pueblo, un hermano suyo, el mayor, Esteban, había heredado las minas de sal de Ismael, su padre, y también había recibido la tierra y la casa grande. Isaías, en El Retiro, no tendría otro futuro que ser peón en tierra ajena, minero de sal de tierra, o artesano. Ismael se había muerto antes de poderlo mandar a estudiar en Medellín, según le había prometido, porque era su hijo más agudo, más despierto. Él había aprendido a leer, a escribir y llevar cuentas, nada más. De su pasado judío ya recordaba muy poco; palabras susurradas algún sábado sincero, dichas al escondido por su padre, que hablaba de la llegada de Abraham a Santa Fe de Antioquia, desde España. Ahora prefería no ser nada, en público y en privado, aunque si le preguntaban se decía católico, y hasta oía la misa todos los domingos, se persignaba, le rezaba a Dios, a un dios que no sabía si existía o no, para no tener problemas con nadie, y para no ponerse a responder demasiadas preguntas, ni propias ni ajenas.

Los otros jóvenes que estaban en el café —menos necesitados y todavía sin familia— pidieron tiempo para pensarlo y se retiraron. Isaías se quedó a solas en el café El Silencio con el Cojo Echeverri, el cual, después de tomarse otro sorbo de café, dijo con desconsuelo:

—Así es en todas partes. Muchos miran, y sienten curiosidad, preguntan con desconfianza, pero muy pocos se apuntan. Tal vez no me crean, o piensan que en todo regalo hay un engaño. En todo caso, ya hay más de noventa familias que aceptaron ir y tenemos cita en Fredonia dentro de dos días. Por eso hay que apurarse y salir mañana mismo. Va a tener que organizarlo todo en un santiamén. A duras penas va a tener tiempo de despedirse de la familia.

—Entonces me voy a hablar con Raquel. Está embarazada, de cuatro meses, pero no importa, es mejor que se venga conmigo de una vez. Ella siempre me habla de su sed de aventura, de sus ganas de tener una nueva vida, y no creo que se oponga, al contrario, se va a poner feliz de que nos vayamos. Lo único triste es que le toca dejar la familia, pero hay una hermana suya que de pronto se quiera venir con nosotros; voy a convidarla también. En tres mulas me cabe casi todo lo que tengo. Y encargo a Esteban, mi hermano mayor, para que me venda el resto, que no es casi nada: una cosecha de papa criolla que tengo sembrada en su tierra, y va por mitades. Raquel tiene unos castellanos de oro, y yo sé que los pone para comprar tierra, si sale bien barata. ¿A qué horas salimos?

—Veámonos aquí mismo, mañana a las seis —dijo el Cojo—. Tiene lo que queda del día para alistarlo todo. Hay otras siete familias repartidas en casas del pueblo. Nos vamos en caravana muy temprano. En Fredonia tendrán que esperar unos días, tal vez semanas, a que se junte más gente, pero cuanto antes salgamos, mejor.

Hizo una pausa, miró con su ojo bizco a Ángel y cambió bruscamente de tema:

—Tranquilo, que ese Santamaría de mis socios, es o fue como ustedes, los Ángel y los Abadi, y allá nadie les va a decir nada si prenden una velita los viernes por la tarde. Con tal de que coman cerdo, aunque no se pueda, nadie les va a decir nada. Lo que no pueden hacer es ponerse remilgados y no comer pernil ni chicharrón. ¿Sabe qué dicen mi papá y don Santiago? Yo no sé si es verdad, pero ellos así lo dicen: que es más fácil que sean ustedes los colonos, porque es a ustedes a los que más les gusta cambiar de sitio para vivir, porque llevan milenios siendo errantes, errabundos, que a eso los condenó la Biblia en el libro de los Salmos. Que nadie como ustedes tiene tanta sed de tener una tierra propia, de donde no los pueda echar nadie, y que por eso mismo la van a trabajar como ninguno.

Isaías, sin decir palabra, recordó una curiosa recomendación de su padre: «Mijito, recuerde que a nosotros la carne de cerdo no nos gusta, pero hay que comer marrano para que no nos critiquen. Además, en estas peñas no hay manera de que las ovejas pelechen y hace ya mucho que se nos olvidó a qué sabe el cordero de Dios, que quita los pecados del mundo. En las tierras del Corán y de la Biblia el cerdo era dañino, pero aquí en estas montañas las cosas son muy distintas, y esta es ahora nuestra tierra». Miró el ojo bizco de Pedro Pablo, tuvo la ilusión óptica de que se lo estaba picando, de que de ahí en adelante se lo estaría guiñando eternamente, y dibujó una sonrisa de entendimiento. Se dieron la mano y eso fue todo.

Eva

Una mañana, mientras nadaba en La Oculta, una de las ahogadas del lago me contó esta historia. Tenía una voz oscura, profunda, pero clara y nítida, como si hablara a un jeme de mi oreja:

En Jericó las casas de la gente estaban siempre abiertas, como si alguien acabara de resucitar y hubiera vuelto al mundo, o como si un huésped venido de muy lejos pudiera entrar sin tocar y sin que nadie oyera sus pasos, exactamente a la hora del almuerzo. En la mesa ponían siempre un plato más, un puesto vacío con sus cubiertos limpios y con la servilleta, con el vaso sediento de que lo llenaran, por si de pronto llegaba el hijo pródigo, porque en todas las familias de Jericó había un hijo pródigo del que no se había vuelto a tener noticias desde la última guerra, o desde una absurda discusión con el padre, o con el abuelo, que había terminado en palabras no pensadas, maldiciones que ya nadie podía recoger, y las mujeres, sobre todo las mujeres, conservaban la secreta esperanza de verlo aparecer algún día, grande y fornido como un domador de potros, con su sonrisa intacta y su vozarrón de cantante, con su carcajada atronadora y la confianza sencilla de que nunca nada malo les podría pasar.

Si por error alguien llegaba a mencionar el nombre del ausente mientras se tomaban la sopa, nadie levantaba la vista de la escudilla, por no mirar a los ojos del hombre en la cabecera, porque no querían hacerle sentir vergüenza por su nariz dilatada, por el temblor en los labios y los ojos encharcados. Con disimulo, al fin, el hombre se pasaba la servilleta, no por los labios sino por los párpados, y en ese momento una de las mujeres se levantaba, recogía los platos de la sopa, e iba a la cocina por las primeras bandejas del seco. A veces, por error, servían un poco de jugo de guanábana en el vaso vacío del ausente, y al final del almuerzo nadie se lo tomaba.

Esto había ocurrido tantas veces, con los hijos de los Ángel, de los Londoño, de los Santamaría, de los Abad. Era una constante del pueblo que algún hijo se hubiera ido ofendido, o su rastro se hubiera perdido después de una batalla, o hubiera emigrado al norte, o al oriente, en busca de fortuna, para no volver nunca y para convertir la vida de sus padres en una espera perpetua, y en esa sensación extraña de que nunca estaban completos en la mesa.

ANTONIO

Quizá también quiero y añoro tanto esa finca porque allá, en La Oculta, fue la primera vez. Nunca lo voy a olvidar. Había ido con un amigo del barrio, Sergio Ialadaki, y les pedimos a mis papás que nos dejaran montar una carpa y acampar al otro lado de la casa, a la orilla del lago, cerca de todo y al mismo tiempo lejos de la mirada de los adultos, como si fuera una aventura de adolescentes que empiezan a ser grandes. Nos dejaron. Teníamos quince años y no queríamos dormir en la casa, es la verdad, y me parece que ni siquiera sabíamos bien por qué. Quiero decir que no era una cosa planeada, sino sentida en una parte que estaba antes del pensamiento, como un vago presentimiento de nuevas emociones aún desconocidas. Dijimos que queríamos hacer una fogata al aire libre, con leña recogida en el monte, como se hacía antes, estar un rato a la intemperie, como exploradores, y cuando nos diera sueño nos queríamos meter en la carpa, sobre las colchonetas. Lo que no dijimos, pero hicimos, fue que pusimos muy juntas las colchonetas y nos cubrimos ambos con una misma cobija. Ese día habíamos nadado en el lago con mi papá siguiéndonos en la canoa, porque no le gustaba que nadáramos solos y sin salvavidas. No hacía mucho tiempo se había ahogado en el lago un joven seminarista, y en el aire y en el agua había una memoria de la muerte, un resto de tragedia, como si algo del espíritu del cura que no fue se hubiera quedado en el sitio donde su vida se había truncado para siempre. Después de nadar nos habíamos ido a escalar la quebrada en vestido de baño y nos habíamos extendido al sol en una piedra, muy cerca el uno del otro. Yo sentía el placer de droga alucinógena que es recibir el sol a medio día, sin ropa, en esa luz completa y tibia del trópico en La Oculta. Me bastaba rozarlo para sentir que de inmediato me ponía de piedra entre las piernas; él miraba mi pantaloneta y yo miraba su pantaloneta y veíamos la tela erguida, tensa: la suya, la mía. Cuando nos extendimos en la piedra, sobre un par de toallas, a pleno sol, yo saqué un bronceador de la mochila y empecé a echarme el aceite sobre el pecho y los hombros; me acariciaba yo, pero pensaba que en realidad mi mano era la mano de Sergio y que él me acariciaba. Me lo echaba despacio, muy despacio, y mientras tanto lo miraba, a ver si él entendía que mi caricia era una caricia suya, aunque disimulada. Después se echó él también aceite y me miraba mientras se lo echaba, despacio como yo, acariciando lento sus tetillas, sus brazos, su vientre firme y plano. Habría dado cualquier cosa por ser yo su mano en ese momento, pero me daba miedo que él no quisiera. No sabía él qué quería realmente; sabía solo lo que quería yo.

La noche es mejor consejera para esas cosas, que son más difíciles de hacer, al menos la primera vez, a plena luz del sol. Íbamos a cocinar en la fogata. Mi mamá nos dio arroz, huevos, salchichas y un poco de caldo de sancocho que había sobrado del almuerzo; nosotros lo calentamos todo en una olla negra, vieja, colgada de dos horquetas y una estaca directamente sobre el fuego. Sergio había llevado una guitarra y cantaba canciones de Los Beatles, de Elton John, de Serrat, de Leonard Cohen. También cantó una canción de Moustaki, que era en parte griego, como él. A mí me emocionaba su voz suave y a veces lo acompañaba en los coros de las canciones. Yo no había llevado el violín, porque, qué triste es para mí, los violines no sirven para ese tipo de paseos, y hay que cuidarlos mucho, porque son caros y la humedad los daña. Habíamos llevado al escondido lo poco que quedaba de una botella de ron, y nos echamos dos o tres tragos mezclados con jugo de naranja. Nos parecieron fuertes. Temblábamos, pero no de frío, creo yo, sino de deseo acumulado durante todo el día. Al fin nos metimos dentro de la carpa y alumbramos el espacio con una linterna. Acomodamos juntas las colchonetas, pero nos desvestimos de espaldas, sin mirarnos, y después apagamos la linterna. Estuvimos un rato respirando en silencio. Yo oía su respiración; supongo que él también oía la mía. Estábamos a menos de un milímetro de distancia, pero sin atrevernos a tocarnos. De pronto Sergio dijo que le ardía un poco la piel porque se había quemado con el sol y yo le pregunté si no quería que le echara un poco de crema humectante. Le pareció buena idea. Empecé a acariciarle el pecho, el vientre, ahí hacía un paréntesis y le echaba crema en los muslos, muy despacio, boca arriba primero, después boca abajo. Le pasé el tubo de crema y él empezó a masajearme también. La oscuridad era total y solo se oían algunos grillos, el canto de las ranas, el rumor del canal de agua que abastecía el lago y el roce de su mano sobre mi piel. Mi pene se reventaba de dureza en la mitad del cuerpo, pero yo no sabía si él sentía lo mismo. Me ofrecí a echarle crema de nuevo y bajé hasta el ombligo, y bajé más, hasta el borde de los calzoncillos. Como por error, dos de mis dedos traspasaron la frontera del resorte; la superaron hasta rozarle los vellos, y después cuatro dedos, todos menos el pulgar, con el pretexto de seguir echándole crema para que no le ardiera el sol en la piel de la tarde. Bajé un poco más, y ahí estaba, encima de los vellos, duro como la piedra, tieso y dispuesto; apenas fue un roce, un toque muy leve. Al tocarlo se elevó un poco más y un pequeño gemido salió de su garganta. Sentí la felicidad de la comprobación de que a él le pasaba lo mismo que a mí. Le pasé el envase con la crema de nuevo y ahora fue él el que bajó de mi ombligo, él el que superó la barrera del resorte de mis calzoncillos, él el que llegó hasta el sitio donde estaba, erguida, la muestra de que yo sentía lo mismo que él. Juntamos las caras, sin besarnos, solo respirando el uno el aliento del otro. Y entonces empezó a acariciarme de arriba abajo, y yo estiré mi mano y la metí por debajo de sus calzoncillos y empecé a hacer lo mismo. Movíamos las pelvis al unísono y nos arrojábamos mutuamente el aliento en la cara del otro. Era tal la tensión que en menos de dos minutos ya nos habíamos venido los dos, en perfecto silencio, pero con un estremecimiento tremendo de todo el cuerpo, y con un breve gemido final de felicidad. Había sentido una corriente eléctrica en todos los huesos de mi esqueleto. Creo que Sergio también. Me llevé los restos de su semen a la nariz y me olió delicioso, a jabón neutro. No lo probé, pero me lo unté en el pecho. Era la primera vez que hacía el amor con alguien, sin hacerlo del todo, la primera vez que me venía gracias a la mano de otra persona, la primera vez que tocaba la viscosidad de un semen que no fuera el mío. Después nos dormimos, profundos, uno al lado del otro, sin volver a tocarnos.

Al otro día el ritual se repitió. Pisar donde él pisaba, extender mi sombra sobre su sombra, respirar su aire, mirarlo sin perderme un solo detalle de su cuerpo: ese fue mi único oficio todo el día. Nadamos juntos en el lago (bajo la vigilancia de mi papá, que remaba detrás en la canoa), con el recuerdo del seminarista ahogado, que nos gritaba vivan, vivan antes de morirse jóvenes, no desperdicien los años más hermosos de la vida, y después nos fuimos a escalar la quebrada y a tomar el sol encima de otra piedra grande, y acostados boca abajo nos tomamos de la mano. Respirábamos hondo. Nos mirábamos, al darnos vuelta, el bulto erguido en las pantalonetas. Había que esperar hasta la noche. Y esa noche, creo, fue una de las mejores noches de mi vida, al menos la noche en que más veces que nunca me he venido. Me vine cinco veces, tocándolo, sintiendo que él me tocaba, respirando otra vez su respiración y sin besarnos. Él ya no podía más después de la tercera vez, pero era como si para mí nada fuera suficiente, era una cosa loca, el deseo insaciable. Un deseo como no he vuelto a sentirlo nunca, algo profundo, incontenible, que creo que no habría dejado de repetir jamás si no hubiera, al fin, amanecido. La última vez que me vine, la quinta, volví a tener orgasmo, pero ya no me salió nada de semen, ni una gota, porque no había más.

Cuando regresamos a Medellín, Sergio no volvió a hablarme ni a mirarme a la cara nunca, durante meses. Me evitaba, en el barrio. Se había vuelto aún más melancólico que antes y las ojeras negras que tenía, su parte más atractiva, se le volvieron moradas. Creo que él se refugió en la religión y en las flagelaciones, tratando de doblar sus inclinaciones hacia el lado tradicional, así fuera traicionándose a sí mismo. Yo también sentía algo de vergüenza por lo que había pasado, y también acudí donde los curas, pero si él me hubiera hecho una seña habría vuelto a acostarme con él, aunque tuviera que confesarme después. Me había quedado al escondido con uno de sus calzoncillos, lo recuerdo, era de cuadritos blancos y azules, y por la noche los sacaba de un escondite que tenía en el clóset, y los olía, y me tocaba. No podía dormirme si no me venía recordando esas dos noches en La Oculta, bajo la misma carpa y la misma cobija. Es la única vez que en mi vida he tenido un fetiche. La segunda noche yo había prendido la linterna para alumbrar la mitad de su cuerpo mientras se venía: esas arremetidas blancas que saltaban hasta su pecho, hacia mi cara, eran el recuerdo que más me excitaba.

Después de varios meses, un domingo al mediodía, me llamó Sergio, como de sorpresa, y me invitó a cine. Yo no podía de la emoción. Nos encontramos a la entrada de un cine en el centro, pero él iba con dos muchachas, una a la que me presentó como su novia y otra a la que me quería presentar a ver si me gustaba. Yo sentí una decepción sin nombre. Durante la película me sentía mareado. Sergio se cogía de la mano con su novia y la amiga de la novia intentaba cogerme a mí la mano, pero yo no quería. Al terminarse la película, que yo no vi ni entendí ni recuerdo cuál era, me despedí casi sin palabras y me monté al bus para volver a Laureles, sin ellos, que habían propuesto ir a comernos un helado. Estaba tan triste, tan humillado y decepcionado por el mensaje mudo de Sergio, que me sentía mareado. Dos señoras que iban junto a mí en el bus dijeron: «Un muchacho tan joven y ya borracho. Dónde iremos a parar». Así me di cuenta de que parecía un borracho.

Pasaron un par de años antes de que yo volviera a acostarme con un hombre; después incluso me dediqué a hacerlo con mujeres, con cierto esfuerzo, casi con repugnancia, intentando probarme que no era marica, que yo iba a ser normal como todo el mundo, o como la mayoría, por lo menos, o como Sergio, que era disciplinado y controlaba sus impulsos. Fue en esa época cuando empecé a ir a los retiros para jóvenes de Santa Gema, y como me había confesado de mi pecado con Sergio, y de mis mil pecados solitarios, el cura me insistía en que tratara de acercarme al menos a las muchachas, y no a los hombres. Pero no era lo mismo a como había sido esa noche con Sergio, nunca esa dicha completa, aunque insaciable. En realidad, creo que nunca volvió a ser igual que esa noche de mis quince o dieciséis años, en La Oculta, ni siquiera con Jon. Esa fue la primera vez y la definitiva, la que me indicó el sendero que para siempre llevaría mi deseo. La que marcó mi destino sexual. Mi brújula.

Muchos años después me encontré con Sergio Ialadaki en el aeropuerto de Chicago; nos dimos la mano; estaba gordo y feo, con bolsas fofas en los párpados, en vez de ojeras, y una barriga como de seis meses de embarazo. Me dijo que tenía tres niñas, que se había casado con una mujer griega, como su padre. Me preguntó si yo también tenía hijos. Le dije que no, que yo era gay, aunque no había descartado la idea de adoptar un niño. Él me miró serio a los ojos, en perfecto silencio, y no pude saber si en esa mirada había un recuerdo, o más bien la señal de que no quería acordarse de nada, o incluso que realmente no se acordaba de nada. Uno nunca puede leer la mente de los otros. Lo que sí sé es que si mi mente se concentra y recuerda esa noche en la carpa, si pienso en mi linterna enfocando cómo se venía Sergio joven, a borbotones, todavía hoy, más de treinta años después, se me para de nuevo.

Eva

Volví a ver, por el lado de La Oculta, el resplandor del incendio, las llamaradas que se mecían en el aire, anaranjadas, rojas, y me pareció ver en el espacio un cierto vaivén de chispas y cenizas llevadas por el viento. Seguía oliendo a humo, lejano. Cerré los ojos y esperé. Me imaginé la casa quemada, a Próspero encerrado, las columnas carbonizadas, el calor, la hamaca chamuscada, los libros en cenizas, Gaspar achicharrado. Pensé en el esfuerzo de años que se había esfumado en media hora de odio. Años, más de un siglo construyendo esa casa. La cama con mosquitero en que yo había hecho el amor cuando me casé por primera vez. La mesa del comedor, fabricada con un solo tronco de parasiempre, un árbol del Chocó que creíamos indestructible, inmune al paso de los siglos. Los taburetes de teca que Pilar había mandado hacer en la carpintería de Palermo, con un diseño que Toño había traído de Nueva York, recortado de una revista. Los armarios y las cómodas (incómodas) de los abuelitos, oscuras y pesadas. Las viejas camas de comino crespo, las fotos antiguas de la familia, en las paredes, los cuadros de flores y paisajes y caballos, malos pero bonitos. En fin, todo lo que nosotros, mi papá y mi mamá, los abuelos, los bisabuelos, Pilar, sobre todo Pilar, habíamos hecho, habíamos llevado, habíamos comprado, cambiado, heredado, recibido de regalo. Los arquitectos que habían planeado la estructura en forma de H de la casa, los maestros de obra y los albañiles que habían levantado las paredes y puesto los cimientos siguiendo instrucciones, los peones que habían entejado los techos. Los canastos, las máquinas, los cables eléctricos que llevaban luz a los cuartos, las llaves de agua, los baños, las tuberías, las cañerías, los desagües. Era una maldición de la vida que todo fuera tan lento y tan difícil de construir, comparado con la facilidad y rapidez con que todo podía ser destruido: bastaba un poco de gasolina y el rastrillar de un fósforo en una cajita.

Traté de pensar en lo que debía hacer cuando amaneciera para que al menos no me quemaran a mí, como a la casa. Tenía que decidir por cuál camino bajar hasta la carretera, tal vez hasta la fonda de Juan. Ojalá nadie me viera; alguien podría avisarles a Los Músicos, por radioteléfono o con un mandadero, que me habían visto pasar. Tenía que tratar de bajar hasta la fonda sin que me vieran. Había tres opciones: por los potreros, abriendo broches y puertas de madera; por La Mariela, que era el mismo sitio por donde se habían ido las camionetas de Los Músicos; o por la misma carretera por la que había subido yo, pasando frente a Casablanca y por detrás del lago de La Oculta.

Volví a tener un momento de llanto y al instante otro de risa y felicidad, porque me salían lágrimas del cuerpo y eso quería decir que estaba viva, y porque me palpitaba con fuerza el corazón y eso significaba lo mismo; me sentía una superviviente. Me puse de nuevo el poncho para el frío. Pensé con intensidad y ternura en Benji, que en ese tiempo estaba haciendo un semestre en Berlín, porque estudiaba en el Colegio Alemán, y estaría en sus clases, sin pensar en su madre escondida en la montaña, resucitada, que lo evocaba apretando los párpados. Pensé en mi hermano en Nueva York, que estaría dormido al lado de su gringo; pensé en mi hermana, en mis sobrinos. Pensé en mi mamá y en la panadería que estábamos vendiendo, porque yo ya no quería seguir trabajando allá, y veía ya a mi mamá muy vieja y muy cansada. Pensé en mi empleada, Patri, que iba cada dos días, a regar las matas y a cambiarle el agua a Gaspar, a darle comida y sacarlo a pasear. Ya nunca más volvería a saludarlo: «Hola, don Gaspar, venga». Medio me adormilé pensando en ellos, sobre todo en mi hijo, y en una teoría que tiene mi sobrina Flor, y una vez me la dijo, que todas las mujeres que viven con un gato son muy tristes, sufren de tristeza. Ahora era verdad, pues yo ya no iba a vivir con un perro como antes, sino sola, y con ese pensamiento de que iba a convertirme en una mujer triste, si en vez de perro me conseguía un gato (hasta le puse nombre: Prrr), me adormecí, no sé cuánto tiempo, tal vez diez segundos, tal vez media hora, tal vez hora y media. En el duermevela veía a Noche, la yegua, que se convertía en Gaspar, que se convertía en gato, que se convertía en humo. No dormía, realmente, era un dormitar a medias, inquieto y liviano como el sueño de los perros, con un ojo abierto y el otro cerrado. De vez en cuando la yegua me sobresaltaba, al cambiar de posición o al lanzar un brrrrrr por las narices, un resoplido entre aburrido y resignado, una frase sin palabras que decía tengamos - paciencia - porque - qué - se - puede - hacer - si - tengo - puesto - el - bocado - del - freno.

Cerca del amanecer, un golpe de brisa helada me hizo estremecer con un escalofrío. Tenía los vellos húmedos, no sé si de sudor o de rocío. Al fin los pájaros y los gallos se empezaron a despertar y un leve resplandor iluminó el borde de las montañas al otro lado del río Cauca, apenas visible entre las hojas de los árboles. Me refregué los ojos. Tenía la boca seca y la lengua arenosa, casi sin saliva. Al lado del lago de La Oculta subía una pequeña columna de humo blanco. Le di un golpecito de talón a Noche y me dispuse a salir del monte con las primeras luces del alba. Había resuelto salir por el camino de la Virgen, el mismo que habían tomado Los Músicos, aunque no todo el tiempo por la carretera, sino haciendo atajos y desvíos por los potreros. Recordé una frase que repetía mi papá: «¿Cuál es el lugar más seguro para una mosca? El matamoscas». Por eso resolví salir por donde ellos se habían ido. Al llegar al broche del tanque de agua la yegua quería doblar a la izquierda, de vuelta a Casablanca, pero la obligué a voltear a la derecha, hacia el peligro. Poco más adelante volví a salirme de la carretera y me metí por un cafetal; por ahí podría volver a salir a la vía, un poco más abajo, sin temor a que me vieran. Quería también estar segura de que no hubiera nadie apostado en el camino, esperándome. Era poco probable, pues así no actuaban ellos, que preferían las sombras de la noche, pero podía pasar, si su único fin ahora era acabar conmigo. Esperaba llegar a la fonda antes de las siete y coger ahí el bus que iba para Medellín. No me atrevía a ir a la finca por mi *jeep,* eso ni loca. Tampoco quería ver si Próspero estaba vivo o muerto, ni recoger a Gaspar, para enterrarlo. No se me ocurría nada mejor que hacer, por ahora.

El camino estaba desierto y llegué a la fonda antes de las seis, mucho antes de lo que pensaba. Estaba cerrada todavía; en perfecto silencio. Puse la yegua al trote y fui hasta la portada de La Oculta. El corazón me volvió a palpitar, acelerado; las manos me sudaban. La portada estaba abierta. Habían reventado la cadena con una cizalla o algún aparato así. Entendí que los tipos habían dejado los camperos a mitad de la subida, para no alertarme. ¿Se habrían ido ya del todo o habrían vuelto a La Oculta? Aunque me moría por ir a ver cómo estaban Próspero y su mujer, a ver cómo había quedado la casa quemada, a despedirme del perro, me daba miedo subir por ahí hasta donde todo había empezado, hacía seis o siete horas. Solo percibía en el aire un olor a quemado, y veía la columna de humo blanco, arriba, por los lados del lago.

No podía quedarme ahí, el pánico volvió; puse la yegua al galope y pasé la segunda fonda, La Rienda, de los Restrepo, y seguí hasta La Pava, la finca de los Trujillo. Allá el mayordomo, Pedro, me conocía de toda la vida. Cuando subí a la casa lo vi en el corral, ordeñando. Casi me emperro a llorar cuando me desmonté y me le acerqué, pero me contuve. Le pedí un baño, le pregunté si podía dejar ahí la yegua, si podía desensillarla y darle algo de comer y de beber. Hablaba muy nerviosa, agitada, pero Pedro, prudente, no me preguntaba nada. Me ofreció leche en un vaso, y me la tomé de un trago. Después vi una manguera y tomé agua sin contenerme, como si acabara de atravesar el desierto. Era como si la sed ya no se me quitara. Al fin hablamos. Pedro me ofreció un café y ordeñó dentro de la taza otro poco de leche fresca. Me supo a gloria.

No quise contarle nada, pero él seguro adivinó muchas cosas en mi cara de miedo y de cansancio. Pedro me dijo que había oído una motosierra en la mitad de la noche, y nadie tala árboles de noche, hacia arriba, antes de la madrugada, y luego una explosión y un olor a humo, como de incendio. Yo me limité a asentir con la cabeza y creo que él entendió, sin tenerle que decir ni una palabra. Le pregunté a qué horas bajaba el bus de Palermo y él me dijo que más o menos a las siete y diez o siete y cuarto. ¿Quería mandar alguna encomienda a Medellín? Yo me quedé callada; las manos me temblaban. Le pregunté a Pedro si podía prestarme plata, unos veinte mil pesos, y en seguida entró en la casa y volvió con un billete en la mano. Me lo dio sin hacer preguntas.

—Con mucho gusto, doña Eva.

Después le pregunté si en la finca había radioteléfono. Me dijo que no, que estaba malo; que don Horacio no había querido repararlo porque para lo único que servía era para que en el pueblo detectaran cuándo había gente en la casa. También a los Trujillo los estaban presionando para que vendieran. Me di cuenta de que haber llamado a Pilar la tarde anterior había sido un error. Incluso si hubiera habido radioteléfono me di cuenta de que no habría podido hablar por ahí, porque entonces habrían sabido dónde estaba. Además, ¿a quién iba a llamar?, ¿quién se iba a atrever a ir por mí? Pilar, sí, sabía que Pilar se atrevería a venir por mí, ella no le tenía miedo a nada, pero yo no quería que ella corriera ese riesgo. Tenía que salir sola de ahí. ¿La Policía? No, peor. No podía confiar en ellos. Miraba a Pedro con miedo, desesperada, a punto de llorar, y no sé si él me entendía o no, si se me notaba en la cara el terror que tenía, supongo que sí. Tenía una gran confusión mental; no había dormido, me sentía todavía perseguida, acorralada, sin saber cómo llegar rápido a un sitio seguro, a la casa de Pilar o de mi mamá, a mi casa en Medellín, al teléfono para llamar a Benjamín y llorar y llorar.

—Pedro, ¿usted los distingue, cierto?

—A quiénes.

—Pues a esos.

Pedro movió la cabeza y los ojos para decir sí. La sola pregunta le molestaba, lo ponía nervioso. Hacía pocos meses esos mismos tipos habían matado a su hermano; o no lo habían matado, pero casi, o incluso peor, pues le habían dado varios tiros y lo habían dado por muerto, y lo habían dejado tirado en una cañada. Una bala le había roto la columna y ahora estaba ahí, en un cuarto en el fondo de la casa, paralizado.

—Esa gente es muy mala, doña Eva; tenga cuidado —dijo en voz baja.

—Yo sé. ¿Puede mirar dentro del bus, cuando llegue, y me avisa antes de que yo me monte? No vaya a ser que venga alguno de ellos, nunca se sabe. Yo me escondo ahí —y le señalé una banca detrás de una pared, a un lado del corral.

—Bueno —dijo Pedro.

El bus llegó casi a las siete y veinte; iba medio vacío. Era un bus de escalera rojo que cubría la ruta Jericó - Palermo - Puente Iglesias - Fredonia - Medellín. El conductor saludó a Pedro cuando paró. Pedro le dijo que había un pasajero. Volvió al corral y me dijo que ninguno de ellos iba en el bus. Nos dimos la mano; él había entendido que algo muy grave estaba pasando. Yo le pedí que subiera a La Oculta más tarde, con cuidado, a ver si Próspero estaba bien, y que le avisara a Rubiel que ahí le dejaba la yegua. Pedro cerró los ojos y bajó la cabeza en señal de que sí.

Me monté por la puerta de adelante y le entregué mi único billete al ayudante del conductor, al pato, como le decíamos, pero no tenía devuelta. Que más adelante me devolvía, dijo, cuando otros pasajeros se montaran. Me senté en la última banca, al lado de una de las salidas con escalera. Hora y media a Fredonia; dos horas más hasta Medellín. Tenía tiempo para pensar; tenía tiempo para llorar; tenía tiempo para todo. Sentada en el bus, suspiré con descanso, me iba del peligro y en tres horas y media estaría en mi casa.

No hay nada raro en que la gente se enamore. Lo raro es que haya algunas personas que no se desenamoran nunca. Ese era el caso de Pilar. Si todos los amores fueran como el de ella y Alberto, se acabaría el pecado, el adulterio, y tanto los curas como los novelistas se quedarían sin trabajo. Pilar no se permitía desenamorarse porque entonces su vida caería por un precipicio, perdería todo sentido. Ella y Alberto eran así por dentro, y en esencia. En cierto modo nuestro amor y apego a La Oculta es parecido al amor de Pilar por Alberto. Se quiere una finca como se quiere un marido, una esposa, un viejo amor en el que hemos invertido mucho tiempo y casi todas las energías. La aprendimos a querer de niños y de jóvenes por felicidad genuina, espontánea, a primera vista, en el sol de la infancia y los días azules. Pero a pesar de que a veces nos diera motivos para dejar de quererla, no la podríamos abandonar sin sentir que al mismo tiempo estábamos traicionándonos, renunciando a nosotros mismos, a nuestros apegos e ilusiones más queridas. Renunciar a una finca como La Oculta es como renunciar a alguien que por un momento habíamos creído el amor de nuestra vida. ¿Qué era la finca? Una pequeña promesa cumplida de lo que se decía que era América y en general es mentira: un sitio donde podías conseguirte un pedazo de tierra si trabajabas duro. ¿Qué era el amor? Algo que ibas a recibir siempre, si siempre lo dabas; algo donde ibas a sembrar, a cosechar y a morir. Pilar seguía confiando en esos sueños que a ella no se le rompían, el sueño de un país y de un lugar en ese país, y el sueño del amor con Alberto, de donde habían brotado sus cinco hijos, lo que más quería. Vender la tierra era una traición tan grave como si sus mismos hijos la vendieran a ella como esclava.

Yo vivía otro sueño americano, más al norte, sin acabarme de convencer de su maravilla; tenía a Jon y tenía la ilusión de retirarme a La Oculta algún día, o al menos a Jericó, así mi amor fuera estéril y sin hijos. Eva, en cambio, como siempre en su vida, era inconstante. No desleal, tampoco infiel. Simplemente no se apegaba como nosotros a las cosas, ni a las personas, ni a la tierra, ni a las casas, ni a nada. Si le hacía la cuenta, solo en los últimos diez años había cambiado por lo menos cuatro veces de apartamento, porque de un día para otro se aburría y quería cambiar de barrio. Tenía la pasión de empezar siempre una nueva vida, en otro sitio, con otro amor, con otro paisaje, sin apegarse a nada definitivamente. Era la más libre de todos, la que se dejaba llevar por sus impulsos, que eran como unos vientos encontrados a los que no quería o no podía oponer resistencia. No había echado raíces en ningún hombre, en ninguna tierra, en ninguna parte. Tal vez más desconfiada o más desengañada por las experiencias, se dejaba ir. En este sentido, tal vez, era la más hondamente Ángel de todos los Ángel.

Su último novio, Santiago Caicedo, le había durado bastante, casi cuatro años, y era raro que se hubieran dejado, porque yo con él la había visto muy contenta. Se habían conocido nadando en Medellín, en la piscina de Pablo Restrepo, y el agua era el mejor elemento para encontrarse con Eva. Antes nunca habían coincidido, aunque frecuentaran la misma piscina, porque Eva nadaba al mediodía, para broncearse y para que gracias al sol y a la vitamina D, nunca le diera osteoporosis, aunque le diera cáncer en la piel. El viudo Caicedo, en cambio, nadaba allí mismo, pero de noche. Una vez mi hermana no había podido ir al mediodía y les había tocado nadar en el mismo carril, a las siete. Él tenía más de setenta años, pero era capaz de seguirle el paso a Eva, en pecho, e incluso en estilo libre le ganaba, y era ella la que por mucho que se esforzara no lograba alcanzarlo. Eso fue lo primero que le gustó del viejito, su vigor. Le preguntó por qué no nadaba a las doce, para volverlo a ver y tener el reto de ganarle un día, pero él le dijo que había chupado tanto sol de joven que ya la piel no le aguantaba ni un rayo más de ultravioleta y la dermatóloga le tenía terminantemente prohibido el sol. Tenía esa palidez manchada y marchita de los blancos que se han asoleado demasiado en el trópico. Al terminar de nadar, él la había invitado a comer y pese a los años del hombre, hubo un corrientazo de empatía, algo muy fuerte entre los dos. Caicedo, para empezar, se le parecía mucho a mi papá, me dijo Eva, porque le interesaban cosas parecidas: la música clásica, las películas, los libros de historia y de literatura. Él, además, la trataba con respeto, sin burlarse de sus preguntas ni de sus inquietudes, y en eso era mejor que mi papá, que siempre había insistido en que ella debía dedicarse a la panadería, en vez de soñar.

Empezaron a verse más y a salir. Eva incluso resolvió nadar por las noches algunas veces por semana. Él había enviudado hacía un año y todavía estaba deprimido, comía mal, era un esqueleto. Le dijo a Eva que ella era el bálsamo más grande que había tenido en la vida en un momento en que él veía que todo estaba perdido y a punto de derrumbarse. El viudo Caicedo, que era muy devoto, le contó que un día, poco antes de conocerla, estaba hablando con un cura amigo, su confesor, y que este le preguntaba qué pensaba hacer con su vida, ahora sin Cristina, su mujer. Y que él le había contestado así: «Voy a abrir las ventanas para que entre el Espíritu Santo». Y le decía a Eva que eso le había pasado, precisamente: «Abrí las ventanas y entraste tú, que eres el regalo que me mandó el Espíritu Santo». Eva se sentía útil con él, y apreciada y querida, pues el viudo era incapaz de vivir sin una mujer cerca, tal vez porque así eran los hombres antioqueños de su generación: él no tenía idea de hacerse un huevo tibio, de poner una cosa bonita, de arreglar la casa. Eva le cocinó, le puso flores, le ayudó a cambiar los muebles, a colgar cuadros agradables, a ir destiñendo el recuerdo triste de su mujer. Él la invitaba a una cabaña que tenía en La Ceja, que Eva también le ayudó a decorar, y leían juntos, oían conciertos, veían películas. La cabaña tenía algo muy especial: Caicedo había diseminado cebaderos de colibríes por toda la finca, y entonces la casa vivía rodeada de centenares de colibríes de todos los colores y todas las especies. Eran maravillosos, como pequeños espíritus santos con sus alitas invisibles, decía Eva. Según ella, el viudo disfrutaba la música como no había visto a nadie disfrutar tanto, ni siquiera a mí o a mi papá. Yo mismo lo comprobé cuando vinieron a Nueva York y fueron a oír un concierto donde yo tocaba, y varias óperas. Se preparaban antes, y él le enseñaba a Eva con paciencia lo que iban a oír, para que gozara más. Era muy sensible y aunque a veces Eva tuviera que arrastrarlo en silla de ruedas, porque tenía un problema de rodilla y no podía caminar mucho (solo nadar), a ella no le importaba, porque con él crecía, aprendía, llenaba un vacío que había venido creciendo durante años por dedicar los mejores años de su vida al trabajo concreto del negocio de Anita, de la familia. Yo pensaba que Eva, al fin, iba a quedarse con él pues me decía que lo quería como no había querido antes a nadie en el mundo. Yo lo veía viejo, maltrecho, achacoso, y era mi única duda, pero no creo haberle dicho nada sobre la edad del viudo. Después del entierro de mi mamá, para cambiar de tema, le pregunté a Eva qué le había pasado con él y ella aprovechó para llorar por los dos ojos, a chorros, porque en realidad estaba viviendo dos duelos al mismo tiempo, uno por Anita y otro por Caicedo.

Me contó, eso sí, que desde el principio habían tenido problemas por su posición política. Caicedo, en el fondo, pese a ser tan culto y tan sensible, era también muy conservador. No le había tocado antes una mujer que pensara, que lo contradijera y que tuviera una opinión política clara y definida. Era de derecha, me contó Eva, y le daba rabia que ella le hablara de los paramilitares, de lo que le habían hecho, de las motosierras al lado de La Oculta, asuntos de los que él, como tanta otra gente en Colombia de su clase, no quería oír. Los amigos del viudo eran casi todos finqueros o industriales, y una vez, en una fiesta en Llanogrande, había llegado con mucha pompa y séquito un general de la Cuarta Brigada, el mismo que había estado en La Oculta con los paras, cuando era coronel. Mi hermana, a raíz de eso, tuvo una gran pelea con el viudo. Eva, sin embargo, me reconoció que eso no había sido lo peor, sino más bien un pretexto para poderlo dejar; que tal vez lo que ella no había resistido era algo más tonto y más íntimo: la presión social. Aunque se sentía bien con él, creciendo y aprendiendo, mucha gente le decía que debía conseguirse a alguien más joven. Anita misma le decía que el viudo no iba a ser una compañía para la vejez y que la preocupaba morirse dejándola con él. Eva empezó a pensar, primero, que ella no era capaz de quedarse sola, pero que al mismo tiempo debía pensar en una persona «más adecuada» para satisfacer las expectativas ajenas, básicamente por la edad, y por lo viejo que él se veía a su lado. La gente se desesperaba al verla tan vital y tan alegre y bonita al lado de un tipo tan poco atractivo, tan acabado, al menos en el aspecto exterior. Eva se había puesto muy mal, pues por un lado Caicedo le devolvía los sueños culturales de su juventud (con él sentía que había hecho al fin la universidad que quería), pero al mismo tiempo se daba cuenta, a su pesar, de que no tenía la fuerza, el carácter suficiente como para quedarse con él, por la presión del entorno. Y haberse rendido por ese motivo le daba más rabia, más tristeza. Como no había solución a las contradicciones que sentía, poco antes de la muerte de Anita, le había dicho a ella que había resuelto dejarlo por las diferencias ideológicas, políticas, y también para buscarse a alguien menos viejo, que le durara más, aunque ella en el fondo sabía que lo estaba haciendo simple y llanamente por la presión de los demás.

Esa había sido su última historia con un hombre, pero en su busca de toda la vida los fracasos habían sido muchos otros. Eva quería encontrar en sus novios, en sus maridos, los vacíos que tenía, pero al final los tipos nunca llenaban sus expectativas. Tal vez su mala suerte se debía también a su buena suerte. «El mucho pasto empalaga», decía el abuelito

Josué. Quiero decir que, por lo bonita que había sido, había tenido la oportunidad de poder escoger más, y como siempre repetía Anita, «la suerte de la fea la bonita la desea». Cuando alguien puede siempre escoger algo más, es más fácil equivocarse, por la tentación de cambiar y nunca resignarse. Ese es el síndrome de las actrices y de los famosos. Pero Eva no era una bonita frívola y liviana, como cualquier coqueta; todo lo contrario: era la más seria y aplicada de los tres hermanos, la más confiable y precisa, y podía ser la más alegre cuando la invadía la alegría, y la más animada y trabajadora cuando quería, que era casi siempre. No había tenido suerte con los hombres. Y tampoco había tenido suerte en La Oculta, pues le había tocado sobrellevar algo que tal vez estaba más destinado a Pilar —que pasaba más tiempo en la finca— que a ella. Como habían estado a punto de matarla allá, ya tampoco confiaba en esa tierra que nos habían legado como nuestra propia fortaleza segura, nuestro paraíso sin serpientes, íntimo e inmune a las insidias de la vida. Era más fácil abandonar a un hombre que deshacerse de una herencia, que más que herencia era una idea, una ilusión. Eva había decidido no apegarse a ningún hombre ni a ningún país ni a ninguna tierra ni a nada.

A Jon yo lo había conocido en una exposición. No me había dado cuenta de que el artista era él, pero yo había estado vagando por entre las obras, sonriendo por lo malas que me parecían, tomando mucho vino del que regalan cuando se abre una muestra, y de repente se me acercó un hombre alto, bien plantado y distinguido. Al verlo se me ocurrió una idea con la que yo mismo no estuve de acuerdo: pensé, sin querer, y sin decírselo a nadie, que quizá su increíble porte y belleza habían sido obtenidos con el mismo sistema con que mi abuelo y mis bisabuelos habían logrado sus mejores caballos: mezclando esclavos escogidos con lupa y cruzados con cálculo, hasta casi sacar una nueva especie humana, superior a la nuestra. De inmediato deseché esta odiosa idea eugenésica y mientras tanto él me preguntaba, muy amablemente, con una voz muy dulce, si me había gustado lo que había visto de la exposición. A mí la respuesta me salió de las entrañas y tan franca e imprudente como había sido mi pensamiento secreto: «Una mierda absoluta, señor, pero supongo que esas cosas no deben decirse». Él soltó una carcajada y se fue a otro corrillo de la fiesta de inauguración, sin decirme ni una palabra. Al rato supe que él era el artista.

Me di cuenta porque empecé a hablar con una amiga sobre el nombre del artista, Jon. Yo le decía que en Antioquia el nombre Jon era muy común, sobre todo Jhon Jairo, con la hache antes de la o, y que conocía el nombre John en inglés, pero no Jon sin hache. Entonces ella me lo señaló con el mentón, diciendo: «Es él, a lo mejor los negros lo escriben sin hache». Miré y era él, el mismo al que yo le había dicho que la muestra era una mierda. Me quería esconder de la vergüenza, volverme invisible, devolver el tiempo, porque además el hombre —con su túnica africana multicolor— me había parecido apuesto y dulce; me gustaban sus ademanes y su manera de hablar, el modo elegante en que iba de un grupo a otro durante el *vernissage*. Al rato me acerqué a despedirme y le dije: «Yo soy muy anticuado y no sé mucho de arte; nací en unas montañas aisladas de Suramérica y allá no ha llegado todavía la noticia de que el arte de ahora es así». Él me pidió el número de teléfono y yo me puse feliz de que lo hiciera, de que no estuviera ofendido conmigo.

Me llamó al día siguiente y nos entendimos bien de inmediato. También a él su obra le parecía una mierda, una farsa, me dijo, pero me explicó que más o menos eso era lo que en esta época pedían los curadores y galeristas: unas instalaciones llenas de teorías, de elaboración filosófica o sociológica, y mucho aburrimiento con objetos ya hechos tomados de la calle, pero todo envuelto en un ropaje filosófico sofisticado. Palabras grandes para ideas muy tontas y experiencias visuales muy pobres. Estuvimos de acuerdo.

Esa misma noche me llevó a su apartamento —donde en cambio tenía algunas obras suyas que me encantaron, esculturas de penes y de árboles, todo muy erótico y muy fálico— y esa misma noche pasó lo que tenía que pasar y fue una dicha. Era tan hermoso sin ropa como con ropa, y para mí era la primera experiencia con un negro, que también es otra cosa que no sé explicar muy bien en qué consiste, pero es como volver a los orígenes africanos de nuestra especie, una cosa más oscura, más profunda y más completa. Yo me sentía otra vez en las praderas de los primeros hombres, o más bien (quizá esto tampoco debería pensarlo) me sentía como una mujer de las llanuras primordiales, y no como la especie de hombre que soy. Diré algo más, aunque suene pretencioso: lo que más le gustó de mí a Jon, según me dijo desde el primer día, fue la calidad de mi piel, que es lisa, sin asperezas, y el olor de mi cuerpo, que según él tenía algo de albahaca, de *basil,* decía él, y a él le gusta la albahaca como nada. Y era como si a mí me gustara lo animal en él —y yo fuera carnívoro— y a él le gustara en mí lo vegetal, y él fuera vegetariano.

Tuvimos una relación abierta, durante mucho tiempo, porque así fueron esos años, y nosotros nos dejamos llevar por la corriente. Cuando nos conocimos los dos estábamos muy jóvenes, llenos de vida, con todo el entusiasmo exaltado que podíamos sentir los gays al ser completamente libres por primera vez en la historia. Creíamos que el sida no podía tocarnos, y si no nos tocó —ahora lo pienso— fue solo un milagro, porque muchos de nuestros amigos empezaron a caer enfermos, uno tras otro. Eso nos asustó, y nos dio rabia, pues era como si estuviéramos padeciendo la maldición que nos habían anunciado todos los predicadores religiosos más reaccionarios de Estados Unidos. Tal vez por miedo al contagio, por la suerte de no habernos contagiado, o porque sentimos que una vida así, tan disipada, se parecía un poco a la falta de seriedad del arte contemporáneo, a esa bacanería intelectual que antepone teorías enredadas a cualquier belleza, a su desorden sin límites, un día nos alejamos de la orgía perpetua, resolvimos que seríamos fieles y que nos dedicaríamos más al trabajo y a cuidarnos mutuamente, a tratar de ser felices en la moderación y no en el desenfreno. Él fue el que lo propuso y yo estaba en el momento perfecto para que me hiciera esa propuesta. Sé que tengo una Eva, pero también una Pilar dentro de mí.

Así que en el verano de 1993, cuando Medellín era tan violenta que yo casi nunca iba por allá, empezamos a vivir juntos y a hacer una vida neoyorkina de familia y trabajo, una vida más burguesa, tal vez, pero también más serena y productiva. No de fidelidad completa, que desgraciadamente por mi parte eso nunca llegó a pasar, sobre todo cuando iba a Medellín y me encontraba con mis viejos amigos de ambiente, pero sí al menos de intento de fidelidad y de lealtad por él a toda prueba. Ya no les decíamos a todos que sí, como antes, sino que a veces, pocas veces, pasaba que éramos incapaces de decir que no, aunque después nos sintiéramos mal por haber dicho sí. Bueno, esto es algo que pienso dentro de mí, oculto en mi interior, porque, que yo sepa, él siempre ha mantenido su promesa, y que él sepa, yo también, porque es mejor así.

El apartamento de Jon queda en la 115 con Lenox, no muy lejos de Central Park. Queda en un tercer piso y es el mismo que había sido de sus padres; en él habían crecido él y sus tres hermanos. A la muerte de su padre, Jon había tomado el mismo arriendo, que podía pasar de padres a hijos, por un canon ridículo que sería absurdo perder en Nueva York. Era un apartamento amplio y luminoso que él había reformado, tumbando paredes, para volverlo un loft. Los dos estábamos un poco cansados, casi atónitos, de haber vivido esos años locos, años de libertad desatada, años irresponsables y deliciosos, de los que no vale la pena entrar en detalles porque son muy conocidos; creo que pocas veces en la historia del mundo había habido tanta libertad. Y había sido exaltante, y rico, pero también horrible.

No tengo nostalgia de esos años promiscuos, pero creo que haberlos vivido valió la pena para darme cuenta de muchas cosas. Con Jon decidimos vivir distinto, en una especie de isla de calma sin mojigatería, de estricta monogamia en la medida de lo posible. Fuimos dejando la costumbre de traicionar, primero por miedo y luego por convicción, hasta que se instaló en nosotros la costumbre de la fidelidad, y no nos supo mal. No es que no hubiera muchas tentaciones, sino que procurábamos evitarlas y no caer en ellas. No fue por pereza ni por prudencia ni por castidad que me fui anclando a Jon. Uno se acostumbra a un cuerpo como se acostumbra a una finca y a un paisaje: hay algo cómodo en ver siempre lo mismo cada día: hay un encanto en la rutina, así como se disfruta más una pieza para violín que has ensayado y oído muchas veces. Así como La Oculta es y siempre será mi casa, el único sitio que siento como propio, unido a mí como un miembro más de mi cuerpo, Jon es mi pareja, o yo soy su costilla, en la biblia reescrita de nuestros días, el marido que quiero tener toda la vida. No sé el motivo, pero es como si mi cuerpo y mi cabeza lo hubieran decidido sin siquiera pensarlo. Simplemente es así.

Él ha seguido siendo artista, pero no trabaja en nuestra casa, sino que tiene un taller cerca de acá, en la 122. Hace obras que vende a treinta mil dólares, con basura que va recogiendo por las calles de Harlem. *Basura cuidadosamente reciclada,* se llamaba su última exposición, la que estaba montando cuando Anita se murió, un poco en la misma vena de la vieja muestra donde lo había conocido. «Una inmensa mentira», dice él por las noches en la cama, con la luz apagada, y aunque yo no veo su cara, en la oscuridad, puedo ver su sonrisa irónica, de medio lado, con sus dientes perfectos. Vive de esa falacia —que es ya una especie de nostalgia por el arte de los años locos— y poco a poco se ha vuelto rico y cínico. La farsa no es total, pues él consigue darle un toque estético incluso a lo más absurdo, pero no es exactamente lo que él haría si se sintiera menos atado a lo que piden los galeristas, los teóricos de la academia y los curadores de museos en la actualidad. Desde hace años nos pusimos de acuerdo en que así es el mundo del arte contemporáneo, una alucinación colectiva, una mentira gigantesca, pero resolvimos vivir de acuerdo con esas reglas absurdas, sin gritar que el rey está desnudo, y acomodados a la corriente que se lleva, a lo que piden en Venecia y en la documenta. A Jon lo invitaron a participar en ella en el 97, y en Kassel yo le ayudé a montar una instalación con troncos cortados y muñecos de trapo de Añoviejo —de esos que venden en Antioquia en diciembre por las carreteras, con sombrero, vestidos con ropa vieja, y llenos de pólvora— descuartizados, y colgadas de las paredes una serie de motosierras nuevas y viejas; tuvo mucho éxito y sacaron artículos hablando de la experiencia de un artista afroamericano en los violentos Andes tropicales. El día de la inauguración, cuando entraban los invitados, teníamos a quince actores en uniforme de paramilitares que prendían al unísono las motosierras, cortaban los muñecos, rellenos de algodón mojado en tinta roja, y era como entrar en el infierno. Tuvo mucho impacto y desde entonces siempre lo invitan a las muestras más importantes de creación artística contemporánea. Un crítico muy famoso elogió la muestra diciendo que «instalaciones de este tipo revelan la materialidad de la civilización en que vivimos, porque instalan todo aquello que sin ser instalado no obtendría la perdurabilidad en la conciencia crítica de la contemporaneidad». Ay, y yo que no soporto las palabras terminadas en «dad», pero a Jon le convino la publicidad. Desde eso gana más; hay gente dispuesta a pagar miles de dólares por una motosierra vieja firmada Jon Vacuo; me imagino que las cuelgan en la sala, y explican lo que significa. A mí, francamente, aunque entiendo el sentido histórico de los objetos, la denuncia social que hay en ellos, y yo mismo le ayudé a pensarlo, me da más bien risa. No me imagino la sala de Pilar, o de mi mamá, o un corredor de

La Oculta, con una motosierra vieja colgada de un garfio, con una hoja al lado, en prosa retorcida, que explica en densos párrafos la importancia de la obra como parte de la memoria histórica del conflicto en Colombia. Jon dice que lo único que pretende es reunir dos millones de dólares para retirarse y hacer lo que le dé la gana. Jon se ha vuelto cínico y práctico, pero no sufre como yo ni se hace tantas preguntas.

No sé cuánto haya reunido ya de esa cifra porque nunca me muestra la cuenta del banco. Sé que gasta mucho con su familia, porque es muy generoso y tiene muchos más sobrinos que yo, varios de ellos desocupados o drogadictos. Lo que sí sé muy bien es que a mí, durante muchos años, me bastaba con decirle: «Jon, I'm a little homesick, I want to go to see my mother, my sisters and La Oculta». De inmediato él iba a su computador y me compraba un pasaje en *business,* vuelo directo Nueva York-Medellín. Es, o mejor dicho, era el único lujo que me daba, tres o cuatro veces al año, cuando la nostalgia me iba a matar.

No era la nostalgia por algo perdido; era más bien la añoranza por una cosa, por una casa que existe. Como en realidad yo no tengo trabajo fijo (doy clases privadas de violín, por las mañanas, y mi compromiso con la orquesta solo es esporádico, cuando hay piezas en las que se necesitan muchos violinistas), puedo sentir nostalgia en cualquier momento del año, e irme. También dicto, pero de un modo virtual, cursos de teoría y apreciación musical, y de armonía. Lo tengo bien montado, con ejemplos de música bien escogidos, con ejercicios prácticos y clases que pueden darse por Skype. Eso me permite irme de Nueva York cuando quiero y me llevo un dispositivo de 4G que me sirve en la finca, así que no falto al deber durante el viaje y las clases siguen. Mientras tanto descansan de mí los aprendices de violín, Jon descansa de mí, aunque cuando me voy, me dice, deja de dormir bien y se desvela casi todos los días.

Leo bastante, en papel y en pantalla, en especial historia y literatura. A veces, también, escribo poemas sueltos, que no publico. Los pulo y los escondo en mis cuadernos como si fueran pecados o secretos infames porque lo que me gusta es la poesía tradicional: décimas, sonetos, madrigales... Soy tan anticuado que hay días en que creo que también la poesía de hoy es como el arte de hoy: una especie de farsa amorfa, un facilismo de la forma y ausencia de arte, de pericia y de voluntad. Aunque un poeta, en realidad, no puede trabajar con voluntad; simplemente espera, y a veces llega un poema y a veces no. O mejor dicho, casi nunca llega un poema y muy pocas veces ocurre el milagro de un tema, un tono, una música interna y una voz. Los poemas se me ocurren sobre todo cuando camino solo, y rodeado de una lengua extraña. Me ocurrió en el Japón, donde no entendía ni una palabra mientras caminaba entre los cerezos blancos, florecidos. Me ocurrió en Hiddensee, una isla del norte de Alemania, mientras a mi alrededor todos hablaban alemán y yo buscaba ámbar y piedrecitas en las playas del Báltico. Me ocurrió en Noruega, enajenado en la vista de los fiordos. Si estoy solo y camino y no entiendo nada, de mi cabeza brotan versos, como para combatir la soledad verbal. Me ha ocurrido en La Oculta, si nadie habla y solo oigo las voces incomprensibles de los animales, los mugidos, los cantos, los silbidos, los chirridos. Casi siempre me salen heptasílabos, octosílabos o endecasílabos; de vez en cuando alejandrinos. A todos esos sitios he ido, simplemente, por las exposiciones de Jon, que se han multiplicado más y más desde que estuvo en la documenta. Gracias a él conozco el mundo entero, y se lo agradezco mucho a Jon, aunque yo sigo apegado a un solo sitio del mundo, incluso después de conocer China, Europa, Egipto, Australia y Japón. A veces, Jon sonríe y me pregunta: «¿Quieres que vayamos juntos a Malasia y Singapur, o prefieres irte solo para La Oculta?». A veces lo acompaño, a veces no.

Jon, Jon Vacuo es su nombre artístico (y casi también el real, que es Pascuo), expone su basura reciclada en el mundo entero. Las galerías que venden su obra son de las mejores en París, Los Ángeles, Berlín, Chicago, Milán, y aquí mismo, en Nueva York. Tenemos un amigo muy querido, un viejo noble arruinado que entre las ruinas de su inteligencia sigue siendo muy buen redactor, Heinrich von Berenberg, al que le encargamos que escriba artículos elogiando la obra de Jon, y se los pagamos por debajo, sin que se sepa: para alabar el trabajo de Jon, le pedimos que escoja el estilo más enredado que pueda. Él se esmera mucho, y nos entrega unos ensayos posmodernos incomprensibles, que Jon termina de pulir, y que a los dos nos matan de risa. *La neoalegoría de la postverosimilitud,* rezaba el último título del ensayo de Heinrich sobre su obra, cuyo primer párrafo empezaba así: «La indeterminación espacial de los objetos de Vacuo, como electrones en un inmenso acelerador de partículas, aluden al encuentro del gato de Schrödinger y los números de Fibonacci en una máquina de Turing. Aquello que bajo el aspecto de un portentoso dado electrónico prescinde del azar para alcanzar el meridiano discursivo del Es, penetra como un láser en las neuronas del espectador, excitando micropartículas de ADN, axones y dendritas, hasta hacer danzar en el cerebelo chispas de nimbada iluminación, casi como un convite de pueblos ancestrales en un festín selvático de yagé». Bonito, ¿no? Y firmado por alguien que tenga un Von en su apellido, mucho más convincente, nos parece, que si los firmara cualquier John Smith o Pepe Rodríguez. Y ni se diga si el apellido es alemán, porque muchos creen que solo en alemán es posible pensar. Los críticos deliran con lo que no se entiende, piensan que no han leído jamás una cosa más aguda y profunda sobre el arte. Y los *dealers* y los curadores también, que son los que más ganan y menos entienden. Y lo mismo los clientes, millonarios a los que engatusan con palabras grandes y enredadas. Siempre que llaman a Jon a pedirle cinco o diez mil dólares de rebaja por la venta de una obra, él dice que no, que cómo. Se finge inaccesible y vende muy bien sus grandes vitrinas de basura ordenada en cubículos, en celdas, dispuesta por colores y por formas. Hay días en que pienso que lo que hace en arte tampoco es tan malo, o ya me acostumbré, no sé. Cuando expuso en el MAM de Medellín, Alberto Sierra, Julián Posada y Ana Vélez escribieron ensayos muy bonitos sobre su obra, que publicaron en *El Colombiano*.

Es distinguido, alto, fibroso, atractivo, muy digno, con ese bonito contraste de su piel negra, el pelo blanco y la perilla si se puede más blanca que su mismo pelo. Es esa chivera la que le da un aire de dignidad increíble, de gran patriarca africano. Además, se viste con unas túnicas multicolores que mandamos hacer en Liberia. Cuando lo conocí esa noche de mi metida de pata (una metida de pata puede ser el motivo de un amor) tenía la barba todavía negra, y me parece agradable que estando conmigo, poco a poco, se le haya ido aclarando hasta llegar ahora a esta candidez absoluta. A él tampoco le molesta que yo, poco a poco, y después de haber tenido unas guedejas azabaches que eran lo menos feo que tenía, me haya ido volviendo calvo a su lado.

Jon habla poquísimo, por aforismos, como un oráculo. En la cama me dice que él es tan artista como inteligente era Forrest Gump, el de la película con Tom Hanks. Ni siquiera entiende cómo se ha convertido en un artista muy respetado, como se dice, pero a él le importa un comino ser respetable. Un día que estábamos de aniversario, y habíamos tomado mucha champaña en un restaurante, él llegó a decirme que cuando tuviera reunidos todos los ahorros que quiere tener, podríamos vivir tres meses al año en Jericó, comprarnos en el pueblo una casita. Él había conocido ese diciembre a un extraño judío, nieto de un comerciante levantino, el doctor Ojalvo, y le había encantado el museo de arte contemporáneo que había sido capaz de montar en la mitad del pueblo, un espacio generoso, digno y útil. Esa misma noche de euforia me dijo que a lo mejor podíamos donarle al museo de Jericó su colección de cuadros y videos de artistas gringos contemporáneos. A mí me parece que nosotros hemos comprado lo menos malo que ha salido aquí en los últimos veinte años, lo que todavía conserva un lejano aroma de arte verdadero. Eso me dijo Jon esa noche, aunque después no lo ha repetido, y yo espero que me lo cumpla algún día, aunque la idea de esperar a la vejez para hacer al fin lo que uno quiere hacer nunca me ha gustado. Si yo tuviera plata suficiente y pudiera, pondría el sueño en práctica ya, ahora mismo, porque mientras uno espera a que los sueños se cumplan, llega la enfermedad, o un accidente, y uno se muere. La vida está colgada de un hilito, y en el aire hay tijeras que vuelan con el viento. La misma Oculta, aunque parezca eterna, ha estado asediada siempre por mil peligros; cuando no son las guerras civiles o las crisis, entonces son la delincuencia o la guerrilla; después son los mineros, los narcos de la amapola o los urbanizadores que ofrecen millonadas para hacer fincas de recreo. No pueden ver un terreno verde, virgen, porque los ojos se les inyectan de codicia, ni puede haber un gramo de oro debajo de la belleza del paisaje, porque ya quieren destruir todo el paisaje con tal de apropiarse de esas pepitas de oro, de cobre o de coltán.

Mi problema mayor ha sido siempre la incertidumbre: no saber qué hacer ni qué pensar cuando muchos caminos se me abren al frente y al frente he tenido abiertos, siempre, todos los caminos. Para empezar crecí en un mundo de mujeres, y de algún modo se me ofreció la posibilidad de ser como ellas al menos en una cosa: el gusto por los hombres para el sexo. Pero eso es lo de menos, y es genético. Estoy seguro de que nací así, lo supe desde muy pronto. No creo, como creía el abuelito Josué, que yo me haya vuelto marica de tanto que me mimaron mis hermanas. Él hacía hasta lo imposible por volverme más hombre, más machito. Cuando me llevaba a la finca pretendía que yo aprendiera a castrar toretes, como lo hacía él, derribándolos con una soga, y sin anestesia, y pretendía también que me comiera las criadillas revueltas con huevos: «Coma, mijito, que eso le va a dar mucha verraquera, mucha hombría». Yo fingía comerme esas menudencias repulsivas, pero en realidad se las echaba al perro con disimulo, por debajo de la mesa, para que el abuelito creyera que me había tomado su medicina. En todo caso, no me habrían hecho ningún efecto, pues yo sentí lo que era incluso desde antes de que me salieran el bozo y los pelitos en el pubis. Y lo que percibía no me hacía sentir bien, porque siempre me habían enseñado que eso estaba mal. Luché contra eso que veía crecer dentro de mí, como una amenaza, como un pecado mortal. Para combatirlo, lo primero que se me ocurrió fue empezar a ir a unos encuentros y retiros espirituales que organizaban los padres de la parroquia de Santa Gema. Creía que con la meditación y la piedad podía deshacerme de los malos pensamientos y las malas inclinaciones. Estábamos en silencio dos o tres días en una casa de ejercicios en las afueras de Medellín y yo me arrodillaba y le rogaba a Dios que por favor alejara eso de mí, que me quitara ese maldito gusto por los hombres, que no me dejara sentirme embelesado, casi enamorado de mis propios compañeros de retiro espiritual.

Me confesaba, pedía consejo, y el padre Eusebio, mi consejero espiritual, decía que esas tendencias se podían controlar con voluntad y pidiéndole mucha castidad y fortaleza al Señor. Hasta me puse un cilicio, para combatir las fantasías, pero no me valió. Yo me masturbaba pensando en hombres y después lloraba de arrepentimiento. Yo me duchaba con agua helada a las tres de la mañana para alejar los sueños eróticos en que solamente veía pipís de hombres que arrojaban maná sobre mí. Tenía un grupo de oración en la parroquia y allá nos hacían actividades para ayudarnos unos a otros a alejar todo tipo de tentaciones malsanas.

Nos decían que si nos acercábamos a Dios y vivíamos una vida de retiro y oración podíamos espantar cualquier fantasma de malos pensamientos. Que debíamos controlar la vista, el tacto, las ocasiones de pecar. «Uno nunca, dos jamás, tres pasable, cuatro mejor», era la receta para la compañía: nunca estar solos ni en pareja. El padre Eusebio me daba unas tarjeticas con oraciones que servían para alejar cualquier rareza o aberración que se me pudiera ocurrir de día o de noche. A veces era capaz de aguantar una o dos semanas sin pecar, pero después caía otra vez, me hundía en el desenfreno una semana, hasta que me di cuenta de que no había nada que hacer, que por mucho que rezara y luchara lo que tenía por dentro era mucho más fuerte que yo. Era como aguantar hambre, o sed. Llega un momento en que uno, simplemente, tiene que comer o beber, porque si no se muere. Y yo tenía que tener sexo, solo o en compañía, o me moría. Y entonces dejé de ir a los retiros y me fui resignando a ser lo que era auténticamente dentro de mí. Solamente en Estados Unidos conseguí remplazar la culpa por el placer, y hasta me fui al otro extremo, el de la locura sin límites. El equilibrio y la aceptación solo me llegaron después, con la terapia analítica y con unos cursos de meditación de los que Jon se burla mucho, pero que a mí me han servido para encontrar algo luminoso, algo que no voy a despreciar, algo que está dentro de mí y que creo que todos tienen por dentro, y que si no lo han visto es porque no lo buscan.

Creo que hay otras cosas, en cambio, que no vienen con uno en la sangre, sino que uno escoge en la vida. Las creencias, por ejemplo, que uno escoge del ramillete de influencias que recibe, de lo que oye o de lo que lee, de los amigos o los profesores. Las creencias religiosas y políticas. Y ahí empieza lo complicado para mí: Cobo era muy de izquierda, pero al mismo tiempo muy creyente en todas las cosas de la religión. Él mismo me había recomendado a los padres de Santa Gema, y después a un grupo de jesuitas de la Teología de la Liberación, una gente muy comprometida y muy politizada, muy abierta en política, aunque en sexo casi tan cerrados como los Legionarios de Cristo o los del Opus Dei. Mi mamá también era bastante rezandera, pero ni cinco de socialista; creyente y de misa diaria, pero muy capitalista, muy apegada a todo lo que se conseguía con el propio trabajo, con el esfuerzo individual. Entonces yo en política nunca he sabido bien qué ser, ni qué pensar, ni qué creer. O mejor dicho: de mi papá recibí las dudas en el mundo capitalista y de Anita la creencia en el individuo, en el mérito, y en la recompensa económica y el éxito que se derivan del talento individual. Creo que esa es la faceta luminosa del capitalismo, ajena a su lado abusivo o explotador. Mis amigos curas, de la Teología de la Liberación, decían que yo era incapaz de zafarme del burgués egoísta que llevaba dentro, que no sabía trabajar para el bien de la comunidad y de los demás, del prójimo. Pero es que lo mejor que vi de Cobo fue el amor por los pobres, la compasión, y lo mejor que vi de Anita fue el esfuerzo y el tesón, la lucha solitaria e individual, cuando fue capaz de hacer una gran panadería, empezando de la nada, y amasando el pan con sus propias manos. Nada heredó, nada le regalaron, todo lo hizo sola, madrugando todos los días a trabajar. Sin embargo, comprendo a los que defienden ideas socialistas, así como, aunque yo sigo creyendo en Dios (la religión oficial ya me repugna), entiendo también a los que no creen, a los que son agnósticos o ateos. Soy un creyente tibio, que no es capaz de compartir mucho con el prójimo (no tengo un corazón tan grande como para amar a todo el mundo), y un capitalista con culpa. Es más, hay días en que amanezco socialista y quemaría un banco. Mejor dicho, vivo en la incertidumbre, en la inseguridad.

Soy un tibio, y mucha gente me desprecia por eso. Hasta en el sexo soy un tibio, creo, porque en algunos desvelos pienso que me gustan un poquito también las mujeres, que podría dejar a Jon y tener al fin un hijo: digamos que siento ansias de maternidad, más que de paternidad, para decirlo de un modo bien maricón. Hay días en que amanezco con ganas de ser madre, y fecundaría a una mujer con tal de que me dejara criar a mi hijo, amamantarlo así sea con tetero, cambiarle los pañales y bañarlo, acicalarlo, vestirlo, echarle polvo en la rayita de las nalgas, crema cero si se quema con la orina, escogerle la ropa, arrullarlo, arroparlo si tiene frío, bañarlo si tiene calor, comérmelo a besos, todo eso de lo que los hombres, que son muy machos, se privan. Todo eso me encanta, como me habría encantado poder jugar con muñecas, como jugaban mis hermanas, pues era mucho más divertida y bonita una muñeca, con pelos, con ojos que se abrían, con chillidos, que un maldito carrito rojo que lo único que tenía era rueditas; mejor jugar con algo que parecía un ser animado que con una maquinita estúpida que lo único que sabía hacer era rodar por una pista de plástico. Pero en fin, en esta casa yo también soy la mujer: me ocupo del mercado, de la comida, de la limpieza del apartamento, mientras Jon produce la parte más importante del ingreso. Al menos antes, en las familias tradicionales, así era la división del trabajo. Y yo hago un poquito de música, compongo piezas fáciles, de salón, pequeñas melodías para cantantes populares, también como una mujer del siglo xix. Y tomo apuntes para mis historias familiares, como una tía solterona. Mis sobrinos me dicen tío en público, pero sé que entre ellos se ríen de mí y me dicen «la tía Toña», porque dizque soy amanerado, aunque no me doy cuenta. Malditos, si siguen así los desheredo a todos, les digo cuando los veo, y ellos se ríen todavía más de mí.

Eva

El bus bajaba lentamente hacia el Cauca, con su olor a gasolina y a motor recalentado; de vez en cuando se detenía a recoger a algún campesino que alzaba la mano o levantaba el sombrero a un lado de la carretera, con su carga de café o sus racimos de plátano. Hacia atrás, una estela de polvo; a los lados, una hilera de árboles: ceibas, pisquines y samanes centenarios, y la vista del Cauca, intermitente, a la derecha, adelante. A veces, desde la ventanilla, alcanzaba a ver los sembrados de naranjas a la otra orilla, en la parte no parcelada de la vieja hacienda Túnez. La siguiente parada —si ningún pasajero ponía antes la mano a la vera del camino— sería en Puente Iglesias, antes de pasar el río y emprender el ascenso hacia Marsella, Fredonia y Cerro Bravo.

Al llegar a Puente Iglesias, miré con desconfianza hacia la tienda donde paraban siempre los buses, y el corazón se me volvió a desbocar. Dos camionetas Toyota, con vidrios polarizados, estaban paradas al frente del ventorrillo de refrescos, cervezas y tortas de pescado. Nunca les había visto la cara, pero tenían que ser ellos. Los tipos (uno malencarado, duro; el otro tiñoso, con facciones de niño) estaban sentados en una mesita, tomando cerveza con un teniente del Ejército y dos soldados. Al lado de una de las camionetas había más hombres jóvenes, de anteojos oscuros, armados. Los de la mesa conversaban animadamente, sin prestarles mucha atención al bus o a los pasajeros, pero yo supe que si me veían y me reconocían serían capaces de dispararme ahí, frente a todo el mundo. Y si después alguien preguntaba quién y cómo me habían matado, nadie habría visto nada, ni los soldados, y menos el teniente, ni el conductor del bus, ni el pato, ni los pasajeros, ni el dueño de la tienda; unos por complicidad, otros por miedo. Si ya estaban bebiendo a las ocho de la mañana, seguro se iban a quedar ahí, emborrachándose, hasta la tarde, así que intentar cruzar el puente, pasando frente a ellos, era imposible. Después de pensarlo un momento resolví que lo mejor era volver sobre mis pasos y más bien ir a buscar la finca de otros amigos, los Toro, que no estaba muy lejos. Tal vez allá me prestaran un caballo para subir a Jericó por caminos, o el mismo mayordomo, a lo mejor, podría subirme al pueblo en una moto, si tenía moto.

Me bajé del bus, sigilosa como un gato, medio cubriéndome la cara con el poncho y fingí que iba hacia los baños, que estaban detrás de la cantina, debajo de una veranera morada, florecida. Al llegar a los baños giré hacia el otro lado, atravesé la carretera destapada por detrás del bus, y empecé a subir por la misma loma por donde habíamos llegado, casi corriendo. Apenas vi un claro en el alambrado de la derecha, me metí por debajo y subí, agitada, por un potrero, entre árboles enormes, piedras negras y novillas cebú que me miraban pasar indiferentes, rumiando, echadas a la sombra de los árboles. Estaba sudando otra vez, de pies a cabeza, y no me atrevía a mirar para atrás. Tenía que alejarme lo más pronto posible; corrí, corrí hasta que me faltó el aliento y empecé a caminar. Tuve un sobresalto cuando el bus tocó dos veces la corneta para anunciar que se iba. Tal vez me estaban llamando, al ver que no aparecía. Me los imaginé tocando y abriendo la puerta del baño; casi sentí su olor a orina rancia; me imaginé el alzar de hombros del chofer del bus, la alegría del ayudante que podría guardarse para él el billete. Oí que prendían el motor, otra vez el pito del bus, y luego el acelerador. Agazapada detrás de una piedra vi que el bus entraba en el puente colgante y lo atravesaba, despacio. Las camionetas seguían quietas al lado del retén del Ejército. La mesa donde estaban los tipos no se veía desde ahí. Me dio rabia conmigo misma; pensé que habría tenido que quedarme en el bus, conservando el aplomo, agazapada y fingiéndome dormida, pero es difícil esperar la muerte sentada con los ojos cerrados. Ahora estaba ahí, cerca de ellos, del peligro, mientras el bus se alejaba hacia Fredonia, entre las curvas, hacia Medellín y la seguridad.

Ahora tendría que seguir a pie. No me quedaba más remedio que buscar la finca de los Toro, unos amigos de Lucas, que no estaba muy lejos de ahí. Esperaba que el mayordomo —no me acordaba del nombre— me reconociera y me ayudara. Tenía que seguir huyendo, pero ni siquiera sabía bien hacia dónde. Otro bus de Palermo solo pasaría hasta el día siguiente por la mañana. Tal vez podría subir a caballo hasta Jericó; a lo mejor allá podía atreverme a pedirle protección al alcalde, a la Policía, al personero, aunque en esos días era muy difícil confiar en las autoridades, pues uno nunca sabía del todo con quiénes estaban, si con los bandidos o con los ciudadanos. A los policías que no estaban con los grupos armados los mataban o los trasladaban, y pasaba lo mismo con muchos funcionarios públicos. Muchas veces los alcaldes se tenían que ir a despachar los asuntos del pueblo desde Medellín, porque si no los mataban también a ellos. Y eso que a Jericó le había ido bien, pues nunca habían volado el pueblo, como en otras partes de Antioquia, ni hubo masacres de más de cinco, ni se lo había tomado la guerrilla o los paramilitares, al menos no del todo.

Otra vez las piernas me temblaban, los dientes me castañeaban, me tiritaban las manos y me rodaban las lágrimas. Iba siguiendo un caminito de tierra por la montaña, la huella de las reses para ir y volver del bebedero. Buscaba la finca de los Toro, pero no conocía bien estas tierras bajas, cercanas al Cauca. Si hubiera salido hacia el otro lado habría podido ir hasta La Botero; conocía a Camila, la dueña, y habría sido más fácil pedir ayuda allá. Pero salir hacia La Botero significaba pasar frente a los tipos y frente al Ejército. Imposible.

El camino ahora descendía abruptamente hacia una cañada; al fondo se oía el ruido de una quebrada que bajaba de la montaña serpenteando entre piedras inmensas, redondas y pulidas. Tenía mucha sed, de nuevo; necesitaba tomar agua. El camino terminaba frente a un guadual que le daba sombra a la corriente; antes de llegar al cauce de la quebrada había un barranco y empecé a bajar, despacio.

Estaba a unos dos o tres metros del cauce cristalino, que se veía abajo. Me apoyé en una guadua para seguir bajando, pero el palo, podrido, cedió y mi cuerpo cayó al vacío. Aterricé sentada sobre el lecho de la quebrada, y me di de lleno contra una piedra redonda, en la orilla. Todo mi cuerpo se estremeció con el golpe. El cimbronazo subió desde el cóccix por la columna y me repercutió en el cráneo hasta nublarme la vista y ensordecerme el oído. Sentí como si el espinazo se me hubiera clavado en la nuca, como si la columna hubiera penetrado en mi cabeza, cráneo adentro, y como si el huesito de la alegría se me hubiera incrustado en el perineo y allí se hubiera desastillado como un asterisco. No podía respirar, estaba sin aire, y mi única sensación era un dolor insoportable entre las nalgas y la espalda. Mi cuerpo rodó a un lado, entre la arena, las piedras y el agua estancada de la orilla; no era capaz de levantarme y en los oídos solamente me retumbaban los latidos alebrestados del corazón. Era como si me hubieran clavado un puñal entre las nalgas y disparado una nube entre las sienes. Cerré los ojos y esperé; recordé los dolores del parto, cuando iba a nacer Benjamín. No había vuelto a sentir nada tan parecido, y era esto, aunque esta vez era peor porque era un dolor sin sentido, un dolor del que no podría sacar nada bueno. Seguí esperando; sudaba frío. Sentía un cosquilleo en las piernas, y como una corriente eléctrica que me subía por las vértebras. La intensidad del dolor cedió un poquito. Tenía miedo de haberme partido algo importante, de no poder volver a mover alguna parte del cuerpo.

Dejé pasar unos minutos más, quieta, petrificada, en silencio, y varias veces estuve a punto de desmayarme. Al fin volví a oír la corriente de agua entre las piedras. El miedo había desaparecido; la sed había desaparecido; una sola sensación, omnipresente, se había impuesto: el dolor. Logré arrastrarme hacia el cauce de la quebrada y en vez de beber me eché manotadas de agua fría en la cara. El dolor iba cediendo y se iba convirtiendo en una especie de anestesia y cosquilleo en la mitad del cuerpo; tenía náuseas, pero conseguí sentarme de lado, despacio, y poco a poco ponerme de pie. Hice los movimientos que alguna vez había aprendido para verificar que alguien no tenía ninguna lesión seria en la columna: me empiné, me paré en los talones, me rocé las piernas con la espiga de un espartillo, de arriba abajo, asegurándome de sentir el cosquilleo sobre la piel. Podía caminar; incluso de pie no sentía el puñal clavado en la mitad del cuerpo. Me arrodillé al lado de la corriente y tomé agua, mucha agua, hasta casi atragantarme de tanto beber. Agua; desde la noche anterior lo único que me había salvado era el agua. Ni siquiera se me ocurrió pensar que esa agua podía estar sucia, contaminada de algo loma arriba, yo que no confío siquiera en el agua del acueducto y prefiero siempre hervirla.

«Todo está dentro de mí», pensé. «El dolor, pero también la sed. Lo único que no está dentro de mí es el miedo: el miedo viene de afuera, de ellos. Acepto mi dolor, mi sed, el cansancio, pero no acepto el miedo; el miedo es intolerable», pensé. Salí al otro lado de la quebrada, mojándome hasta los muslos a través del agua fría, apoyando con cuidado los pies en algunas piedras grandes para no perder el equilibrio. Trepé la barranca del otro lado y al salir del guadual vi a lo lejos, y hasta pensé que podía ser un espejismo, la casa de los Toro, una casa moderna, elegante, cómoda. Hacia allá me encaminé despacio, pasando por debajo de los alambres de púas cuando me encontraba con una cerca. Al agacharme sentía un dolor de lanzadas al final de la espalda, entre las nalgas, pero ya no lloraba, soportaba el dolor como camina con su peso una bestia de carga, una mula, una yegua.

El mayordomo de Julio —un conocido de Pilar— era un tipo hosco, malencarado. Me trató a las patadas, con desconfianza. Parecía un aliado de Los Músicos. Me dijo que él no me distinguía, que don Julio no lo dejaba prestar los caballos y que la gasolina de la moto no le alcanzaba sino para llegar hasta Puente Iglesias, nunca hasta Jericó; me dijo que las cosas no estaban fáciles en la región como para estar recibiendo forasteras; me dijo que me fuera y que le diera las gracias por no llamar a la gente a la que les cuidaba la finca. Lo único que pude sacar en limpio es que había un camino real que subía hacia Jericó, bordeando el río Piedras, y hacia allá me fui, con ese dolor horrible en la mitad del cuerpo. Subí y subí sin parar durante toda la mañana y parte de la tarde, apoyándome en un palo que recogí en el camino, preguntando en las casitas de los campesinos cuando me perdía. Era raro, muchas casitas estaban abandonadas, medio caídas, con letreros de distintos grupos armados (ELN y FARC, más desteñidos, EPL y AUC, más recientes); eran años de desplazamiento y muchos campesinos habían tenido que huir, algunos espantados por la guerrilla y otros por los paramilitares. Cuando llegaban los unos o los otros los acusaban de ser aliados de sus enemigos, porque les habían dado una gallina o una aguapanela, y estaban siempre entre dos fuegos, y siempre eran culpables de algo. A ellos les había ido mucho peor que a mí porque yo, tarde o temprano —esa era mi esperanza— podría llegar a una casa segura en Medellín; ellos llegarían arrimados donde parientes tan pobres como ellos, a dormir hacinados en una sola pieza, o a pedir limosna en un semáforo con un cartel en el pecho que decía «Somos desplazados de San Rafael (o cualquier otro pueblo). Una ayuda por favor».

Una buena mujer, muy vieja ya, a mitad de la cuesta, me dio dos tazas de aguapanela, así supiera que ser caritativa podía ser un delito en esa época; hablamos un momento. Parte de su familia había escapado de la violencia, pero ella y su esposo aguantaban todavía, tratando de no tener problemas con nadie, me dijo, sin preguntarme yo quién era, de dónde venía ni para dónde iba. Veía en mí, simplemente, un ser humano. Me las tomé de pie y me supieron más rico que nunca; me dieron fuerza al menos para una hora más de camino. Más tarde, por el cansancio y el hambre, me mareaba de vez en cuando y tenía que sentarme un rato, a reponerme. Tomaba agua de las quebradas, al cruzarlas, o del río.

Mientras subía apoyada a mi bordón improvisado, pensé que por ese mismo camino debían haber subido mis antepasados, un siglo y medio antes, a ayudar a fundar el pueblo, según contaba Toño en sus papeles. Me dije que debía tener su misma fuerza, y que tenía que trepar con alguna esperanza de encontrar algo bueno. Me dije que yo iba a pie, como los más pobres, y no a caballo ni en mula, como llegaron los más afortunados. Pensé también que al menos yo tenía zapatos. Fue un ascenso penoso, larguísimo, en el que evitaba siempre la carretera por miedo a que pasaran las camionetas de Los Músicos. Pensé que como los primeros colonos, los jóvenes con sus esposas y sus niños, había llegado sudando, sucia, a las primeras casas, entre ladridos de perros, con los ojos muy abiertos, con la ropa en hilachas y los pies adoloridos, con ampollas, pero esperando algo grande en la cabeza, ellos una tierra, en mi caso la salvación de esa maldita tierra por la que casi me habían matado. A los primeros colonos les habían dado la bienvenida, felices. Los habían recibido con una misa y un sancocho. A mí nadie me estaba esperando y mucho menos me daban la bienvenida. Yo venía para irme, para largarme cuanto antes.

Estaba sucia, cansada, fea, maltrecha, con olor a sudor viejo. No sentía alegría de llegar sino ganas de irme en un transporte que no pasara por Puente Iglesias, sino que bajara a Medellín por el camino de Tarso. No confiaba en nadie y todos me miraban desde lejos con una mezcla de asco y desconfianza. Tenía muchas ganas de gritar, de chillar como una loca, de contar lo que me había pasado a los berridos, para que el pueblo entero oyera la injusticia, pero me contenía. Parecía una loca, estoy segura. Estar sucia, sudorosa, despelucada y demacrada es la primera condición para que te traten mal: es el principio del desprecio. Y si además no tienes ni un centavo en el bolsillo, ya eres casi inhumana, desechable.

Todas las caras me parecían enemigas, aliadas de los asesinos; le tenía miedo a la Policía, al Ejército, al alcalde. Fuera de eso, tenía mucho dolor en el cóccix, y el dolor desfigura la cara, le da una dureza enfermiza que aumenta en los demás la desconfianza, salvo en quienes saben entender el dolor y son capaces de sentir más compasión que repugnancia. Quizá por eso me dirigí hacia el hospital y no a la oficina de ninguna de las autoridades. Al llegar al hospital, hablé con una enfermera; ella al menos me oyó y me dejó lavarme un poco en el baño. Le conté que me había caído y le mostré la espalda, las nalgas. Cuando me vio se le zafó un suspiro y me dijo que debía tener algo roto porque tenía las nalgas y la espalda negras como una berenjena. Que tenía que tomarme una radiografía, y me dijo el precio. Le dije que no tenía plata ni tiempo, que tenía miedo, que tenía que llegar a Medellín ese mismo día y que no tenía ni un centavo en el bolsillo, pues lo que me quedaba lo había tenido que dejar en un bus, en manos del ayudante del busero, para poderme escapar de una gente que me estaba persiguiendo para matarme; que no quería irme en bus otra vez, que tenía que irme por la bajada de Tarso, o que me dijera una manera segura de volver a Medellín sin pasar por Puente Iglesias y sin que nadie me notara mucho. Me aconsejó que cogiera en la plaza un taxi colectivo y me dio un billete de diez mil pesos para pagarlo. Dijo que me alcanzaba para el pasaje y me sobraba para comprarme un café con un mojicón. A veces hay gente así, buena simplemente. Ni siquiera me sé el nombre de ella, la que me salvó sin esperar nada a cambio. Nunca la he vuelto a ver. Lo único que hice, al despedirme, fue besarle las manos, y ella me dedicó una sonrisa tierna, distante, no sé si incrédula, creo que no fue incrédula.

Fui a la plaza y vi los taxis colectivos. Salían cada vez que tenían cuatro pasajeros, tres atrás y uno adelante.

Me apunté en una fila. Sentía que olía mal. Fui a una tienda y me tomé una naranjada a pico de botella; compré también el café con leche y el mojicón, y los pagué con la plata que la enfermera me había dado. Fui al baño y volví a tomar agua; nada me quitaba la sed. Estaba sudorosa, olorosa, tenía cara de loca. Lo olía en el baño, lo veía en el espejo. Al sentarme en el taxi sentí una lanzada que me atravesó el cuerpo, nalgas arriba hasta el cuello. Sentía que tenía una gran hinchazón allá abajo, como un cojín de sangre que pesaba; un nuevo corazón que palpitaba en las nalgas. Intenté sentarme de medio lado, pero el dolor era tanto que me mareaba. El taxi salió y creo que de tanto dolor perdía a veces el conocimiento. Los otros pasajeros pensaban que era una borracha, una drogada, una cochina además. Abrían la ventanilla para no respirar mi olor, me sacaban el cuerpo, no me tocaban ni en las curvas.

No volví a sentir miedo, solo dolor, mucho dolor, en las más de tres horas de camino. Al llegar a la terminal, ya en Medellín, la plata no me alcanzó para pagar el taxi colectivo, y les quedé debiendo; me insultaron, me dijeron puta perra cochina lárguese ladrona. Cogí otro taxi y le rogué al taxista que me llevara a una dirección, la casa de mi mamá. Llegué, le pedí al portero que pagara el taxi. Subí en el ascensor. Anita me abrió la puerta y me le tiré encima, bramando como un ternero; estuve llorando media hora sin parar, antes de poder empezarle a contar lo que me había pasado desde la noche anterior. Ella me dio una pastilla, llamó a Pilar y me acompañaron a la clínica. El hematoma negro subía por la espalda y bajaba ya también por las piernas; me hicieron una radiografía y tenía roto y dislocado el huesito de la alegría, el hueso de mi desgracia, el cóccix. El ortopedista me explicó que debían tratar de ponerlo en su sitio, operándome de inmediato y sin anestesia, solo con un calmante, metiendo el pulgar y el índice por el ano, para coger el huesito, y ponerlo en su sitio. Acepté y fue la última horrible humillación de esos dos días. Dos dedos gruesos de hombre entraron con violencia, pese al lubricante, y agarraron con fuerza el hueso. Nada nunca, nada, me ha dolido tanto, ni el parto de Benji, y del dolor solamente me salvó una especie de desmayo, otro desmayo. El médico trató varias veces de ponerlo en su sitio, sin lograrlo. Yo boca abajo sudaba y gritaba como una perra del dolor, hasta que perdí el sentido, pero el médico no consiguió reparar el esguince ni componer la fractura; desistió, sacó los dedos y me pusieron analgésicos por la vena. En las nieblas de la morfina, al fin, me sentí un poco mejor.

Desde entonces no puedo sentarme bien más de una hora en ninguna silla, y a caballo me toca ir apoyando casi todo el peso en los estribos. Desde entonces, cada vez que me duele el cóccix, lo cual ocurre todos los días varias veces, pienso que no debería volver nunca a esa finca, que esa finca es literalmente «a pain in the ass» como diría el marido de mi hermano, que tendría que vender La Oculta a como dé lugar, y que tengo que convencer a mis hermanos de que lo hagan antes de que esa finca nos acabe matando a todos.

PILAR

Me va a castigar mi Dios, pero yo no me puse triste cuando incendiaron La Oculta. O sí, me puse triste las primeras semanas, lloré como una niña huérfana cuando llegué allá y vi las paredes negras y un pedazo del techo derrumbado encima de los muebles, cuando vi mi cama con el mosquitero chamuscado y cuando olí ese olor que la nariz no olvida durante muchos días, que se pega al pellejo y a la ropa, pero después me pareció hasta bueno salir de tanto cachivache viejo, de tantos lastres y pesos familiares que no dejan mirar para adelante. Yo fui a los dos o tres días, sin miedo, porque ya qué, si ya lo habíamos perdido todo, pues lo mejor era ir a ver, y si querían matarme a mí también, pues que me mataran de una vez. Le dije a Alberto vamos, vamos o la perdemos del todo, y Alberto me acompañó a pesar del miedo.

Claro que era horrible lo que había pasado con Eva, y más espantoso pensar que tal vez la hubieran quemado viva, como a una bruja, que eso era lo que en el fondo querían hacer, y por eso sacaron un balde de gasolina del *jeep* de ella, chupando con una manguera: «Le quemamos la casa a esa puta bruja, y si vuelve la quemamos a ella», dijeron en el pueblo, en Palermo, cuando volvieron. Yo tengo quien me cuente. Si hubiera estado yo ahí, con Alberto, nos habrían matado, primero que todo porque yo a duras penas sé nadar, doy tres brazadas y me canso, y porque Alberto y yo nos habríamos quedado ahí, paralizados, y nos habríamos enfrentado a Los Músicos solo con palabras y alegando inocencia. Pero a esos bárbaros quién los convence; había que hacer lo que hizo Eva, salir corriendo por el agua, por las piedras, a caballo y en bus, a pie limpio y como fuera.

Nosotros fuimos hasta La Oculta a mirar el incendio con la cabeza alta, a que nos mataran si nos querían matar, pero a volver a tomar posesión de la finca. Próspero y Berta estaban bien, aterrorizados, pero bien. Los habían insultado, atropellado, empujado. A Próspero le habían abierto la cabeza con la cacha de una pistola, le habían dicho que lo iban a matar, pero al fin los habían dejado vivos, mal amarrados juntos a la reja de una ventana. Juan, el de la fonda, había llegado por la mañana y los había desamarrado. Todos temblaban de miedo todavía al contar esa noche. Próspero había enterrado a Gaspar, el perro, a un lado de la casa y cuando llegamos seguía recogiendo los restos del desastre, con una mirada incrédula, atónita.

Alberto y yo también estábamos asustados pero fingíamos aplomo, aunque nos parecía que Los Músicos podían volver en cualquier momento. Estuvimos apenas dos o tres horas, de día, por el miedo a la noche, y vimos la hecatombe, y se nos salieron las lágrimas, y tomamos fotos para la compañía de seguros, que no quería ir, por miedo, porque en esos años todo el mundo tenía miedo de esa gente que quería apoderarse del país, y lo estaba logrando. Toda Colombia iba quedando en manos de los paramilitares: las mejores tierras, las mejores fincas, el centro de las ciudades, los edificios más bonitos, todo.

Pero el incendio, yo después lo pensé, y mi Dios me perdone, también nos libró de cosas viejas: las sillas de vaqueta de los bisabuelos (que Toño no me dejaba regalar), duras como la piedra, los taburetes con comején, las mesas cojas, unas vigas de madera tan viejas que amenazaban con partirse y derrumbarse de un momento a otro, un techo lleno de filtraciones y goteras. Y gracias al seguro que nos pagaron, y que yo guardé unos meses, más de un año, antes de emprender las reparaciones, volvimos a hacer una casa casi igual pero distinta y mejor. Lo planeé todo muy bien, despacio, con expertos, y así pudimos volver a levantar la casa, más nueva y más segura, con los techos más altos, con más aire y más luz y más vista hacia todos los lados, aunque sobre el mismo molde en H de la anterior, con más baños y más piezas, respetando el viejo esqueleto, pero modernizándolo todo. Lo nuevo encima de lo viejo, que es la única forma en que estas casas no se derrumban del todo. Y fui yo la que me eché encima de los hombros esta responsabilidad, aunque mi mamá también me ayudaba con ideas, y hasta con algo de plata que nos dio de la panadería. Toño estaba en Estados Unidos, y puso algo de sus ahorros. Eva lo único que decía es que ella prefería vender y que no iba a poner ni un centavo. Estaba muy mal; quedó muy mal, rayada. Nunca se volvió a recuperar del todo, ni siquiera cuando Benji volvió de Europa de su semestre en el colegio berlinés.

Ella se encerró en la casa, dejó de ir un mes a la panadería. Se la pasaba tiritando en la casa, paranoica, pensando que toda moto, todo ruido, toda subida del ascensor, era un grupo de asesinos que volvían por ella. Vivía reviviendo en la cabeza lo que le había pasado, y furiosa con el mundo entero, con Colombia, país de mierda, decía, con Antioquia, corazón del país de mierda, decía.

A raíz de su estado mental, por ese mismo tiempo también tuvimos que vender la panadería, porque todo estaba en crisis y porque Eva ya no quería seguir trabajando allá. O vendemos la finca o vendemos la panadería, dijo Eva. Y no nos quedó más remedio que hacerle caso. Mi mamá tuvo que ceder, porque ella sola ya no era capaz con la panadería, que se había vuelto un negocio grande e importante, con varios expendios en distintos barrios de Medellín. Por la depresión de Eva, que estaba harta de panes y de cuentas, hubo que venderla. Eva estuvo unos años yendo y viniendo de Europa, y se gastó lo que le dieron de liquidación en la panadería.

Desde el mismo momento en que vi La Oculta incendiada, a mí me dio una fiebre, una rabia, un impulso, unos ímpetus irresistibles por reconstruir la casa, y dos años después la había dejado como antes, mucho mejor que antes. Después Toño y Eva y Benjamín, y hasta algunos de mis hijos, sobre todo Manuela, y mi mamá me acusaban de gastar mucha plata, de estar arruinándolos a todos por mejorar esta bendita finca, de haberme gastado no solo lo del seguro sino los ahorros de los tres, y parte de la venta de la panadería, en mejorar la casa, en dejarla incluso mucho más cómoda y bonita que antes del incendio.

¿Que qué pesar que se quemó el retrato de los bisabuelos? Mejor, ni que lo hubiera pintado Cano, o Roda. El mismo Jon decía que era pésimo y feos los bisabuelos. ¿Que se reventó por el calor el viejo pilón de piedra? Si ya nadie lo usaba porque ya nadie es tan majadero como para pilar a mano el maíz en estos tiempos. ¿Que se perdió el fogón de leña que había en la cocina? Siquiera, si ya prenderlo era un martirio, con ese humero que soltaba y es el que me enfermó de los bronquios y de los pulmones más que el cigarrillo. ¿Que se quemaron el sillero y los viejos avíos de montar, las sogas de cuero, los sombreros, las sábanas viejas y ásperas, las camas duras, los colchones malos, las almohadas de crin de caballo? Siquiera, siquiera, siquiera; ya era hora de cambiar todos esos vejestorios incómodos. Nostalgias bobas de un pasado más difícil, que la gente, porque no sabe lo duro que era, idealiza.

Me dicen que yo soy la hermana más anticuada, pero si vamos a ver, en el fondo, yo soy la más moderna, la que no mira al pasado, como Toño, ni al futuro que no existe, que ya se nos está acabando o se nos acabó, como Eva. Yo soy la que vive en el presente, aquí y ahora, en estos pocos instantes de vida que nos quedan, y que es mejor vivirlos sin llorar, en una casa nueva, linda, luminosa, en una casa vuelta a levantar con voluntad, con baños y duchas nuevas, al fin con agua caliente, porque aquí siempre lo único que había era agua fría, para templar el carácter, como decía el abuelito Josué, ya no más, con camas cómodas y colchones decentes, con toallas blancas que sequen, como las de los buenos hoteles, sin tanto cachivache inútil, y hacerlo todo con la misma terquedad que dice Toño que tuvieron los colonizadores de esta tierra, y no chillando ante las brasas apagadas ni ante los escombros de un maldito incendio. No amedrentarse, no tener miedo, mandar a Los Músicos a la porra, o sobornarlos sin que nadie lo sepa, pagarles su maldita vacuna sin decirles nada a los hermanos, que por todo se escandalizan y se indignan con mil aspavientos, a ver si nos dejan vivos y no nos queman la casa de nuevo. Los que se quedan quietos y derrotados son blandengues, y en la vida solo siguen adelante los que se atreven. No es que yo sea valiente, ni mucho menos, soy más cobarde que mis hermanos, pero en la vida me tocó tener esa función, tal vez por ser la mayor, como se le asigna a cualquier actor un papel en una comedia, en una tragedia, en una telenovela, y bueno, yo he cumplido mi papel, como si fuera eso, lo que no soy, una valiente.

Los pocos perros de la aldea remota empezaron a ladrar mucho antes de que entrara, por la única calle empedrada del pueblo, la avanzada de los primeros colonos que llegaban en caravana. Venían desde muy lejos, desde distintos pueblos de Antioquia (desde los viejos pueblos para los pueblos nuevos), y estaban contentos de llegar.

Lo primero que se oyó desde la aldea, a lo lejos, fue algo que parecía el zumbido de un enjambre de abejorros, y luego un tumulto más claro de voces, de ladridos y aullidos de los perros que también llegaban y gruñían y se agarraban a mordiscos con los perros locales, de relinchos, mugidos y de cascos herrados y pezuñas sin herrar. Más tarde se empezó a oír también el sonido más suave de los pies descalzos y de las alpargatas, que eran como un pálpito, un pulso de las pisadas de los pies de mujeres y niños, el ruido de los pasos al caminar, que es lo que han venido haciendo los hombres desde el principio del mundo, desde las huellas fantásticas de Laetoli hace treinta y cinco mil siglos: andar de un lado a otro, lejos, más lejos, huyendo de un volcán o de un enemigo, con el sueño, al fin, de encontrar alguna tierra mejor, así nadie nos la haya prometido, solo la propia imaginación, la bonita ilusión de una tierra nueva, de una tierra buena de la que brote la comida y donde no nos maten ni el hambre, ni la lava, ni los incendios, ni las fieras, y que quede tan lejos que no puedan llegar hasta ella las malas intenciones de la tribu enemiga.

En la aldea había una gran agitación y todos los habitantes —muy pocos todavía, unas doscientas o trescientas almas a las que nadie había contado bien— estaban agolpados en la plaza, esperando la llegada de los nuevos. Un trío (tiple, guitarra y cantante con maracas) cantaba canciones para engañar el tiempo, para fingir tristeza y fingir felicidad. Las muchachas esperaban un novio; los hombres solteros, una esposa; los solitarios, un amigo.

Incluso el cura, el padre Naranjito, esperaba con ansias una cocinera o una falsa sobrina que hiciera menos duro y solitario su célibe trabajo de pastor de almas.

Un jinete de posta, de paso para Caramanta, había anunciado esa madrugada que el grupo llegaría hacia el mediodía, si hacían a buen paso y sin tropiezos la última subida desde tierra caliente, por el sendero que trepaba en caracoles hasta Palocabildo. Era un ascenso tortuoso y escarpado desde los seiscientos metros sobre el nivel del mar que había a la orilla del río, hasta los más de dos mil de la aldea. El hombre del correo, antes de seguir hacia el sur, en un caballo nuevo, contó al amanecer que los había dejado acampando la noche anterior a la orilla occidental del Cauca. Al detenerse un momento a tomarse un chocolate, había averiguado que madrugarían a acometer el último ascenso. Dijo que los había visto adormecidos sobre el arrume de bultos que les servía de abrigo contra el viento de la noche; que algunos desvelados remendaban enjalmas, cabestros y cinchas. Ellos le habían dicho que el problema peor era la plaga de mosquitos que los había atacado desde la caída del sol hasta casi la medianoche, pero cuando él los alcanzó, en el claro de luna, la plaga ya había pasado. Que había un grupo de niños muy picados de bichos en la cara y en los brazos, con algo de fiebre, pero durmiendo juntos y serenos, como angelitos. Así había dicho, con las frases hechas y aprendidas de memoria que usa siempre la gente humilde, y que no pocas veces son las más precisas.

Sea como sea, la llegada de casi doscientas personas, un largo y cansado cortejo de mulas, bueyes, perros, caballos, cochinitos y gallinas llevados en costales, vacas, terneros y muchos hombres, mujeres y niños, algunos montados y otros a pie, los más pobres descalzos y otros en alpargatas, los más ricos con botas de montar, fue el acontecimiento más importante del pueblo desde su fundación. Podría decirse que esta fue su segunda fundación, y tal vez la verdadera. En los meses siguientes seguirían llegando otros colonos, pero más graneados, de a cinco, de a seis, a veces una pareja de casados al escondido, que escapaban de alguna prohibición familiar, de alguna maldición patriarcal que los despojaba de la herencia, de vez en cuando una docena de aventureros con sed de cosas nuevas, algún avivato con capital que compraría baratas a los más ingenuos algunas tierras ya desmontadas, otras veces hombres solos con cara de facinerosos, que se ofrecían como aserradores, odiaban las preguntas y preferían no hablar con nadie, pero aserraban un cedro en dos jornadas, de sol a sol, en trozas perfectas, descargando toda su furia contenida sobre la madera inocente.

Los que llegaban ese mediodía podían ser tantos como los pobladores originales, que, según un conteo rápido hecho por el cura la semana anterior, no eran más de doscientos cincuenta, pues había apuntado ciento treinta y tres personas en la misa del domingo, y faltaban los niños, los dormilones, los enfermos y los que se habían quedado en las rozas del campo. El pueblo no era nada todavía; más bien parecía un campamento desordenado. En el sitio, las casas —aunque decirles casa era también un piropo dictado por el optimismo— no pasaban de setenta, la mayoría de ellas muy modestas, apenas chozas de paredes de tabla, piso de tierra y techo de paja, y en lo que se pensaba sería la plaza principal, por el momento, apenas cuatro construcciones, dos de ellas sólidas y bien terminadas y dos por terminar.

Paradójicamente, las dos más importantes eran las que estaban sin terminar: una capilla de bahareque, con un techo a medio hacer, también pajizo, que tarde o temprano llegaría a ser iglesia, y cuya función primordial —fuera de la misa diaria— era reunir a todo el mundo al mismo tiempo; y la segunda, en la esquina de la cuadra adyacente, un cafecito, que hacía las veces de cantina, de lugar de conversación y, en la trastienda, de casa de citas (con una sola mujer alegre, vieja y estrafalaria, malhablada, Margot, cuyo oficio oficial era el de mesera del sitio). Era curioso que el cura y la puta hubieran llegado el mismo día a la aldea y provenientes del mismo pueblo; pero bien pensado y, al menos en esa época, ambos tenían oficios complementarios, pues, como decía un escritor, perseguían el mismo fin: «La iglesia libraba al hombre de su desolación durante unos instantes, y eso mismo lograba la prostitución». O, como habría dicho más burdamente un campesino, en una casa pecamos y en la otra nos perdonan, o en una nos alivian el cuerpo y en la otra nos curan el alma. Las dos construcciones terminadas de la plaza futura eran dos casonas imponentes, de tapia, con techo de tejas cocidas, en el lado opuesto al de la capilla: las de los fundadores, los dos gamonales del pueblo, Echeverri y Santamaría, que habían tenido la idea estrafalaria de poblar sus selvas con un sistema extraño y novedoso para Antioquia: no el dominio de machos solos, la conquista, el exterminio y la servidumbre, sino el discurso igualitario, la colonización familiar y la donación de pedazos de tierra.

En realidad, para entender la plaza había que imaginársela todavía. La futura plaza era un prado cedido por don Santiago Santamaría, apenas un descampado en forma de cuadrilátero, trazado a la buena de Dios con una acequia poco profunda, de doscientas cincuenta varas por lado. La plaza no era plana, pues no había planicies en esas montañas, pero sí era el lote menos faldudo que había encontrado don Santiago en esa zona. Tenía la ventaja, además, de ser algún lugar bien servido de aguas limpias, por algunas quebradas y riachuelos que bajaban de manantiales nacidos en la montaña virgen. Todo era tan escarpado en esos parajes, que se decía que si amarraban un gallo de la pata, este quedaba colgando. La plaza la había trazado el mismo Santamaría, haría unos diez años, al lado de su compadre, don Gabriel Echeverri. Después de hacer el desmonte, y al terminar el contorno cuadrangular, que habían tirado con una cabuya templada entre dos estacas, y luego trazado con un surco marcado con azadón, habían recorrido todo su perímetro tocando una campanita, en compañía de diez o veinte peones que les habían ayudado en la faena, y unas cuantas mujeres que los acompañaban rezando y cantando. «Estamos fundando un pueblo», habían dicho, en voz baja y sin solemnidad.

En el centro de la plaza soñada habían dejado en pie unos pocos árboles finos que había en la mitad del monte: dos ceibas, un pino romerón, un comino, dos guayacanes blancos. El pueblo era tan precario que a la llegada de los nuevos colonos aún había una que otra vaca blanca orejinegra, de las de ordeño, pastando por ahí, como si la plaza fuera todavía una dehesa. Era un pueblo invisible, que sin embargo ya había sido bautizado dos veces, primero como Aldea de Piedras y luego como Felicina, pero en realidad, como poblado futuro, solo existía en la cabeza de algunos de sus habitantes. Con la llegada de los nuevos colonos parecía al fin que se lo podría llamar pueblo porque ahora tenía lo más importante: gente viva, carne, músculos, niños, llanto, sangre, huesos, palabras, ingenio, la materia principal de todo asentamiento. Ya vendrían después la escuela, el teatro, la cantina, el restaurante, el hospital, el seminario, el convento, el asilo, la peluquería, la pensión, el juzgado, la alcaldía, el cementerio...

Con Gabriel, el nieto, había llegado también una eminencia, un noble sueco de nombre Carlos Segismundo von Greiff, que iba a ser el encargado de trazar con precisión las calles. Tenía experiencia, pues apenas ocho años atrás, en el 53, había trazado el mapa de un pueblo nuevo, San Juan de los Andes, para don Pedro Antonio Restrepo Escovar, su fundador, en la aldea de Soledad, no muy lejos de ahí. A este buen extranjero le decían míster Grey, y era ya una persona algo mayor, con su barba taheña ya teñida de blanco, pero firme y erguido, recto como una escoba a pesar de sus años; iba de paso para las minas del sur, a visitar a sus amigos ingleses, pero por solicitud de Restrepo, que era muy amigo de don Santiago Santamaría, iba a tener la bondad de detenerse en el pueblo para levantar un plano a mano alzada, después de algunas mediciones que haría con sus aparatos, y sugerir el mejor trazado de las calles y manzanas, diseñando el damero a partir del cuadrado escogido para la plaza. A míster Grey, que era geógrafo y agrimensor, le gustaban mucho el clima del sitio y el emplazamiento del pueblo, y elogió el buen gusto de los fundadores con su marcado acento extranjero. Con él iba también uno de sus hijos, Bogislao, que sería el abuelo de León de Greiff, quien cantaría a Bolombolo, «región salida del mapa», más de medio siglo después de aquellas fechas.

Las dos casas grandes de la futura plaza, la de don Santiago Santamaría (bisnieto de David, converso nacido en la isla de Curazao) y la de don Gabriel Echeverri (hijo de Gabriel el viejo, de origen vasco), habían sido construidas, una al lado de la otra, haría unos veinte años, la primera, y doce años la segunda. La primera, para servir de posada y casa de postas, pues por ahí pasaba el correo, por el abrupto y pésimo camino viejo. Y la segunda para que sirviera como depósito y granero. Allá mismo empezaron alquilando caballos, vendiendo pasto picado y caña dulce para las bestias, y comida y lecho (con pulgas y niguas) para los viajeros. Las dos casonas estaban apostadas a la vera de la trocha infame que venía de Medellín y seguía hacia el sur, tan mala e intransitable que ni el mismo Von Humboldt se había atrevido a tomarla. Ambas casas habían sido, sucesivamente y a veces al mismo tiempo, posada, posta, pesebrera, granero y fonda de camino para los arrieros que iban y venían con víveres, de Medellín y Fredonia a Caramanta, Marmato y Riosucio. Las dos, sin haberlo planeado, serían finalmente el origen de la aldea, pues unos pocos peones que mantenían medio abierta la trocha dormían en chozas en las inmediaciones. La casa de don Gabriel, la última en ser construida, no solo era la más grande, sino también la mejor conservada. Era de dos pisos y tenía techo de tejas cocidas, traídas desde las ladrilleras de Guayabal, a la salida de Medellín, en varias recuas de mulas. Precisamente en ella, a un lado de la puerta principal, habían alistado un gran fogón de leña, y ahí recibieron a los recién llegados con el olor de un sancocho de bienvenida (que se serviría después de la misa de acción de gracias). La olla del caldo hervía y burbujeaba sobre los chasquidos y la llamarada de la leña seca, desprendiendo un aroma que les avivaba el hambre. El sancocho era esa misma sopa espesa de siempre, el viejo potaje o cocido que han inventado todas las culturas del mundo después de descubrir el fuego y de hacer recipientes resistentes a él: hervir en agua con sal todo lo que da la tierra.

En la olla inmensa un cucharón de palo revolvía los trozos de carne y de verduras cocidas a fuego lento: repollo, yuca, mazorcas, plátano verde y maduro, zanahoria, papa, arracacha, que se iban echando por turnos según lo demorado que fuera cada ingrediente para quedar tierno pero no deshecho. Un cuenco de ají pique y otro de cilantro aparte, porque no a todo el mundo le gusta el cilantro o el picante. Con los rescoldos que se iban formando de la leña, en un fogón prendido a un costado y sobre una callana, iban asando arepas de mote, es decir, de maíz *pelao* con ceniza. Los recién llegados —al salir de la misa— acercaban sus platos o marmitas, y recibían una ración abundante. En ninguna podía faltar un trozo de espinazo de cerdo o de carne pulpa de res. A cada uno le correspondía, también, una arepa redonda y grande, bien asada. Don Santiago había donado un novillo y don Gabriel un marrano para el agasajo; el resto de los moradores habían puesto entre todos el revuelto. Cada cual recibía también, para beber, totumadas de aguapanela cortada con jugo de naranja agria, ideal para dar energía y quitar la sed. También la panela de Jericó era de la mejor y había sido un regalo de la familia Tejada para el agasajo; ellos tenían un trapiche en tierra caliente, un trapiche aromático que enloquecía la nariz desde lejos, cuando empezaba a hervir el zumo de la caña y el aire se llenaba del perfume más dulce que pueda existir. Si la ración de sancocho no les bastaba para saciar el hambre, ni la aguapanela para quitar la sed, podían repetir a voluntad. Y muchos habían repetido, algunos dos y tres veces. Cuando ya todos estaban hinchados de tanto comer, Gregorio Máximo Abad, uno de los jóvenes recién llegados de El Retiro, tomó la vocería de los nuevos colonos y mirando a los ojos a don Santiago le dijo una frase sencilla, que venía como de las más oscuras honduras del mundo: «La comedera es buena, don Santamaría. El próximo año invitamos nosotros en Jericó».

PILAR

Alberto está acostado en el cuarto con dolor de muelas. Tiene muy malos dientes, el pobre, pero nunca se queja. Puede tener el dolor más agudo y su cara no lo manifiesta; es como los caballos, que por mucho que algo les duela, no los delata el semblante, o bueno, al menos yo no sé reconocer la mueca de dolor en la cabeza de un caballo; a los caballos se les nota en la quietud o en la inquietud extremas, en la inapetencia, y así es con Alberto, que se queda echado en la cama y no come, pero no se lamenta, ni dice nada, ni pone mala cara, siempre sereno, como un santo.

En estos días fuimos a Medellín donde el dentista, Jaime Andrés, un compañero del colegio de mi hermano, muy querido. Jaime nos dijo que había que hacerle una operación para volverle a poner los dientes de adelante; que había que clavarle unos tornillos en las encías, directamente en el hueso, para que no se le volvieran a caer. Y además, que había que hacerle una corona al lado izquierdo. Aunque él casi no nos cobra por el trabajo, los solos materiales, los tornillos, el oro de la corona, la anestesia, los implantes, nos cuestan como ocho millones de pesos. No los tenemos en este momento y yo llamé a los hijos uno por uno, a ver si nos ayudaban. Cada hijo es distinto. Yo a todos los quiero igual, en cantidad, pero no voy a decir de qué manera quiero a cada uno, en la calidad y ternura de mi amor. Lo que más me dolió fue lo que dijo Manuela: «Lo mejor es que se saque todo y se ponga de una vez una caja de dientes; ustedes ya no pueden estar gastándose un platal en odontólogos cada año. Ya pa qué». ¡Ya pa qué, no se me va a olvidar ese ya pa qué! Me dolió en el alma, me pareció cruel, como si nos fuéramos a morir mañana, como si cualquier persona no se pudiera morir mañana, con dientes o sin dientes. Lucas dijo que lo iba a consultar con Débora, su mujer, a ver cuánto nos podían dar. Ojalá no se le olvide. Lorenzo no tiene plata, a duras penas llega a fin de mes. Florencia está sin trabajo, pero dijo que iba a sacar algo del mercado, cada semana, para irme abonando poco a poco todo lo que pudiera. Tiene un corazón muy grande, Flor, y su marido es generoso y discreto. Simón está en Barcelona por una beca que se ganó y mejor ni le pregunto, porque desde tan lejos es muy difícil que ayude. Cada hijo es como es, ya ven. Manuela dice esas cosas horribles, pero un día se aparece con cinco millones de pesos en la mano y no nos dice nada, los deja en un sobre en la mesita de noche. A mí me duele el dolor de muelas de Alberto. No somos tan viejos todavía: yo tengo sesenta y cuatro y él tiene sesenta y ocho. Estamos en la juventud de la vejez, como dice no sé quién, uno de esos escritores que leen Toño y Eva. Yo leo poco y despacio porque me tomo unas gotas que dan mucho sueño. Diez gotas que me embotan y me tumban, pero si no fuera por esas benditas gotas, no dormiría, y lo peor es no dormir, porque ahí sí termino loca. Alberto y yo a veces nos llevamos cuatro años y a veces tres, dependiendo del mes del año.

Alberto y yo no teníamos ninguna experiencia cuando nos casamos. Yo fui la última en casarme como se casó mi abuela, a principios del siglo pasado, o como mi mamá, como mis tías: sin saber nada de nada. Una vez la tía Ester me contó que ella, aunque estuvo cinco años casada y tuvo dos niños, jamás conoció varón. Es decir, nunca en su vida vio un hombre desnudo, pues a su marido lo mataron poco después los pájaros conservadores, en el Valle, porque era liberal. Ellos hacían el amor, claro, pero solamente de noche, con las cortinas corridas, en la oscuridad más completa. Ella sentía, pero no veía; jamás se miraron desnudos. En realidad, algo había cambiado cuando yo me casé con Alberto. Al menos a oscuras no tenía que ser, y nos miramos felices, nos miramos. Nos miramos y nos miramos. Y Alberto me dijo mientras me miraba: «Quieta, quieta, que te quiero memorizar de una vez y para siempre».

A mí me parece que para una pareja virgen la luna de miel era mucho más emocionante que para una pareja como las de ahora, que ya lo han hecho todo antes de casarse y tienen más experiencia que las cantantes, las actrices y los poetas bohemios de hace un siglo; por decirles cantantes, actrices y poetas, pues. Ustedes me entienden. Casarse como Alberto y yo nos casamos —sin haberlo hecho nunca— era más emocionante, y también más complicado. Para empezar, lo normal era quedarse una hora en el baño, acicalándose, antes de salir al cuarto la primera noche. Eso hice yo: me bañé, me eché todos los perfumes que tenía, uno por aquí, otro por acá, y al fin salí con una piyama larga y envuelta en una levantadora de seda, como un postre, más arregladita que el bizcocho del matrimonio. Lo único que doña Helena le había dicho a Alberto, preparándolo para la primera noche, era una frase tímida:

—Mijo, lleve vaselinita.

Pero él no la llevó ni entendió para qué era eso. Yo, aunque llena de emociones y expectativas, estaba rígida y asustada; a mí no me habían dicho nada, ni yo había preguntado nada en la casa. Como era tan despejada, pensaban que yo sabía todo; y no sabía nada. Me acosté boca arriba, con las piernas cerradas, más tiesa que un bastón. Al entrar al cuarto había visto los pantalones de la piyama de Alberto, como con una carpa levantada en la mitad, un mástil tensando la ropa, formando un circo por fuera. Él estaba listo, y a mí me dio mucha alegría, mucha dicha; pero no sabía bien cómo era la cosa, ni qué iba a pasar, ni si me iba a doler o no. Como él también era virgen, y sin ninguna experiencia, no sabía por dónde se metía. Los amigos sí lo habían invitado muchas veces donde las putas, pero él nunca había querido ir. Alberto iba a ser cura, ya les dije, y aunque a mí jamás en la vida se me ocurrió ser monja, en materia de sexo era tan inexperta como una novicia.

Estábamos en una finca prestada, por Sabaneta. Era de una familia Saldarriaga, los dueños de Pintuco, la fábrica de pinturas. Esa era la finca más elegante que había en esos años cerca de Medellín; habíamos pensado en La Oculta para la luna de miel, pero en esa época llegar a La Oculta era un paseo muy largo, en *jeep* primero y después a caballo, cinco horas de viaje; no llegaba carro hasta la casa, así que desistimos. Alberto tenía una piyama Plittway, esa era la marca, amarillita, casi transparente, como de seda. Tanto él como yo teníamos una piyama distinta para cada noche de la luna de miel. Las de él eran muy elegantes, carísimas, de pantalón largo y camisa de manga larga. Las mías, lindas, pero más ordinarias, porque en mi casa no sobraba plata para ningún lujo.

La primera noche no pudimos hacer nada, él no sabía por dónde se hacía y yo sí sabía por dónde pero no le iba a enseñar el camino, no, tampoco tanto. Nos quitamos las piyamas, y yo medio abrí las piernas, pero no mucho, temblando como un pajarito, no sé si de emoción o de susto; él se movía un poco encima de mí, pero al fin se desanimó. Nos dimos besos y ya. Y nos miramos, nos miramos. Era la primera vez que yo dormía desnuda en la vida y claro, por la mañana amanecí resfriada, con dolor de garganta. Alberto fue a la farmacia y me compró Cepacol Verde, al salir de misa en Sabaneta. Por la mañana, cuando él se levantó al baño, yo le vi la espalda y las nalgas peludas. Mi papá no tenía pelos ni en la nalga ni en la espalda; Toño menos, porque es lampiño del todo, parece un indio. Alberto me parecía un oso, yo no sabía que los hombres eran así, tan peludos por todas partes, y me quedé aterrada.

Después de la primera noche en Sabaneta nos íbamos para San Andrés, así que al mediodía nos fuimos para el aeropuerto. En la isla fue igual de difícil; no pudimos acostarnos ni una sola vez en toda esa semana. Alberto sí bregaba, encima de mí, pero yo no ayudaba mucho, tiesa, muerta de ganas pero también de miedo, con las piernas apenas a medio abrir, y como él era muy delicado, no se atrevía a abrirme las piernas de verdad, y a entrar de verdad. Parecíamos dos bobos, francamente. Al volver de San Andrés yo no hacía sino llorar porque no habíamos podido y no sabía a quién contárselo. Lo normal habría sido decírselo a Eva, o a mi mamá, pero me sentía rara con ellas. Yo siempre había tenido más intimidad con mi papá que con el mundo entero; con él yo sentía una confianza plena, absoluta. Era una persona amable, discreta, precisa. Además mi papá era médico, y de eso tenía que saber más que mi mamá, así que se lo conté a él. Mi papá sonrió, después puso cara de serio y se llevó a Alberto a la biblioteca y allá hablaron solos un rato; le explicó algunas cosas, yo no sé bien qué le dijo. Y nos mandó donde César Villegas, un médico amigo de él, en el centro, y Alberto entró solo, otra vez. Después me contó que el médico le había explicado con rabia, burlándose de él, y como con desprecio, cómo se hacía. Dizque le mostró unos modelos de pene y de vagina de plástico que tenía guardados en un cajón. Fue así como al fin, y al mismo tiempo, los dos perdimos la bendita virginidad, y salimos de eso.

Él empezó a comprar una revista que se llamaba Lux, en la que dizque daban consejos de erotismo, y así, poco a poco, nos fuimos yendo. Pasó mucho tiempo antes de que yo tuviera un orgasmo; mejor dicho: vinieron antes el embarazo y el nacimiento de mi primer hijo, Lucas, que el primer orgasmo. Durante algunos años el sexo fue una cosa mecánica y rápida. Después mejoró mucho; tuvimos y tenemos —porque todavía somos marido y mujer en el sentido pleno de la palabra— una vida rica y completa, también en ese aspecto, a pesar de los años.

Antonio

Algo que me encantaba de la finca eran los caballos. Antes de dedicarme de lleno a la música hubo una época en que pensé que podía estudiar veterinaria. En realidad, lo que quería estudiar era equinos, caballos, solamente caballos. Pero para llegar a eso tendría que haber visto perros, gatos, conejos, vacas, canarios, abejas, y todo eso me aburre. Cuando tenía cuatro o cinco años, los caballos me daban pavor, y montarlos me aterrorizaba; si el abuelito Josué o mi papá me obligaban a montarme a la fuerza, lloraba como loco y me daba un ataque de terror convulsivo, con temblores y gritos y lágrimas y babas. Gracias a Eva les perdí el miedo y al fin aprendí a montar. Ella me montaba en su misma silla, y me llevaba abrazado, y me explicaba todo despacio, la rienda se mueve así, los talones asá, hasta que les fui perdiendo el miedo, y aprendí. Ahora, cuando voy a la finca, lo que más me gusta, además de tocar violín en el corredor frente al lago, es montar a caballo en las viejas bestias de La Oculta, al menos en las mansitas, y más en las de paso que en las trotonas.

A mí me gustaba la historia de nuestros caballos de la finca, que no eran nada del otro mundo, no eran caballos de criadores millonarios ni de mafiosos, pero sí eran nuestros propios caballos. Eran como otra familia que veíamos reproducirse y morir dos o tres veces en nuestras vidas, porque los caballos duran unos veintiocho años, si mucho treinta, treinta y cinco en casos muy raros, no más. Así que todos habíamos visto nacer nuestros potros o potrancas, habíamos visto parir a nuestras yeguas, que eran las tataranietas de las yeguas del abuelito Josué. Habíamos sido testigos, también, del retiro de los caballos, porque siempre llegaba un momento en que los jubilábamos. En la finca no vendíamos los caballos viejos, ni los entregábamos al matadero para que hicieran salchichas con ellos, sino que los jubilábamos más o menos a los veinticinco o veintiocho años, si no se habían muerto antes. Jubilarlos era dejarlos libres y no volverlos a montar hasta que se murieran de viejos. Furia, el caballo que había sido de mi abuelo y luego de mi padre, estuvo en el potrero pastando sereno los últimos cuatro años de su vida, viejo y gordo, tranquilo, hasta que un día amaneció echado debajo de un árbol, muerto. Y así con los demás: Toquetoque, Patasblancas, Horizonte, La Silga, Terremoto, Tarde, Día, Misterio..., a todos esos los hemos jubilado.

Heredábamos las yeguas y los caballos, así como se heredaban los avíos y los instrumentos de labranza, igual que se heredaban la tierra, los muebles y las casas. El abuelito Josué decía que la raza de los caballos de La Oculta era una buena raza: yeguas mansas y briosas al mismo tiempo, muchas veces moras que acababan blancas, cada dos o tres generaciones alguna alazana. Lo más importante de nuestras bestias es que no eran flojas de cascos ni pajareras: confiables para montar en ellas durante largos trayectos de montaña, al lado de precipicios verticales, fuertes para cruzar ríos crecidos, sin espantarse, de buena boca, obedientes al talón y resistentes a las pestes tropicales. En los últimos años nos las amansaba siempre el mismo domador, Egidio, el mayordomo de La Inés, que lo hacía muy bien. Lo más importante en algunas de las yeguas era conservar su paso fino, rápido, casi imperceptible, que hacía leve el viaje de muchas horas sentado, pues iba uno casi quieto sobre la silla, sin maltratar las nalgas de nadie, y eso no tiene precio en los largos trayectos de días y de años, loma arriba y loma abajo.

Decía el abuelito Josué que, una vez cada siete generaciones, a la raza criolla de caballos de los Ángel había que meterles un caballo padrón árabe o español o lusitano (pero en ningún caso un purasangre inglés ni un percherón francés, eso jamás), para renovar la buena estampa, recobrar el tamaño, la inteligencia y el buen talante que se pudiera perder en estas breñas con el paso del tiempo. También para moderar el apetito lascivo de los machos (el macho mejor plantado se dejaba siempre sin castrar, de padrón, encerrado en una pesebrera de la finca), que los volvía locos desde potros, pero sin ir a perder la suavidad del viejo paso fino, que se había logrado con tanto esfuerzo, con tantos cruces meditados y conversados, así que había que vender o castrar a los machos que salieran del cruce renovado, y volver a montar la nueva yeguada (por una sola vez más brusca, pero con más garbo) con garañones de paso fino de otra casa criolla, de la pesebrera de los Garcés en Jericó, o de la casa de los Peláez de El Retiro, que tenían en Antioquia la mejor casta caballar en paso fino, quitando a los mafiosos (que tenían lo excelso a fuerza de chequeras y amenazas), y sabían de eso mucho más que los Ángel, por supuesto, e incluso más que los Uribe y los Ochoa. Claro que para los Peláez eso de meter un caballo español de vez en cuando era no solo trampa, sino también herejía. Los Peláez eran conservadores, en esto y en otras cosas, y muy holgazanes, pero al menos hablaban bien, y no eran bandidos; personas decentes con las que se podía hablar con la verdad, y correctos, que si te ofrecían un salto de Vitral o del As no te metían gato por liebre, como los mafiosos, que siempre hacían trampa.

El abuelito Josué decía que todo lo que sabía de caballos lo había aprendido de sus antepasados, y esta eugenesia equina la trasladaba también a los humanos pues sostenía que ellos mismos, sus mayores, también tenían la teoría de que en la familia Ángel una vez cada siglo había que inyectar sangre levantina o mediterránea, mora, semita, portuguesa, griega o italiana, para que en el crisol benéfico de las razas locales —negras, indias, mestizas— no se perdiera del todo la que había cruzado el mar con toda la ilusión de un mundo nuevo, con toda la utopía de un mundo mejor. Yo no creo en estas bobadas de razas, casi ni en los caballos y mucho menos en los seres humanos, pero eso es lo que el abuelo decía, y aunque quisiera no podría olvidarlo. Claro que con los perros, los caballos y las vacas uno puede buscar ciertas características y descartar otras, pero las virtudes y los defectos humanos son tan variados, y son menos del cuerpo que del espíritu, así que trasladar el levante de animales a la crianza de hijos era un abuso de las teorías de la raza. Era eso lo que había enloquecido incluso a un pueblo inteligente y ponderado como el alemán, que por su amor a los perros y a los caballos de raza habían extrapolado el asunto a la gente, y en su absurda eugenesia se habían despojado de la variedad y la riqueza genética, que es lo que ha hecho la maravilla de otras tierras, y el mejor ejemplo de esto está en el Nuevo Mundo, el del norte y el del sur, donde no somos más pero tampoco menos que nadie, como decía el primero de nuestros antepasados que se vino a estas tierras para él lejanas, y donde todos somos o aspiramos a ser de un tono ámbar, una belleza de color, el color de los mestizos y de los bastardos, y ¿qué otra cosa somos los colombianos sino mestizos, zambos, mulatos y bastardos?

EVA

Tenía moto y yo llegué a pensar que no había en Medellín ningún hombre mejor que ese muchacho; me enamoré como loca, por lo menos dos años. Se llamaba Jacobo, como mi papá, pero le decíamos Jackie, y era judío,

Jackie Bernstein. Él me decía que Bernstein era ámbar en alemán, piedra quemada, y en efecto él tenía un perfecto color ambarino, porque gracias a la moto, una Ducati italiana de carreras, vieja, achacosa, caprichosa, vivía siempre bronceado. Usaba también unas gafas Ray-Ban que me mataban. Mi papá nos tenía terminantemente prohibido montar en moto; decía que podíamos hacer lo que quisiéramos, menos montar en moto, porque las motos eran más peligrosas que un revólver, eso decía. Así que yo tenía que citarme lejos de la casa para montarme en la moto de Jackie. En esa época no se usaban los cascos, no eran obligatorios, pero yo nunca pensé que podría matarme; lo único es que me daba algo de miedo encontrarme con alguien de la familia, y que le contaran a mi papá que me habían visto en una moto. Yo me cogía el pelo con un caucho para que no se me notara en el despeluque que había salido en moto. Al volver a la casa me alisaba el pelo con las manos y volvía a ponerme el caucho muy apretado.

Yo me excitaba a veces cuando montaba a caballo en La Oculta, por el roce de la silla en mi entrepierna, pero cuando empecé a salir en la moto de Jackie, la excitación era doble. Ese temblor, esa vibración de la moto, esa potencia con que aceleraba, frenaba, corcoveaba, y yo abrazada a Jackie al mismo tiempo, mis senos apretados contra su espalda, eso sí que producía una emoción impresionante. Yo vivía asustada de bajarme de la moto, de que se me fuera a filtrar y a notar la humedad que se me formaba, imposible de contener, entre las piernas. Casi me dolía, allá abajo, cuando salía a pasear con él. Yo era muy joven y era virgen, pero no tenía planes de llegar virgen al matrimonio, como Pilar. Jackie me decía que podíamos ser novios, pero que en la casa de él no podían saberlo porque lo habrían desheredado si se enteraban de que tenía una novia *goy,* así me decía él, *goy,* una gentil, una no judía, una cristiana.

Yo le decía que estaba dispuesta a volverme judía si él quería, que a mí me importaban un pito esas cosas de la religión, pero que por él era capaz de aprender hebreo y de fingir fervor en la sinagoga, si me llevaba, de afeitarme la cabeza y ponerme una peluca, de vestirme como una campesina polaca del siglo XVIII, si era necesario, pero él me decía que eso no era posible, que no funcionaba así, que al judaísmo no le interesaban las conversiones. Incluso me contó que había consultado con el rabino de Medellín, un argentino, y el rabino le había dicho que no se valían las conversiones por amor, solo por una íntima convicción, una iluminación, y que incluso así eran muy cautelosos en aceptar nuevos fieles. Yo le decía que mi papá, Cobo, no solo se llamaba igual que él, sino que decía que nosotros también éramos judíos, que el primero de los Ángel en llegar a Colombia se llamaba Abraham y era sefardita, seguro, y que hasta se había casado con una tal Betsabé. Llegué a pedirle a mi papá toda nuestra genealogía (esa que más tarde sería la pasión de Toño) para tratar de convencerlo: y le recité la retahíla completa de nuestros nombres judaicos. Jackie dudaba, decía que eso en Antioquia era muy común, llamarse Isaías o Elías o David o Salomón. Decía que nosotros éramos católicos; que mi mamá, Ana, no podía ser más católica y que lo más importante entre los hebreos era la línea materna, que era la única confiable.

En efecto, a mi mamá tampoco le gustaba nada que yo saliera con un muchacho judío, y eso que su mejor amiga de toda la vida se llamaba Clarita Rozental y era judía. Había sido la primera médica de la Universidad de Antioquia, y ella también había estado enamorada toda la vida de un *goy*, Gabriel Bustamante, un compañero de la universidad de mi papá, católico, pero tampoco a ella la habían dejado casarse con él. Y aunque mi mamá siempre había auspiciado el noviazgo de Gabriel y Clarita, mi noviazgo con Jackie no lo consentía.

—Es que Clarita se iba a convertir al catolicismo, y no al revés —me decía—. Eso es muy distinto. Si Jackie se convierte al catolicismo, lo podemos pensar. Que se bautice y haga la primera comunión y después hablamos.

Lo que había pasado con Clarita Rozental es que cuando ella les había hablado al papá y a la mamá de Gabriel Bustamante, estos le habían dicho que si seguía con él eso sería lo mismo que enterrarla y que le rezarían el Kaddish y no heredaría nada de ellos, que eran ricos. Y que además la iban a maldecir para que siempre le fuera mal en la vida y tuviera hijos idiotas, o peor, hijos que la despreciaran y no quisieran ni mirarla a la cara. Clarita había sido incapaz de oponerse a los padres, y al hermano mayor, y a los tíos, que todos estaban en contra de su noviazgo con el *goy*. Pero Clarita toda la vida había seguido enamorada de Gabriel, y Gabriel de ella, hasta que se murieron ambos. Mi mamá era la que auspiciaba sus encuentros, al escondido, a veces en su propia casa, de la que ella se iba, discretamente, para dejarlos solos. Hay gente que no se casa y entonces siguen siendo como viudos el uno del otro el resto de su vida. Yo no quería que eso me pasara con Jackie y quería luchar por ese amor. Luché durante casi dos años con todas las estrategias que tuve a mi alcance.

En la moto de Jackie se podía llegar a La Oculta en menos de dos horas, pues la moto volaba por las carreteras y era capaz de entrar por los caminos, como un caballo. Yo a veces le decía, un sábado o un domingo por la mañana: «No hay nadie en La Oculta, vamos». Y él sacaba la moto, e íbamos, a toda velocidad, por la carretera de La Pintada. A veces montábamos a caballo, a veces nadábamos, a veces salíamos a caminar. Una vez que salimos a caminar yo llevé fiambre, una botella de vino blanco muy frío, una manta. Y nos metimos al monte. El día anterior había llovido y bajaba un torrente de las peñas de Jericó; se oía el ruido del agua. En un claro del bosque pusimos la manta, tomamos vino, nos comimos los sánduches de jamón y queso (Jackie dijo «no es kósher», pero se lo comió muerto de hambre). Después de los vinos y la comida nos besamos y besamos como nunca nos habíamos besado.

Era una tarde tibia y una soledad nos miraba desde una rama, con su larga cola azul, sin hacer ruido, como cuidándonos, como aprobando lo que hacíamos con sus ojos mansos. Yo recordé, pero no se lo dije a Jackie, que la abuelita Miriam decía que las soledades anuncian embarazos. Caían rayos de sol sobre nuestra piel y Jackie se quitó la camisa. Después me quitó a mí la blusa, el sostén. Se quedó mirándome, me quedé mirándolo. Me dijo que mi piel brillaba como ninguna piel, que mis senos brillaban incluso más que el resto de mi piel, y que mis pezones eran la cosa más bonita que había visto en su vida. Me los besó, me los lamió, me los mordió levemente. Yo estaba como loca y lo toqué a él. Bajé la mano debajo de sus pantalones, le bajé los pantalones. Tenía algo agradable, recto, anhelante, erguido. Le faltaba la telita que tenía mi hermano: era circuncidado. Pensé que mejor, pues había leído que los circuncidados transmiten menos enfermedades. Le dije que tuviera cuidado, que era la primera vez que yo lo hacía, y él lo hizo con una dulzura que creo que nunca nadie después ha tenido conmigo. Tan despacio, tan rico, con tanta delicadeza que en la manta apenas quedaron unas pocas gotas de sangre que no me dolieron nada al salir, pues yo estaba tan mojada que todo fue más fácil. Él se vino por fuera de mí, para no correr riesgos (la soledad nos miraba desde la rama), y luego se acostó, muy pensativo, boca arriba. Dijo que sentía mucho haberlo hecho, pues él nunca sería capaz de desobedecer a sus padres. Que se moriría por casarse conmigo, pero que no podía, y ahora era culpable de haberme quitado la inocencia. Que nunca le contaría a nadie lo que habíamos hecho, que podía estar tranquila. Me dieron ganas de llorar, pero no lloré, sino que me reí. Lo miré sonriendo con mi mejor sonrisa, tratando de parecer alegre, y le dije que bueno, que me daba pesar, pero que bueno, que yo entendía. Me levanté y me fui a pasear por el monte, descalza y desnuda. Él me seguía con la mirada y cuando volví al sitio donde él estaba, Jackie estaba listo otra vez, y se le olvidó su arrepentimiento, y repetimos, más despacio, sin miedo. Él se vino dentro de mí y después estuvimos muertos de ansiedad varias semanas, hasta que me llegó la regla. Nunca le hablé del pájaro. Cuando me vino me alegré, nos alegramos mucho, pues era un descanso para los dos, en ese momento de la vida, no tener que enfrentar cosas más grandes, o una gran pelea familiar o un aborto clandestino, que era peligroso y sórdido en aquellos años.

Volvimos a acostarnos algunas veces, casi siempre en el mismo bosque de La Oculta. A veces cogíamos la moto e íbamos hasta La Oculta solo a eso. A veces no aguantábamos un viaje tan largo y nos íbamos a unos pinares por El Retiro. Yo tuve mi primer orgasmo con él; muchos orgasmos. Quiero decir mi primer orgasmo en compañía, y uno enlazado con otro en poco tiempo, porque ya con mis dedos había aprendido a tenerlos desde mucho antes. Es más, yo creo algo, pienso que a la mujer que no aprende a tenerlos sola luego le cuesta más tenerlos acompañada. Después de un tiempo me di cuenta de que él me quería más de lo que yo lo quería, y que sufría como un desesperado por no poder seguir conmigo, casarse conmigo. Después de venirse sobre mi pecho, acostado boca arriba, lloraba como un niño. Yo lo acariciaba y pensaba que era un cobarde, pero le decía que tranquilo, que encontraría él también una muchacha judía a quien querer, que por ahí estaban las Lerner, las Zimerman, las Manevich, las Dyner, que saliera con ellas y se olvidara de mí. Él me decía que le habían presentado a todas las judías de Medellín y que ninguna era tan linda como yo, ni vestidas, ni mucho menos desnudas. Que a ninguna le brillaba la piel como a mí me brillaba; que ninguna tenía el pelo tan largo y tan negro; que ninguna se humedecía tanto como yo me mojaba. Me dio rabia pensar que me estuviera comparando, pero seguí callada, con ganas de llorar, pero muerta de risa. La risa muchas veces —por lo menos en mí— es la mejor coraza.

Un día alguien llegó a mi casa con el cuento de que yo estaba saliendo en una moto Ducati con un muchacho. Mi papá me llamó después de la comida y se encerró conmigo. No me regañó, sino que se le aguaron sus ojos azules y me dijo que él no aguantaría si yo me mataba en un accidente; que no se lo perdonaría. Que me rogaba por lo que más quisiera que no siguiera exponiendo mi vida así; que él en el hospital veía heridos y muertos en motos todas las semanas. Que él me prestaba el carro cada vez que yo lo necesitara, así tuviera que irse en bus al trabajo, pero que me rogaba por lo que más quisiera que no saliera en moto nunca más. Yo no fui capaz de desobedecerle, y con Jackie me veía, a pie, en otras partes, pero ya no en la moto ni en La Oculta. Le dije que en mi casa también había prohibiciones, tabúes, como en la suya. Que no eran religiosas, pero eran casi religiosas; que en mi casa el pecado era montar en moto, mucho más que comer jamón de cerdo o acostarme con un judío circuncidado.

Al fin lo mandaron dos años a un kibutz en Israel, y allá conoció a una judía rusa con la que terminó casándose. Antes de casarse se quiso despedir de mí con otro paseo al bosque de La Oculta. Yo ya no quería, yo ya estaba muy decepcionada de él, de su cobardía, y había empezado a salir con otro tipo, un compañero de la universidad. Pero accedí. Y hasta me volví a montar en la moto, desafiando la prohibición de mi papá. No tuve orgasmo; él sí, él volvió a venirse sobre mi ombligo, como Onán en la Torah, eso me dijo, y después se puso a llorar.

—¿Y como quién en la Biblia estás llorando ahora? —le pregunté.

—No sé —me contestó—. Tampoco me sé la Biblia de memoria.

Cogimos la moto, regresamos a Medellín, él volvió a Israel, a casarse, y desde entonces no lo he vuelto a ver.

Alguien me contó que vive en Estados Unidos con su mujer; que terminó medicina, obstetricia, y que gana muchísimo dinero atendiendo mujeres judías ricas, haciendo por igual tratamientos de fertilidad, inseminaciones *in vitro,* partos y abortos, en un pueblito del sur de California. Allá él. Y pensar que yo me habría vuelto judía por él, budista por él, musulmana por él, atea por él, lo que él hubiera querido. El amor enloquece y esa cosa que yo sentía era amor, mi primer amor. Tal vez me salvé de aburrirme toda la vida en un pueblito del sur de California, qué sé yo.

ANTONIO

Estaban sudorosos, cansados, polvorientos, pero felices de haber llegado. Hablaban duro, cantaban coplas, se desafiaban con trovas, contaban las peripecias del camino: heridas que se habían hecho con el machete, mulas ranchadas y machos reventados, caballos desbocados, la ternera arrastrada por el Cauca al caerse de la balsa y el nadador que se había tirado al agua detrás de ella, para salvarla, y había estado a punto de ahogarse él también, al llegar a los rápidos. Mostraban las ampollas en los pies y describían el molimiento en las piernas, la piquiña de las ladillas en las partes íntimas, los cólicos y dolores de barriga, las pústulas, las fiebres diagnosticadas con el dorso de la mano. En dos días y medio de travesía desde Fredonia (seis o siete para los que venían desde Marinilla, Rionegro y El Retiro), ningún niño había muerto, y eso era buena seña. Viejos no había con ellos. Muchos, casi todos, habían tenido que pasar dos semanas de cuarentena abajo de Fredonia, para probar que no venían enfermos, pero sobre todo para probar su paciencia y buena conducta.

Ya había habido muertos en la Aldea de Piedras. La viruela, la escarlatina, el cólera habían visitado incluso esas tierras remotas. Pero la gente era enterrada en el campo, donde caían enfermos, pues era inútil ir hasta un pueblo donde todavía no había médico ni cura, y donde aún no habían consagrado el cementerio. En el lote destinado para ese fin, y donado por los fundadores, todavía no habían enterrado a nadie, y allí seguían encerrando los terneros del destete de don Santiago Santamaría, que de su hato vendía la leche, la mantequilla y el queso para los colonos. Por eso —decía la gente— en el pueblo no había fantasmas, ni aparecidos, ni miedo todavía a los muertos ni a la muerte. Nadie quería pensar en la muerte; ya habría tiempo para envejecer y morir en paz, aquí, en la nueva tierra, y ojalá nunca resultara un Caín en ese pueblo, es decir, que nunca nadie se atreviera a levantar la mano y a matar a ninguno de sus hermanos.

Lo triste, sin embargo, es que los primeros dos muertos oficiales de Jericó fueron precisamente dos hermanos, los hermanos Trejos, oriundos de Envigado. Los dos estaban pretendiendo a la misma mujer, una mocita crecida en la Aldea de Piedras, y eran el mayor y el segundo de la casa. La muchacha al principio le había hecho ojitos al más grande, pero después había resuelto aceptar al pequeño, que era menos irascible y le inspiraba más confianza. El grande no había podido resignarse a ese desdén, y algo tramaba. Un odio sordo, un resentimiento sin límites crecía en su interior al ver que a él lo habían desdeñado para escoger a su hermano menor. Una tarde de domingo se emborrachó en la única cantina que había en el pueblo reciente, y fue a buscar a su casa al hermano; le dijo que saliera, lo insultó y lo retó a que trajera el machete. Los padres ya se habían acostado y estaban profundos cuando el hermano mayor lo desafió. El menor no quería tener un duelo, y menos con su hermano, pero tampoco quería amilanarse ni dejarse humillar. Los machetes relucieron y ambos se enrollaron las ruanas en el antebrazo izquierdo, como un escudo de lana. Como el mayor estaba borracho, recibió el primer corte, hondo, en el hombro izquierdo. Se enfureció y consiguió herir a su hermano menor en el muslo. Los dos sangraban mucho y se siguieron hiriendo sin parar, en el brazo, en la nuca, en el costado. No eran heridas mortales, pero los hacían perder mucha sangre a los dos. Por desgracia no había nadie por ahí para separarlos y los regueros de sangre bañaban el suelo. Se fueron desangrando poco a poco, sin palabras, y por las heridas recibidas ambos murieron.

En el pueblo les decían «los dos Caínes», desde cuando los recogieron del suelo esa misma madrugada. El menor ya estaba muerto y el mayor agonizando, consciente, pero sin pedir perdón. Él mismo contó el cuento de cómo había sido el duelo. Desde entonces la novia, una muchachita de apellido Arcila, no había vuelto a mirar a ningún hombre. Cuando las clarisas llegaron al pueblo, años después, fue la primera en pedir la entrada, y se enclaustró con ellas. Nadie volvió a verle la cara en los cincuenta y cuatro años que siguieron hasta el día de su entierro. A los dos hermanos pretendientes los enterraron cerca, en el cementerio, uno al lado del otro y todavía cara a cara. A ambos los sepultaron con el machete en la caja, como un recuerdo y una admonición. No pudo haber habido inauguración más triste ni menos halagüeña para un cementerio.

Los recién llegados habían hecho jornadas de ocho o nueve horas, con una o dos paradas para comerse el fiambre, a la orilla de alguna fuente de agua limpia. A veces Isaías y Raquel, al atardecer, se apartaban del grupo e iban a lavarse en una quebrada o a tomar el fresco en un bosque; Isaías miraba con embeleso el vientre de su mujer, que empezaba a volverse convexo, pleno, y la tocaba con dulzura. A Raquel le daba miedo hacer el amor, pero se acostaban sobre la ruana blanca de Isaías y ella lo tocaba con mucha suavidad, con dedos y manos perfectos, hasta el final, para que descansara. Después se abrazaban y reían, y hablaban del futuro del primer niño en la nueva tierra. Soñaban grandes cosas para él, y no solo discutían el nombre que le pondrían, si era hombre o mujer, sino también el nombre que le darían a la primera tierra que les entregaran, según el Cojo había prometido. Si era hombre, decidieron, se llamaría Elías o Israel; y si era hembra, le pondrían Eva, por ser la primera mujer. Y a la primera tierra, resolvieron llamarla, si el hijo era varón, La Judía, y si era hembra, Palestina. Con estos sueños y embelesos gozaban y se reían.

Como los nuevos colonizadores iban arriando vacas y terneros, potros y bueyes, y como venían con recuas de machos y mulas cargadas, andaban muy despacio, y no rendía mucho el camino. A veces un animal echaba para el monte y había que parar mientras lo encontraban. Habían dormido en fondas, si las había, o a la intemperie, bajo carpas de lona encauchadas, en círculos formados por los aperos, las alforjas, los bultos y las enjalmas, haciendo turnos para cuidar los bueyes, las vacas y las bestias. Venían un par de niños con fiebres, y dos caballos se habían reventado en el último ascenso desde el Cauca, en la parte más dura de los caracoles (así le decían a la parte del camino que subía como un tirabuzón), y ahora eran la dicha de los gallinazos, pero todos los demás estaban buenos y sanos.

Al frente de la larga romería venía el hijo de don Gabriel, Pedro Pablo, el Cojo, montado en su mula blanca, y a su izquierda venía nuestro antepasado, Isaías Ángel, ese joven de El Retiro que desde entonces sería el mejor amigo de Echeverri, lo cual me consta por un par de cartas que se conservaban en La Oculta hasta la noche del incendio. Pilar, que todo lo bota, pensó que esos papeles ahumados no valían la pena, y los tiró a un hueco con todos los escombros. Echeverri y míster Grey, durante la travesía, le habían hablado a Isaías de las cosas del mundo, para él tan lejanas y tan extrañas. Le contaron de la guerra que había en Norteamérica, la gran lucha de Lincoln por librar a los negros de la esclavitud y unificar el país; de los colonos que en ese gran país recibían tierras baldías en el oeste, a veces tierras yermas y a veces tierras fértiles, pero con poca lluvia para fecundarlas; le hablaron de Europa y los nuevos países que se estaban cocinando, grandes y prósperos y libres, con Bismarck en Alemania, con Garibaldi y Cavour en Italia. Míster Grey habló con nostalgia de su nativa Suecia y del mar de los vikings, que ya no tenía muchas esperanzas de volver a ver. Aquí, en ese agreste país montañoso adonde una voz oculta lo había llamado, había que realizar empresas parecidas, incluso más grandes y mejores que las de Europa, construir una nación digna, unida y libre, donde el espacio se repartiera bien, y no a dedo como habían hecho los españoles, y donde toda la gente tuviera casa y tierra propias, agua, aire y hogar, porque solo el trabajo individual, combinado con obras públicas, hacía la riqueza de las naciones. Ya no eran tiempos de conquistas violentas, ni de dominación y exterminio, sino el tiempo de la conquista pacífica. Cosas así eran las que también él, el Cojo, quería para Antioquia y para Felicina, el nombre que más le gustaba para el pueblo: una promesa de felicidad, una especie de comuna de hombres libres, todos con tierra, todos propietarios sin envidia, con algunos días al mes de trabajo comunitario. Eso tenía que funcionar bien. Charlaban muy animados, el Cojo complacido con el temperamento y el trato del guarceño, e Isaías encantado de que entre el viejo sabio y el joven soñador le abrieran los ojos a un mundo más grande, y también feliz de conocer la tierra nueva, la tierra donde todos tendrían tierra. Ese año, 1861, fue maravilloso en muchas partes del mundo: se respiraba optimismo, unidad, libertad, amistad, los sueños que casi un siglo antes no había podido cumplir la revolución francesa. El Cojo había leído a los autores ilustrados y decía que con educación y bienestar, sin abusos ni injusticias, la gente sería buena. El sueco no era tan optimista, desconfiaba más de la naturaleza humana, pero le agradaba que hubiera jóvenes con sueños utópicos incluso en estas ásperas montañas del trópico, tan lejos de aquello que para él era el corazón del mundo civilizado, su vieja Europa.

Tres días antes, al llegar a Fredonia, el Cojo había tenido otra deferencia con Isaías y su familia. Una vez llegados al pueblo, y después de mucho haber conversado en la travesía desde El Retiro, tuvo que confesarle que don Santiago Santamaría era muy rígido en la selección de los colonos y que por eso había establecido una especie de cuarentena para todos los aspirantes a vivir en el pueblo. Abajo de Fredonia, en la ermita de Marsella, dejaba una o dos semanas a todas las familias nuevas, esperando unos días, al menos dos semanas, y les daba posada y los alimentaba, pero los ponía bajo observación de un cura zarco, Juan Luis Mejía, y de un barbero canario, Juan Cruz. El cura Mejía controlaba la moral sexual y las costumbres, y el barbero Cruz se ocupaba de las tendencias políticas. Hay dos sitios en que la gente es muy dada a los chismes y a las confidencias: la barbería y el confesionario. En la primera casi siempre salen a relucir los fanáticos de todo cuño; y en la segunda, las debilidades de la carne. A los que bebían, a los holgazanes, a los que no iban a misa o mostraban mal temperamento (le pegaban o gritaban a la mujer, maltrataban a los niños o a los animales), los devolvían con cualquier pretexto y les decían que el cupo en Suroeste ya estaba lleno. A los cristianos de buenas costumbres, mansos, laboriosos y pacientes, los dejaban seguir adelante, camino del Cauca. A esa cuarentena le decían «el cedazo», pero el Cojo no iba a someter a Isaías y a su familia a esa prueba, y los había dejado pasar adelante, respondiendo por ellos, sin cumplir el requisito exigido por don Santiago. A las demás familias que venían de otros pueblos las dejó ahí las semanas reglamentarias, y en cambio siguieron el viaje con los que ya habían pasado el colador del cura Mejía y el barbero Cruz.

Tal vez por eso los Ángel iban aún más contentos y animados. Isaías exclamaba, entusiasmado y feliz, que nunca había visto unas aguas tan cristalinas, sabaletas tan sabrosas, pájaros tan coloridos, y sobre todo un aire tan inspirador ni un cielo tan azul. Que no creía que la Toledo de sus mayores fuera tan luminosa y tan verde. Eso mismo seguirían repitiendo como loros sus descendientes, hasta mí: que no hay en el mundo, ni siquiera en Grecia, un cielo tan azul como el de Jericó, cuando está despejado; es ese mismo azul que solamente se ve en algunos cuadros del Renacimiento italiano, el azul de Fra Angelico (como decía nuestro amigo Von Berenberg, el redactor), y tal vez en Madrid, algunas tardes.

El clima, al mediodía soleado, era perfecto; el aire transparente y muy limpio, de ese que seca el sudor sin que uno apenas se dé cuenta, refrescando la piel sin enfriarla demasiado. Raquel, su mujer, venía en una yegüita alazana de paso fino, un poco más atrás, montada de lado, a la mujeril. Pedro Pablo, el Cojo Echeverri, le había cedido esa yegua, de nombre Simpatía, que era su cabalgadura de remplazo y descanso, considerando su estado. Un par de años después se la mandaría a la casa de aguinaldo, un 24, con todo y avíos, y con esa yegua habían empezado los Ángel de mi familia a tener y a criar caballos. Esa yegua primera es nuestra Eva, nuestra Lucy equina. Con este solo gesto de prestarle a Simpatía, el Cojo se había ganado para siempre la amistad y la gratitud de Isaías. Tanto le mencionaron ese agradecimiento, la belleza de ese primer gesto, que el Cojo acabó mandando la yegua entera, de regalo, para recalcar el gusto con que la había prestado. A pesar del embarazo, Raquel había aguantado bien la larga travesía desde El Retiro. No sabía de qué sexo era ese niño que crecía dentro de su cuerpo, y solo lo vería cinco meses después: tendría testículos, testigos de su virilidad, y se llamaría Elías, como uno de sus abuelos Abadi llegados de las islas Canarias.

La despedida de sus padres, precipitada, imprevista, había sido triste. Don Abel, su padre, la había bendecido cuatro veces, y cuatro veces se había secado las lágrimas con el pañuelo. Su madre, Barbarita, más seca y flemática, solo le había dicho «Que le vaya bien, mijita, y cuando pueda, mande noticias de ese nuevo pueblo». A Raquel también le gustaba esa nueva tierra que los recibía con sancocho, con vivas y canciones, con sombreros en la mano izquierda, y con la mano derecha extendida. A última hora se les habían unido también dos hermanos de Raquel, uno menor, Gregorio Máximo, y otra mayor, Teresa, que en El Retiro estaban casi pasando hambre. Don Abel, el zapatero, los había bendecido también a ellos, y doña Barbarita les había dicho lo mismo a los otros dos, «Que les vaya bien, mijitos, y que Teresa escriba cuando tenga tiempo». A Gregorio no se lo había pedido porque, aunque era de habla despejada, no sabía leer ni escribir. Se habían venido con el pretexto de ayudarle a su hermana durante el embarazo, y el único viático que les había dado don Abel era, a cada uno, un par de zapatos nuevos, «para que lleguen bien lejos». Teresa, de veintiocho años, tenía desde entonces cara de solterona, y había sido desde la infancia muy unida a su hermana. El muchacho tenía apenas quince años, pero era alto y robusto, buenmozo, apto para el trabajo, y el Cojo le había dado la bienvenida a la aventura de colonizar el Suroeste. Gregorio Máximo acabaría casándose con una mocita Restrepo, y sería el padre de otro Antonio, Antonio Abad, a quien le acabarían diciendo don Abad, patriarca casi legendario de Jericó, que fundaría otra estirpe de esas tierras, de gente tímida y de trato cordial, más bien callada, pero nada bruta, con juristas, médicos, ingenieros, cerveceros en su línea, e incluso algún letrado remendado.

Muchos años después de esa llegada triunfal al nuevo pueblo, una de nuestras antepasadas, la bisabuela, Merceditas Mejía, quiso desmentir las habladurías que había en Jericó, de que tanto los Ángel como los Mejía (Mexías o Mesías, decían que se llamaban, infames), o los Abad (que dizque habían sido Abadi), eran descendientes de judíos conversos, la raza deicida. Para tal efecto se gastó las últimas morrocotas de oro que tenía escondidas en una

baldosa especial de la cocina, en una vieja bolsita de tercio-
pelo, y se las dio al cura Cadavid para que este se las entre-
gara a monseñor Arango Posada, que pensaba hacer un
viaje a España a hacer estudios genealógicos de varias familias antioqueñas. Por intermedio del padre Cadavid la
viuda de José Antonio, gran benefactora de la catedral de
Jericó (su familia había donado la corona de piedras pre-
ciosas de la Virgen) a principios de siglo, empezó a recibir
poco a poco las respuestas que iban llegando desde la pe-
nínsula. Y las noticias no eran muy halagüeñas, ni para los
Ángel ni para los Mejía ni para los Abad ni para los Santamaría, que todos esos apellidos llevaban sus hijos, que hasta
los repetían de memoria como una letanía de santos. Los
Ángel se remontaban a un tal rabí Yehuda Abenxuxán, que
no olía muy limpio de sangre, para decir la verdad, pues lo
único que habían hecho era cambiarse ese Abenxuxán a
Santángel, que luego en América se había apocopado en
Ángel, y los Abad venían de un tal Abadi enviado al confi-
namiento en Canarias, por tornadizo, y los Santamaría y
los Mejía ni se atrevían a decir, más marranos que nadie.
En vista de lo anterior, monseñor Arango Posada recomen-
daba, desde las secas y remotas tierras de Castilla donde se
encontraba, que siguieran una costumbre muy antigua,
dictada por el recato y la prudencia: «Si me permite decírselo, respetada doña Merceditas, el asunto este es mejor no
meneallo, como dicen por acá, y más bien aconsejo que
usted y su familia se contenten con saber que desde cuando
los ancestros de su marido, y los suyos, llegaron a Jericó, a
nadie le cabe duda de que ustedes se han portado con el
mayor decoro, y muy cristianamente. Fíjese que al fin y
al cabo Jesús también fue de esa raza maldita, o al menos
su madre lo fue, y eso no le impidió redimirnos a todos como hermanos ni nos impide a nosotros venerar a santa María Virgen y a su paciente esposo san José, ni a su madre
santa Ana, que le enseñó a leer. Pero en cuanto a la certifi-
cación que usted buscaba, va a ser muy difícil hallarla

auténtica, y para obtenerla tendríamos que inventárnosla, o pagar mucho para que nos la den aquí en España, hechiza, que los certificados de limpieza de sangre se expiden todavía, pero salen más onerosos cuanto menos auténticos sean y no sé si usted quiera dejar sin la hacienda a los hijos de don Antonio, con tal de responder a murmuraciones que se pueden ignorar». Se perdió esa platica, solía decir Mamaditas, con una cierta nostalgia por sus morrocotas que no eran de plata, ni de platino, sino de oro purísimo. Y mientras tanto daba limosna a los pobres, todos los viernes por la tarde, y rezaba las letanías de los santos, y el santo rosario, todos los días, y rogaba a santa María Virgen y a su madre santa Ana y a su esposo, el paciente san José, que nadie llegara a averiguar que el apellido Ángel había sido antes Santángel y antes que Santángel todavía peor, Abenxuxán.

PILAR

Lucas casi no nace; estuve cuatro días en trabajo de parto. Las contracciones me empezaron el domingo por la noche, y el lunes por la mañana llamamos al médico. Alberto se fue a estudiar a la universidad porque él todavía estaba haciendo la carrera. Mi obstetra, el doctor Henao Posada, dijo que estaba empezando, pero que eso, en las primíparas, era muy largo. El lunes estuve en la casa, con contracciones, pero todavía muy espaciadas. Mi papá, que estaba muy agitado con su primer nieto, me acompañaba —más nervioso que yo— y de vez en cuando llamaba al doctor para contarle cómo iban las cosas. El miércoles nos fuimos para la clínica de El Rosario y el doctor Henao me revisó y me dijo que tenía no sé cuántos centímetros de dilatación; sentenció que el niño nacería al amanecer.

Cayó una tempestad tremenda esa tarde, como siempre que algo serio va a pasar en mi vida, y a las nueve de la noche me llevaron al quirófano porque ya tenía nueve de dilatación. Después de pujar una hora la cosa se me hizo tan dolorosa que tuvieron que ponerme anestesia. Lo que pasó después no lo recuerdo, pero me lo contaron. Al parecer, tras bregar mucho rato con las manos, intentaron sacar al niño con fórceps; después como con un chupo de esos para destaquear cañerías, una ventosa gigante que le ponían al bebé en la cabeza y que le deformó el cráneo al pobre Lucas. Con el fórceps le volvieron una ceja negra y le desbarataron la oreja izquierda. No había manera: mi pelvis era demasiado estrecha para tener al bebé como se debe. El doctor Henao bajó a pedir permiso (a Alberto y a mi papá) para hacer cesárea. Empujaron al bebé otra vez para adentro, con la mano, y me hicieron una herida inmensa, de arriba abajo, no como las cesáreas que hacen ahora, tan pulidas y discretas que casi no queda ni la cicatriz, sino una chamba espantosa, como de la Primera Guerra Mundial. Alberto se puso a llorar porque en esos días había leído un libro viejo sobre una mujer que se moría en el parto. Antes las mujeres vivían muriéndose en el parto, y los niños también. Mi papá decía que nuestro gran cerebro lo pagamos caro: con mucho dolor, muchos desgarros y mucha mortalidad al nacer, por las dimensiones exageradas de la cabeza. Y eso que nacemos antes de tiempo, sin acabar de gestarnos y eso hace tan larga la crianza y tan indefensas a las criaturas recién nacidas. Gracias a Dios mi hijo nació ya en la segunda mitad del siglo XX. Cuando salí de la anestesia y llegué a la pieza, vi un monstruo tirado en la cunita, con la cabeza en forma de pera, espantosa, y lleno de morados por todo el cuerpo. Los nacimientos no son esa felicidad fácil que se ve en algunas películas; los nacimientos son una cosa dura, dolorosa, llena de sangre, olores y sudores y peligros. Cien años antes nos habríamos muerto los dos, en ese parto, mi niño y yo. Es más, cien años atrás yo ya me habría muerto como siete veces. Y todavía hay gente que añora el pasado, las maravillas del parto natural y las bendiciones de la vida en armonía con la naturaleza, sin técnica ni ciencia. Imbéciles.

Vino un pediatra que empezó a examinar a Lucas, puso cara preocupada, y de inmediato se lo llevó para la sala de cuidados especiales. Decía que respiraba mal, que los reflejos no eran perfectos. Me dijo que el niño probablemente iba a quedar con algún problema cerebral, con secuelas mentales, porque tenía muchas lesiones en la cabeza, deformada por los fórceps. Fue ese día cuando a mi suegra le empezó el colerín calambroso, esa enfermedad que ya nunca volvió a quitársele. Mi papá me decía, consternado, que no importaba si el niño se moría, que después tendría otro. Por la noche vino otra vez el partero, Henao Posada, pero él no creyó en el diagnóstico del pediatra («yo le hice pasito, lo que pasa es que los niños son delicados y escandalosos: en apariencia salen muy maltratados, pero también son fuertes, resistentes, y el trabajo de parto les conviene para ser más verracos») y se metió en la sala de cuidados especiales. Se entró sin decirle nada a nadie, sin permiso. Vio al niño despierto e inquieto, hidratado con suero, y le metió un dedo en la boca al bebé, a ver si chupaba. El niño ahí mismo succionó con fuerza, y entonces el médico le dijo a una monja que le trajera dos onzas de leche en un tetero, y se las dio. Al salir, pidió que no le dijeran nada al pediatra de lo que había hecho, pero a nosotros nos tranquilizó diciendo: «El niño está perfecto, lo que tenía era hambre». El pediatra fue a revisarlo por la noche y lo encontró de mejor semblante, animado. Me lo llevó al cuarto diciendo que gracias a sus cuidados el bebé estaba sano y salvo, que todos los signos vitales habían mejorado mucho. Cuando me lo entregó, el doctor Henao Posada me guiñó un ojo desde un rincón del cuarto.

Pero en todo caso, Lucas estaba horrible; parecía un boxeador después de perder una pelea, con los ojos hinchados y toda la cara llena de morados, raspaduras y costras. Vino a ser lindo por ahí a los tres o cuatro meses. Por suerte, todo lo que hacía era normal. Mamó normal, gateó normal, caminó normal, empezó a decir palabras a los doce meses y habló perfecto a los tres años. Lo único raro era que, cuando le daba fiebre muy alta, convulsionaba. Después le volvió a pasar, en el peor momento.

Por esa época, Eva ya iba en segundo año de universidad y estaba enamorada de Jackie, un novio judío que se consiguió; cuando salía de clase, por la noche, iba a hacerme la visita y se quedaba mirándome mientras yo alimentaba a Lucas, en la casa, tan lindo, tan gordito, tan monito, y yo sé que también hubiera querido tener un niño. Aunque era la mejor de la clase en la universidad, igual que en el colegio, me miraba y decía, sin decírselo a nadie, se lo decía en silencio a la parte más oscura de su cráneo: yo también quiero tener un niño y alimentarlo en mi pecho. Pero le tocó esperar a graduarse, a casarse por primera vez, a separarse del primer marido (que era egoísta y mujeriego, interesado solamente en el poder), a volverse a casar y al fin, cuando yo ya tenía tres hijos, tuvo su primer embarazo, eso solamente lo supe yo, y después tomó la decisión de no tener el niño, qué pesar, un niño que habría sido un Einstein, un gran médico o un gran físico, creo yo, porque iba a ser hijo de su marido el banquero, que odiaba ser banquero y hubiera querido ser matemático, y de ella, que se ganaba todas las medallas, pero un día me dijo «Lo perdí», con una mirada oscura, larga, honda, «Lo perdí», y era como si ese niño se le hubiera ahogado en el mar, como si ese niño se hubiera hundido en lo más profundo del océano Pacífico.

No sé por qué lo hizo. Yo siempre he sabido que no lo perdió sino que se lo hizo sacar, y mi Dios la perdone, por miedo a tener tanta responsabilidad, por pavor de no poder volver a decidirlo todo por sí misma sino pensando en el hijo. Voy a decirlo aquí para mí misma, sin que nadie me oiga, y mi Dios me perdone a mí también: por egoísta. Yo no se lo he dicho nunca, pero en esto del aborto nunca he estado de acuerdo con ella. Yo acepto que aborten si hay una violación o si es seguro que el bebé va a nacer con unas deformidades o unas enfermedades espantosas que lo harán sufrir toda la vida, a él y a la familia. Pero así como así, no. Puede que un feto no sea lo mismo que una persona, pero tampoco es lo mismo que la pepa de un mango, y eso no me lo va a negar ni el abortista más convencido. Las mujeres lo saben, incluso las mujeres que han abortado. Lo volverían a hacer, si fuera necesario, sí, pero saben que es una decisión dura, tremenda, casi imposible de tomar, y no porque sea un asesinato, sino porque es la negación de algo muy bonito, vida, que apenas está empezando, y la vida es mejor que la muerte, siempre. O no siempre, pues, está bien, pero sí casi siempre. Eva lo vino a comprender más tarde, mucho más tarde, y al final tuvo un hijo divino, Benjamín, Benji, pero lo tuvo sin padre. Quiero decir, sin padre casado, porque lo tuvo con uno de sus maridos, sí, con el segundo, pero mucho después de haberse separado de él, y por eso el apellido de Benji es Bernal. Eva escogió bien al padre, de eso estoy segura, pues el director de orquesta es un hombre culto y bueno, aunque de mal genio, y Eva se limitó a pedirle la fecundación y el apellido, como un favor especial, porque él tampoco había tenido hijos, y quería tenerlos, más todavía sin el inconveniente de tener que vivir con él, para una persona que siempre ha preferido vivir sola. Hay padres así, que prefieren una relación más esporádica y menos intensa con los hijos, no como Alberto, que parece otra madre con los míos. A veces creo que Eva, en su vida, ha perdido otros hijos, sin quererlo o de gusto, pero no nos lo dice. Es uno de esos misterios que nadie sabe nunca bien, y que algunas mujeres se llevan a la tumba. En cambio yo no tengo casi ningún misterio, casi todo lo digo.

Yo nunca he abortado, y no se me habría pasado por la cabeza hacerlo jamás. Después de Lucas tuve otros cuatro niños, todos normales, todos por cesárea. Esto era lo normal antes, tener muchos hijos seguidos, pero ya no lo es tanto. Cada vez me doy más cuenta de que la rara soy yo. «Es que tú vives según el esquema de la familia tradicional», me dijo una vez Eva, que a veces habla como un libro. Según el esquema de la familia tradicional, qué frase más ridícula. Ella quería decir que vivía como el abuelito Josué y la abuelita Miriam, casados por la Iglesia para toda la vida, sin tener ni la más remota intención de separarse nunca, casados no tanto con el otro, sino con el matrimonio, y pariendo todos los hijos que mi Dios les quisiera mandar. Con eso me quería decir que yo era muy conservadora, tradicionalista, chapada a la antigua. Pues será, pero eso es como decir que me gusta comer a la luz de las velas, que me transporto en carrozas tiradas por caballos, que me pongo peluca y miriñaque... La rara soy yo, sí, la única que se ha casado una sola vez, virgen y por la Iglesia, y la única que no piensa separarse nunca, pase lo que pase. La que tuvo cinco hijos con cinco cesáreas y habría tenido más si no hubiera sido porque el doctor Henao Posada me dijo que ya tenía el útero delgadito como una hoja de papel y que si volvía a quedar embarazada él no se iba a encargar de mí para que me le muriera desangrada.

Ahí fue cuando me decidí a ligarme las trompas, después de la última cesárea, cuando nació Simón. Yo sé que eso la Iglesia lo prohíbe, pero yo fui donde el padre Gabriel y le dije Padre Gabriel, ¿usted quiere que yo me muera? Claro que no, me dijo él. ¿La Iglesia quiere que yo me muera?, le pregunté otra vez y me contestó: No, claro que no. Entonces tengo que ligarme las trompas de Falopio porque si llego a quedar embarazada otra vez, el médico me lo dijo, él ni siquiera me va a seguir durante el embarazo porque lo más seguro es que me acabe muriendo desangrada. Así se morían antes las mujeres, hace un siglo, cuando no había cómo parar de tener hijos. Y entonces el padre Gabriel dijo que iba a consultar con el obispo y el obispo me dio la autorización para que me ligaran las trompas. Claro que yo ya me había hecho operar antes de que el padre Gabriel y el obispo me dieran el permiso. Ni boba que fuera.

Yo les pregunté porque a ellos les gusta sentirse importantes, y a mí me da pesar que piensen que ya no lo son y que ni siquiera los tenemos en cuenta. Y el caso es que ya nadie los tiene en cuenta, ni yo. A mí me da pesar de la Iglesia, si lo pienso bien. Está más vieja y más pasada de moda que yo. Un paquidermo, un animal en vías de extinción. Lo veo cuando voy a misa en Palermo: no vamos sino viejitos y todo parece una pantomima, una representación, si mucho una costumbre, pero a nadie le importa un chorizo lo que dice el cura, nadie cree de verdad que el vino sea sangre, que el pan sea el cuerpo de Cristo, su carne de verdad, que la confesión te salve, que los domingos sin misa sean pecado mortal. Yo soy la única que va quedando que todavía cree en todo eso, o que intenta creerlo, porque me falta fe y quisiera tener más. Y quién sabe, la Iglesia es una cosa muy vieja, muy rica, muy sólida. La vida da muchas vueltas y a lo mejor su poderío vuelve. O se extingue del todo, eso nadie lo sabe.

ANTONIO

De casi todos los Ángel de nuestra familia, desde el primero que llegó a Antioquia, he encontrado la partida de nacimiento y defunción; también el certificado matrimonial y las partidas de bautizo de todos o de casi todos sus hijos, incluso los que se morían antes de cumplir dos años, que eran la mayoría. Muchas veces les ponían el mismo nombre una y otra vez, como si pudiera remplazarse al niño perdido, como si se pudiera reencarnar en otro hasta que al fin alguno con el mismo nombre se criaba, se apegaba a la vida y llegaba a viejo. Podría incluso decir de qué se murieron o cómo se mataron, los que llegaron a la vida adulta, uno por uno. Isaías, hijo de Ismael, nieto de Abraham, murió de cólicos biliares en el camino entre La Mama y Jericó, a lomo de una mula que lo llevaba donde el médico, el doctor Zoilo

Mesa Toro, el primer matasanos que hubo en el pueblo, pero no llegó a tiempo y falleció en el camino, cayó como fulminado de la mula, en los años ochenta del siglo XIX, y su hijo Elías tuvo que llevarlo al pueblo amarrado, medio cubierto por cuatro costales, doblado sobre el lomo de la mula, a velarlo y enterrarlo. Raquel Abad, viuda, tuvo la fuerza de no vender las fincas recién abiertas (La Judía, La Mama y La Oculta) y de encargar de ellas a su hijo, que no hacía mucho había alcanzado la mayoría de edad, nuestro cuarto antepasado de nombre conocido, Elías.

A los hermanos de Elías se los llevaron todos para las guerras civiles del siglo XIX, reclutados a la fuerza y enlazados en el pueblo como ganado, a veces al servicio del ejército conservador y a veces del liberal, y no volvieron nunca al pueblo, o porque se quedaron en otra parte o, más probablemente, porque los mataron en alguna batalla. Según se contaba, a los reclutas los llevaban atados de pies y manos hasta el sitio de los enfrentamientos, y ahí los soltaban, con un fusil, a que trataran de matar más gente del campo enemigo que del propio. Eran muchachos, casi niños, muertos de miedo, que si disparaban no era por ninguna causa justa o injusta, sino solamente por salvar el propio pellejo. No luchaban por la libertad ni por la religión ni por la justicia ni por su propio país; tampoco luchaban por el color de un partido político, que les daba lo mismo que fuera azul o rojo; peleaban simplemente por su vida. Y así el país se hundía más en el atraso y las tierras quedaban despobladas, sin brazos. Elías se salvó, precisamente, porque supo esconderse en La Oculta, la finca que su padre había comprado poco antes de morir. La finca estaba en un lugar tan extraño de la montaña, una hondonada en medio de la cordillera, casi invisible desde cualquier punto de vista, que por eso mismo era y es buena para esconderse, su nombre mismo lo dice: allá no llega nadie que no conozca perfectamente el camino, y de lejos no se divisa. En esas guerras morían y mataban tanto, y tan lejos de casa, que a veces los muertos quedaban tirados en la mitad de una pradera, o de una ciénaga, o de una selva, y se los comían los gallinazos. O a lo mejor se establecían en tierras lejanas, en la Costa o en los Llanos Orientales, y no volvían por vergüenza de volver, con las manos ensangrentadas de tanta gente que habían tenido que matar para poder sobrevivir, o porque se les olvidaba el camino de regreso, con el corazón endurecido por la guerra. De esas guerras hay listas interminables de nombres de muchachos que se fueron obligados, y que nunca volvieron al pueblo. Esas guerras casi nunca se pelearon en Antioquia, donde todos eran parientes y no se querían matar por ser liberales o godos, federales o centralistas, pero los nuevos pueblos de Antioquia tuvieron que poner, a la fuerza, mucha carne de cañón para avivar la hoguera de las viejas rencillas de la república.

Elías, pues, el siguiente de los Ángel que se encargó de La Oculta (e incluso aumentó la tierra añadiéndole lotes alrededor), el que se salvó de las guerras civiles porque se pudo esconder allá mismo, se mató despeñándose de una piedra, el 15 de mayo de 1906, arriba en La Mama, cuando le estaba explicando a José Antonio, su primogénito, cuáles eran exactamente los linderos de la hacienda. Desde un borde secreto de La Mama, asomado al abismo desde una roca saliente, en el filo de la cordillera que mira hacia el cañón del Cauca, se distinguía bien un pedazo de La Oculta. Era el único sitio desde el cual la finca podía verse de lejos, y por eso le explicaba bien cuáles eran los linderos y hasta dónde las manchas blancas dispersas que alcanzaban a distinguirse eran reses propias que cuando engordaran se podían vender, y hasta dónde las hileras verdes de café y los árboles de sombrío eran de ellos. Le dio esa explicación, como si fuera un testamento involuntario, poco antes de rodar desde la peña. Estuvo varias semanas entre la vida y la muerte, con fracturas en las piernas y en las costillas, y al final no aguantó. En esa época una fractura de fémur, como todavía no se sabía operar, y menos en el pueblo, era una segura sentencia de muerte. Elías dejó dos hijos varones, José Antonio y Antonio Máximo, y una ristra de mujeres cuyos nombres no voy a apuntar aquí, pero todas se casaron en el pueblo, y dejaron descendencia, o se fueron de monjas y murieron en olor de santidad, como todas las monjas jericoanas de que se tiene noticia, desde la novia Arcila, que se enclaustró como expiación por la muerte de los hermanos Trejos, hasta la madre Laura, santa, que cada noche rezaba por el militar liberal que había matado a su padre. José Antonio heredó La Oculta, la finca de abajo; su hermano menor, Antonio Máximo, La Mama y La Judía, las fincas en tierra fría, las de las vacas lecheras y la papa criolla. José Antonio fue el más exitoso de todos los Ángel, y el que más tierra le añadió a La Oculta con los sembrados y las buenas cosechas de café. Se murió joven, de fiebre tifoidea, en 1920, en su casa de Jericó, en una tina de agua fría donde lo habían metido para intentar bajarle la fiebre que tenía, a cuarenta y dos grados, y cuando dejó de respirar, Josué, nuestro abuelo, tuvo que suspender la carrera de medicina en Medellín para encargarse de La Oculta y de todos los negocios de la familia, los cuales llevó bien hasta la crisis de los treinta.

El abuelito Josué era un hombre alto, imponente en el porte, pero tímido y de maneras suaves, casi dulces. Muy decente y muy justo, con conciencia social, fue el primero en la familia en declararse liberal públicamente y masón en secreto, por lo cual incluso lo excomulgaron en Jericó. Cuando lo excomulgaron, furioso, se metió en la mismísima iglesia a caballo, como un acto de independencia y profanación. ¿Me excomulgaron? Tráguense esta pequeña protesta, que nunca será olvidada en Jericó. Era también mujeriego, más que por vocación, por un extraño magnetismo que ejercía sobre las mujeres. No tenía que pedirlo: se lo pedían a él, y tal vez eso lo acostumbró a la intimidad y a una casi inconsciente coquetería con todas ellas, jóvenes y viejas, feas y bonitas. Estuvo coqueteando hasta el mismo día de su muerte, en la última semana con las enfermeras que lo atendían en la clínica, y a quienes les gustaba entrar en su cuarto a atenderlo y a reírse con él, un moribundo.

Josué vivió más de ochenta años y murió en Medellín, en 1982, por un paro cardíaco, después de dos infartos. Yo estaba presente cuando se murió, y mi hermana Pilar se encargó de amortajar su cadáver, con ayuda de mi papá. Jacobo había retomado la carrera interrumpida por su padre, casi como un deber de la estirpe, y además de ser el primogénito, era médico. Pero por muy primogénito que fuera, recibió apenas una octava parte de La Oculta, partida estrictamente entre los ocho herederos. Su lote, sin embargo, quizá en honor de su mayorazgo, incluía el cascarón desvencijado de la vieja casa junto al lago, con algunas cuadras de café y unos pocos potreros para engordar terneros, no más de cincuenta cuadras en total.

Jacobo, nuestro padre, murió de pancreatitis en 1994, mientras su nieto del alma, el hijo mayor de Pilar, Lucas, estaba secuestrado por la guerrilla. Yo estoy vivo todavía, soy un cuarentón, ya casi un cincuentón, más bien sano de cuerpo y de costumbres, pero podría morirme de un momento a otro, como cualquiera. Podría ser mañana, podría ser dentro de veinte años, lo más probable es que llegue a una edad que sea un promedio entre los sesenta y nueve en que murió mi padre y los ocheta y dos en que murió mi abuelo. Lo único que sé es que el año de mi muerte empieza por 20 y seguirán otras dos cifras, seguramente inferiores a 50. De mí solamente quedarán mis apuntes sobre Jericó y una vieja finca cafetera en Suroeste, si es que logramos conservarla hasta que yo me muera, y mis huesos enterrados en La Oculta, en ese sitio que yo llamo la tumba y al que Próspero prefiere referirse como «el descansadero». Próspero siempre encuentra una palabra castiza para nombrar las cosas; a lo que nosotros, agregados, le decimos *deck*, él lo llama tablao; y descansadero a la tumba, y pudridero al pozo séptico. Sí, en el descansadero me voy a cansar de descansar para siempre, tan muerto, tan inerte y tan inconsciente como una piedra. Igual que mis antepasados, a quienes intento darles voz, resucitarlos por un instante en estas letras. En estas palabras que también son aire, que también son humo, tan solo las sombras del pensamiento, pero duran al menos un poco más que la carne y el aire del aliento.

Eva

En los tiempos más remotos eran los hijos varones los que recibían y partían las fincas, porque eran los hombres los que heredaban la tierra, en esa época; a las mujeres les daban la casa en el pueblo y los muebles viejos, las vajillas, las camas, los armarios, los cubiertos y las bandejas de plata, si llegaba a haberlos, pero la tierra no. Después eso cambió, para bien o para mal. Si las mujeres hubiéramos heredado siempre, como ahora, entonces de la hacienda ya no quedaría ni una cuadra para cada descendiente.

Todos los hermanos y hermanas de mi papá, los tíos y las tías, fueron vendiendo sus lotes poco a poco. Era muy triste cuando ellos vendían y nosotros no teníamos la plata para poderles comprar su pedazo. Por eso lo que queda de La Oculta original es poca tierra y poca cosa: un hato de ganado lechero, de catorce vacas y las terneras para remplazarlas. Pero hoy en día la leche no vale nada y a duras penas se libra lo que se gasta en concentrados, pasto, vacunas, inseminaciones y todo lo demás. Una docena de caballos, porque a Alberto le gusta montar a caballo, y ya se sabe que los caballos no dan sino gustos y gastos. Además tenemos diez cuadras sembradas en café, que da dos cosechas al año, pero con eso no alcanza ni para pagarle a Próspero, que ya está casi tan viejo como nosotras y que en época de cosecha contrata peones para que le ayuden a coger el café. Otras doce cuadras sembradas en teca, pero esos árboles no se pueden cortar antes de veinte años, así que no creo que nos toque a nosotras aserrarlos. Y el jardín alrededor de la casa, con árboles frutales y flores, muchas flores, un pequeño bosque nativo y un sendero por el bosque.

Para mí, el lago es la parte más importante de la finca. El lago de La Oculta, como lo conoce todo el mundo, o la laguna, como le dicen otros. Parece natural y está tan integrado al paisaje como las montañas, pero en realidad es artificial. Lo hizo construir mi abuelo Josué en el año 39 del siglo pasado, cuando él tenía treinta y nueve años también, pues él nació con el siglo. Donde ahora queda el lago había una ciénaga natural, el sumidero de algunos nacimientos, un pantano lleno de sapos y mosquitos, sobre todo en los meses de lluvia, decía la abuelita Miriam. Hasta que al abuelo se le ocurrió construir un dique de piedras y tierra, y hacerle un canal a la quebrada La Virgen, para que sirviera de entrada de agua. La Virgen baja desde Jericó y antes atravesaba toda La Oculta, de punta a punta, hasta desembocar en el Cartama. La Virgen, decía Cobo, era como la columna vertebral de la finca, el espinazo, y a lado y lado estaba nuestra tierra. El abuelo decía que una tierra sin agua no vale nada, y La Oculta tenía tres quebradas: La Virgen, La Guamo y La Doctora. Ahora nos queda este pedazo, y La Virgen pasa sin verse por el lago, lo alimenta de agua limpia, fresca, y sigue para abajo, a encontrar otra vez su cauce principal. Las otras dos quebradas ya quedan en tierra ajena.

Hoy en día no dejarían hacer el lago, probablemente, y hasta tendrían razón; habría que pedirle permiso al municipio, al Ministerio de Ambiente, al Ministerio de Minas, a los indígenas, a las negritudes, pero en el año 39 no había que pedir permiso; uno en su tierra hacía lo que le daba la gana. Con la idea del abuelo la hondonada malsana se llenó, las malezas se murieron, los sapos se disimularon entre tanta agua, los mosquitos emigraron, y ahí está el lago grande, negro, de agua limpia, imponente, como si fuera eterno, como si hubiera estado ahí por los siglos de los siglos. Lo único que me da miedo es que un día baje el agua con mucha fuerza y el dique se rompa. Si toda esta agua se sale de madre de repente, habría una tragedia cuesta abajo: se llevaría la fonda, mataría a las personas y los animales que se encontrara a su paso. Cuando vienen ingenieros de paseo yo les ruego que le den una mirada al dique, pero ellos miran y miran y no dicen nada. No quieren comprometerse; dicen que puede durar un siglo, diez siglos, o romperse mañana. La tierra es inestable en estas montañas en las que hay deslizamientos, derrumbes, aluviones, terremotos. A veces miro el lago durante horas y aunque parece eterno sé que un día será un fondo fangoso y un desastre: que no me toque a mí, que no les toque a mis hermanos, que no les toque a mi hijo ni a mis nietos, ruego.

Mucha gente se ha ahogado en el lago. Muchos que sepamos y seguramente algunos que no sabemos. Hago la cuenta: Emilia, la hija menor de unos mayordomos de los abuelos. Un estudiante de medicina que vino a acampar sin permiso cerca de aquí, dizque a estudiar para un examen, y se tiró a nadar y no salió nunca más. Dejó un libro de fisiología abierto, a la sombra de un árbol. Un seminarista que nunca apareció y es el fantasma que dice Próspero que camina por los corredores y hace traquear las tablas de madera incluso cuando no hay nadie en la casa. El poeta nadaísta Amílcar Osorio, que no sabía nadar y una noche, borracho, se tiró a morirse en la oscuridad.

Bueno, eso es lo que decían, que estaba borracho, pero según un primo mío, Mario, que se encontraba ese día con él, Amílkar U (como se firmaba) no se había tomado ni un trago la noche de su tragedia. Cuenta Mario que el 12 de febrero de 1985, a eso de las once de la noche, el poeta, un hombre refinado, inteligente, tuvo la extraña idea de coger un bote y salir a remar por el lago en una noche sin luna. Había estado conversando toda la velada, sin fumar ni tomar trago, con dos amigos, el mismo Mario y Fabián, un amigo de ellos. Poco después de comer, y cuando Mario ya se había ido a acostar, al poeta le dio por salir a remar al lago. No se veía casi nada, solo la salpicadura luminosa de los cocuyos. Después de un rato de remo silencioso, se oyó un chapuceo, como de alguien que se cae o se tira al agua. Y luego un grito que venía desde el lago. El poeta estaba gritando: «¡Fabián, Fabián, decile a Mario que no voy a llegar!». Vino el silencio. Mario, que ya se había acostado, se levantó sobresaltado con los gritos y alcanzó a ver la cabeza de Amílcar que sobresalía a ras del agua. Entonces se clavó en el lago, para ir por él nadando y arrastrarlo a la orilla. Al sacar la cabeza, vio que el poeta lo estaba mirando, fija, melancólicamente, así lo siguió mirando unos momentos, y después se hundió, muy despacio. Para siempre. Al otro día lo encontraron en el fondo fangoso. Próspero lo tocó con una vara de bambú, mientras sondeaba el lago de punta a punta, en el mismo bote que había usado Amílcar para salir. En el único libro publicado por el poeta, *Vana Stanza,* Amílkar U hablaba de su cuerpo ahogado entre los nenúfares, una especie de Ofelia masculina. En 1985, el lago de La Oculta estaba lleno de nenúfares en las orillas. Mario cuenta que la mañana en que lo encontraron, por la emisora de la Cámara de Comercio, Aurita López estaba conversando con Amílkar U, transmitiendo una entrevista que le habían hecho la semana anterior, por su único libro. Y mientras lo sacaban muerto del lago, por la radio el poeta hablaba y hablaba, bellamente hablaba. Así son estas cosas. Después algunos nadaístas locos y amantes del escándalo llegaron a decir que a Osorio lo habían matado, lo habían ahogado de gusto. Una mentira grande y honda como el lago: infames, nadie lo mató. Él quiso tirarse al lago de noche, y nadie sabe por qué.

Allá también se ahogó mi primo Carlos Fernando, el hijo del tío Javier, cuando ellos vendieron su parte de la finca; a él esa venta le dio una ira fría, contenida; él, que había sido el más alegre y el más prometedor de los primos no podía aceptar que la finca se vendiera, y empezó a hacer cosas locas, arriesgadas, como escalar las peñas con una soga de amarrar novillos, por la parte más empinada de la cordillera. Y lo que hizo un día fue que llenó un morral de piedras grandes y redondas, de esas que abundan en el Cartama y sirven para empedrar las pesebreras. Una noche, se tomó una botella de aguardiente, cogió la canoa, remó hasta el centro del lago y se tiró al agua con el morral amarrado a la espalda. Tuvieron que venir buzos para poderlo sacar, como a los dos días, porque pesaba mucho. A veces cojo la misma canoa de madera que usó Carlos para matarse y remo por el lago y pienso en él, nuestro querido primo que iba a ser un médico eminente, pero me doy cuenta de que yo no me suicidaría jamás. Lo que pasa es que en este lago han pasado tantas cosas que de solo mirarlo el corazón palpita más rápido, y la memoria se agita con historias viejas, y con presencias ausentes que aunque ya no estén aquí, se sienten todavía.

ANTONIO

La primera noticia que les dieron al llegar fue que la aldea había cambiado de nombre, y ya no se llamaría ni Piedras ni Felicina, sino Jericó. Para este nombre bíblico había habido muchas discusiones. Los Echeverri defendían el nombre Felicina; los Restrepo y los Jaramillo querían que se llamara Palestina; los Santamaría votaban por Jericó. Al fin hubo una mayoría clara entre los pobladores que habían hecho el primer cabildo hacía algunos años. El escrutador había sido el nuevo cura párroco, Joaquín Ignacio Naranjo, un hombrecito gordo, bajito y pelirrojo de Zaragoza, recién enviado al pueblo por el obispo de Antioquia. Como era muy pequeño de estatura, le decían el «padre Naranjito» y él era el principal abanderado del nombre de Jericó, que estaba en la Biblia. Para la decisión habían votado ochenta y tres adultos (solo pudieron votar ochenta y dos varones, propietarios de bienes raíces, y una viuda con plata), y Piedras sacó apenas once votos, los de los moradores más antiguos, apegados al nombre original; Felicina, veintisiete; Palestina doce y Jericó la mayoría, treinta y tres, la viuda entre ellos, arrastrados por la oratoria del sacerdote y el apoyo de don Santiago, el fundador. El Cojo Echeverri se sintió algo decepcionado al enterarse, pero no era persona obstinada y mucho menos rencorosa, así que al fin pensó que sus proyectos utópicos podían realizarse también en un sitio llamado Jericó o de cualquier otra manera.

Hacía más de un año don Santiago le había escrito al obispo —con una imagen no muy original, pero eficaz todavía en esos tiempos— una carta en la que le decía que un pueblo sin cura era como un rebaño sin pastor, y por eso lo urgía a que le enviara a alguien que se encargara de la capilla, que era como quien dice el aprisco de la aldea, así estuviera todavía sin terminar. La capilla era un galpón con unas pocas bancas de cedro y paredes de tabla de comino, pero tenía ya una campana de bronce, donada por el mismo don Santiago y colgada de un horcón a la entrada del templo, que se hacía sonar no solo para llamar a misa, sino para convocar a todos los pobladores para alguna ocasión especial. Hasta ese año 61, la aldea apenas había recibido curas de visita, una vez al año, que venían a bautizar a los nacidos en esos doce meses, a casar a los que ya se habían amancebado o a los que no aguantaban más sin arrejuntarse, y a bendecir en el aire a los muertos, que habían sido enterrados lejos, en el mismo lugar lejano o cercano (un potrero, un monte o un solar) donde hubieran exhalado el último respiro. Como ahora había cura en propiedad, el padre Naranjo había recibido oficialmente el lote del cementerio y las llaves de la capilla, pero faltaba cercar el camposanto con una tapia alta y encontrar a alguien que quisiera dedicarse al oficio de enterrador. También le habían asignado un buen lote para construir la casa cural, a un costado de la plaza mayor. Para poder hacerla, había estado vendiendo espacios especiales en el cementerio, para construir mausoleos, pero estas ventas no empezarían a notarse hasta que no se muriera alguno de los principales del pueblo, que tuviera el modo de traer una estatua de mármol y diera el buen ejemplo de las pompas fúnebres. Sin importarle que el lote hubiera sido una donación del fundador, él ya había convertido en negocio la muerte, pues de algo tiene que vivir la Iglesia, y no solo de las inciertas y tímidas limosnas de los feligreses. Los diezmos y primicias eran muy duros de recaudar, porque a los antioqueños nunca les había gustado hablar de sus ganancias. Y para los ateos, pederastas, suicidas y herejes, tenía pensado el sitio del muladar, a un costado del cementerio, sórdido y maloliente, vigilado no por ángeles sino por gallinazos, para que les sirviera a todos de escarmiento.

El padre Naranjito recibió a los nuevos colonos con una misa antes del almuerzo, para que pudieran comulgar sin romper la vigilia, y durante el sermón dio una larga explicación sobre el nombre de Jericó, con citas en latín que ninguno entendió, y que quizá por eso mismo admiraron más. Con su vocecita chillona les fue diciendo que cuando ellos habían cruzado el Cauca, por el Paso de los Pobres, habían emprendido la misma hazaña que había realizado el pueblo judío al cruzar el río Jordán. *Mysterium tremendum*. Y que las murallas de Jericó habían caído para dejarlos entrar, después de que el pueblo les había dado siete vueltas alrededor (que eran las siete jornadas que habían empleado ellos en llegar), y que todas las riquezas de Jericó, ahora, les pertenecían. *Intra tua vulnera absconde me*. Les quería advertir a todos los nuevos moradores, eso sí, que una parte de las riquezas que allí encontraran, sobre todo si eran de oro (en minas o en guacas de indios, *Ab hoste maligno defende me*), debía entregarse para la edificación del templo apenas empezado, de modo que fuera en tapia bien apisonada, con cúpula y campanario, bien entejado, y no con piso de tierra y arena, como ahora, sino en baldosas de barro cocido o, incluso, si se pudiera, en fino mármol travertino. Esto era muy importante recordarlo si no querían que se diera la maldición de la Biblia. *Ne permittas me separari a te.*

Zaragoza, donde el cura había nacido, era un pueblo minero lleno de esclavos y de capataces broncos, y el cura parecía no entender que esta nueva población quería ser muy distinta; seguía hablando con la misma codicia y en el mismo tono con que les hablaba a los mineros de su tierra.

Los labriegos y artesanos recién llegados miraban atónitos a los viejos pobladores, que no estaban menos sorprendidos de oír ese sermón desvirolado. Y más se asombraron cuando el cura dijo que, por último, iba a rezar una oración para contrarrestar la terrible profecía del Señor. Y ahí leyó un pasaje del libro de Josué, en el latín de la Vulgata, que luego tradujo al español de corrido, más o menos así: «Maldito delante del Señor el varón que levantare y reedificare la ciudad de Jericó. Muera su primogénito, cuando eche sus cimientos, y perezca el postrero de sus hijos, cuando le ponga las puertas». La lectura escogida no parecía de muy buen agüero, pero el cura aclaró que esa profecía ahora no era válida puesto que Cristo había venido a redimir al pueblo judío y a todos los hombres, y que ahora era posible edificar una nueva Jericó sin peligro y sin miedo a que se cumpliera la terrible maldición, siempre y cuando —repitió moviendo el índice como quien amenaza con un rejo— los recién llegados, jericoanos de la Nueva Alianza (así los llamó), donaran diezmos de oro y plata, primicias de sus animales y cosechas, y terminaran de edificar cuanto antes el nuevo templo del Señor.

Los colonos no entendieron bien el sermón, pero sí la codicia del cura, y se miraban alzando las cejas, rascándose la coronilla y levantando los hombros. En todo caso, para curarse en salud, entregaron —de lo poco que traían— una limosna para el futuro templo. El cura, al fin, después de casi una hora de palabras oscuras, los despachó con la fórmula consabida: *Ite in pace missa est.* Los parroquianos, que durante todo el tiempo habían soñado con el almuerzo (el olor a sancocho les llegaba desde las ollas de la calle) salieron hambrientos, acalorados, con el sombrero en la mano, casi en estampida, a hacer una fila ansiosa frente a la olla humeante. Comieron hasta reventar y luego cayeron rendidos de cansancio y llenura, en ese letargo dulce que es el sopor de la siesta después de haber saciado el apetito.

EVA

Lo primero que hice al salir de la clínica fue tratar de comunicarme con Próspero. Yo quería verlo, conversar con él, y le mandé razón de que viniera a Medellín cualquier día, a hablar conmigo y a comer conmigo, para que me contara la parte que yo no sabía de lo que había pasado después de mi fuga por el lago. Pilar había ido a la finca y ya me había contado lo que había pasado con Próspero esa noche, pero yo quería saber todos los detalles. En cuanto a Los Músicos, Pilar no fue muy clara, pero dijo que algunos vecinos le iban a ayudar para convencerlos de que nos dejaran en paz. El caso es que Pilar y mi mamá volvieron después de un año, y contrataron obreros en Jericó y Palermo, y llevaron los materiales, sin que nadie hiciera nada por impedirlo, y eso para mí era muy misterioso y por mucho que preguntaba Pilar no me daba ninguna respuesta satisfactoria. De repente, Los Músicos que casi me matan ya no eran enemigos sino casi aliados. La sola idea yo no la soportaba, aunque no decía nada y me callaba.

Próspero cogió el bus de escalera en la fonda, subió a Medellín y vino a almorzar a mi casa, con su ropa limpia dominguera. En ese almuerzo, casi sin probar bocado, Próspero, para empezar, me contó algo que no había sido capaz de contarme cuando yo había ido la última vez. Que ya Los Músicos habían estado cerca de La Oculta —unos pocos meses antes— haciendo fechorías, cosas monstruosas, haciendo lo que tal vez me habrían hecho a mí si no me hubiera escapado por el lago. O a él y a Berta, si no hubiera ocurrido un milagro, un milagro que Próspero le atribuía al fantasma del ahogado del lago.

Había sido un día al atardecer. Él había visto subir las camionetas negras por el camino de Casablanca y estas se habían detenido al otro lado del lago, en la pequeña explanada donde había espacio para estacionar carros. Próspero me contó que los había estado atisbando durante dos o tres horas, desde detrás de la piedra de la Virgen. Lo primero que vio fue que de la parte de atrás de las camionetas sacaron a tres muchachos con las manos amarradas con alambres. Próspero alcanzó a distinguir a uno de ellos, el hijo del peluquero de Palermo, pero a los otros dos no los conocía, y por eso pensó que debían ser de Támesis o de La Pintada, o de alguna otra vereda, pero no de Palermo ni de Jericó. Los Músicos tomaban aguardiente y fumaban marihuana al mismo tiempo que golpeaban, pateaban y puteaban a los muchachos. Habían dejado abiertas las puertas de las camionetas, y habían puesto música: salsa, merengue, vallenatos.

Los oyó trabajar desde el crepúsculo hasta que llegó la noche. Cuando oscureció, se alumbraban con las luces encendidas de las camionetas. Los tres muchachos aullaban de dolor, pedían auxilio; los matones gritaban y las palabrotas se oían por encima de la música: porquerías, amenazas, groserías, burlas, maldiciones. «Los estaban martirizando», me decía Próspero, con una hermosa palabra vieja. «Los paracos los estaban martirizando, doña Eva —así lo dijo—, y yo no quise contarle cuando usted fue porque lo único que yo quería era olvidarme de eso; habría sido mejor no haberlo visto nunca. Y además porque me daba miedo, porque en Palermo todo el mundo dice que nada de lo que está pasando se puede contar, que todos tenemos que comer callados. Miedo y rabia; rabia por la cobardía de no poder hacer nada». Próspero no se atrevía a acercarse al sitio, y casi ni a asomar la cabeza, pero desde detrás de la piedra oía todo con el corazón queriéndosele salir de las entrañas.

Oía lo que decían: «Vas a hablar o no, grandísimo hijueputa; hablá que si no te arranco las güevas con este alicate, malparido, gonorrea». Fumaban, tomaban aguardiente, preguntaban, le subían o le bajaban el volumen a la música, pero los muchachos solamente gritaban y rogaban que no los mataran. De la parte de atrás de una camioneta sacaron una motosierra y la prendieron. Hacía un ruido que aturdía, «haga de cuenta como cuando están talando un cedro o como cuando pasa un avión bajito tomando fotos», dijo Próspero. La prendían, aceleraban el motor, y les acercaban la cadena al cuello a los muchachos, con su zumbido atroz. Se carcajeaban con una maldad de locos; olía a bazuco, a aguardiente, a marihuana. Próspero no alcanzaba a ver: oía por encima de la música y la motosierra, olía, sentía, imaginaba. A ratos apagaban la motosierra. Los quemaban con cigarrillos y con la candela para prender los cigarrillos. «Te voy a poner esta candela en la oreja, jajajaja, mirá cómo se prende esta antorcha con el sebo de la oreja, mirá cómo se le pone negra, como la de un marrano, mirá». Y los muchachos gritaban, lloraban, rogaban: «Nosotros no hicimos nada, por mi madrecita que no hicimos nada, como mucho nos robamos una jíquera de naranjas». Los otros les decían que eran ladrones, que eran guerrilleros, que eran informantes. Al fin Próspero empezó a percibir el olor a hierro de la sangre, y un ruido como de machetazos o cuchilladas, porque los tipos gritaban que no se iban a gastar balas en esos chichipatos. Ya era noche cerrada y los gemidos empezaban a llegar más apagados, los últimos gritos, los borborigmos, los estertores. Después las motosierras volvieron a encenderse para picarlos en pedazos, para dejarlos en piezas sueltas desparramadas por el suelo, descuartizados como reses. Próspero no sabía qué era peor, si el ruido o el olor a hierro de la sangre. Lo último que hicieron fue mocharles la cabeza con las motosierras y patearlas para que fueran a dar en la zanja. Prendieron los carros. Los dejaron desnudos, en pedazos, torturados, tirados a un lado de la carretera que sube a Casablanca. La Policía vino al otro día a recoger los cuerpos en bolsas plásticas, después de que Próspero avisó en el pueblo por radioteléfono. Encima del cuerpo de uno de los muchachos, dejaron un letrerito que decía: «Los Músicos limpiamos la sona de guerrilleros, consumidores de drogas y rateros. Señor hacendado: no olvide consinar su aporte el dies de cada mes». Dejaron otro, que Próspero cogió del pecho de otro muchacho, y tiene guardado, todavía con las manchas marrones de la sangre vieja, coagulada: «Me morí por sapo y lenguilargo y porque soy un guerrillero malparido».

No pudimos probar bocado, Próspero y yo, ese día, recordando lo de esos tres muchachos, y luego la visita que nos habían hecho, la noche que yo estaba leyendo en la hamaca. Él se había despertado con los tiros a Gaspar y se había asomado por la ventana. Había cogido el machete, igual que cuando los guerrilleros habían ido a la finca por Lucas, pero después lo había vuelto a guardar en su vaina. ¿Para qué?

«Me da mucha pena con usted, doña Eva, pero yo no fui capaz de salir de la casa. Cuando los vi entrar con las linternas y las pistolas en la mano, yo sabía que iban a matarla, y sabía también que si yo me aparecía en ese momento, a mí también me mataban. No prendí las luces y me encerré en la casa, abrazado a doña Berta, los dos muertos de terror, llorando pasito. Al rato entendí que algo raro estaba pasando porque los tipos alegaban; después oímos más tiros y creímos que la habían matado, pero después decían que se les había volado esa vieja hijueputa, perdóneme la palabra, y yo rogaba al cielo que usted hubiera tenido tiempo de esconderse en el monte. No me imaginé que se hubiera tirado al lago; si yo me tiro al lago sin salvavidas me ahogo, y más de noche. Al rato vinieron a tumbar la puerta de la casa, nos sacaron a los empujones y me dijeron que les abriera el cuarto principal, el de su mamá y el doctor. Yo les mentí y les dije que ustedes no me dejaban llave de ese cuarto, que vivía sellado. Entonces ellos bajaron por los rieles y volvieron con una motosierra en la mano; usted no sabe lo que yo sentí cuando la vi, pensé que nos iban a picar en pedazos. Pero no, lo que querían era abrirle un boquete a la puerta del cuarto de su mamá, para entrar. Prendieron la motosierra y empezaron a rajarla, pero ahí mismo ocurrió el primer milagro: se les acabó la gasolina, la motosierra no estaba bien tanqueada.

»Entonces me pidieron que les diera las llaves del *jeep*, las de su carro. Yo fui a donde usted siempre las deja y se las entregué. Después me pidieron una manguera y cortaron un pedazo de un machetazo, la metieron por el tanque de gasolina del carro suyo, el Palomo, como yo le decía a su jeepcito blanco, y empezaron a chupar por la boca y a llenar un balde de ordeño. Al principio decían que era para echarle gasolina a la motosierra. Ellos estaban como borrachos o embazucados o enmarihuanados y no pensaban bien, a cada rato se les ocurría otra cosa y cambiaban de planes. Que si matarnos, que si no, que si robar las cosas del cuarto principal, que si buscar las escrituras, decían de todo, a la loca, como desquiciados. Menos mal que escupían y les daba asco chupar gasolina, porque si llegan a sacar más, nos queman toda la casa. Porque el nuevo plan ya no era tanquear la motosierra sino quemar la casa. Cogieron la poca gasolina que sacaron, medio baldado, y la regaron por el kiosco y el borde de la casa, hasta que se les acabó. Nos amarraron a Berta y a mí a la reja del baño que da a las pesebreras. Yo me di cuenta de lo que iban a hacer y les dije que nos íbamos a quemar vivos si nos dejaban amarrados. Ellos se rieron y nos dieron patadas y cachetadas. "Antes agradezcan que no los matamos de una vez", dijeron.

"Tranquilos que el humo los priva antes de que llegue la candela", se burlaron. Hicieron un hilo de gasolina desde el *jeep* suyo y prendieron la llama; había olor a gasolina por todas partes, y después calor, llamaradas, un ruido como una bocanada de viento caliente que pasa. Lo primero que se incendió fue el carro, el Palomo, que al rato explotó con un ruido horrible, como una bomba, pero la gasolina ahí mismo cogió fuerza en todas partes. Hacía un calor espantoso, pero ni el humo ni las llamas venían hacia donde estábamos amarrados. Si el viento hubiera ido para el otro lado se quema toda la casa, y nosotros nos quemamos o nos asfixiamos. Por suerte el viento tiraba para afuera, viniendo del lago, ese fue un milagro del santo seminarista ahogado, y la candela se salía hacia el jardín, más que entrar en la casa subía hacia las ramas de los árboles. Por eso no se quemó todo, sino parte, y por eso nosotros no nos quemamos vivos. La gasolina se consumió rápido, pero después siguieron ardiendo algunas cosas de madera, la paja, el tablao y los pilares del kiosco, que se quemó entero, y algunas sillas, las mesas, las bancas, partes del piso de tabla de los corredores.

»Pasamos amarrados toda la noche hasta que llegó Juan, el dueño de la fonda, que había oído ruidos por la noche, y subió como a las ocho de la mañana a ver qué había pasado, y nos desamarró y nos preguntó aterrado que qué había pasado y que usted dónde estaba. Más tarde llegó a caballo Pedro, el mayordomo de La Pava. Venía en una yegua negra, Noche, que había que devolver en Casablanca. Él nos contó que usted se había ido en el bus de las siete y que Dios mediante ya estaría llegando a Medellín. Que tenía una cara horrible y heridas en los brazos, pero que estaba bien, viva. Nosotros descansamos al saber que no habían podido hacerle nada y nos pusimos a apagar con agua los rescoldos prendidos que había todavía, y a sacar al patio las cosas chamuscadas. Berta me rogó y me sigue rogando que nos vayamos de La Oculta. Pero para dónde nos vamos a ir nosotros, a estas alturas de la vida, ya tan viejos como estamos. Nosotros no tenemos una casa para donde irnos ni los hijos nos van a recibir bien si vivimos arrimados. A mí todavía me faltan como diez años para poder jubilarme, usted sabe. Así que vamos a seguir aguantando, a ver si algún día las cosas cambian. Ya doña Pilar estuvo por allá y nos dijo que tranquilos, que van a reconstruir la casa y que Los Músicos no van a volver a molestarnos. Yo no sé cómo hizo para arreglar con ellos, pero ojalá sea cierto.»

PILAR

Antes no vivíamos aquí en La Oculta, pero con tal de no perderla nos vinimos a vivir acá. Tuvimos que alquilar la casa donde vivíamos en Medellín para poder comprar la comida y los gastos de cada día con esa plata, y pasarnos a La Oculta, que es nuestra casa verdadera, y a la que siempre habíamos soñado con volver, si la región dejaba de ser tan peligrosa. Ahora vivimos aquí, cómodamente, de la jubilación de Alberto, que no es muy buena, pero ayuda, y del alquiler de la casa de Medellín, donde ahora funciona un templo de los evangélicos de La Biblia Elocuente. Ay, si no fuera por ellos, esos benditos evangélicos, tan ruidosos, tan gritones y que creen en tantas bobadas... Creen que el mundo ya casi se va a acabar. Yo también creo que el mundo se va a acabar algún día, claro, pero no tan rápido. La casa, que hace treinta años era linda, está vuelta nada, es como un galpón sin paredes, una bodega donde no guardan cosas sino que almacenan fieles. Tuvimos que aceptar que tumbaran los muros porque si no, no nos la alquilaban. Y allá se agitan, rezan, cantan, brincan. Medio histéricos aúllan que el mundo se va a acabar, que nuestro Señor ya está asomando su cabeza plateada por las montañas del Oriente para venir a juzgar a vivos y muertos, sobre todo a los vivos que no piensan como ellos, que no han visto la luz de la verdad, pero mientras tanto nos pagan un buen alquiler, y gracias a eso podemos vivir en La Oculta, porque la finca no produce lo suficiente para pagar los gastos. A veces, en los puentes y en Semana Santa, la alquilamos a grupos de médicos, de pilotos, a familias numerosas que tienen nostalgia por las fincas que ya no existen y que alguna vez tuvieron sus familias, y tenemos que irnos arrimados a donde Eva, a Medellín, o donde uno de los hijos, porque esos alquileres son los que nos permiten hacer las reparaciones que requiere la casa. Volvemos y tenemos que orear los colchones porque no nos huelen a nosotros mismos sino a sudor ajeno, a sexo ajeno. Siempre se han roto siete vasos y dos platos, o se han perdido tres tenedores y cuatro cucharitas, o hay un baño taqueado con papel y toallas higiénicas. Un caballo cojo, una silla rota. La mitad del alquiler se va en reponer lo que dañan, y yo trabajo en las reparaciones hasta el siguiente alquiler, que es como un nuevo temblor de tierra. Es Eva la que insiste en que alquilemos la casa, claro, porque a ella le importa menos, ya no siente suya ni su propia cama, y así la cuota mensual se le disminuye mucho. Toño, como está tan lejos, no dice nada y ni siquiera se da cuenta, porque es hombre y los hombres no se dan cuenta de estas cosas.

El alquiler de la casa de Medellín, en cambio, está firmado por un contrato largo, a cinco años, y ya no sufrimos con lo que le hagan; ya es una casa perdida como casa, ya no pensamos en que nos la profanan y nos la dañan. Esa casa convertida en templo y en bodega es lo único que nos queda de los tiempos de la opulencia, cuando Alberto era el gerente de Industrias Plásticas Gacela, una de las muchas empresas que les dejó su papá. Era una fábrica de juguetes baratos para niños, muy baratos. Los distribuían por los pueblos más pobres de Colombia, pero después quebró cuando empezaron a traer juguetes de contrabando de la China; no había manera de competir con los chinos. Nadie se explica cómo pueden producir tan barato; parece que allá a los obreros los obligan a trabajar quince horas y les pagan con limosnas, son casi esclavos. Bueno, eso dice la gente que sabe, a mí no me consta nada. Además Alberto, como es tan buena persona, y como estaba muy influenciado por mi papá, al que por solo decir que pagaran lo justo le decían comunista, les aceptaba a los trabajadores casi todo lo que le pedían en los pliegos de peticiones que hacían cada dos años con el sindicato. Que subsidio de estudio para los hijos: bueno. Que prima en junio y prima en Navidad: bueno. Que subsidio de vivienda para que consiguieran casa propia, claro está, qué tal que no, si eso era lo que a Cobo le parecía correcto. Que restaurante para almorzar y comer en la fábrica, sí. Que jornadas de trabajo más cortas y libre el fin de semana completo, como los ricos: está bien. Mi papá decía que era posible construir una armonía entre propietarios y trabajadores si los dueños de las industrias eran justos. Entre los consejos altruistas de mi papá, el sindicato y los chinos, quebraron la fábrica. Alberto mimó al sindicato como diez años, y cuando ya la empresa quebró de tanto darles primas y prestaciones sociales y cancha de fútbol y gimnasio y subsidios de estudio y de vivienda, cuando ya había que cerrar la planta porque los juguetes no se vendían pues no podían competir con los juguetes chinos que habían invadido el país, cuando hubo que liquidar el lote de la fábrica para pagar las prestaciones sociales de los trabajadores cesantes, sacaron carteles con la foto de Alberto que decían: «Alberto Gil, enemigo y asesino de la clase obrera». Ay, este pan de Dios, qué pesar. Ese fue el primer golpe, cuando Gacela quebró. Y después acabamos de perder casi todo lo que nos quedaba cuando la guerrilla secuestró a Lucas aquí mismo, en La Oculta.

Lucas tenía diecisiete años cuando se lo llevaron. Los dieciocho los cumplió estando secuestrado, y se los celebramos de lejos, prendiendo las velitas en la casa, y cantándole el *happy birthday* por el radio. Yo nunca he sufrido tanto como en esos nueve meses que lo tuvieron secuestrado en el monte. Alberto tampoco se repuso nunca del todo;

y no por la plata, que eso es lo de menos pues lo pudimos salvar, sino por el sufrimiento, por las malas noches y los peores días. Desde eso se volvió todavía más callado, más decepcionado del mundo y de la gente, más refugiado en la música y en los árboles frutales, sobre todo en los mandarinos y en los naranjos. Todo el día poda, abona, cepilla los troncos de los cítricos, les quita líquenes y musgos, acaricia con cariño las frutas que van creciendo, y tal vez por eso no hay naranjas más dulces y sabrosas que las de La Oculta. Ni las de España, ni las de Sicilia o Egipto les compiten.

Se nace creyendo que la gente es buena, hasta que la vida nos va desmintiendo y nos demuestra que sí, que hay gente buena, pero a su lado hay montones de gente muy mala, con malas intenciones, calculadora, solapada y malagradecida. Gente con el corazón diminuto, no como un mango sino como una guayabita verde, agria. Hasta el secuestro de Lucas yo creía en la tal consigna de los optimistas, «Los buenos somos más»; qué va, el secuestro de Lucas fue el peor desmentido: todos los días con el miedo de que esos bandidos —los idealistas, los que luchaban por una sociedad más justa, los buenos revolucionarios— lo fueran a matar. ¿Qué culpa teníamos nosotros, díganme? ¿Tener una finca de cuarenta o cincuenta cuadras que no da sino gastos y un par de empleos fijos? ¿Nuestra culpa era ser menos pobres que la mayoría de los colombianos?

Llamaban por teléfono y amenazaban con matarlo si no entregábamos rápido el rescate. Un día, como al tercer mes del secuestro, nos mandaron la primera foto, con *El Colombiano* del domingo anterior en la mano, como prueba de supervivencia. No mucho después mandaron otras fotos donde Lucas se veía triste, marchito, con una cadena que le daba la vuelta al tobillo derecho, flaco como un fideo, apaleado como un perro, con la mirada baja y los ojos perdidos. A medida que nosotros íbamos vendiendo cosas les ofrecíamos más y más plata, cien mil, doscientos mil, trescientos mil dólares, pero no aceptaban, querían un millón, algo que nosotros no teníamos ni vendiéndolo todo, incluyendo la casa en Medellín y La Oculta. Teníamos al lado la gente de una fundación, País Libre, que nos aconsejaba cómo negociar, y que nos decía que fuéramos subiendo el monto, pero despacio. Era desesperante.

Esa noche que llegó la guerrilla casi todo el mundo estaba dormido, menos los hombres y yo, que siempre me quedo con ellos oyendo música y conversando hasta que se acuestan. De pronto empezamos a oír una bulla por la quebrada y los perros se pusieron a ladrar. Apagamos la música para oír mejor y las luces para ver lo que pasaba. Se sabe que la noche es el día de los ladrones; que casi siempre lo peor pasa de noche. Varias linternas venían subiendo por la cañada. El radioteléfono ya no funcionaba a esa hora, y no había a quién llamar para pedir auxilio. Nosotros fuimos a despertar a Próspero, pero aquí nadie ha tenido nunca armas ni nada, y lo único que Próspero pudo coger en la mano fue un machete mellado que tuvo que entregarles en cuanto le apuntaron con un fusil. Entraron por el establo, en fila india, como si no fueran a hacernos nada, como si estuvieran solo de paso hacia arriba, hacia Támesis o Jericó, con una calma impresionante, como si estuvieran anestesiados, con una frialdad y una cara tan dura e inexpresiva como no he vuelto a ver en mi vida. Se veía que era gente con el alma dañada por el odio y el resentimiento. Eran el odio que camina; eran personas —hombres y mujeres— que habían matado y habían visto cómo los mataban. Que torturaban y habían sido torturados. Tenían el corazón envuelto en una coraza de hielo. No hablaban, gruñían con ira fría, daban órdenes breves como si estuvieran en un cuartel y todos fuéramos reclutas. Me acuerdo de que el novio que Eva tenía por esos días se encerró en un baño, con varias mujeres, y con los niños chiquitos, Benji, Florencia y Simón, que eran los menores, temblando de miedo, llorando de terror. Eva terminó con él al volver a Medellín, porque no soportaba tanta cobardía. Salimos al establo Alberto, Lucas y yo, Eva y Próspero. Toño estaba en Nueva York. Tratamos de razonar con ellos, pero era imposible, solamente gruñían, ladraban, apuntándonos con sus fusiles. No nos dejaban hablar: «¡Cállese, vieja hijueputa; cállese, rico malparido!». Eso era todo lo que decían.

A Lucas le pusieron un costal en la cabeza. Él mismo dijo que se lo llevaran a él porque tenía buen estado físico. Él era jugador de balonmano, tenía diecisiete años. Se ofreció para que no me llevaran a mí, que era por la que ellos preguntaban («¿Quién es la tal Pilar Ángel?»), pues en esa época todo el mundo pensaba que yo era la dueña de La Oculta, porque era la que más iba, y contrataba albañiles y peones y carpinteros en Jericó, o en Palermo, para los cambios y mejoras que se me ocurren todo el tiempo. Lucas dijo que Alberto y yo estábamos enfermos, que yo fumaba y me cansaba a los diez pasos, pero que si cargaban con él era lo mismo. Yo no quería dejarlo, pero a los guerrilleros la idea les gustó. ¿Usted cuántos años tiene? Le preguntaron, y él mintió diciendo que dieciocho recién cumplidos. Alberto se opuso a que se llevaran a Lucas, dijo que no, que mejor se lo llevaran a él, que él era fuerte porque montaba a caballo y en bicicleta, pero los guerrilleros en últimas escogieron a Lucas y al oír hablar de caballos le dijeron a Próspero que fuera por ellos. Y no pudimos casi ni despedirnos, pero nos miramos con los ojos aguados, antes de que le amarraran el costal en la cabeza. ¿Para qué le ponen eso?, les grité. Para que no se aprenda el camino, dijeron. Pero si él ya se lo sabe, les contesté, y me callaron con un empujón. También dijeron que eso no era un secuestro, sino una retención para garantizar el pago de un impuesto revolucionario. Que mientras más rápido juntáramos la plata, más pronto nos devolvían al muchacho.

Salieron con él loma arriba, hacia Casablanca, hacia los montes de tierra fría; nos obligaron a que les ensilláramos caballos para llevárselo. Los caballos volvieron a la madrugada, solos, sin jinete, con las sillas ladeadas, buscando el comedero. Después Lucas contó que él y otros tres guerrilleros habían trepado por las peñas hasta cuando ya los caballos no podían pasar porque la trocha era muy estrecha, y de ahí en adelante siguieron caminando toda la noche, hasta llegar a un campamento. Además del costal, mientras iban caminando lo llevaban enlazado, como un novillo, para que no fuera a escaparse por el monte. Cada día lo movían a otro sitio, cada vez más lejos, cada vez más altos en la cordillera, y por las noches lo amarraban a un árbol con una cadena.

Le habían dado un plástico para la lluvia, y una cobija, pero Lucas dice que lo que más sintió todo el tiempo del secuestro fue un frío muy intenso, un frío que se le metía hasta los huesos y lo hacía temblar como gelatina, un frío que no se le pasaba ni siquiera de día, porque casi nunca veían la luz del sol, bajo el techo de árboles. Al fin estuvieron quietos en alguna parte de la serranía del Citará, y allá se le unieron otros secuestrados. Durante unas semanas, por lo menos, tuvo con quién hablar, porque a los guerrilleros estaba prohibido dirigirles la palabra, y a las guerrilleras menos. Fueron las semanas menos malas, nos dijo, porque uno de los secuestrados, el señor Angulo, sabía de orquídeas y de pájaros, y se dedicó a enseñarle a reconocerlos, por los trinos, por el color, por las hojas. Hasta un guardia les prestó una mira telescópica, para distinguir en las ramas de los árboles las orquídeas de las bromelias. Después, desgraciadamente, pero afortunadamente para él, habían liberado a ese señor Angulo, tan sereno y tan sabio. Pero nosotros no sabíamos nada de eso; estábamos en Medellín, sin noticias, con una que otra llamada esporádica en las que nos asustaban y nos repetían los términos del rescate.

Nosotros solo madrugábamos cada día a tratar de vender algo para poder pagar. Ahí fue cuando mi papá se desesperó de haber simpatizado con los comunistas, de haber sido tan comprensivo con Cuba, con el socialismo real, con los guerrilleros, y empezó a odiar a la guerrilla. Cuando nos mandaron la foto de Lucas sin camisa (de lo flaco se le veían las costillas), con la cara muy triste, y con un cepo de hierro y una cadena amarrados al tobillo, empezó a beber como un desaforado. Desayunaba con un whisky, con un ron o con un aguardiente. Tenía los ojos rojos, la cara congestionada, la nariz roja y deforme, le temblaban las manos. De día y de noche mi papá lloraba como un niño porque Lucas era su nieto mayor, y el preferido desde que había estado a punto de morirse en el parto. Mi papá también quería vender el apartamento donde vivía con mi mamá, el carro, los muebles, lo que fuera con tal de que no mataran a Lucas. Por la noche pensábamos en el miedo que estaría pasando Lucas en el monte, en la herida que tendría en el tobillo por el cepo de esclavo que le tenían puesto, y pensábamos en lo que pasaría si esa llaga se le infectaba, si le iría a dar tétanos o leishmaniasis, como a muchos en el monte cuando andan descalzos, en la soledad, el maltrato y la tristeza; llorábamos cuando pensábamos en lo que estaría comiendo. Íbamos a una emisora en la madrugada donde pasaban un programa, *Las voces del secuestro,* y le dejábamos mensajes de ánimo, sin que se nos quebrara la voz, pero con el corazón partido por dentro. Lucas después nos dijo que los guerrilleros le dejaban usar un radiecito, y que oír nuestras voces en la madrugada era su único consuelo durante ese tiempo, lo que le hacía pensar que no lo habíamos olvidado, y que los guerrilleros le mentían, para debilitarlo, cuando le decían que a nosotros nos importaba un comino su vida y no queríamos dar ni un peso para salvarlo. Que mejor se metiera a la guerrilla, ya que él no tenía ni padre ni madre. Otro día, por teléfono, nos dijeron que a Lucas le estaban dando unos ataques, que convulsionaba y brincaba y echaba babaza. No sabíamos si creerles o no, los de País Libre nos dijeron que seguramente era mentira, pero cuando volvió resultó ser verdad; se le había desatado una epilepsia en el monte, no sabemos si de sufrir, o por las viejas secuelas del parto, o porque le tocaba.

Era muy duro, era vivir sin vivir, dormir sin dormir, comer sin comer, soñar sueños horribles cada noche; nada era muy real, pues la vida seguía, pero la mente estaba siempre en otra cosa, en la selva, en la soledad de esa cárcel al aire libre donde tenían a Lucas sin acceso a ningún contacto, a ningún cariño. Alberto y yo vendimos todo lo que nos quedaba, menos la casa donde vivíamos todavía, que se salvó. Vendimos una bodega muy buena que teníamos alquilada por la zona industrial; un lote en La Estrella; un apartamento en Laureles que nos había dejado doña Helena, mi suegra; mi carro, que era nuevo, un pedazo del local de la panadería, que mi mamá nos había regalado y Eva me compró pagándomelo mucho más de lo que valía. Todo se vendió para pagar. Todo menos la casa y La Oculta, que además todavía no era de los hijos sino de mi papá. La Oculta no se vendió; la finca no se vende. Esto lo tengo grabado como un tatuaje en mi memoria: La Oculta no se vende.

Mi papá se enfermó mientras Lucas estaba secuestrado. Cuando nos contaron por teléfono lo de los ataques y las convulsiones, mi papá gritaba. Se enfermó de sufrir y tomar trago porque no podía soportar que la guerrilla hubiera secuestrado a su nieto mayor, a su ñaña, al niño que más quería. Había hablado con todos los contactos que tenía en los movimientos de izquierda de Medellín, de Bogotá, pero para nada, nadie le hizo caso. Lucas ya llevaba medio año secuestrado y acababa de cumplir los dieciocho en el monte, cuando a mi papá le dio una pancreatitis. Yo en esa angustia, sin noticias de Lucas, sin pruebas de supervivencia, y de pronto la persona que yo más había querido, mi mayor apoyo en ese momento, mi papá, en la clínica con pancreatitis, muriéndose. A veces las desgracias son así, no se espacian a través de los años, sino que se vienen todas juntas a la vez, como pasa también con las alegrías, una tras otra. La vida está hecha de rachas de alegrías y rachas de tristezas y largos años de calma, sin sobresaltos, que son los mejores.

Mi papá sabía que se estaba muriendo, él mismo nos lo dijo, a Eva y a mí: «El alma queda en el páncreas, mijitas; si el páncreas se daña, toca preparar el entierro de una vez». Yo tampoco tenía vida; todas las noches contábamos la plata que íbamos juntando en efectivo: cien mil, doscientos mil, trescientos mil dólares. Al final se contentaron con cuatrocientos treinta mil, que fue todo lo que pudimos reunir, al mismo tiempo que mi papá iba muriéndose. Fueron los meses en que percibí con más claridad la desgracia de la vida, de la maternidad, del amor mismo por los hijos, por los padres, que me causaba ese desgarramiento insoportable, y doble, por lado y lado: el hijo secuestrado y el papá muriéndose. Tal vez el peor momento fue cuando tuve que ir a la radio a decirle en voz alta a Lucas que Cobo, su abuelito, se había muerto la noche anterior, pero que le había dejado el consejo de que fuera muy fuerte, y optimista, y que aguantara, porque ya muy pronto lo iban a liberar. Esas frases que se dicen, siempre las mismas en esas circunstancias, porque solo las frases corrientes parecen decir la verdad cuando la vida es horrenda. Que el alma de mi papá lo estaba acompañando y ayudando desde el cielo, eso le dije, porque yo lo creía, todavía lo creo, no todos los días, pero a veces, de noche en noche lo creo, y casi lo veo allá arriba mirándome, mimándome, protegiéndome, feliz de que yo me haya venido a vivir a su finca, a su tierra, a La Oculta.

Una tarde como cualquier otra tarde, una tarde como todas las tardes de esos meses horrendos, me fui a acompañar a mi papá a la clínica. Ya estaba postrado, en los huesos, con la cara perfilada, la sed insaciable y ese color cetrino de la muerte. No era capaz de levantarse ni para ir al baño y esto mismo lo hacía sentir ofendido, humillado. Cuando no me tocaban las humillaciones de las ventas precipitadas y los préstamos agiotistas para reunir el rescate de Lucas, me iba para el hospital. Lo acompañé por lo menos un rato todos los días desde que se enfermó.

Le pasaba el pato cada cinco minutos porque le daban ganas de orinar cada cinco minutos, pero apenas conseguía sacarse de adentro, con mucho esfuerzo, sudando, unas pocas gotas de un líquido turbio, espeso, triste. Como orina de lince, decía. Le mojábamos los labios, siempre ardidos y secos, con un algodón. Eva también lo acompañaba, incluso más tiempo que yo, y se turnaba con mi mamá para quedarse de noche. Toño vino tarde, los hombres son así, casi nunca sirven para nada cuando alguien se enferma. Llegó ya los últimos días, cuando le dieron al fin una licencia en la orquesta, que estaba precisamente en una serie de conciertos muy importantes esas mismas semanas; eso le costó el ascenso a la segunda fila de violines. Llegó de Nueva York prácticamente a despedirse, porque el doctor Correa dijo que ya no había nada que hacer y él siempre nos decía la verdad, aunque no con la frialdad de la mayoría de los médicos, sino con ternura, y por eso todavía lo queremos tanto. En ese mismo viaje, no se me olvida, Toño trajo un maletín lleno de dólares que Jon nos prestaba para el rescate; los entró de contrabando, sin declararlos, y si lo hubieran descubierto habría terminado en la cárcel como lavador de dólares, que era lo único que nos faltaba. Recibimos los mil billetes de cien dólares de Jon y los tuvimos varias semanas en una caja fuerte que había en la panadería de mi mamá, metidos en bolsas negras de radiografías y en un maletín, dispuestos a usarlos si llegábamos a necesitarlos. Afortunadamente, en últimas no fue necesario, y se los devolvimos todos. Estuvieron en el mismo maletín durante años, en la panadería, porque a Toño le daba miedo viajar con tanto dinero en efectivo. Al fin Jon decidió comprar unos dibujos de Botero con esa plata, y se llevaron los cien mil dólares convertidos en tres hojas de papel Guarro verjurado, con una serie de dibujos de interiores (una cocina, una sala, un dormitorio), enrollados en un tubo de cartón. Dicen que un día van a donar esos dibujos de Botero —que les gustan más que los óleos— al Museo de Artes de Jericó.

Mi papá también iba a la emisora de radio a grabarle mensajes a Lucas, o los grababa por teléfono, con la lengua trabada, medio borracho, a pedirle perdón, a pedirle perdón siempre, aunque no decía exactamente por qué. Él les pedía a sus amigos de izquierda que le ayudaran, que hablaran con los jefes guerrilleros, que les dijeran que Lucas era nieto de un hombre de izquierda, de un revolucionario, pero todos le daban ahora la espalda. Se dedicó a beber y beber sin parar, para poder soportarlo. E insultaba a la guerrilla a los gritos, por la calle, borracho, y se insultaba a sí mismo con los mismos epítetos con que los insultaba a ellos.

Una tarde de esas iguales a las otras, pues, en el hospital, yo lo estaba acompañando y le daba la espalda. Él respiraba mal, con oxígeno, y le ponían suero para hidratarlo, y algo de morfina para tenerlo sedado. En ese momento yo estaba mirando por la ventana del cuarto del hospital, concentrada en la lluvia, en el viento, pues estaba cayendo un aguacero inmenso, furioso, con rayos y relámpagos que retumbaban en el aire y chorros de agua que formaban ríos amarillos en las calles. Pensaba en Lucas a la intemperie, bajo esa ducha helada que caía del cielo. De pronto, Cobo (Lucas lo había puesto Cobo cuando empezó a hablar) me pidió que me acercara a la cama y me salió con una cosa que no me hubiera esperado nunca. Me dijo, con un hilo de voz, casi un murmullo: «Mi amor, tengo que pedirte una cosa muy especial que a lo mejor te va a sonar rara». Y yo le dije: «¿Qué, papi? Yo hago lo que sea, tú sabes que por ti yo hago lo que sea, pero ¿qué es?». Entonces él me dijo, muy despacio, mirándome fijo con sus dulces ojos azules: «Lo que te quiero pedir es que nunca vendas La Oculta, ni siquiera si —cuando yo me muera— tu mamá y tus hermanos te dicen que la puedes vender para pagar el rescate de Lucas. Esto es lo que te quiero pedir: que tú te encargues de que nunca vendan La Oculta, ni ahora ni nunca mientras estés viva. Y que le hagas prometer a Lucas, cuando vuelva, y cuando la herede de ti, que él tampoco la venda». «Está bien, papi, pero por qué», le pregunté. Él me dijo que esa finca era todo lo que teníamos, que esa finca era la tierra que nos había tocado en la lucha por la vida y no se la podíamos entregar a nadie, ni por las buenas ni por las malas; que sus antepasados habían llegado a Antioquia sin nada en las manos, solo con la ilusión de tener una vida mejor. Y que La Oculta era lo que les había dado una vida digna. La Oculta les había dado estudio, trabajo, libertad, independencia, sensación de que tenían un lugar en el mundo de donde irse y adonde volver, un lugar por el cual vivir y un lugar para morirse. Y que eso no se podía perder por ningún motivo, ni siquiera por la persona más amada de toda la familia, que era Lucas. Me dijo que yo, que era la primogénita, tenía que sacrificar a mi primogénito si era necesario, con tal de defender la tierra. También me explicó en qué sitio quería que enterraran sus huesos, en la finca, pues pedía que no lo cremaran, no le gustaba la idea de la cremación, igual que Toño ahora. Que no quería una tumba sino un hueco en la tierra, sin ninguna señal, si mucho una piedra negra sin pulir, redonda, de las que hay allá por las quebradas, me dijo. Y que a él, o a sus huesos, simplemente los envolviéramos en un sudario, en una sábana blanca. Yo me puse a llorar, se me salían lágrimas silenciosas que caían tibias y lentas sobre la piel amarilla y en los huesos de mi papá, pero acepté. Y mi papá lloraba igual que yo, en silencio, porque nos estábamos despidiendo para siempre, y él me estaba pidiendo que me apegara más a un maldito pedazo de tierra que a una persona. Me estaba pidiendo que soportara, por La Oculta, la muerte de él y hasta la muerte de mi hijo. Yo no lo entendía bien, francamente, aunque ahora que estoy vieja lo entiendo mucho mejor.

Le pregunté a mi papá que si tampoco podíamos vender La Oculta si un día nos estábamos muriendo de hambre, y él dijo que precisamente por eso no; que si un día nos estábamos muriendo de hambre, nos íbamos a quitar el hambre cultivando la tierra de La Oculta. Que me imaginara que un día —por una tormenta solar, por un meteorito, por una catástrofe informática— nos quedáramos diez años sin electricidad; no habría gasolina, ni alimentos, ni noticias, ni nada. En las ciudades la gente se mataría del desespero, la ira y el hambre. Solamente se salvarían los que tuvieran una finca y tierra para cultivar, caballos para moverse, vacas para ordeñar, cerdos para engordar, gallinas para huevos y leña para cocinar. O que pensara en un virus como el ébola, pero que se contagiara por el aire; también habría que esconderse de la peste en un sitio apartado, como en la Edad Media. En cualquier momento podría volver el instante en que los hombres estuvieran solos con sus manos otra vez, sin técnica, frente a la naturaleza, como en el pasado más remoto. Y que por eso teníamos que defenderla como fuera, siempre, como si pudiéramos volver a ser como los indios del Amazonas y como los primeros hombres, nuestros antepasados. Yo ni siquiera le entendía bien, pero hablaba, me parecía a mí, como un profeta de la Biblia que anuncia una desgracia y al mismo tiempo dice, en el día del diluvio, cómo hay que fabricar el arca de Noé. Esa misma tarde mi papá entró en coma y por ahí a los dos o tres días se murió; ya no volvió a hablar, y ya Lucas nunca volvió a ver vivo a su abuelo.

Cuando al fin pudimos organizar la entrega del rescate, que fue toda una odisea (tuvimos que llevar la plata en efectivo escondida en neumáticos hasta una zona selvática en los límites entre Antioquia y Chocó), y lo liberaron, flaco y demacrado, peludo, con una llaga purulenta en el tobillo derecho, vieja de meses, y que le dejó una cicatriz oscura para siempre, con convulsiones que le empezaban de un momento a otro, lo primero que él nos preguntó fue por Cobo. No entendía que Cobo se hubiera muerto mientras él estaba secuestrado en el monte, porque lo había dejado bueno y sano. Él no estaba oyendo radio el día en que le dimos la noticia, y aunque otros compañeros de cautiverio se lo habían repetido, él no había querido creer que Cobo se hubiera muerto durante el secuestro. Yo no he conocido, con lo vieja que estoy, ningún nieto que quisiera más a un abuelo, ni ningún abuelo que quisiera más a un nieto. Llevaba mes y medio enterrado cuando soltaron a Lucas y Lucas no sabía si no perdonarse o no perdonarle al abuelo por haberse muerto así. Le decíamos, se murió cuando te tenían allá en la selva, se murió de dolor por ti. Y entonces Lucas se sentó en un rincón, muy callado, con los ojos cerrados, y al fin dijo que eso era peor que el secuestro, peor que estar amarrado día y noche con una cadena como un perro o un esclavo. Después fuimos al cementerio y Lucas estuvo sentado toda la mañana sobre la tumba de Cobo. En el cementerio yo le conté lo que había dicho de La Oculta, y él me oyó otra vez en silencio. Después prometió que un día llevaría allá los huesos de Cobo, al sitio que él quería, envueltos en una sábana blanca, y que pondría encima del sitio una piedra grande, redonda, negra, sin pulir, cogida en la quebrada. Eso fue hace tiempo, cuando ni siquiera podíamos ir a La Oculta a dormir, de miedo a que nos secuestraran o nos mataran. Mucho menos podíamos ni pensar en llevar los restos de Cobo hasta allá. Podíamos ir un día, a dar vuelta, a llevarle algo de plata a Próspero, pero sin avisar. Ni siquiera íbamos en carro, sino en bus, y vestidas como campesinas, Eva y yo, como personas que van de visita al pueblo de sus mayores. Por allá eso estaba plagado de guerrilla y si uno se quedaba a dormir lo secuestraban. Después llegaron los paramilitares, dizque a limpiar la zona, y sí, la limpiaron de guerrilla, y nosotras pudimos volver, pero la llenaron de ellos y de muertos, y así pudimos ver que eran todavía peores que los guerrilleros, más sanguinarios. Pero en fin, resistimos, esperamos, pudimos conservar la finca, y aquí estoy, aquí estamos, aquí vivo. Aquí mismo viene Lucas sin miedo de vez en cuando, con sus niños, mis nietos, y los saca a pasear y les explica por qué esta finca es tan importante para toda la familia, y les enseña a nadar y a montar a caballo, y yo siento que el hilo que empezó con los abuelos y siguió con Cobo y conmigo, sigue vivo, hasta Lucas y los hijos de Lucas, y seguirá en los hijos de los hijos de Lucas, como en esas letanías bíblicas que le gustan a Toño.

ANTONIO

La siesta terminó con un sobresalto porque volvió a sonar la campana de la iglesia; después del sermón del cura, tras el sancocho y el sueño, venía el sermón laico. Les iba a hablar don Santiago Santamaría, el fundador. Se adelantó hacia la tarima que hacía las veces de altar, se quitó el sombrero blanco de paja de iraca, aguadeño, carraspeó y empezó a hablar en segunda persona del plural, algo que todavía se usaba en aquellos días, especialmente en los discursos:

«Jericoanos de esta nueva alianza. Perdonad que un hombre de pocas luces y de pocas palabras os dirija la palabra, pero así lo han querido mi compadre y socio en esta empresa, don Gabriel Echeverri, y los moradores que ya llevan más tiempo en estas lejanías. Doña Quiteria y yo, y todos los habitantes, os damos la más cálida bienvenida, no a este pueblo, que apenas existe todavía, sino a este sueño, a esta empresa conjunta por el futuro del Suroeste antioqueño.

»Lo primero que debo deciros —añadió sonriendo y señalando el cielo límpido y azul y la temperatura idílica del trópico a dos mil metros de altitud— es que al que no le guste el clima, está a tiempo de irse y de llegar de día a la primera posada del camino, en Palocabildo, o incluso hasta el trapiche de los Tejada, que allá les dan un nicho para dormir».

Aquí hizo una pausa retórica y al ver que nadie se retiraba, siguió así: «Pues bien, si os quedáis, será para trabajar muy duro, de sol a sol y sin disculpas, con lluvia o granizo, con sol abrasador o con escarcha y rocío. En estas soledades todo está por hacerse, y lo que hay por hacer se hará solamente con la fuerza de los brazos. En este nuevo pueblo tenemos una sola cosa: porvenir. Os quiero aclarar, tanto a los laicos como a los clérigos —y aquí miró al padre Naranjito con intención—, que vosotros no sois ni podréis ser mineros ni mazamorreros ni guaqueros, sino colonos. Los que quieran dedicarse al azaroso oficio de la minería pueden seguir hacia el sur, que allá sí hay minas. Dormid en el pueblo, si queréis, pero mañana mismo tomad vuestro camino de espejismos. Id a Marmato, a Riosucio, incluso al Chocó, o torced hacia el norte, a Segovia o a Buriticá (que allá sí hay montañas de oro), pero idos de aquí. Aquí no hemos venido a barequear ni a profanar tumbas. Tampoco hemos venido a conquistar, es decir, a dominar y a matar o a humillar indios. Por aquí los conquistadores ya pasaron, hace doscientos años, y ni siquiera dejaron indios que humillar; o los exterminaron o los ahuyentaron a todos. Si los hubiera aquí, sean bienvenidos a esta misma empresa de colonizar una tierra en estado bruto. Aquí no vinimos pues, tampoco, a dominar, y menos a esclavizar: los negros o mulatos que haya aquí deben sentirse libres desde ahora mismo. He visto que por ahí han llegado un par de hermanos negros de lejanas regiones, recién liberados de la ignominia de la esclavitud; pues a vosotros también os digo lo mismo: labrad la tierra y sed bienvenidos a este nuevo pueblo de hombres libres. Tampoco vinimos a jugar naipes, dados o a beber aguardiente, es decir, a enriquecernos por la suerte o por traficar con los vicios que rebajan al hombre. Y no habéis venido solos, sino con mujeres, o a casaros con mujeres que ya hay aquí, pues no habrá trabajo servil, sino trabajo familiar. En Jericó no queremos solterones, y al mayor de veinticinco años que no haya encontrado esposa le cobraremos un impuesto de soltería, porque mujeres solas es lo que hay en este mundo de guerras; así que a buscar mujer, jóvenes, que aquí no vinimos a perder el tiempo ni a desear la mujer del prójimo, sino a cuidar y mimar a la propia, y a procrear muchos hijos con ella. Aquí nadie será juzgado por el color de la piel, sino por el sudor de la piel, y ojalá el sol nos curta a todos el cuero, pues no hay escuela de vida mejor que la intemperie. Habéis venido porque os dio la gana, pero solo os quedaréis si tenéis voluntad y paciencia...

»Aquí mi ahijado el Cojo, hijo de don Gabriel, ha propuesto que las tierras sean entregadas de inmediato, y en parcelas idénticas en extensión a cada familia. Él es muy bueno, un idealista, pero es un soñador poco realista. Su padre y yo no creemos en nada regalado. Pensamos que quien ya haya sido capaz de hacer ahorros en la vida, merece tener más tierra, y que quienes apenas empiezan, tendrán que esforzarse más. Los terrenos más grandes, aptos para granjas, fincas e incluso haciendas productivas, se venderán muy baratos, y además, quienes ya tengáis el dinero para una cuota inicial, los podréis ir pagando a plazos, y sin intereses, durante años. ¿Cuándo será esta dicha? Muy pronto, después de un breve período en que se verá quiénes de entre vosotros son de verdad personas laboriosas y de buena conducta. Los que hayáis venido a beber, a jugar o a vagar, podéis ir cogiendo el camino de vuelta. ¡Si alguien se quiere ir, váyase de una vez, y que la Virgen lo acompañe!

»Esto de entregar terrenos, o esto de fiaros tierras más grandes a un precio que es casi regalado, nosotros no lo hacemos solamente porque seamos muy buenos o muy bobos, sino que es un negocio que a la larga nos conviene. Nosotros no queremos que a nuestras familias y a nuestras tierras les pase lo que les ocurrió a los Aranzazu, en el sur de Antioquia, a quienes al fin el Estado les expropió grandes extensiones de tierras porque no fueron capaces de explotarlas. O peor, lo que les está pasando a los Villegas, a quienes llevan años invadiéndoles sus propiedades y ahora se pasan y se pasarán la vida en alegatos y litigios, pagando abogados carísimos en Bogotá que les lleven los pleitos ante el gobierno, peleando con colonos ya bien afincados en tierras ajenas que consideran propias, y que no van a dejar sacarse de ahí ni por las buenas ni por las malas.

»Confiamos en que también el comercio le dará movimiento a la región; ya hay muchos arrieros que pasan por esta ruta, y llevan hacia el sur noticias de lo que aquí se cuece. La fama de Jericó llegará muy lejos. Y a unos os irá muy bien, a otros menos bien y a algunos, quiera el cielo que a muy pocos, no os irá nada bien. Sea como fuere, lo que nosotros esperamos es que le vaya bien al mérito, más que a la viveza; a la laboriosidad, más que a la astucia. Aquí no hay suspicacias ni secretos; todo es abierto. Vosotros, al recibir, en el mismo momento de recibir, por haber tenido el valor de venir hasta aquí, estáis dando también, pues estáis dando vuestro trabajo a cambio de incertidumbre, vuestro presente a cambio de futuro. Así que no debéis ser humildes, ni humillaros, sino sentiros propietarios y protagonistas de una obra de progreso en estas tierras vírgenes.

»Nosotros no os podemos prometer felicidad ni prosperidad, y por eso el pueblo no se llamará Felicina, como quería aquí el Cojo, nuestro ahijado utopista, siempre tan bueno y soñador, pero sí tenemos la firme confianza en que el trabajo es mejor que la vagancia y la pereza, al menos casi siempre. Y aquí me tenéis para resolver cualquier duda o pregunta que se os ocurra. Esto es todo. Ah, todavía una última cosa: como habréis notado, en Jericó no hay cárcel ni hay policía; tampoco hay alcalde ni jueces ni notario. A mí el gobierno de Medellín me nombró juez de paz para que dirima cualquier diferencia o disputa entre los pobladores, bien sea de aguas, de linderos, de borrachera o de faldas, nada más. Yo espero que el buen comportamiento de todos vosotros aplace todo el tiempo posible la llegada de esas instituciones, que con su llegada indicarían cierto desarrollo, sin duda, pero también el principio de los problemas, los desacuerdos y las desavenencias. Un día aquí también habrá jueces, alguaciles, alcaldes, un día habrá cárcel, guardianes y policías, incluso tendremos que tener sepulturero y estrenar el cementerio, seguramente, pero cuanto más tarde, mucho mejor, pues espero que nadie haya venido aquí con mucho afán de morir, y nos muramos todos del mal de arrugas, que es la menos horrible de las muèrtes», terminó sonriendo.

Uno de los recién llegados, José Bernardo Londoño, que venía con siete vástagos, preguntó si no había escuela. Don Santiago le dijo que no la había todavía, pero que para eso sí tenía afán y ya tenían reservado el lote, donado por su compadre Echeverri. Un pueblo, dijo, no son solamente casas y gente. Un pueblo verdadero tiene iglesia, teatro, escuela, y sitios para reunirse y conversar. Pero sobre todo escuela, para que los niños aprendan a sumar, a restar y a expresarse bien en castellano. Si entre los recién venidos había alguna persona buena para leer, escribir y hacer cuentas, y a quien además le gustara enseñar, podían de inmediato nombrarla maestra o maestro y encargarle la escuela, que entre todos la empezarían a edificar. Él, por lo pronto, donaría también el tablero y los pupitres, más un sueldo mensual, en principio por un año. Después se vería si entre todos le podían pagar. En ese momento el padre Naranjito pidió la palabra y dijo que eso de la escuela le parecía muy bien para los varones y que él se ofrecía a impartir clases de religión e historia sagrada. Pero que en cuanto a las niñas él creía que debía abrirse para ellas un establecimiento aparte donde se les enseñara jardinería, bordado, cocina, y si mucho algunas nociones de sumar y restar para que ayudaran en la administración del hogar. La lectura, en cambio, no era una buena idea para muchachas de pueblo pues se había visto que descuidaban sus oficios por aficionarse en demasía a novelas pecaminosas e historias inmorales que dañaban su conducta. Aquí el Cojo Echeverri, con la cara congestionada de rabia, interrumpió al padre con brusquedad: «Vea padre, por ahora no hay modo de levantar dos escuelas aquí, pero hagamos una cosa: que empiecen juntos los hombrecitos con las mujercitas y si más adelante vemos que estas últimas son más bruticas y solo sirven para coser y guisar, les hacemos escuela aparte, para que aprendan lo que dice usted: bordado, jardinería y cocina. Pero por ahora que empiecen todos juntos, niños y niñas, ¿no cree usted, padrino? Recuerden lo que dijo, hará diez años, el gobernador Faciolince: *En Turquía en donde la mujer está envilecida y degradada, el hombre es como ella, vil esclavo. En Francia en donde la mujer es reina, la libertad ejerce por todas partes su imperio soberano».

«Hagamos como dice mi ahijado, y después se verá», dijo don Santiago. El padre Naranjito puso la cara de quien se resigna a un error ajeno: alzó los ojos al cielo y bajó la cabeza con fingida humildad. Teresa, la hermana de Raquel que se había venido también de El Retiro, levantó la mano y se ofreció a ser maestra. También resultó un hombre, Jorge Orlando Melo, que según decían los que habían caminado con él hasta el pueblo, sabía absolutamente todo lo que le preguntaban, de cualquier materia. Don Santiago, después de hacerles dos o tres preguntas, nombró a la mujer maestra y a Melo, profesor y rector, y se adelantó para presentarlos a todos. Una de las primeras obras que se emprendieron a los pocos días, con trabajo comunal, por turnos diarios, fue la edificación de la nueva escuela, en un lote detrás de la futura iglesia. Ahí estudiaron casi todos nuestros antepasados que nacieron en Jericó, empezando por Elías (el hijo de Isaías) y José Antonio (el hijo de Elías). Los últimos fueron el abuelito Josué (el hijo de José Antonio) y mi papá, Jacobo Ángel, el hijo de Josué. Yo ya no, yo ya nací y viví en Medellín, pero con los ojos siempre vueltos hacia Jericó.

Algo que siempre maravilló a los viajeros que pasaron por el Suroeste de Antioquia en la segunda mitad del siglo XIX era el aspecto sano de sus gentes, el gran número de hijos que parían las mujeres, y el buen tamaño, fortaleza y apostura de los habitantes. Boussingault admiró su fuerte constitución y dijo Schenck que no había en la república «figuras más altas y atléticas que los habitantes de la montaña, ni más bonitas mujeres y de sanos colores, de aspecto tan agradable». No había en esto un gran secreto, creo yo, sino algo muy simple: la buena alimentación y las costumbres saludables e higiénicas.

Decía mi abuelo que a ellos les enseñaron en la escuela que para comer había que pensar en la bandera de Antioquia y en la de Colombia, de la siguiente manera: «Hay que comer algo blanco (como arroz, arepa, mazamorra, leche, queso), algo verde (verduras y ensaladas), algo rojo (frisoles, carne, frutas, chocolate), y algo amarillo (huevos, plátano, chócolos, yuca, arracacha, papas, más frutas)». En ese punto todo el mundo preguntaba por lo azul, y la respuesta era fácil: «El azul no era más que el agua pura y limpia de los nacimientos de la montaña, que no estuviera contaminada por caca de hombres ni cagajón de animales».

La dieta de las montañas antioqueñas era, en efecto, sencilla y frugal, pero completa y balanceada: todas las noches, en todas las casas, igual en las de las mujeres de pañolón que en las de ruana, se servían frisoles, una fuente segura de proteína, que cuida las neuronas. Nunca faltaba la mazamorra de sobremesa, a veces con bocadillo de guayaba o al menos con panela en trocitos, que daban la energía del azúcar. La carne de res y de cerdo, con las nuevas fincas abiertas, empezó a abundar, y no toda se exportaba a las minas del sur. Lo difícil era conservarla, pero para eso se usaba la sal traída de El Retiro en mulas, y se la secaba al sol en forma de tasajo que luego se molía entre dos piedras. La carne molida, o carne en polvo como siempre le hemos dicho, espolvoreada sobre los frisoles, a veces coronada por un huevo frito en manteca de cerdo, era el plato más apetitoso del mundo, sobre todo si se complementaba con plátano maduro, asado o en tajadas, que le daban un toque dulce a toda la comida. Al mediodía podía agregarse esa misma carne en polvo a la sopa de arroz, que llevaba algo de papa picada, y en un platico aparte tomates maduros en cuadritos, con repollo rallado, cebolla roja, cilantro y jugo de limón, y aguacates maduros si estaban en cosecha. Y siempre una arepa blanca o amarilla al lado, al estilo del pan en el Viejo Mundo, porque, como decía un viajero alemán, «donde no se da el maíz, tampoco se da el antioqueño».

La vestimenta, según se describe en documentos de la época, era sencilla: «Los hombres llevan pantalón y un saco largo de manta, que es una tela de algodón, sombrero de paja, jipijapa, que se elabora en el país (Aguadas y Sopetrán), más la ruana y el indispensable carriel. Las mujeres llevan faldas cortas y los mismos sombreros que los hombres; el pelo les cae en largas trenzas sobre la espalda. Algunas llevan pañolón de merino negro con largas mechas de seda negra. Todo el mundo anda descalzo, ricos y pobres, y solo se ponen zapatos, que les aprietan y estorban, para ocasiones muy especiales». Mi abuelo siempre nos contó que su abuelo, por mucho que fuera de los principales del pueblo, iba siempre descalzo, y así sale, en la única imagen de cuerpo entero que conservamos de él, un daguerrotipo estropeado por la humedad y los hongos, con su traje elegante y sus pies rudos, callosos, al aire.

El bisabuelo Isaías, con Gregorio, el hermano de su mujer, que todavía era menor de edad y pensaba ahorrar un tiempo antes de casarse y escoger su parcela, empezó a abrir el monte de la primera tierra que le fue adjudicada. Los árboles mejores podían aserrarse entre los dos, pero no sabían qué hacer con tanta madera de roble, de comino, de cedro. Como no querían quemarla, arrumaban las trozas bajo una empalizada, para protegerlas de la lluvia, a la espera del día en que pudiera sacarse la madera. Después de tumbar los árboles y sacar las trozas, quemaban el rastrojo que quedaba, y debajo labraban las primeras sementeras, de plátano, de maíz, de frisol, de arracacha y de papa. Después de dos cosechas dejaban crecer el pasto y le metían al terreno dos o tres terneras blanco orejinegras. Mientras tanto tumbaban otro pedazo de monte. Lo cultivado era más que nada para comer, pero también llevaban al nuevo pueblo, en mulas, los productos, para venderlos el día de mercado, o para cambiarlos con los artesanos por herramientas, o por trabajo a jóvenes colonos recién llegados.

En el solar de la casa del pueblo, que con los años se volvió de tapia, los Ángel construyeron un chiquero para cerdos y los engordaban con los sobrados de las comidas y también con los productos de La Judía y La Mama (las primeras dos fincas abiertas) que no podían vender en el mercado: las zanahorias picadas de gusanos, las papas horadadas por el mojojoi, los fríjoles apolillados, los plátanos sobrantes. Cada seis meses venían arrieros dispuestos a llevarse los cerdos al sur, hacia las minas de oro, donde no se producía comida, sino dinero, y era muy fácil venderlos a buen precio. Por eso era tan importante mantener limpio y empedrado —al menos en las partes malas— el camino hacia el sur, pues sin camino no había forma de sacar los productos. Por la otra punta del camino, la que venía de Medellín y subía por La Cabaña desde el Cauca, con el tiempo, empezaron a bajar las trozas de madera fina. A los Echeverri y los Santamaría se les pagaba un impuesto por troza o animal que pasara. Toda mercancía pagaba una tasa. Muchos años después se hicieron a la salida del pueblo los primeros almácigos de café, y esas matas llegaron junto con la promesa y el sueño de un producto que, al fin, les daría algo más que la mera subsistencia.

Que cultivaran café había sido idea de un cura visionario, el padre Cadavid, que había llegado a Jericó en 1875, en remplazo del padre Naranjito, y que por sus iniciativas incansables había sido como un tercer fundador del pueblo. Este era un hombre enérgico y lleno de ideas que había leído sobre la fiebre que había de esa bebida en Europa y Estados Unidos, por lo que repartió matas entre muchos campesinos a quienes les enseñó cómo utilizar la semilla para crecer el cultivo. También en Jericó se usó, como en otras partes del país, poner de penitencia la siembra ordenada de unos cuantos cientos de cafetos, o miles, si el pecado era muy grave. La paradoja, así, fue que al cabo de unos años les fue mejor a los más pecadores que a los que nunca pecaban. Unos años después el mismo cura Cadavid había traído la primera trilladora de café, y ahí se encargaban de comprarles a los campesinos la cosecha. Elías, el primogénito de Isaías, fue uno de los primeros en cultivarlo, en la parte alta de La Oculta, que ya era de su padre y él heredaría a su muerte, poco después. Sembró tanto café que en el pueblo tenía más fama de pecador que de cafetero.

Los jericoanos eran conservadores, puritanos: no se toleraban los billares, se prohibían las galleras y las corridas de toros. El adulterio no resultaba nada fácil en un pueblo donde todos se conocían por nombre y apellido. Había solo tres putas (María Medallas, Malena y María Esther) que vivían juntas en las afueras —dominadas por la vieja matrona, Margot, que ya se había retirado y se había vuelto consejera de cuestiones íntimas, y exitosa empresaria— y las cuales se encargarían, a finales del siglo xix, de desvirgar a nueve de cada diez adolescentes jericoanos. Como viejos y jóvenes tenían con ellas esa deuda de iniciación, se las toleraba con cierta simpatía, como se tolera un lunar en el cuerpo. Las mismas esposas pensaban que era mejor que sus maridos e hijos se desahogaran en las mujeres públicas que en la mujer del prójimo.

No todo era fácil, porque avivatos y descarados hay en todas partes. Había algunos muy vivos que se aprovechaban de los más bobos, o de los más necesitados, y habían ido acumulando tierras, comprándolas por una miseria, o algunas veces con argucias ilegales, con tal de irse apoderando de extensiones mayores. El cementerio se fue llenando poco a poco, porque llegaron la vejez y las pestes. Por eso las viudas eran las que más tenían que salir de sus tierras al precio que les dieran, o las parejas viejas que habían perdido a sus hijos varones en las guerras civiles y ya no tenían ni el aliciente ni las fuerzas para conservarlas. A otros les había ido mal por mala suerte (hubo una peste que acabó con las hojas del tabaco en la tierra caliente), o incluso por pereza. Al cabo de un tiempo los hijos de algunos que habían sido propietarios eran ya peones a sueldo (muy mal sueldo), o arrendatarios y aparceros en tierras ajenas. Había incluso casos de primos pobres que trabajaban para primos ricos.

Isaías Ángel había llegado joven, vigoroso y lleno de sueños, a los veinticuatro años. A los cuarenta y dos tenía siete hijos (dos hombres y cinco mujeres), La Judía y La Mama en plena producción, y la casa de paja en Jericó había cambiado las paredes de tablas por paredones de tapia apisonada, los taburetes pobres por muebles tallados en la madera fina de sus mismas tierras. Hacia 1882 la pequeña aldea ya era un pueblo grande, uno de los de crecimiento más rápido en toda la república, con casi diez mil almas. Su hijo mayor, Elías, que había llegado de El Retiro viajando con toda comodidad en el tibio vientre de su madre, tenía ahora veintiún años —acababa de alcanzar la mayoría de edad— y había estudiado lo básico en la escuela del ya muy anciano Melo.

El primer Ángel nacido en Jericó, por encima de todo, era agradable, laborioso y honrado. Desde La Mama, Isaías, su padre, había ido bajando poco a poco hacia el Cauca, abriendo el monte, y había encontrado un paraje con buen aire y buena vista, lleno de aguas cristalinas, a medio camino entre la tierra caliente y la tierra fría. Un paraje escondido. Por eso, cuando se lo compró, más bien barato, a uno de los numerosos hijos de don Santiago Santamaría, el fundador, llamó al sitio La Oculta. Eso ocurrió, como ya se ha dicho, el 2 de diciembre de 1886, y todavía tenemos las escrituras, redactadas a mano por un notario de Fredonia, con la voluptuosa caligrafía de la época.

Eva

De un hombre mujeriego se dice que tiene éxito con las mujeres; yo podría decir, más bien, que no ha tenido éxito con ninguna, porque lo bueno —supongo— es enamorarse y seguir enamorados. Toda la vida he sentido pesar de los donjuanes. En ese sentido, yo podría decir que mi vida con los hombres ha sido todo un éxito, o más bien un fracaso, el fracaso del éxito, un desastre, depende de cómo se lo mire. Aunque me he enamorado y desenamorado muchas veces, no he sido nunca una doñajuana. Me enamoraba buscando siempre a alguien que sacara lo mejor de mí, al tiempo que yo sacaba lo mejor de él, y me desenamoraba al ver que no valían la pena, pues no sabían dar ni recibir, o que no me querían como a mí me gustaba que me quisieran, o que no les gustaba como yo los quería. Yo tuve todos los hombres que quise, al menos por un rato y aunque después se asustaran de mí, de mi libertad y de mi forma de ser, y salieran corriendo despavoridos. Las mujeres podemos tener muchos hombres, todos los que queramos, o casi; lo que pasa es que no se lo decimos a nadie, porque no nos conviene.

Pilar no, Pilar está hecha de otra madera, más antigua, más dura, de la madera de mis abuelas o mis tías, del ébano o el algarrobo de las bisabuelas. Ella al único que ha tenido es a Alberto. Y ella, como mis tías, como mi mamá, como todas mis abuelas hacia atrás, lo único que hace es mejorar el jardín, rezar, cuidar a los hijos o a los nietos y arreglar la casa, cocinar, adornarla. Estudiar no le interesó. Leer, menos: lee poco y despacio. Hablar de política le molesta y le parece parte de mala educación. De religión, mal tema también, no le gusta discutir, y simplemente es católica como sus mayores. Comulga y va a misa como quien se viste o toma agua todos los días: es un deber y punto, una cosa que ni se piensa ni se discute, como lavarse los dientes. El divorcio le parece una gran estupidez, pues según su experiencia los matrimonios van siempre de mal en peor: la segunda esposa es peor que la primera, la tercera peor que la segunda, la cuarta peor que la tercera, y así sucesivamente hasta terminar en una vejez solitaria. Igual que los maridos. Para ella lo importante es escoger bien la primera vez y aguantar. Su receta para la duración del matrimonio es muy sencilla, dice, y según ella se la dio la abuelita Miriam antes de casarse: «Mijita, a su marido dígale siempre que sí, no lo contradiga nunca, pero haga siempre lo que usted quiera». Así es ella con Alberto, jamás lo contradice y jamás le hace caso.

En la finca, con nosotros, pasa algo muy parecido. Siempre dice que hará lo que decidimos entre los tres hermanos, después de discutirlo horas y horas, pero luego hace lo que le da la gana, y como es ella la que vive allá, siempre lo consigue. Se pasa la vida arreglando la casa y los alrededores con un frenesí continuo, de hormiga que construye o reconstruye su hormiguero, incansable. Acaricia la casa como acaricia a su marido. Creo que a veces tumba para poder dedicar el tiempo a volver a hacer, hiere para curar, porque lo peor que le puede pasar a ella es tenerse que quedar quieta. Enloquece al pobre Próspero con peticiones: muévame esto para allá, ayúdeme a limpiar esta pared, pintemos con cal este pedazo de muro, traiga un alicate y arrancamos estos clavos, movamos estos cuernos para otro árbol, hagamos una era de albahaca, una de cilantro y otra de perejil, sembremos pimentones, melones y berenjenas, tumbemos este árbol, tapiemos esta ventana, engrasemos los goznes de las puertas de las pesebreras... Cualquier cosa con tal de no estar quieta. Y sale corriendo para Medellín, volando en el *jeep,* cuando los hijos o los nietos, las amigas o el marido la llaman, a ayudarles en lo que le pidan.

Pilar, cuando no está arreglando cosas de la casa vieja, está emprendiendo reformas y mejoras en el terreno, moviendo alambrados, allanando colinas, cortando árboles o sembrando árboles, plantando otro tipo de café que rinde más, combatiendo los cucarrones que se comen el corazón de las palmas reales, pasando piedras de un lado para otro, haciendo colectas de vecinos para arreglar la carretera que dañó el invierno. Y si no está en esto, entonces está ayudando a un enfermo, llevando un herido, trayendo una parturienta o arreglando un muerto, esto último siempre y cuando sea de la familia o de alguien muy cercano a sus afectos. Haciendo favores, dando regalos, ayudando a que la vida de los otros sea menos dura, así la suya se convierta en una locura. Yo la veo moverse una sola hora y ya estoy cansada de solo mirarla. No, nunca quise ser así.

Es como si Pilar hubiera nacido en otra época, aunque nació apenas dos años antes que yo. O tal vez yo nací con ojos distintos para mirarla, o influyeron en mí otras cosas, otras personas, otras lecturas. Cuando yo era muy joven inventaron la píldora, los condones de látex y seguros, se afianzó el feminismo, pero para Pilar estos inventos y nada eran lo mismo: nunca usó métodos para controlar la natalidad, ni siquiera el ritmo, y tuvo todos los hijos que mi Dios le quiso dar (bueno, no, al final casi se muere de una hemorragia, tenía el útero delgado como un papel y tuvo que ligarse las trompas a pesar de la Iglesia), y para ella el feminismo fue siempre una exageración que iba a acabar con el matrimonio. Para mí fue distinto: la píldora y los antibióticos me quitaron miedos, el feminismo me hizo consciente de cómo nos habían oprimido los hombres (cuando nació Pilar, las mujeres ni siquiera podíamos votar) y fui más libre con mi cuerpo porque, aunque siempre me he cuidado, no hice con él lo que me habían recetado las abuelas. Resolví que no iba a ser como siempre habían sido las mujeres de mi tierra: esclavas de un hombre y esclavas de sí mismas, de sus ganas de arreglar, solamente, el mundo doméstico alrededor, para el marido y los hijos, en vez de ayudar a mejorar el mundo entero.

He vivido de otra manera, y no solamente con relación a los hombres y al amor, sino también con relación a lo que pensaba la mayoría de la gente. Me enfrenté con los tradicionalistas que criticaban mi forma de ser, me peleé con ellos y traté de cambiar al menos lo que me tocaba de más cerca. Seduje, me dejé seducir, besé, bailé, a veces me acosté. Volví mía la consigna de que cada una es dueña de su cuerpo e hice con él lo que quise y no lo que quisiera mi marido. Nunca les he dado la razón a los hombres para mantenerlos tranquilos en su ilusión de poder y de dominio. No, con ellos soy brava, y los contradigo, y si se ponen muy mandones y muy pedigüeños los paro en seco, si bien con cariño: que se hagan ellos mismos el café y el juguito, que se sirvan el agua y el vino y el postre. Ni que fueran mancos.

No les creí a las monjas del colegio cuando nos decían (me parece oír a la hermana Fernando diciéndonoslo) «Niñas, nunca se les olvide que su cuerpo es un templo». Un templo, un templo, y qué es un templo, un témpano de mármol, una lápida, un confesionario. A los hombres no les decían lo mismo, a ellos no, a ellos más bien les enseñaban a ir a los burdeles, como si su cuerpo no se fuera a enfermar, hasta que en mi generación, al fin, nosotras pudimos tener novios y acostarnos con ellos sin quedar embarazadas, y ellos no tuvieron que seguir explotando la pobreza y desesperación de las prostitutas, o al menos eso espero. Tal vez la liberación de las mujeres acabe con el negocio de la prostitución, aunque lo dudo, ni en Suecia se ha terminado esta tristeza. O tal vez haya casos en que la prostitución sea un remedio a una necesidad. Hay muchos hombres que no consiguen con quién acostarse, y a lo mejor siempre haya mujeres dispuestas —como un trabajo bien pagado— a solucionar este problema para los lisiados, los anormales, los viejos. He visto prostitutas feas para hombres horribles o anormales que jamás conseguirían con quién acostarse, si no fuera pagando. Me parece un problema tan complejo que hasta he hecho grupos de estudio sobre la prostitución, y no hemos podido ponernos de acuerdo sobre si debería prohibirse o no.

Yo viví como habían vivido antes solo los hombres: libres de moverse, de escoger, de probar. Y me parece bien, más justo, menos desigual. Si quería acostarme, me conseguía a alguien que me gustara. Si ellos eran polígamos, entonces también nosotras podíamos ser poliándricas, y si no les gustaba, que se fueran a buscar un templo. Me han dejado, los he dejado. He ido cambiando de vida como cambia de piel una culebra; dejo atrás la que se seca y marchita y me pongo otra, ojalá fresca y nueva, lista a vivir otra vez. Así puede ser la vida de una mujer. La vida ahora, por lo menos, y si alguien me critica por haber dejado a mis maridos, por no haberme acomodado sumisa a sus órdenes y a sus maltratos, que me critiquen, y que se frieguen también porque el tiempo de la humildad y de la sumisión ya se acabó. Las familias —por fortuna— ya no son lo que eran; una pareja que se queda junta para toda la vida, y pase lo que pase, se entiendan o no se entiendan, se acuesten o no se acuesten, se amen, se respeten, se desprecien o se detesten, les peguen o no les peguen a las mujeres, juntos siempre, no, eso no. Qué horror. Parejas que se aburren juntas, parejas que en el restaurante dicen: «Recemos el rosario para que crean que todavía conversamos», muertas de aburrimiento, de tedio, de rencor.

Yo soy de tercera mano; y los hombres que he tenido, también, siempre, ya han tenido dueña. Hoy casi todo el mundo es de segunda o de tercera mano, por viudez y sobre todo por separaciones e intentos fallidos. A mí me gusta igual, y me parece mejor. En Medellín se dice —para los carros— que la mejor marca es nuevo. Puede ser en los carros, pero para el matrimonio yo no estoy de acuerdo.

La virginidad, en esta época de antibióticos y anticonceptivos, ya no tiene sentido, y además siempre me tuvo sin cuidado. Yo no les preguntaba a mis parejas si eran vírgenes (no me habría gustado que lo fueran) y ellos a mí tampoco me lo preguntaban; era obvio que no, y si me hubieran reclamado algo por eso habrían sentido una bocanada de risa en sus propias narices, la risa del desdén, qué te has creído.

Maridos, lo que se dice maridos, solamente he tenido tres: el señor presidente, que no era presidente y en mi opinión no ha debido llegar nunca a ese puesto en el que hizo más daño que bien; el director de orquesta y el banquero. No he ido de mal en peor, como dice Pilar; el peor fue el primero, el mejor el segundo y el tercero el de la mitad. El señor presidente no era ni mucho menos presidente cuando yo lo conocí, pero todos sabían que iba a llegar muy lejos, aunque tampoco tanto, porque tan inteligente no era; era tan solo astuto, arrogante y seguro de sí mismo, avispado y casi sin escrúpulos. Tenía una cosa oscura, que ocultaba y asustaba, una escondida capacidad de ser violento, despiadado, sin duda y sin remordimiento, como un maquiavelo. Una locura que se le salía, y la tenía ahí, al acecho, como un monstruo por dentro. Pero esto lo dejaba ver con claridad solamente cuando estaba borracho, y se le salía el demonio más hondo y más sincero, una voluntad de dominio y una ira sorda si no le obedecían, que a mí me asustaba. Un macho alfa, duro, implacable, lleno de hormonas. Alto, como de uno con noventa, con un vozarrón que en la primera vocal te amedrentaba, más seguro de sí mismo que un tiburón que huele sangre. Sus amigos le decían «ministro» desde chiquito. Ministro para allá y ministro para acá, porque le gustaba oírse y echar discursos desde que estaba en el colegio. Discursos de izquierda o de derecha, no importaba, pero siempre discursos repletos de palabras grandes, de esas que se escriben con mayúsculas: el Pueblo y la Patria y la Justicia y la Libertad y la Iglesia y la Empresa y lo que fuera.

Cuando llegó a presidente me llamó y me dijo, como un año después de posesionado: «Evita, hija, veámonos». Y nos vimos. Aunque era presidente de un gobierno infame, no me negué.

Nos citamos un jueves en La Oculta y él llegó en helicóptero. Se inventó un viaje a un pueblo, Jardín o Bolívar o Tarso, ya no recuerdo cuál, a inaugurar un colegio o un matadero, más bien un matadero que un colegio, y decidió —así le dijo a su esposa— «pernoctar en la finca de unos viejos condiscípulos». Él, abogado, es de los que dicen pernoctar, y no pasar la noche, occiso en vez de muerto, condiscípulo en vez de compañero, corcel en lugar de caballo, institución educativa en vez de escuela, galeno en vez de médico, y otras idioteces así. Siempre que lo veo me toca decírselo: trata de hablar normal, querido, en cristiano, que con tus invidentes y tus trabajadoras sexuales y tus afrodescendientes no me vas a conquistar. Yo siempre he dicho ciegos, putas y negros, que es lo normal y no tiene nada de malo porque al menos es claro. En cuanto a los amigos donde iba a pernoctar el presidente, yo era esos amigos, y había llegado en *jeep,* unas horas antes. En realidad él amigos no tenía, y amigas menos: tenía aliados, subordinados, copartidarios, gente que lo amaba u odiaba por sus actos, muchos que le temían a su puño poderoso, o que medraban a su sombra, pero verdaderos amigos no tenía ni uno solo, ni amigas, sino mozas o si mucho subordinadas y secretarias. Bastaba un papirotazo del señor presidente para descabezar a quien él quisiera. Si no podía con la ley, lo hacía con el fisco, escarbando en los impuestos; si no podía con el fisco, lo hacía con la vida privada, chuzando correos y teléfonos; si nada de eso resultaba, lo resolvía a plomo, sin siquiera dar la orden, sino por alusiones. Vino, se acostó conmigo, polvo de gallo como siempre, eyaculador precoz, de esos que dan ira, ira mala, y se quedó dormido. Su sueño era nervioso, intranquilo; daba vueltas como una mezcladora de cemento; cuando estuvimos casados no se movía tanto; después de un rato inquieto, al fin, se profundizó. *Veni, vidi, vici*, pudo haber dicho, como César. Como si vencerme a mí fuera un gran mérito. Vino, se vino, pero no ganó nada, solo mi desprecio. Se durmió a mi lado y yo pensé: lo podría matar echándole veneno en una oreja, como en una obra de Shakespeare, hundiéndole un cuchillo en la yugular, metiéndole en la cama una culebra mapaná, pero yo no tenía veneno a la mano, ni tampoco los hígados para matar a nadie.

Yo abrí las piernas sin ninguna emoción verdadera, simplemente por curiosidad, por saber si el tiempo y el poder habían obrado en él el milagro de una metamorfosis; si el mal amante juvenil se había vuelto un hombre maduro cálido y sosegado, incluso sabio. Si el poder, como dicen algunos, había hecho descender algún carisma sobre su alma. Si al fin había recibido un don y había adquirido alguna gracia al menos en la cama. Qué va. Brusco, sin ningún tacto, desagradable, rápido. Como si yo fuera un maniquí, una muñeca inflable, un hueco. Hasta me dolió. Hacía el amor como si un poder superior le hubiera dado la orden de hacer el amor: de un modo marcial. Movía la pelvis con ímpetu rítmico, de metrónomo. Muy firme su instrumento, de acero, la espada entraba como quien mata a un enemigo, como el torero al entrar en el último lance, pero todo resultaba ser más bien un puntillazo, un fracaso. Y extraía su puñal bañado en sangre para volverlo a esconder precipitadamente en su vaina. A las cuatro de la mañana ya estaba en pie, impaciente, dando gritos histéricos, despertando a sus ministros con un aparato antepasado del celular, Avantel se llamaba, un teléfono de avanzada, llamando a los pilotos para que se alistaran rápido, porque para él no hay nada más despreciable que los que duermen mucho. Por eso despegaron con las primeras luces, las aspas espantando a las pobres guacamayas tricolores, a las loritas verdes y levantando una polvareda de desierto. Yo me hice la dormida.

Veinte o treinta años antes habíamos pasado la luna de miel en La Oculta y había sido lo mismo. El peor amante que he tenido en mi vida: precipitado, brusco, impaciente. Dura más un caballo montando a una yegua amarrada. Una erección, un salto y listo. Sexo de fecundador y no de amante. De conquistador, de violador de la tribu vecina. «¿Con quién te estás acostando?», fue lo único que me dijo, la última vez, mientras me montaba, y yo le dije «Pues con Gustavo», pero él me corrigió: «No, señora: con el presidente de la república». Y a mí me dio risa, me sentí en un libro de Fernando González, en una novela de dictadores. No duramos casados ni siquiera un año, porque era prepotente como un felino e infiel como un canino. Daba clases de política en una universidad y terminó enredándose con una alumna a la que dejó embarazada, su esposita de ahora y de siempre, pues se finge monógamo. Ella se declaró firme en tener un hijo suyo y a él no le quedó más remedio que dejarme a mí e irse a vivir con ella. No se podían ni siquiera casar porque en esos años no existía el matrimonio civil, solo el católico, y no nos lo habían anulado. Luego él luchó por la anulación durante años porque las apariencias eran lo que más le importaba. Pagando abogados de la curia, al fin, lo consiguió, declarando no sé qué inmadurez de parte mía, o de parte suya, cuando nos casamos. Y se casó con su alumna, sin dejar de traicionarla también a ella, si bien en sus discursos defendiera el matrimonio, la fidelidad conyugal y la familia como supremo bien.

Nunca fue bueno estar con él ni conversar con él ni andar con él y mucho menos acostarse con él; ni la primera vez, en La Oculta, ni la última vez, allá mismo. Siquiera no tuvimos hijos. Quedé embarazada de él, durante el matrimonio, pero él nunca lo supo. Tampoco supo que aborté al segundo mes, íngrima, sin decírselo a nadie. Había visto sus oscuridades y jamás habría querido un descendiente suyo, alguien que me mirara con esos ojos de monstruo que se le iba saliendo de las entrañas. Esto lo había olvidado, por fortuna, o no olvidado, sino sepultado en una zona de esas de la mente a la que no volvemos casi nunca, y solo ahora lo dejo salir a mi conciencia. Dos veces aborté; yo quiero recordar solo una, la que a veces he contado, pero fueron dos. Nunca reconocí este embarazo horrendo con Gustavo, porque nunca quise tener un hijo de él. En sus genes se esconde una cosa oscura, maluca, ancestral, los peores demonios de nuestra naturaleza. Una especie de maldad irremediable, como la de Caín. A sus antepasados, que eran de Suroeste, también de Jericó, los habían echado de allá y mandado para Salgar, por malas personas. A los vagos, los locos, los de mala índole, en Jericó, los mandaban para Salgar, confinados, de donde no podían salir so pena de podrirse en el calabozo, y a ese pueblo fueron a dar los abuelos de gente muy maluca; los conozco y los veo en el espejo que hay detrás de la frente, tengo sus nombres en la punta de la lengua, pero no me los repito, a ver si se me olvidan. Poetas con labia pero sin alma, que se creen marqueses y son matarifes, más ingeniosos que inteligentes, políticos sin corazón, desaforados, víctimas de unos padres desalmados que los maltrataron hasta deformarles el alma y el cuerpo. Sin embargo, no puedo generalizar, que es siempre una injusticia, y hasta en Salgar hay gente que es muy buena, no lo niego, y también puedo ver su retrato en mis recuerdos.

No lo evoco con desagrado, sin embargo, a mi marido el político. Es una experiencia más en mi vida. Sentí lo que muchas mujeres han sentido: la atracción por el abismo, por el hombre malévolo y violento pero poderoso, oscuro en sus maldades, inescrupuloso en sus costumbres, implacable, que te protegerá con su poder infinito siempre y cuando seas sumisa como una perra mansa. En eso las mujeres somos impresentables.

La última noche que pasé con él me preguntó si quería ser cónsul o agregada cultural en algún país del mundo. Le dije que iba a pensarlo. Durante unos días creí que me gustaría vivir un año en Roma, o en París, o en Madrid, me embelesé con la idea de un consulado en Barcelona, junto al mar. Después me dio pereza, o más que pereza, la seguridad de que sentiría desprecio por mí misma si le aceptaba esa limosna, y le dije que no, que muchas gracias. En Colombia las exnovias o las exesposas de los presidentes tienen siempre un puestico diplomático en Europa. El contentillo con que les pagan los antiguos polvos. Yo preferí quedarme en Medellín, en la panadería, mejorando el negocio de mi mamá, yendo de vez en cuando también a La Oculta. Maldita finca. Tres o cuatro años después me pasó lo de Los Músicos. Yo le conté a él lo que me había pasado con ellos, por teléfono, y creo que fue él mismo uno de los que apaciguaron a Los Músicos con La Oculta; creo que le debemos ese favor, pero yo no se lo agradezco. Así nos amarró más a ese pedazo de tierra que nos tocó por herencia. Mi vida me ha atado a ella como a un mal marido del que no logro liberarme. Cuando casi me matan, esa vez que llegaron los paracos, al fin pude divorciarme de esa finca, zafarme, dejar de quererla realmente, ver su rostro verdadero, oscuro como su lago, oscuro como el corazón de mi primer marido. Te odio, La Oculta. Te odio como odio el corazón tan negro de un hombre poderoso que fui capaz de amar por un instante. Por eso desprecio y desconfío también de mi propio corazón, que ha de tener sus cavidades negras también, porque quién no las tiene, todos estamos hechos de lo mismo, aunque seguramente en proporciones distintas.

Hay días en que amanezco lúcida, y entonces desprecio el campo. Las vacas, las gallinas, el olor a boñiga, los mosquitos, los sapos que Cobo diseccionaba con una sevicia espantosa. En el campo la gente se va como alelando, en el mejor de los casos, o si no, se vuelven recelosos, taimados, desconfiados. Viven cuidando los cercos y los cerdos, odiando a los vecinos, maltratando a los animales, chismoseando, porque como no hay nada que hacer se dedican a la murmuración, a los rumores malintencionados. El campo embrutece, porque no hay cine, ni periódicos, ni bibliotecas, ni salas de conciertos, teatros, exposiciones, conferencias, universidades, o gente de todo tipo que va y viene y discute en los cafés. No hay conversación inteligente, informada, que es la mejor manera de dejar de ser brutos. No hay extranjeros que te abran los ojos a otros sitios, todos son pueblerinos y locales y se creen el ombligo del mundo, de su mundo, su mundito. En el campo es posible morirse de tedio y que la mente se apague por falta de uso. Cobo, aunque quería tanto a La Oculta, repetía a veces: «Basta una pequeña predisposición a la bobada para que el campo nos vuelva completamente brutos». Me dirán que ahora con internet es posible tener en el campo todo lo que se quiera: música, cine, teatro, conferencias, conversación por chat, redes sociales. Pues sí, pero no es lo mismo. Los que se quedan en el campo se van volviendo salvajes, se van mimetizando con la tierra y acaban parecidos a las vacas o, en el mejor de los casos, a los pájaros. Es el trato directo con los demás lo que nos civiliza; y civil viene de *civis,* que es «ciudadano, el que habita en la ciudad», esto también nos lo decía Cobo, a quien le encantaba la etimología, y se decía no médico, sino poliatra, según le había enseñado un colega suyo, el doctor Abad, el que cura la *polis,* el doctor de la ciudad.

Yo creo que casi todos los campesinos escogerían dejar de ser campesinos, si pudieran. Es más fácil e interesante ser médico o botánico que experto en palas, picos, arados, abonos y azadones. Lo que pasa es que en Cobo sobrevivían un apego y un afecto al lugar que les había permitido dejar la obligación de trabajar de sol a sol con las manos. En Cobo el amor al campo era más bien cansancio de la civilización: descanso en el silencio. Es raro, amaba profundamente esa parte del campo, quizá porque La Oculta era la prueba de un esfuerzo, la prueba palpable de algo conseguido no por la viveza, la suerte o el engaño, sino por el trabajo. Eran esos campos domados por su padre y sus abuelos los que les habían permitido a dos generaciones de Ángel estudiar y vivir en la ciudad. Cuando se iba allá unas semanas se sentía pleno y si los amigos le preguntaban qué estaba haciendo, respondía siempre lo mismo: cultivando mi jardín.

Es el contraste lo que nos hace querer a La Oculta: el tiempo dedicado a la contemplación y al silencio, la pausa de la vida del trabajo rutinario e incluso intelectual, la huida del mundanal ruido, así sea cierto que es en ese mundanal ruido de las ciudades donde el progreso se da. Aunque quizá sea en un ambiente apartado y tranquilo donde mejor se piense. Darwin vivía en el campo y ahí desarrolló la más genial de sus ideas; Einstein, para pensar, se apartaba en una cabaña en las afueras de Berlín. Es difícil añorar la vida de la ciudad si uno no pasa temporadas en el campo, y viceversa. Allá se lee, se estudia más, y mejor, y con más concentración. Y es difícil para mí, que no voy casi nunca al campo, añorar la ciudad, que ya me tiene harta, crispada, con los nervios de punta a toda hora. El tráfico, el humo, el ruido, los mil compromisos, las citas, los emails. Es lo mismo de siempre: solo se desea lo que no se tiene. Y es lo mismo de siempre: nunca sé qué pensar, me contradigo, estoy de acuerdo con A y con no A, con el amor y también con el odio por el campo. Pero tal vez La Oculta no sea exactamente el campo, sino otra cosa. La Oculta es la parte más honda y oscura de nuestro origen, el abono negro y maloliente del que crecimos todos en esta familia.

De todos modos, voy a decirles a Toño y a Pilar que les vendo mi parte de La Oculta bien barata; que me den lo que sea, yo ya no quiero volver a esa bendita, a esa maldita tierra, y mucho menos ahora que mi mamá ya no existe, mi mamá, lo que yo más quería de esta familia, mi increíble mamá que siempre trató de entenderme y me apoyó aunque yo fuera tan distinta de ella, aunque hubiera vivido de un modo tan diferente del que a ella le tocó.

Cuando yo era niña, al frente de la casa vivía Silvia Roltz, una joven profesora de danza clásica. Yo le pedí a mi mamá que me dejara estudiar ballet con ella, que nada me gustaría tanto como ser bailarina. Mi mamá, con su firme dulzura, me miró a los ojos y me dijo que no, que eso no servía para nada. Al fin entré a estudiar danza con ella —con ella, que sí ha sabido vivir su vida como quiso, sin aceptar presiones de nadie— después de los cincuenta años, y ahora lo disfruto. Pero no tengo rencor con mi mamá, lo puedo decir ahora que está muerta, pues ella me enseñó otras cosas. Me enseñó, por ejemplo, que el dinero no puede despreciarse, que las formas son importantes, y que no hay que decir siempre la verdad pura y cruda. De ella aprendí, traté al menos de aprender, que aunque no estemos de acuerdo con alguien debemos mantener la compostura, la elegancia en el desacuerdo. Cuando yo tenía veinte años me chocaba que mi mamá fuera tan diplomática, tan *polite,* como dicen en inglés. Pero con los años entendí que sus viejas costumbres de cortesía no eran hipócritas, que es mejor ser indirectos (decirle a Pedro para que entienda Juan) que bruscos. Me gustaran o no, las formas que mi mamá me enseñó eran una necesidad social, un lubricante de la vida cotidiana, y una manera de ser más civilizada, menos franca y directa y montañera, menos campesina y jericoana que la de mi papá, que no se guardaba nada y todo lo decía de frente, y por eso había tenido tantos problemas, tantas peleas y desgastes inútiles.

Yo no quiero despreciar su realismo. Haciendo cuentas y siendo precisa en la Panadería Anita, es verdad, abandoné mi pasión por la danza o la psicología, pero aprendí otras cosas. Y cuando en mi vida personal no abandoné nunca la búsqueda de una pareja mejor, de un hombre que me respetara como yo era, y al que yo respetara de verdad, completamente, o mi curiosidad por todo y mi sed de más conocimiento, mi mamá no me criticó nunca, y aceptó con tranquilidad y sin animadversión a mis maridos y amantes y novios y amigos. Yo tuve una intimidad total con ella, y siempre estuvo conmigo. Llegamos a un arreglo: yo soñaría menos y la ayudaría en su empresa, pero podría vivir libremente, y ella no iba a interferir en eso con su religiosidad o sus formas antiguas de ver la vida. Tal vez ella veía en mi libertad una liberación suya, después de vieja, aunque nunca me lo dijo, una vida muy distinta de la vida sometida y sumisa de la mayoría de las mujeres de su generación.

Mejor vuelvo a mis amores y mis desamores. No quiero hacer un recuento de mis hombres, de mis novios o de mis maridos. Ya pasaron; ahora ya no soy tan atractiva. Si me pongo a hacer listas, me salto nombres porque se me olvidan, y mejor, o los omito porque quiero olvidarlos. Es dulce poder olvidarme de algunos de los novios que tuve. Tampoco tengo las ganas que me daban antes. El sexo pudo llegar a ser maravilloso, exaltante, hace años, por ejemplo con el ciclista, que era todo lo contrario del presidente: un amor, una delicia, una risa ligera, un gran amante. Era sencillo y paciente como una era sembrada. Lo que pasa es que ahora acostarme es casi una tarea, un deber. Envejecer es muy triste. Tengo este cuerpo, que ya se prende muy despacio, como una parrilla vieja, como una plancha que ya no calienta. Ahora solo salgo con amigas, y solamente me veo con Caicedo de vez en cuando, pero sin acostarme con él: fue mi último compañero, el más importante de todos, y lo llamo y salimos a almorzar. Él me dice «Evita, pero por qué nos separamos, qué tengo, qué te hice». No me hizo nada, en realidad, y él ha sido el hombre que más cosas me ha dado y enseñado, el que recuperó en mí la música, el ballet, el gusto por la ópera y por los mejores libros. Lo dejé por cobarde, porque no pude soportar que la gente me criticara por estar con un viejito mucho mayor que yo, y poco atractivo, así a mí me encantara estar con él y me pareciera dulce disolverme en su abrazo. Lo dejé también por sus amigos godos, por sus amigos militares e industriales sin ninguna sensibilidad social, y lo dejé por un carro que se compró, me da hasta risa recordarlo. Ese fue el día en que nos dejamos. Él fue por mí a la casa y me dijo que me tenía una sorpresa; me llevó a un concesionario de camionetas gigantes y me mostró un carro inmenso, una especie de Hummer disimulado que parecía un tanque, un arma de guerra. Yo le dije, con rabia, que jamás me iba a montar en un camión así, agresivo y ostentoso, en una ciudad llena de pobres, de hambre y de miseria. Que ese era un carro de puro mafioso, de rico sin entrañas. El vendedor le dijo que él no debía cambiar de idea, sino de novia. Yo le dije al vendedor que tenía razón y a Caicedo que decidiera. Le di la espalda, cogí un taxi y me fui. Esa misma noche llegó a mi casa en el carro inmenso, ostentoso, amarillo, nuevo, brillante. Que fuéramos a estrenarlo, me dijo, y yo le dije que no volviera nunca, que ya había escogido. Fue la paja que quiebra el lomo del camello, la gota que derrama el vaso de agua, el florero de Llorente. A veces dejamos a las personas que amamos por una bobada, por una camisa, por un olor, por una limonada que no nos sirvieron, por un carro inmenso con el que no estábamos de acuerdo.

Tengo esta casa, tengo la tercera parte de esa finca a la que ya no voy casi nunca, y menos desde que se murió mi mamá. Con su muerte a los Ángel nos quebraron las alas y no fuimos capaces de volver a levantar la finca. Pilar se obstina, pero lo suyo es más una negación y una terquedad; niega que la finca ya no sea igual y sigue allá por cabecidura. Yo sería capaz de no volver nunca a La Oculta, incluso de irme de este país para siempre, si Benji se quedara a vivir en Alemania o se fuera a vivir a Canadá, donde le ofrecen un puesto. Pero dice Pilar que nunca digas nunca. Yo siempre he sido así: yo misma y lo contrario de mí misma. Voy a llamar a Toño a decirle que le vendo la finca. Sí, lo voy a hacer. No sé. Nunca he sabido bien, porque otra cosa que he pensado es en regalarles mi tercera parte a mis hermanos. Si no fuera por Benjamín, la regalaba. O recibía lo que me dieran por ella, así fuera una miseria, y lo donaría a una fundación que hiciera algo por la salud o la educación de la gente. La idea de Benjamín es la que no me deja hacer esto. Quizá sean los hijos lo que nos hace egoístas, lo que nos hace pensar en la propiedad, cuidar la propiedad como si fuera comida para el hijo. Si no existiera Benji, yo no tendría ya ninguna propiedad, ninguna. Viviría en un hotel, me aseguraría de tener una renta mínima para techo y comida, y nada más. No tener cosas, no tener muebles, no tener libros, y mucho menos casa y finca. La propiedad es un dolor de cabeza y una injusticia: la propiedad nos vuelve cicateros y amarrados. La propiedad nos ata. Si no tuviera nada, qué libertad y qué pureza la que sentiría. Despojada al fin de todo. No pagar cuentas, no pagar impuestos, no pensar en la nómina ni en las goteras del techo ni en los cercos ni en los animales. Eso sería lo ideal. Pero no soy capaz, todavía no soy capaz, maldita sea. A estas alturas de la vida y todavía no ser capaz de hacer lo que quiero, exactamente lo que quiero, no puede ser, tengo que ser capaz, pésele al que le pese y por encima del mundo entero.

ANTONIO

El abuelito Josué, aunque era liberal o así se hacía llamar, cada vez que le hablaban de la reforma agraria se ponía colorado, nervioso, y se confundía, le daban ganas de volver a ser conservador, como sus padres y abuelos. Eso empezó a pasar por los años sesenta, durante el gobierno de Lleras Restrepo. Lo complicado es que Cobo, mi papá, estaba de acuerdo con la reforma agraria y entonces tenían discusiones tremendas. «A ver, mijito —decía don Josué—, yo entiendo que hay mucha gente sin tierra, ¿pero eso es culpa mía? Nosotros esta tierrita la hemos defendido con los dientes durante casi cien años y no nos la ganamos en una rifa. Yo alcancé a conocer a mi abuelo, Elías, al que le decían don Ángel en Jericó, y él andaba a pie limpio y tenía las manos más callosas y ásperas que cualquier peón de hoy en día; a él todavía le había tocado tumbar pedazos de monte con sus propias manos y a golpes de hacha. Era un patirrajao, como dicen ustedes los citadinos, aunque a mí ya no me tocó andar descalzo. Pero entonces, dígame, como nosotros dejamos de ser patirrajaos, gracias al esfuerzo y al trabajo, ¿entonces por eso les tenemos que entregar la tierra a los nuevos patirrajaos? El papá mío, su abuelo, que se murió tan joven y que ya no andaba descalzo, me enseñó a domar potros y a castrar novillos, a podar cafetos y a beneficiar bien el grano del café. Yo sabía hacerlo, y cuando tuve que suspender los estudios para volver al pueblo y a las fincas lo hacía con gusto, sin lamentarme y sin remilgos de ninguna clase. Cosechaba, lavaba, pelaba, secaba al sol. Todo eso yo lo he hecho con mis propias manos, siguiendo su ejemplo, lavando los granos con cariño, escogiéndolos a mano, descartando la pasilla, así que yo no siento ninguna culpa de haber sido un vago, un explotador o un aprovechado. ¿Que tuve y tengo peones y campesinos que trabajan para mí? Sí, pero es gente sin trabajo a la que le pago lo justo, con prestaciones sociales, lo que la ley me ordena, como mínimo. Pero trabajo con ellos, hombre a hombre, no mirando de lejos y dando órdenes como si fueran esclavos. Son iguales con menos tierra que yo, con menos suerte, eso es todo. Y fue su bisabuelo, el abuelo mío, el que nos dejó esta tierra a nosotros, esa es la suerte que tuvimos, y él la había heredado de su padre, así como yo se la voy a dejar a usted. ¿O es que usted quiere que cambie el testamento y se la deje de herencia a los pobres? Si es así, vaya avisando de una vez y yo no me mato tanto por conservarla, sino que me la bebo».

Cobo lo oía mirándose las manos y luego contestaba: «Vea, papá, lo de la reforma agraria es para las haciendas muy grandes, en la Costa o en los Llanos, en el piedemonte, que tienen miles y miles de hectáreas, a veces más de cien o doscientas mil hectáreas, y casi ni las explotan; tienen ahí miles de reses sueltas, flacas, dos peones a los que ni siquiera les pagan el salario mínimo ni el seguro social, y la gente se muere de hambre en los pueblos, sin un rincón donde sembrar yuca, pero rodeados por potreros fértiles y verdes, y los amenazan o los matan si solo se atreven a meterse por debajo del alambrado; y esas tierras, al menos las de la Costa, son fértiles y planas, no montañosas y duras como La Oculta. Es ahí donde hay que repartir los latifundios. En el Suroeste la tierra no está tan mal repartida, y ese ha sido el secreto del éxito de Antioquia, incluso en tierras malas». La tierra del abuelo, a mitad del siglo pasado, no eran más de cuatrocientas cuadras, unas doscientas cincuenta hectáreas, buena parte dedicadas a la ganadería, pero con unos treinta mil palos de café en la parte alta. Don Josué vivía con miedo de que consideraran su tierra un latifundio y se la parcelaran en veinticinco pedazos para repartirla entre los pobres de Támesis o de Jericó. Ya él había partido La Oculta original en tres pedazos, con sus dos hermanos, y no le parecía que la tierra fuera tanta, pues su padre había tenido el triple. A la muerte del abuelo, ya sus ocho hijos, entre ellos mi padre, recibieron terrenos de cincuenta cuadras, que era más o menos lo que la reforma agraria le iba a entregar en la Costa a cada familia campesina (aunque nunca cumplieron), así que esa amenaza de la reforma agraria no llegó a la siguiente generación. Más bien, como esos lotes no dejaban ya ningún provecho, sino preocupaciones, gastos y dolores de cabeza, uno a uno todos los tíos fueron vendiendo el lote de tierra que les tocó.

Nosotros ya no éramos campesinos, como el abuelito, pero conservábamos el último trozo de su tierra, para honrar su memoria, tal vez, aunque más bien para tener la dicha de ver amanecer allá, de sentir lo que se siente —es una cosa honda y antigua— al estar encima de un sitio que se sabe propio, y del que nadie te puede sacar. Creo que eso pasa en todos los lugares del mundo y que por eso se mata la gente en Israel y en Ucrania y en Siria. También acá. Pero algo había cambiado, en todo caso, desde la muerte de Anita. Desde que la cremamos y pusimos sus cenizas en el descansadero, las Navidades habían perdido mucho encanto, por mucho que Pilar y Alberto hicieran lo posible por animar la temporada. Había discusiones ridículas por el mercado (que si Pilar desperdiciaba, que si sus compras eran absurdamente grandes, que qué despilfarro), por el pago de los empleados, incluso por los aguinaldos que se les compraban. Y ya los sobrinos mayores opinaban y querían que algunas cosas se hicieran a su manera, porque todos empezaban a poner algo para los gastos. Nos obligaron, por ejemplo, a tener señal de televisión y de internet, cuando para nosotros La Oculta, precisamente, era estar en un sitio anterior a internet y a la televisión, donde uno se desconectaba de la realidad, de la actualidad del mundo. Yo oía la televisión encendida, y los niños mirándola desde una cama, y sentía que eso era herético y que los niños cometían una grave infracción al estar viendo dibujos animados en vez de escalar la quebrada, mirar los pájaros, arriar terneros y treparse a los árboles. Cuando era mi mamá la que pagaba y dominaba, había paz alrededor, pero desde su muerte todo se había vuelto más complejo, y cualquier decisión, cualquier gasto extra, todo cambio en los hábitos cotidianos, se convertía en una discusión de nunca acabar.

Cerca de La Oculta seguían haciendo exploraciones en busca de oro. A veces había avionetas o helicópteros que se pasaban días enteros sobrevolando la zona, dizque haciendo fotos, mapas topográficos y rastreando señales geológicas en la forma de las cordilleras, en busca de la veta de los metales. Fuera de los mineros había también, cada vez más cerca, gente que compraba por grupos una hacienda y la parcelaba. Se oían otra vez las motosierras, que no mochaban cabezas, como en tiempos de los paramilitares, sino árboles. Le robaban tierra al monte, a las fuentes de agua, desaparecían bosques y potreros y aparecían casas de recreo fastuosas donde antes había nacimientos de agua. Así había sido en Túnez, la gran hacienda que había sido de los fundadores de Jericó, cerca de La Pintada. Las amenazas se acercaban, ya no bajo la forma de guerrilla o paramilitares, sino de la especulación inmobiliaria, con folletos a todo color que hablaban del desarrollo de la zona, de su valorización, de lo cerca que quedaría de Medellín cuando hicieran la autopista. Nosotros, por lo pronto, al menos Pilar y yo, seguíamos aguantando, al tiempo que Eva —una y otra vez— seguía dando puntadas para que vendiéramos.

A la muerte y a los cambios nosotros insistíamos en oponer un apellido y una tierra. Fue por el apellido que yo, cuando estaba muy joven, hasta llegué a tener novias. Me acostaba con ellas sin ganas, qué cosa tan absurda, porque me molestaba la idea de ser dañado (así se decía cuando yo tenía veinte años), y luchaba contra lo más hondo que había en mí, porque sufría con la idea de no tener hijos y que por eso conmigo se acabara el apellido Ángel, que era una cosa tan importante para mi papá. Probé muchas estrategias, dizque para curarme. Primero la religión, que no me sirvió. Después pensé que podría pasarme el resto de la vida acostándome con mujeres, pero pensando en hombres mientras me acostaba con ellas, para poder venirme y fecundarlas y tener Angelitos. Por un tiempo quise renunciar definitivamente al sexo y volverme célibe, un solterón ascético e impoluto, pero eso era como ayunar, algo que uno consigue durante un tiempo, pero no es posible ayunar la vida entera. Hasta la castidad se puede convertir en una aberración que te deforma el carácter. El celibato es como el ayuno; si uno es un viejo decrépito, ya sin hormonas y por lo mismo sin deseos, que puede hasta dejar de comer y vive más tiempo mientras se va secando, entonces ayunar y ser célibe es posible. La castidad es una receta dictada por viejos santurrones que lo son por falta de testosterona y llaman lujuria al hecho de tener ganas, simplemente porque el sexo no les hace falta.

Y la temperancia al comer también es una regla de ancianos con dispepsia: como ellos ya digieren mal, no quieren que nadie coma mucho, y le dicen gula a tener apetito, porque ellos se empachan con un tomate y dos hojas de lechuga. Los jóvenes, en cambio, son capaces de digerir un tenedor, si llegan a morderlo, y de sentir apetito y deseo siete veces al día.

Cuando empecé a vivir con Jon, llegué a proponerle que hiciéramos lo que habían hecho Andrés y Lucho, una pareja de amigos míos colombianos que adoptaron un niño pobre en un barrio popular de Medellín, un niño huérfano salvado del basurero de Moravia, y aquí lo tienen, en Nueva York, vecino de nosotros, y va creciendo bien, e incluso se burla de ellos por tener gusto de gays, modales de gays, y tiene varias novias. Es un hermoso adolescente (Gregorio, se llama), más lindo que sus padres, con unas pestañas largas y crespas que casi le tocan las cejas. Lo que pasa es que fuera de lo complicado que es adoptar un niño para dos hombres aunque estén casados, yo tengo creencias desagradablemente genéticas: creo en la descendencia directa, en la herencia biológica de taras, virtudes y defectos. Los niños que se entregan en adopción en general provienen de padres con problemas de drogadicción, alcoholismo, prostitución: eso es jugarle a la rifa de un tigre, y que me perdonen los padres de hijos adoptivos y los niños adoptados porque nadie tiene la culpa de ser lo que es y hay hijos adoptivos que son soles, perfectas maravillas, como el hijo de Andrés y Lucho que además de buenmozo es inteligente. Los entusiastas de la adopción son roussonianos convencidos: creen que todo depende de la crianza, y no es así, ojalá fuera así. A mí por lo menos me gusta ver en mi cara el rostro de mi padre, me gusta reconocer en los dedos de mis pies los dedos de mi abuela, en mis tics, los tics de mis tíos o de algún otro pariente. Incluso no me molesta saber que mi asma es heredada y que si un día me falla la vesícula o la próstata, probablemente sea porque alguno de mis antepasados cojeaba de esa misma pierna. No soy un experto en las leyes de la herencia, ni en las leyes civiles ni en las genéticas, pero, salvo excepciones, nuestra ilusión de inmortalidad, o al menos de posteridad, tiene que ver con la supervivencia de nuestros genes y de nuestros bienes.

A veces pensé en otra solución más parecida a la que adoptaron unas amigas lesbianas, Consuelo y Margarita. Ellas les pidieron a unos conocidos bonitos e inteligentes (creo que nadie pide feos y brutos en los bancos de semen) que les donaran esperma. Hicieron una fiesta y ellas mismas, con jeringas de plástico compradas en la farmacia, sin aguja, se inyectaron adentro el semen fresco, buscando días fértiles que habían calculado con tablas para eso, y ahora tienen un niño y una niña. Pero eso es mucho más fácil para las mujeres; en el caso de Jon y mío, sería necesario contratar un vientre, algo que es legal en Estados Unidos, pero en Colombia no. Bueno, allá en Colombia todo se puede resolver con plata. Hasta podría haberle pedido a una mujer que me agradara que me donara un manojo de óvulos, y fecundarlos yo, *in vitro,* y luego implantar el óvulo fecundado en una mujer joven y sana que quisiera llevar a término el embarazo, a cambio de dinero. Bueno, ya no lo hice y ahora estoy muy viejo para eso; nunca quise entrar en las complicaciones jurídicas de una paternidad de ese tipo, tan enredada.

Me quedan mis sobrinos, el hijo de Eva con el director de orquesta y los cinco hijos de Pilar y Alberto. A mis sobrinos, aun sin verlos mucho, los llevo siempre en mi mente; son lo poco de mí que va a quedar vivo cuando yo me muera: son una pruebita lejana de paternidad, un entremés o un trozo de postre de la comida a la que no me invitaron, un cuarto de mi sangre. Eva tuvo tarde a Benji, porque casi no se decide a tener hijos, y lo raro es que no lo tuvo cuando estuvo casada, sino después de separarse de su tercer marido, el banquero, durante unas semanas en que volvió a verse y a salir con el segundo, Bernal, el director de orquesta. Volvió con él solamente para tenerlo, creo yo, porque Bernal —con todos sus defectos: lo godo que se volvió con el tiempo, la neurosis, las ganas de estar siempre solo— le parecía el menos malo de todos los hombres que había probado en la vida. A mis sobrinos los quiero, a veces hasta pienso que son el motor que me hace esforzarme en esta vida, el impulso que me lleva a seguir tocando violín, a ahorrar algo, a conservar La Oculta, a investigar todo el pasado de Jericó y de la finca. Ojalá tuviera más sobrinos que estos seis, Lucas, Manuela, Lorenzo, Florencia, Simón y Benjamín, porque de cada uno recibo mucho. Lucas es la fuerza y el entusiasmo, la energía vital; Manuela la belleza, y la que es capaz de ayudar sin esperar nada a cambio, como Pilar; Lorenzo tiene la bondad, la santidad de Alberto, y de él uno nunca podrá esperarse una traición, una maldad; Florencia es la viva imagen de su abuela, con su alegría, y su carácter, y todo el buen humor permanente, porque hasta dice que sufre de buen genio y cuando sueña se ríe a las carcajadas, yo la he visto; Simón es la ciencia y la cordura, la inteligencia andando, y lo mejor es que tiene un brillo alegre, una inteligencia con risa, como Pilar en los mejores momentos de su vida; y Benji, por ser el menor, y el único de Eva, con un padre más bien misántropo y ermitaño, es con el que siento la conexión más paternal: es el cerebro científico y racional, la agudeza de la mente, y una moral práctica y serena, de la que yo mismo aprendo.

A veces me pregunto si yo mitifico a mis hermanas como mitifico a mis antepasados de Jericó, si las veo más especiales de lo que son. Quizá sean dos señoras antioqueñas como cualesquier otras dos señoras nacidas allá a mediados del siglo xx. Son tan distintas las dos que puede parecer raro que yo las quiera igual. Si las pusiera en una balanza, el fiel estaría exactamente en el centro, sin inclinarse a ningún lado. Desde que me conozco las he observado con interés y curiosidad, con amor y pasión, como se mira el drama de una película, de dos películas que pasan al mismo tiempo. Son como un misterio que debo descifrar día a día. Mi corazón se podría repartir entre ellas como una manzana que se parte exactamente por el centro en dos mitades simétricas e idénticas. No las juzgo, no pienso que la una sea mejor o peor que la otra. Creo que ellas a mí tampoco me han juzgado más de la cuenta y me han aceptado como soy, con luces y sombras, virtudes y defectos, con Jon y sin Jon. Pienso que si Pilar no hubiera tenido al lado a un hombre como Alberto, que es completamente excepcional entre los hombres, a lo mejor no habría podido formar una familia tan fiel a las tradiciones, como ella siempre quiso. Si Alberto hubiera tenido aventuras, amantes, pecadillos, como los tienen casi todos los hombres, y Pilar se hubiera enterado, no es imposible que su camino hubiera sido más complejo, más parecido al de Eva, o al menos su lealtad no habría sido alegre, como es, sino rabiosa y resentida. Y si las primeras experiencias de Eva no hubieran sido con hombres tan desagradables, machistas y egoístas como los que tuvo, tal vez no habría tenido que asumir esa actitud de desconfianza, libertad y desquite ante las relaciones. Como ellos eran libres, ella optó también por la libertad, por un sentido íntimo de derecho y justicia.

Yo, que he tenido también muchas parejas, viví la primera mitad de mi vida como Eva: buscando, ensayando, sin culpa, en libertad, a ver si encontraba una pareja en la que quisiera echar raíces. Gozando con la variedad, en vista de que no podía disfrutar las dulzuras de la permanencia. Y la segunda mitad, desde que encontré a Jon, mi vida se ha parecido más a la de Pilar, aunque con ciertas breves aventuras que no quiero contar aquí porque hasta solo pensarlas me hacen sentir mal con Jon. No sé si él me haya sido infiel, ni quiero saberlo, y también sé que él no quiere saber si algunas veces yo he caído, y aunque me lo pregunta yo siempre lo niego y siempre lo negaré, como él a mí me niega que haya tenido a otro desde que está conmigo. Hay cosas de la vida que uno solamente se cuenta a sí mismo, mientras no lo descubran, cosas ocultas que sin embargo no son la nuez de la vida, sino una parte oscura de la intimidad que no se comparte con nadie, y que están ahí como lunares que provocarían inútiles heridas de tristeza, rupturas desoladoras en una relación que se mantiene buena y feliz simplemente porque existe una pequeña dosis de aire y de secreto. Yo sé que Pilar y Alberto no tienen secretos, y eso me parece más limpio, más puro, más bonito. Pero ¿cuántas parejas pueden vivir así? Son como los diez justos de la Biblia, esos pocos que todavía hacen que Dios no evapore al mundo en una nube de fuego. Pero bueno, tampoco los pecados del cuerpo son como para mandar el diluvio universal, el incendio y destrucción de Sodoma y Gomorra. El Dios de los creyentes es un exagerado. La moral aprendida es muchísimo más rígida que las inclinaciones del cuerpo. Uno hace lo que puede; Eva ha hecho lo que puede; Pilar y Alberto han hecho lo que pueden; yo he hecho lo que he podido.

Hay un cierto racismo privado al defender a los familiares, al cuidar una herencia para dejársela a un pariente. Es posible, es casi seguro, que nuestros bienes los dilapide un yerno inútil, un sobrino descuidado o un nieto calavera: sabemos que todo está expuesto a los azares del porvenir, pero al menos en lo más inmediato queremos proteger el matrimonio y el patrimonio. Se dirá que todas estas no son más que preocupaciones burguesas, rizos del rizo de propietarios de bienes muebles e inmuebles. Tengo un amigo marxista que alega mucho conmigo y me lo explica así. «Para empezar —me dice—, la propiedad es un robo», citando a Proudhon, el anarquista francés. Y luego sigue con su retahíla: «Lo que pasa es que si uno no tiene ni tierra ni casa ni ningún objeto de valor —obras de arte, cubiertos, vajillas, bibliotecas...—, sino que esos bienes son públicos, ese pensamiento mezquino y egoísta desaparece. Y más aún si no tenemos hijos a quienes dejarles todas estas cosas.

Incluso pienso que lo mejor es no tener hijos ni familia tradicional, porque es en la familia donde se implanta y desarrolla el egoísmo. Por eso la misma Iglesia, que es vieja y sabia, impide que los curas se casen y tengan hijos. Por eso mismo los leninistas rusos pensaban que lo mejor era quitarles los niños a las familias y que el Estado se encargara de ellos». Él era leninista en eso, y en muchas otras cosas que me decía; pero la idea de quitarles los niños a las familias, en Rusia, fracasó. Es imposible dictar normas que contradigan tanto a la naturaleza humana: la gente se rebota incluso en medio del régimen más duro y opresivo: hay cosas inaceptables para nuestra mente más honda.

Pero en todo caso tal vez sean los hijos, la paternidad, la maternidad, lo que nos hace peores, más egoístas. Aquello que nos vuelve más calculadores, más malos, más mezquinos. O más prudentes y conservadores, según como se mire, más austeros y cuidadosos. Lo que nos hace mejores: lo que nos lleva a madrugar, a esforzarnos, a conocer el amor más puro. Como no tengo hijos, mi discusión es de oídas, pero quienes los tienen se enfurecen conmigo y dicen que no entiendo nada: que los hijos son todo, que los hijos les han enseñado el altruismo y la bondad, y los nietos ni se diga, más todavía. Lo cierto es que aquellos que jamás tuvimos hijos —monjes, gays, monjas, ermitaños, estériles, solteros, curas católicos fieles al celibato— tenemos una visión menos pequeña de la vida: podemos pensar en un futuro donde no estemos ni nosotros ni nuestros hijos, pero sí otros semejantes que deberían estar menos mal de lo que están ahora, y en vez de dejar una herencia para los descendientes, pensamos en una obra para todos. Yo no he hecho otra cosa que investigar como una hormiga mis ancestros, como si mi familia hacia atrás fuera mi vida, ya que no podré tener vida familiar hacia adelante. Para qué, para qué. No sé, simplemente para saber de dónde vengo, o mejor, para poder contarlo y remplazar con palabras lo que no he podido realizar en los hechos, para tener al menos un hijo de papel que sea un testimonio de mi paso por aquí, una forma inútil pero hermosa de paternidad y de posteridad, al menos por un rato. Y a esta especie de hijo, mis papeles y apuntes, los quiero como a un descendiente que hablará por mí cuando yo me haya muerto.

Eva

Siempre hay alguna cosa que no se ha dicho y yo soy una experta en detectar silencios, medias verdades, palabras apenas susurradas al escondido. Miro desde un rincón, callada, finjo que estoy leyendo o cosiendo, pero paro la oreja, y miro, miro, miro por el rabillo del ojo, miro con el ojo que los ocultistas dicen que todos tenemos en lugares secretos. Alguien oculta algo, siempre, la gente esconde lo que no quiere que se sepa, y solo lo descubrimos por indicios indirectos. No son cosas grandes, necesariamente, no tiene que ser un esqueleto en el armario, puede ser un huesito, solamente, la punta de la columna, lo poco que queda de nuestra cola de monos.

Yo sé por ejemplo que Pilar, después de que casi me matan Los Músicos, o incluso ya desde antes, había empezado a pagarles una cuota mensual, una vacuna, como dicen ellos, sin confesarnos la verdad a los hermanos, a Toño y a mí. Una vacuna a esa gente, una vacuna a los que estaban matando marihuaneros en el pueblo (fumando bazuco mientras los mataban), a los que habían descuartizado a tres muchachos en el camino de la finca, con motosierra, a los que nos habían quemado media casa pero tenían intenciones de quemárnosla entera, a los que nos decían que teníamos que «vender o vender» La Oculta. Pilar no nos lo dijo nunca, pero una vez oí que hablaba con un vecino. Ella le entregaba la plata a él y él se encargaba de dársela a Los Músicos, al principio. Luego resolvieron hacer otro negocio, que le salvaba a Pilar la cara, que no le daba cara de diablo al apellido Ángel, pues no tenía que entregar la plata ella misma a los matones. El arreglo consistió en que nosotros le alquilábamos a él unos potreros para que metiera sus terneros de engorde y él, en compensación, entregaba en el pueblo la cuota para que Los Músicos no nos hicieran nada. Tengo entendido que así pasaron años. Yo en esa época había dejado de ir a La Oculta, y Toño tampoco iba, de rabia y repugnancia por lo que pasaba. Jon lo tenía casi convencido de la cabaña en Vermont, donde el otoño era una explosión fabulosa de todas las tonalidades del ocre, el naranja, el amarillo y el ambarino. Toño en esos años ya ni siquiera venía de Nueva York. Para qué, decía, si no puedo ir a La Oculta mejor ni voy a Colombia, pues para mí mi país es La Oculta, unos amigos, el sabor de los mangos o de las curubas, pero sobre todo la finca. Mejor nos invitaba a Pilar, a mí y a mi mamá a que fuéramos a Nueva York, y nos estrechábamos todos en el apartamento de Jon en Harlem. Pero Pilar y Alberto se aburrían en Nueva York, pues no les interesaban ni los museos ni las exposiciones y aunque a Pilar le encantaban las tiendas de la Quinta Avenida, decía que pasear sin plata por ahí era lo mismo que nada, que era como los niños pobres de Medellín que van a las heladerías a ver comer helados a los niños ricos. Y mi mamá se sentía rara sin poder organizar a su manera las Navidades. Hacía buñuelos, pero se le explotaban en el aceite, y la natilla no sabía a natilla, y el pernil en el horno de Jon y de Toño salía crudo o quemado, no en su punto.

De los tres hermanos, durante años, solamente Pilar seguía yendo a la finca de vez en cuando, con Alberto, y hasta hablaba con esos bandidos, yo creo, aunque no nos contara. Una vez le tocó darles almuerzo, porque habían acampado cerca de la casa. Ella tiene ese temple; así se esté muriendo por dentro, a nadie le muestra el miedo. A mí me habrían matado, porque me habría puesto a insultarlos. Pilar les dio sancocho. Les dio sancocho a los mismos que habían ido a matarme a mí, nada menos, a los mismos que antes habían quemado la casa y descuartizado a los muchachos. Una vez —Próspero me lo dijo— hasta le prestaron un cuarto a un coronel del Ejército que había ido allá a tener con ellos una reunión. Yo vine a conocer al tal coronel cuando ya era general, en la casa de mi novio Caicedo, y cuando oyó mi nombre y vio mis ojos duros —yo lo miré con ira mientras le decía, sin darle la mano, «Me llamo Eva Ángel, de La Oculta»— le dio algo muy curioso: una mezcla que no podía disimular entre rabia, desconfianza y miedo, sobre todo miedo.

Es algo vergonzoso, pero si no fuera por Pilar, por esas vilezas a las que llegó, La Oculta ya se habría perdido para la familia. La ha defendido incluso con trampas, con bajezas como esa de pagarles cuota a los paramilitares. Toño y yo habríamos dejado que ellos la invadieran, la habríamos cambiado por un plato de lentejas, cualquier cosa menos ensuciarnos así las manos con estos tipos de manos untadas de sangre.

Después Los Músicos desaparecieron, o mejor, los fueron desapareciendo y matando uno por uno. Pero hubo unos años en que trabajaban codo a codo con los militares. La vez que Pilar les dio sancocho estaba ese mismo coronel de la Cuarta Brigada. Era el que había estado reunido en la finca con ellos, y después durmiendo en la casa, no sé en el cuarto de quién y espero al menos que no haya sido en el de Cobo y Anita, en mi cuarto ahora. Él, ese coronel que después fue general y hasta comandante, y cuando se retiró le hicieron homenajes, le dijo a Pilar: «Tranquila, doña Pilar, que estos muchachos y nosotros somos uña y mugre». Sí, los militares eran la uña y los paramilitares el mugre. Les hacían el trabajo sucio, el trabajo más mugroso.

Por un tiempo, después del secuestro de Lucas y de otra gente por la región, los finqueros pensaron que necesitaban protegerse. Ellos mismos llamaron a los políticos y a los militares que conocían y auspiciaban esos tales «grupos de autodefensa», y los contrataron, los trajeron, los armaron, les pagaron, los reunieron en sus haciendas. Los que menos les dieron, les dieron sancocho, como Pilar. «Muerte a secuestradores, no más extorsión, no más guerrilla, muerte a los ladrones, limpieza a los marihuaneros». La región se llenó de esos carteles, en cada pared, en cada piedra, y firmaban las AUC. Hasta que ellos también empezaron a matar y a secuestrar a todos aquellos que no pagaban la vacuna, e incluso a los que la pagaban, y a pedirles cada mes más y más plata por su protección, y a traer mineros y a aliarse con narcos que se ofrecían a comprarles las fincas, y sus mismas ofertas eran ya una amenaza y un chantaje. Por eso Pilar pagaba, para que no nos hicieran nada, pero luego ellos querían comprar la tierra, y empezaron a mandar esas boletas.

Entonces los hacendados se les voltearon a los paracos y les hicieron la guerra. Olvidaron que ellos mismos los habían llamado y empezaron a decir que todo había sido por la fuerza, obligados, que los habían extorsionado, que no les había quedado de otra que pagar las vacunas. Aliados con el gobierno, los forzaron a desmovilizarse y después mataron a los que hablaban mucho, y más tarde a casi todos los capos los mandaron extraditados para Estados Unidos, por narcos, pero lo hicieron cuando ellos empezaron a decir los nombres de las empresas, de los políticos, de los militares y de los hacendados que los habían llamado, financiado, que los habían entrenado con los militares amigos, incluso con expertos traídos para eso de Inglaterra y de Israel, y les habían dado víveres, armas, municiones, ayuda, silencio, protección. Los sacaron del país para que no se supiera toda la verdad, para que en las listas de financiadores de los paramilitares no aparecieran los apellidos más viejos y supuestamente limpios y honorables del país. Para que no dijeran los nombres de todos los coroneles, generales, sargentos y capitanes que les habían ayudado en sus masacres.

De milagro no dieron el nombre de Pilar, pero no, qué va, nosotros somos una chichigua, una gota de sangre en un lago de sangre. Pilar fue capaz de hacer algo muy feo para conservar la tierra, sin decírnoslo, pero Toño y yo, aunque nunca les dimos ni un peso personalmente, lo sospechamos siempre, sabíamos que algo así tenía que estar haciendo nuestra hermana mayor, y preferimos cerrar los ojos y la boca, nos hicimos los bobos. Y nos las han hecho también, las cosas más feas y abyectas, para intentar quitarnos la tierra, primero los guerrilleros, dizque para devolverles la tierra al pueblo, a los pobres, a los campesinos, a los compañeros afros, a los compañeros indígenas. Mentirosos. Para quedarse ellos con la plata de los secuestros, y luego comprar barata la tierra que no valía nada porque por ahí estaban ellos, desvalorizándola con su sola presencia, haciendo su propio negocio de muerte. Y después los paramilitares, dizque para protegernos de los guerrilleros. Embusteros: para apoderarse ellos también de la tierra, por las buenas o por las malas: o venden ustedes o venden los huérfanos; o vende usted o la viuda nos vende, así decían. Para entregar esa tierra a los mineros y a los narcos, sus aliados más cercanos.

ANTONIO

Cuando estaba investigando y leyendo sobre su historia, hace tres o cuatro años, me fui unas semanas para Jericó. No quería que todo pasara por el filtro de la lectura; quería respirar el aire del sitio y tenía la ilusión de sentir algo viejo en sus calles, ganas de percibir alguna cosa del siglo XIX, viviendo ahí en pleno siglo XXI y llegando de Nueva York. Anita estaba viva todavía y pasé unos días con ella en Medellín, antes de seguir para el pueblo. Aproveché esa vez para ir a un concierto que dirigía Bernal, el exmarido de

Eva, con una orquesta de jóvenes de los barrios de Medellín, la Academia Filarmónica. Tocaron tan bien la *Quinta* de Beethoven y luego el *Concierto para violín* de Tchaikovsky, con un solista español, que alcancé por un rato a reconciliarme con mi ciudad y a pensar que sí había un futuro para ella, en la música y en los violines que yo tanto he querido.

Al llegar al pueblo, Jericó estaba empapelado, en casi todos los balcones rojos, verdes y azules, sobre las celosías caladas de las ventanas, en los portones abiertos de madera pulida, en los paredones de mampostería, con letreros blancos que proclamaban una escueta consigna siempre igual: «¡No a la minería!». Estos carteles me indicaban que el pueblo se quería, que todavía había quienes creían en algo que se gana trabajando y no con el regalo de las regalías, y que puestos a escoger entre belleza y limpieza, o riqueza, escogían lo primero.

Esa opinión, sin embargo, no era unánime. Algunos políticos y muchos ciudadanos perezosos preferían vivir de la renta rascándose la barriga. Me contaron que había cada vez más mineros legales e ilegales haciendo exploraciones en las cercanías del pueblo. Un gobierno nefasto había feriado a precios bajos todo el subsuelo del departamento y a pesar de cualquier norma de protección del lugar, no les importaría remover la tierra e invadirla de máquinas y mineros temporales. También me dijeron que algunos funcionarios, por debajo de cuerda, hacían acuerdos con las empresas mineras, canadienses, surafricanas, chinas y antioqueñas, para que descuajaran los lechos de los ríos, husmearan por debajo de las peñas e hicieran túneles en las montañas en busca de muestras de oro, plata, cobre, uranio, lo que fuera. Había en el pueblo una lucha sorda entre los negociantes, conquistadores y depredadores de siempre, que veían la plata fácil de las regalías, a pesar del paisaje, el agua y la naturaleza, y quienes querían defender la tierra tal como era, la riqueza natural y sobre todo la belleza, esa belleza que se preserva y se crea cultivando el campo y protegiendo los montes y la tierra. Yo no quería involucrarme más de la cuenta en la actualidad y me porté como un turista callado. Decía que me llamaba Joaquín Toro y que había nacido en Titiribí. Aunque estaba del lado de los ambientalistas, lo que me interesaba en ese momento era el pasado, la fundación del pueblo, los primeros años del siglo XX. Pensaba que si me concentraba más en los sueños y los esfuerzos del pasado, podía defender más el presente, demostrar que aquello que se había logrado no era casual, sino el fruto de la visión y el trabajo de miles de personas que habían colonizado el pueblo con una ilusión sana y genuina, siglo y medio antes.

Mientras estaba en los archivos parroquiales, en el Centro de Historia, o en la casa del doctor Ojalvo, me sentía muy bien; cuando caminaba por los caminos y a la orilla de los ríos cristalinos, me sentía muy bien; cuando hablaba con los campesinos y los jóvenes, era todo muy agradable, y los animaba a que siguieran luchando por el agua, los árboles y el aire. Pero el pueblo, sobre todo los fines de semana, se llenaba de bulla, de gente grosera, de una música incesante a todo volumen, y de personas arrogantes que creían que valían más porque su camioneta era más grande, sus caballos más briosos, sus fincas más ostentosas, y ahí me sentía mal. Si quería vivir aquí con Jon, tenía que pensarlo muy bien; una cosa era un sitio como La Oculta, escondido en la montaña, sereno y silencioso, y otra cosa estar sometido a los caprichos de los demás, a su ruido y a su prepotencia.

En el pueblo había varios cafecitos con servicio de internet y ahí me metía para hablar con Jon por Skype y verlo un rato. Le contaba lo bueno y lo malo del pueblo, y Jon se quedaba en silencio, creo que con más dudas que yo mismo sobre nuestros planes. Y ahí mismo, en los cafés internet, o con mi equipito de 4G cuando funcionaba en el hotel y en mi portátil, investigaba cosas sobre el pasado. Me interesaba saber, por ejemplo, cuánto se demoraba un adelanto técnico, un siglo antes, en llegar a Jericó. Un adelanto bueno, como el agua potable o la luz eléctrica, y no uno malo y peligroso, como la minería con mercurio y contaminación de las aguas. Yo no añoraba la oscuridad de la noche, aunque sabía que para dormir y ver estrellas era mejor, así que decidí aceptar la luz eléctrica como algo bueno.

En pocas horas de búsqueda encontré un montón de datos interesantes: el 21 de octubre de 1879, Thomas Alva Edison, en su laboratorio de Menlo Park, Nueva Jersey, «montó uno de sus filamentos en una ampolla de vidrio y consiguió que luciese durante cuarenta horas ininterrumpidamente. El día de Nochevieja de ese mismo año se iluminó eléctricamente la calle principal de Menlo Park como prueba pública del invento». Entre las cosas curiosas de las que me enteré fue que este invento salvó a las ballenas de la extinción (pues de su grasa —que se llamaba esperma por su parecido con otra sustancia viscosa y blanca— se hacía la mayoría de las velas con que se alumbraban las casas) e hizo que cada año hubiera menos incendios en el mundo, por el fuego accidental ocasionado por fogones y chimeneas de leña. En 1881, durante la exposición de electricidad en París, los bombillos sorprendieron a todo el mundo como la nueva maravilla. En 1882 se construyó la primera central eléctrica, en Nueva York; las de Roma y Venecia se hicieron en 1886.

El nuevo invento llegó a Medellín apenas doce años más tarde, el 7 de julio de 1898. Así lo cuenta uno de sus cronistas más amenos, Lisandro Ochoa: «Después de una labor intensa y de vencer grandes tropiezos, llegó la anhelada noche señalada para la inauguración del servicio con ciento cincuenta lámparas de luz de arco. El parque de Berrío y las calles adyacentes estaban colmadas de gente; todas alborozadas salieron de sus casas. Desde los ancianos hasta los niños figuraban en la apretada masa humana que invadía el parque». Antes, el alumbrado público —cuenta otro cronista— se hacía con lámparas de petróleo situadas en los cuatro costados de la plaza. El nuevo invento, al parecer, hizo decir al Marañas, pequeño pícaro callejero y comentarista picante de cualquier suceso local, dirigiendo su mirada de desprecio hacia una luna menguante y macilenta: «Ahora sí te jodites, luna, ¡a alumbrar a los pueblos!».

En el pueblo de los Ángel, Jericó, donde yo ahora dormía y leía sobre la luz, siguió alumbrando solamente la luna —si había luna y no estaba nublado— o las lámparas de aceite mezclado con petróleo, durante más de un lustro. La luna afuera y las velas adentro, más la lumbre de los fogones de leña. El mundo, todo el mundo, era un sitio muy oscuro de noche, hasta aquellos comienzos del siglo XX. Pero también allá, por obra del incansable cura Cadavid, se instaló un generador eléctrico, y Jericó vio la luz el 15 de abril de 1906, un cuarto de siglo después de su invención en Estados Unidos. Hallé también el relato de ese día memorable, en las palabras de un cronista local. Lo primero que se alumbra en Jericó no son las calles, sino la iglesia. Un síntoma muy claro de quién mandaba y quién hacía los milagros de Dios y de la ciencia en el pueblo:

«La noche, aunque seca y tranquila, era obscura. Al golpe de las siete, en el reloj de la iglesia, grandes masas de pueblo se dirigían al templo; al hermoso, artístico, amplio y lujoso templo. Entra a él el padre Cadavid, seguido de una turba de niños, hombres y mujeres (mi abuelo estaba con ellos, era uno de sus primeros recuerdos de infancia). Por las ojivas y ventanas salían, como las primeras flechas de un combate, algunas notas que la mano experta de don Daniel Salazar arrancaba al órgano. Algo grandioso e inesperado al mismo tiempo iba a suceder.

»De repente, la luz de ochenta focos funde la negra obscuridad; surgen del seno de la noche las rectas columnas, los imponentes arcos, los vidrios multicolores, los capiteles de acanto, el tabernáculo, sobre el fondo de azul, los cortinajes sencillos y los vistosos festones de hojas y flores.

Y se derrama en notas el órgano del templo, y las voces hondas, y los gritos alegres, y los tonos conmovedores del tedeum, embriagan todas las almas y elevan los corazones. Y allá, al frente, los ojos a la tierra, nimbado más por la modestia que por la luz, humilde y tembloroso, el autor de aquella nueva creación: el padre Cadavid».

Fue un acontecimiento tan grande que varios lo contaron. Aquí está el discurso que uno de los jericoanos del momento le dirige al padre Cadavid, y tras elogiarlo por haber traído la luz nocturna, lo elogia por haberse empeñado también en iluminar las almas en su campaña por la temperancia. Durante algunos años la temperancia fue el tema preferido por los líderes de Jericó: «Hacía poco tiempo que el hacha de los labradores había descuajado parte de la selva primitiva y trocado en haciendas feraces lo que antes estaba cubierto por espesos matorrales; pocos años hacía que las guaridas de las fieras habían sido remplazadas por cortijos y labranzas y por una reducida aldea o caserío, que ocupaba el centro donde hoy se ostenta esta floreciente ciudad, cuando la parroquia fue encomendada a vuestra sabia dirección. Vuestra voz, persuasiva y elocuente, ha tronado en la cátedra sagrada contra el vicio y la corrupción, logrando el triunfo —casi excepcional en Antioquia— de que aquí se acabaran las galleras y toda clase de juegos, donde la juventud pueda perderse; en la Sociedad de Temperancia ha sido abundante vuestro verbo para demostrar que el alcoholismo es un áspid que destruye nuestro capital y nuestra fama, que envenena nuestro cuerpo y nuestra alma, que nos torna en miembros inútiles y dañinos a la sociedad».

Entre los miembros de la Sociedad de Temperancia, según pude ver en los documentos del Centro de Historia, estaba José Antonio Ángel, nuestro antepasado, firmando entre los primeros, como uno de los notables del pueblo. La campaña contra el alcohol duró años y tal vez no fue mala idea en un país tan propenso a la embriaguez.

Hoy en día esas banderas las han tomado aquí las iglesias evangélicas y no me cabe duda de que esa es una de las claves de su éxito. Son fanáticas e intolerantes, en general, pero ayudan a muchos a no caer en el más extendido de los vicios colombianos. Yo bebo, lo reconozco, pero soy godo cuando pienso en la borrachera general de mi pueblo. Por eso leía con cierto gusto lo que se expresaba en los viejos carteles con que vivía empapelado Jericó hace un siglo. En diferentes puntos de la plaza, en cuadros y tiras largas de género blanco, en letras negras y grandes, legibles a la cuadra, se veían avisos como estos:

«Seguid el camino que os traza la sociedad temperante, y alcanzaréis la tranquilidad.»
«Temperancia es la consigna de los pueblos virtuosos.»
«Intemperancia será el estigma de los pueblos malvados.»
«Un hombre ebrio es un escándalo de la sociedad.»
«Un ciudadano temperante es garantía para la sociedad.»

En el banquete que se ofreció para celebrar la llegada de la luz eléctrica se sirvió solo una copa de vino dulce, de consagrar. Como una forma de agradecimiento, le dieron al padre Cadavid un cuadro de Francisco Antonio Cano, el mejor pintor antioqueño del momento, que había estudiado en Italia y hacía buenos retratos: era una pintura de su madre, María Luisa González de Cadavid, y la habían donado las señoritas de la Asociación de las Hijas de María. Entre ellas estaban varias hijas de don José Antonio y también su mujer, Merceditas Mejía, Mamaditas. Y cuando se hizo la luz, contaron los cronistas, a pesar de la felicidad y las celebraciones, en cinco días no hubo ni un borracho en Jericó.

El gobernador de Antioquia, Gabriel Mejía, había enviado un mensaje en el que decía, pleno de entusiasmo: «No estarán abiertas las puertas del Estanco, y aunque lo estuvieran, allí no afluirá el pueblo en busca del veneno nefando, padre de la locura y del crimen». Y en efecto, según relatan otros, «no se tomó licor; hubo carreras de caballos, varas de premios, bateas con miel, juegos permitidos, y teatro, y pretextos mil para haber tomado licor, pero no se hizo, porque Jericó empeñó su palabra de honor. Jericó no será como Sodoma y Gomorra, ni quedará sepultada por un terremoto como San Francisco».

Pocos años después, un terremoto derribó el templo levantado con tanto esfuerzo. Luego diseñaron otra iglesia, mucho más fea que la anterior, si bien más sólida, y hoy la plaza es solo un desfile de cantinas y borrachos, pero en fin, mejor no digo nada porque yo también bebo y a veces pienso que la vida es tan dura que solamente con una cierta dosis de alcohol se la soporta. Si no uno no se explicaría el éxito de esta droga, que es superior al de todas las iglesias.

En todo caso, cuando llegó la electricidad a Jericó, hace más de un siglo, el pueblo tenía más habitantes que hoy; el teatro estaba abierto y funcionaba; había banda de música y revista literaria; si bien con la mojigatería propia de esos años, los ciudadanos se asociaban en busca de algún propósito común. Los primeros años del nuevo siglo habían sido como un borrón y cuenta nueva y todos soñaban con un hermoso futuro y tenían intenciones francas de borrar los agravios. Había ideales comunes y multitudes que se animaban a cumplirlos. Todo parecían promesas maravillosas, pues acababa de terminar la guerra de los Mil Días y había optimismo y deseos de perdón y reconciliación. Había, como es cíclico en mi país, una ilusión de paz perpetua, de paz al fin, de una nueva era en que dejaríamos de matarnos entre hermanos. No tardaría en llegar la crisis económica, la Violencia de mediados de siglo, y más tarde otras pestes todas juntas: el narcotráfico, la guerrilla, los paramilitares. Con el cambio al siglo nuevo, ahora, ya en el XXI, se respiraban otra vez ansias de paz y progreso. ¿Podría vivir yo aquí con Jon, en un pueblo que tenía menos pobladores que hace cien años? No, no venía acá a esperar que Jericó se pareciera a Nueva York, lo cual era imposible y absurdo. Si me venía a vivir a este pueblo sería para buscar otra cosa: la paz de una vida sencilla, el contraste de la vida campesina con nuestra vida en la gran ciudad, y sobre todo para estar cerca de mi pequeño paraíso personal, el que compartía con mis hermanas en La Oculta. Les daría clases de violín a los niños, ayudaría a fundar una nueva banda, quizá un cuarteto de cuerdas. Se lo dije a Jon, pero él casi siempre me ha contestado con evasivas y postergaciones. «Ten calma, Toño, tómalo con calma», esas son sus consignas.

Alquilé un *jeep* con chofer para que me llevara a la finca por el viejo camino de La Mama y Palermo. Había llovido y estaba casi intransitable, pero pudimos llegar después de hora y media de camino, con breves paradas para mirar el majestuoso cañón del río Cauca. Llegué a la hora del almuerzo donde Pilar y Alberto. Me esperaban con un sancocho. Un sancocho, pensé, parecido al que había recibido a los primeros colonos del pueblo, siglo y medio antes. Lo habían hecho en fogón de leña, a la manera tradicional, aunque ya hubiera luz eléctrica en La Oculta, desde los años setenta, a pesar de ser una finca apartada. Recordé la planta Pelton que mi abuelo había instalado en un chorro de la quebrada, que se prendía solamente un par de horas, antes de acostarnos. Su ruido monótono, su luz macilenta y parpadeante, mortecina. Era un largo camino hacia atrás, pero yo ya no sabía bien cuál era mi camino, nuestro camino hacia adelante. Los Ángel no habíamos hecho nunca nada muy importante, nada muy glorioso. Tampoco los jericoanos. A los habitantes de nuestro bonito pueblo no se debía ningún invento que hubiera mejorado el mundo. Si mucho podían preciarse de un solo invento, el carriel, y de unos pocos versos y novelas de dos escritores de apellido Mejía, Manuel y Dolly. Miré mi carriel simplificado, una cartera de cuero que podía terciarme al hombro para llevar mis cosas, mis libretas, mis libros, mi billetera, mis apuntes. Mi abuelo llevaba siempre una pistola también, por si las moscas. Al menos yo ya no tenía que llevar pistola, y eso me consoló.

EVA

Yo en Medellín sigo en contacto con algunos primos Ángel, los hijos de los tíos y las tías. Siempre les digo que hicieron bien en vender esa bendita finca, que al menos no los secuestraron los guerrilleros ni los vacunaron los paramilitares ni terminaron la vida peleándose con sus hermanos. Entre los primos hay ricos y pobres, exitosos y fracasados, decentes y no tan decentes. Así son todas las familias. Alguno es empresario; otros son ganaderos e incluso han comprado tierras, muchísimo más grandes, en regiones más alejadas de Colombia. Uno de los primos es terrateniente, en la Costa. Otro es pobre, pero digno, y a nadie se lo hace saber. Hubo un primo lejano al que metieron preso en Estados Unidos, por lavado de dólares; con su negocio sucio compró varias haciendas en Jericó, pero ni siquiera las puede ver ni disfrutar, la disfrutan su esposa, una vieja inculta, frívola y vanidosa, que fue modelo en su juventud y ahora es un modelo de operaciones (seis kilos de silicona y bótox en el cuerpo), y sus hijos, que son tan poco confiables como el padre. En una misma familia pasa así, como en el tango: unos nacen con estrella y otros nacen estrellados.

El abuelito Josué, por ejemplo, hablaba siempre de un hermano de su padre, David Ángel, que había recibido tanta herencia como el otro, y era relativamente rico, aco- modado. Y era un buen hombre, generoso en el pueblo, bondadoso en la casa, amigo de sus amigos y amante de la esposa y de los hijos, que eran siete. A principios de siglo, allá hacia 1912 o 13, en una hacienda que tenía cerca de La Oculta, La Lorena, le había dado un infarto a los treinta y nueve años. Su mujer, y los hijos, que eran todos muy peque- ños, no fueron capaces de manejar la hacienda. La Lorena, a los dos años de fallecido David, ya era lo que todo el mun- do conoce como «una finca de viuda», es decir, un terreno lleno de maleza en el que el monte empieza a comerse de nuevo lo que era una finca abierta y bien manejada. Sin abonar ni desyerbar los cafetales, sin combatir las plagas y las malezas, merman las cosechas y se acaba el pasto. En los potreros abandonados los terneros ya no engordan bien, y la finca carga menos ganado. Tarde o temprano la viuda tiene que vender una tierra desmejorada, devaluada. Y lue- go cría a sus hijos y los alimenta como puede, con esa plata, durante cinco o diez años. Luego la plata se acaba, y vende la casa del pueblo; se van a vivir a una peor. Cuando el ma- yor de los hijos cumple dieciséis, ya no va a trabajar como dueño a la finca de su padre, sino como peón. Y al segundo le pasa lo mismo; y la tercera se casa pronto, y mal, con tal de salir de las angustias alimenticias de la casa, y tiene muchos más hijos de los que puede alimentar bien. Y así, cuesta abajo en su rodada toda la familia. Esa era la rama pobre de los Ángel que decía mi abuelito, y a la que él ayuda- ba como podía, cuando podía.

Y en mi generación familiar no es muy distinta la cosa. Hay empleados, artistas, muertos de hambre, de extre- ma izquierda y de extrema derecha, godos y liberales, de todo. Se tiende a creer que todo es por maldad de los demás, por mala sangre, o por mala crianza y mala educación, pero a veces la mala hora empieza solamente por un instante de mala suerte, un infarto o la caída de un caballo. Pero no quiero disculpar a los hombres. Si a mí me hubieran matado cuando Los Músicos fueron a matarme, si no hubiera sabido nadar bien y no hubiera tenido la suerte de poderme escapar, ahora probablemente Benjamín no recibiría ni un peso de herencia de parte mía, y mis hermanos habrían tenido que entregar por cualquier cosa la finca, con su hermana muerta en una hamaca, llena de huecos como un colador, desfigurada por las balas o destrozada por una motosierra. La suerte y la maldad; el esfuerzo y el mérito y la suerte; la suerte y la bondad; la sequía o las inundaciones. Nadie debería ufanarse de lo que tiene ni avergonzarse de lo que no tiene: la cadena de hechos, la rueda de la fortuna, todo es tan difícil de definir y de saber. Las ideologías y las religiones nos enseñan indignación o resentimiento: señalan con seguridad a los culpables: el capital, los pecadores, la pereza, el alcohol, la envidia, la codicia. Hay algo de eso; pero también hay mucho de fortuna, de simple y llana suerte o mala suerte.

ANTONIO

Lo que Cobo nos decía es que cuando él tenía once años y vivía en Jericó, el abuelito Josué había quebrado y perdido todo lo que tenía, en la crisis de los treinta. Si pienso en el abuelo me lo imagino siempre viejo, como lo conocí, pero el abuelo entonces era un muchacho de treinta años, que ya tenía tres hijos: mi papá, la tía Ester y el tío Bernardo, que habían nacido como él en Jericó. A ese joven, Josué Ángel, mi abuelo, le había tocado ir entregando una por una todas las propiedades que había heredado de su padre, José Antonio, que eran muchas, aunque tenían deudas, enredos de sucesión y complicaciones. Casablanca, La Inés, La Mesa..., esos eran los nombres legendarios, pero había una, una sola, que había conseguido salvar de la debacle general, y esta era La Oculta, la que su padre y su madre más querían.

Don Josué, como le decían al abuelito en Jericó, era un hombre recio, pero muy honrado, y su único empeño, a los treinta años, había sido al menos dejar a su madre, Mamaditas, bien establecida y sin problemas de dinero a pesar de la crisis. Él luchó durante dos años para pagar todo lo que debía, por liquidar las tierras que le habían embargado, reconocer las letras protestadas, las hipotecas vencidas, y para esto había ido vendiendo el ganado, las cosechas futuras y poco a poco la tierra de las demás fincas, con el único fin de dejar saneada al menos una: La Oculta. De la hacienda más grande y más vieja, sin peligros de embargos o hipotecas, vivirían su madre y sus dos hermanos, que todavía estaban estudiando. De esas tensiones le había salido la úlcera gástrica que lo acompañaría el resto de su vida: «Esto es como tener vidrio molido en el estómago», decía a veces, cuando escupía sangre y el dolor no lo dejaba dormir. Pero con úlcera y todo había conseguido salvar lo más importante para la familia, que era La Oculta.

Le entregó entonces a don Chepe Posada, un amigo de confianza, la administración de esa finca (pues su madre viuda no era capaz ni tenía experiencia en esas lides y sus hermanos estaban lejos) y luego les informó a su mujer y a sus hijos que se iban al sur, a Sevilla, un pueblo donde todavía no había llegado el diablo. Y el diablo era la crisis. Cogió lo que quedaba, los muebles de la casa en Jericó —que tuvo que vender también para atender acreencias—, los repartió en siete mulas, y montó a su mujer y a cada uno de sus hijos en caballos prestados de La Oculta. Una madrugada dejaron el pueblo, antes de la salida del sol, y se fueron yendo por etapas hacia el sur, recorriendo, al principio, el mismo camino que medio siglo antes había sido de colonización y esperanza. Habían pasado por Palocabildo, se habían detenido en el alto de La Mama, para despedirse desde ahí de La Oculta, y habían seguido la marcha hacia Jardín, Caramanta, Riosucio, Anserma, La Virginia, Cartago, La Victoria para llegar al fin a Sevilla cinco días después.

A vuelo de pájaro, entre Jericó y Sevilla había apenas doscientos kilómetros, pero en esa escarpada región había que atravesar una y otra vez ríos y cordilleras, subir y bajar lomas por rutas intransitables y dormir en poblados que desviaban a un lado o a otro los caminos. Esta vez era una huida hacia otra tierra nueva. Miriam, su mujer, iba embarazada, como embarazada había llegado a Jericó Raquel, la primera madre de un Ángel nacido en ese pueblo. Sevilla estaba en las estribaciones de la cordillera central, ya bajando hacia el Valle del Cauca, y era un pueblo que había sido fundado apenas treinta años antes, en 1903, al final de la guerra, por Heraclio Uribe Uribe, un hermano del famoso general liberal que lideró las huestes de ese partido en la guerra de los Mil Días.

En Jericó se había quedado el diablo, que estaba arrasando con el pueblo, con las amistades, incluso con los lazos familiares. En esos años una rama de la familia Ángel se partió y ya nunca más volvieron a hablarse entre ellos. El abuelo Josué tenía negocios en compañía con un hermano de su padre, de nombre Antonio Máximo (en esa generación todos los hijos de Ismael empezaron a llamarse Antonios —como Aurelianos en los libros de García Márquez, pues la ficción es casi siempre copia de la realidad, o es exageración de la misma, o disimulo de lo que sí ha ocurrido— y eso hace que todas las genealogías se compliquen y uno nunca entienda bien quién era hijo de quién), y ahí las historias se cuentan de manera distinta según cuál rama de la familia la cuente. Para las hijas de este Antonio Máximo, al que le decían Papá Toño, que solo tuvo hijas y a todas las bautizó con un nombre que empezara por E (Emilia, Eunice, Elisa, Eliana, Elena, Esther, Eva y Emma), nuestro abuelito Josué había sido el culpable de la quiebra de su padre, por ser su padre, tío de nuestro abuelo, el fiador de sus deudas. Según nuestro abuelo, él y su tío tenían negocios en compañía en varias de las tierras heredadas, y todo lo habían perdido, menos dos haciendas, La Oculta para nosotros y La Tribuna para ellos. De hecho en La Tribuna se habían acabado de criar las Elisas —que así les decían en el pueblo para simplificar— y Antonio Máximo, o Papá Toño, las había casado a todas con ingenieros del ferrocarril que en esos mismos años treinta se construía por esas lejanías del Suroeste. Como todas eran mujeres, ya no hay Ángeles en esa rama de la familia, y todos los hijos de ellas son Ceballos, Orozco, Puerta, Hernández, De la Cuesta, y cosas así.

Lo que es seguro, porque nuestro padre Jacobo, Cobo, lo vivió, es que el abuelito Josué llegó a Sevilla con lo puesto, y con una úlcera sangrante en el estómago. La abuela, Miriam Mesa, poco después de llegar al Valle del Cauca, tuvo a su cuarto hijo, Javier. Y allá en el sur el abuelito volvió a empezar. Iba a una finca de los alrededores, compraba un novillo, fiado, y lo revendía en el pueblo por un poco más. Después dos novillos fiados y los revendía en otra parte. En fin, se dedicó a la compra y venta de ganado, que era lo que sabía hacer, pues no había estudiado sino un año de medicina, y había tenido que abandonar sus estudios a los diecinueve años (y encargarse de la herencia y los negocios) cuando su padre, José Antonio Ángel, había muerto en Jericó de fiebre tifoidea. Durante diez años los negocios habían prosperado, la tierra y el ganado estaban ahí para su madre y hermanos, pero en la crisis, cuando nadie pagaba, nadie compraba y las deudas se acumulaban, casi todo se había perdido, menos La Oculta, el sombrero del ahogado.

Casi dos décadas después, en 1950, cuando ya nuestro padre, Cobo, vivía en Bogotá, el diablo había llegado al fin también hasta Sevilla, en el Valle del Cauca, y allá había asumido su forma más dañina. Después del Bogotazo, en el 48, empezó la Violencia. Y como Sevilla era un pueblo liberal, y nuestro abuelo uno de los liberales más connotados del lugar (después de veinte años de trabajo ya era propietario de una finca cerca del pueblo, y notario único de Sevilla, y sólido negociante de ganados), los pájaros del

Partido Conservador lo iban a matar. Con lo cual tuvo que empacar de nuevo todo lo que tenía, malvender de nuevo la tierra por lo que quisieran darle por ella, e irse a vivir en Medellín, desplazado, como se dice ahora, pues en Medellín mataban menos o al menos la Policía, que no era tan sectaria, no permitía que los pájaros conservadores mataran a todos los liberales.

Fue nuestro padre, Cobo, con Pilar recién nacida, el que aconsejó al abuelito Josué que volviera a Antioquia, pero no a Jericó, donde había grupos de conservadores disfrazados de cruzados que hacían rondas por las noches para matar o aplanchar liberales (así habían caído finqueros, zapateros, comerciantes, hombres buenos), sino a la capital del departamento, a Medellín. Y don Josué al fin se convenció de abandonar Sevilla cuando pájaros conservadores mataron al marido de su hija, la tía Ester, y a todos los compañeros que había tenido Cobo en el Liceo General Santander. Con el dinero conseguido al realizar todas sus propiedades en el Valle, el abuelo pudo comprarse una casa en Medellín, y allá lo conocimos nosotros.

Mamaditas, la bisabuela, se murió cuando yo era un niño todavía, en los años sesenta, y el mismo Chepe Posada, para arreglar el asunto de la herencia, partió la finca en tres lotes equivalentes para sortearlos entre los hermanos. A cada lote le dio un nombre: La Coqueta era la parte más baja, La Abadía la más alta y La Oculta (con la casa vieja) era la del centro. Al lote de la casa lo castigaban con menos tierra. Don Chepe recortó tres tiras de papel y en cada una apuntó el nombre de uno de los tres pedazos de la vieja hacienda. Luego enrolló los papeles de la misma manera y, para estar más seguro de que no pudieran leerse, fue un momento a la cocina y envolvió cada rollo en papel aluminio, formando una bolita. Regresó con las tres bolitas idénticas en el fondo de su sombrero y explicó que cada hermano debía meter los dedos para sacar una. Al abuelito, por ser el primogénito, le dieron el supuesto privilegio de sacar la suerte en primer lugar, y luego vinieron Eduardo y Elías. Cuando leyeron los nombres de los lotes que les habían tocado (a Josué La Oculta, a Eduardo La Abadía y a Elías La Coqueta), los dos primeros quedaron conformes, pero Elías, quien aspiraba también a quedarse con el lote de La Oculta, no pudo disimular su disgusto, se enfureció y desde ese día siempre sostuvo que su hermano mayor había hecho trampa para quedarse con el lago y con la casa vieja. Elías aseguraba que don Chepe, más cercano a Josué que a los otros hermanos, había enfriado en la nevera el rollito de La Oculta y mi abuelo había percibido el frío con las yemas de los dedos. El abuelito sostenía que eso era una locura y un invento de Elías, y que la prueba era que La Coqueta no tenía nada que envidiarle a La Oculta. A raíz de esa pelea los dos hermanos nunca más volvieron a dirigirse la palabra. Eduardo, que siguió siendo amigo de ambos, y disfrutó de La Abadía hasta el final de su vida, decía que la tal trampa de la nevera no era otra cosa que un exceso de fantasía e imaginación de Elías, que era muy desconfiado.

Pilar

Pensar que yo siempre vivía muerta de risa y pensar que mis cuentos siempre hacían reír. Ahora son más bien depresivos, cuentos teñidos de amargura por las enfermedades y la vejez, que contaminan el pasado de tristeza, sin que eso sea real, porque hubo muchos años luminosos y llenos de felicidad, que en los malos días tiendo a olvidar, y no debería ser así. Hemos ido perdiendo el sentido del humor y la alegría, con los años. Se acumulan las penas, los achaques, los dolores, los resentimientos. Es difícil reírse con dolor de muelas, de cóccix, con esta tos que me da por las mañanas por lo mucho que fumo. Y sin embargo a veces nos reímos, nosotros también, de nosotros mismos.

Cuando la vida deja de ser interesante, cuando ya cada día no nos pasan cosas memorables, cuando el futuro se acorta, nos refugiamos en las cosas del pasado, y la memoria se vuelve como un corcho en un remolino, todo el tiempo dando vueltas alrededor de lo mismo: los abuelos, la casa, el secuestro, el incendio, la muerte de los que más quisimos, las traiciones de los amigos que nos vuelven desconfiados. En una vida larga la vida se va tiñendo de las cosas más feas y más sucias. El pasado nos pesa y nos apesadumbra. Solo algunas personas afortunadas, como mi mamá, saben vivir hasta el final llenas de humor, de ligereza, repartiendo ánimos y alegría, inmunes a los agravios y a las penas y sedientas de vida y de futuro, por corto que fuera el futuro en su caso. Es raro, ella que tantas cosas sufrió en la vida: viudez, secuestros, caídas, atentados, ataques, traiciones, todo, y siguió teniendo siempre hasta el final ese espíritu altivo, independiente, sólido, pero sobre todo lleno de amor y comprensión, de alegría. Todo lo miraba con distancia, con cierta ironía, sabiamente. Y era la que vivía más enterada de todo lo que ocurría aquí. A los ochenta y nueve tenía más curiosidad que sus hijos, y más ansias de saberlo todo. Nos llamaba por teléfono a las once de la noche y decía, hablando rápido, prende la televisión, mira que el presidente tal cosa, mira que el exmarido de Eva ahora sí se está enloqueciendo, mira que aquel está gritando como loco y si llega al poder a este país se lo lleva el diablo y retrocede otra vez veinte años, como pasó en la época de la Violencia. Fue ella la que nos avisó lo de las Torres Gemelas; ella la que nos avisaba de guerras o atentados, de virus espantosos que venían de África.

Yo no soy como ella, yo ya no veo siquiera las noticias, no quiero sentir rabia, ni miedo, no quiero que me den ganas de irme de aquí. Además, no hay ningún sitio para donde irse en este mundo, y ya no hay nuevos mundos por descubrir. Estoy vieja y cansada como este mundo. Hasta el calentamiento global se me parece a los calores que nunca se me han pasado en años, desde que se me fue la regla, como si la Tierra tuviera también la menopausia. Estoy vieja y cansada, como esta casa, como este planeta. Peor que esta casa, porque esta casa yo al menos la pinto, la remiendo, la empañeto cuando se cae un pedazo de revoque, preparo una lechada espesa y le echo cal encima, varias manos, le mejoro la piel, le quito las manchas y las pecas, las lesiones cancerosas, la curo con inyecciones de formol cuando aparecen agujeritos de comején en los pilares o en las vigas, limpio las telarañas, fumigo los nidos de cucarachas, aplasto los alacranes, saco los sapos con la mano, barro las culebras, destierro a los murciélagos con azufre, hago que cojan las humedades, las goteras, desinfecto el piso y lo trapeo con furia hasta que brilla y huele a limpio: lucho contra la decadencia. Si uno pudiera hacer lo mismo en el cuerpo, en el ánimo: ponerse remiendos, parches, echarse una capa de cal sobre las arrugas. A veces puedo; hay días y noches en que puedo, y soy feliz otra vez, olvidada de mí.

Si un amigo mío quedara de presidente yo no le pediría nada para La Oculta. Ni que me pavimente la carretera, ni que haga un acueducto en la vereda, ni que me coloque a los hijos de Próspero en algún destino en cualquier ministerio, ni nada de eso. Yo solo le pediría que les ayude a los del pueblo, a los de Palermo, que les dé estudio, agua potable, hospital (porque en Palermo ya no hay siquiera médico rural, y es el colmo, la gente se muere de cualquier bobada), trabajo, porque la gente aquí quiere trabajar, para poder comprarse una casita, una tierrita, esto que nosotros ya tenemos. No es mucho pedir, aquí en este país de lluvia y sol, de agua y verdor. La tierra alcanzaría para que cada familia tuviera su casita, su terreno. La Oculta es un pequeño sueño que todos tenemos, un sueño real en nuestro caso, en nuestra familia, pero un sueño irrealizado en casi todos los demás: un sitio, un techo, una vista que nos guste, una manera de levantarse por la mañana, mirar para afuera, y sentirse cómodo por el aire que se respira, por el árbol que se ve, por las flores que florecen, por el agua que fluye, por el sol que calienta, por la nube o la persona que pasa, o por la yegua flaca que pasta en el potrero. Sí, yo creo que toda la gente de este país, y si no los de Colombia, al menos los de Antioquia, tienen escondido un sueño en la cabeza, el sueño secreto de tener una tierra, una pequeña tierra que los haga sentirse seguros, una reserva oculta para las mil desgracias que pueden suceder. Ese sueño se cumplió por un instante en la historia, o al menos eso dice Toño, pero luego se perdió.

En todas las familias antioqueñas se lamenta la historia de una hacienda que perdieron los tíos, los abuelos, los bisabuelos. Era una tierra grande, feraz, llena de novillos, de sembrados de fríjol y maíz, con caballos y perros, pero hubo que entregarla porque el tío Mengano la perdió en el juego, porque el abuelo Tal era un borracho, porque a la tía Luisa le dio cáncer y había que pagarle el tratamiento en Los Ángeles y de todas maneras se murió, porque el papá la puso como garantía para fiar a un amigo y el amigo quedó mal y entonces se la quitaron. Por un primo avivato que se quedó con todo haciéndose el santurrón y era ladrón. La más común es porque el abuelo tuvo muchos hijos y quedó en manos de la abuela y la conservaron mientras ella estuvo viva y no los dejaba pelear, pero a la muerte de la abuela se agarraron de las mechas, porque ya entre los hijos no pudieron ponerse de acuerdo con la herencia y hubo que venderla. O la partieron en trece parcelas tan pequeñas que no daban ni para sembrar diez lechugas. Esa es la historia de Próspero, que tuvo diecisiete hermanos y no heredaron nada, solo los gastos de la sucesión. Hay mil historias así, y todos se lamentan. En realidad es la versión local del paraíso perdido, de la tierra prometida que alguna vez nos dieron y por algún pecado o por algún error no pudimos conservar.

Por eso, Alberto y yo queremos conservar La Oculta y la vamos a conservar como sea hasta la muerte. Y no es por egoísmo, es para que Antonio y Jon puedan venir de Estados Unidos y sentirse felices aquí. Para que mis hijos y mis nietos vengan y sientan la misma felicidad que yo sentí de niña y de joven, cuando estaban vivos los abuelitos y mi papá y mi mamá, y la sola juventud era la felicidad. Aunque ellos vayan al mar y a otras partes. Pero aun si prefieren ir de vacaciones a España o a Marruecos, saben que siempre pueden venir aquí, y tendrán su casa, su viejo paisaje, su plato caliente, su amanecer con la misma vista fantástica que vieron sus bisabuelos, el clima perfecto que hace sentir a Alberto en el cielo. Yo no quiero que alguna vez mis nietos pasen por acá, ya grandes, y digan, «Esto una vez fue de mis abuelos, pero por tal motivo lo abandonaron, lo vendieron, porque se pelearon con los hermanos o porque querían una plata para ir a viajar a la China, qué idiotez». Si esto ha sido siempre un paraíso para los Ángel desde cuando lo descubrieron y lo abrieron, por qué vamos a decir que es un infierno del que hay que salir. No puede ser que todos ellos estuvieran equivocados. Cobo no estaba equivocado cuando me dijo que no lo vendiera. Los equivocados son los que venden la tierra. Cuando vienen los tíos o los primos que vendieron, ellos se sientan en el corredor, o se acuestan en las hamacas, y lloran en silencio. Saben que este paisaje era de ellos, que esta vista era también de ellos, y que por desapegados o por falta de terquedad, lo perdieron. Pero al menos, mientras siga siendo nuestra, todos los parientes pueden venir así sea unos pocos días, porque nosotros queremos que otros vengan y sientan y gocen y vean. Esta casa es como los papeles que escribe Toño, que él no los quiere guardar para siempre en un cajón, sino que un día va a publicarlos, para que muchos los gocen o los sufran y piensen cosas, y piensen en sus propias casas y en sus propios padres y abuelos, aunque no queden aquí sino en otros pueblos, en otras partes del país, o del mundo, porque el mundo entero está lleno de Ocultas, de Ocultas que, llámense como se llamen, se parecen a esta Oculta nuestra.

Lo único malo de La Oculta era lo lejos que quedaba del mar. La vista desde el alto de La Mama tenía dimensiones oceánicas, es verdad, pero esa inmensidad no es el mar, en todo caso, ni podría serlo, porque el mar está muy lejos de allí y no hay en la tierra nada tan grande como el mar. El Pacífico, por el aire, en realidad, no está tan lejos, entre La Oculta y su orilla hay apenas una franja de cien o doscientos kilómetros, si mucho. Pero antes hay que cruzar la serranía, el páramo, por malas carreteras, y luego la selva más cerrada del mundo, la selva del Darién. El Chocó, geológicamente, dice Simón mi sobrino el científico, es una Amazonia antiquísima, lo único que queda de la Amazonia antigua, la primordial, cuando el río Amazonas desembocaba en el Pacífico. Luego los Andes se habían elevado cerca del océano, y al río Amazonas le había tocado invertir su curso, por todo el continente americano, hacia el otro lado por planicies interminables, hacia el Atlántico. Del lado occidental había quedado un solo pedazo intacto de la selva amazónica primordial, la original, pues aquí la cordillera de los Andes se había levantado un poco más tierra adentro: y ahí estaba, impenetrable, con plantas amazónicas más antiguas que las de la otra Amazonia, una foresta única, húmeda y dura, impenetrable, antigua como la selva más antigua del planeta, lluviosa como la zona más lluviosa de la Tierra. Y era esa selva la que impedía llegar al mar más cercano a la gente de Jericó. Ni siquiera hoy, en pleno siglo XXI, hay una carretera que nos lleve hasta allá. Ni siquiera es posible superar ese tapón que separa Suramérica de Centroamérica. En esta esquina del planeta todo está detenido. Y antes de que empiece la selva más tupida y pantanosa del mundo, está nuestro pequeño paraíso, La Oculta, en Jericó.

Los ojos de los jericoanos, en la época de mis abuelos y bisabuelos y tatarabuelos, no habían visto el mar. Abraham, el primero, lo había atravesado, es verdad, al salir de España hacia las Indias, pero luego sus hijos y sus nietos y bisnietos jamás volvieron a ver el mar. Se encerraron en este lugar apartado del mundo, en montañas impresionantes pero inhóspitas, lejos del mar. Siguieron hablando el español antiguo y sonoro de sus mayores, e incluso hoy, si uno les pregunta a los pobladores de Jericó si alguna vez han visto el mar, más de la mitad lo han visto solamente por televisión.

Cuando le digo esto a Pilar, y le hablo del mar, de lo que siento a la orilla del mar, cerca de Nueva York, en verano, ella levanta los hombros, como con rabia, y me dice: «¿Y quién dijo que para ser feliz hay que conocer el mar, o Nueva York, o Europa, o el Japón, o África o lo que sea? Tú conoces casi el mundo entero, desde el Brasil hasta Australia y Hong Kong, pero en ninguna parte te he visto más feliz que aquí. Alberto y yo somos felices aquí, y aunque esté lejos del mar, cuando hemos ido a otras partes siempre hemos querido volver a este mismo sitio. Esto es lo que nos gusta. ¿Es que les parece muy difícil de entender una cosa tan simple?».

PILAR

Estábamos solas, la tía Ester y yo, en el viejo comedor de La Oculta. Eso fue cuando ella ya estaba muy enferma, en las últimas semanas de su vida. Ella se había pasado casi toda la mañana hablando de sus recuerdos de Jericó, de su infancia en el pueblo, de la salida hacia el sur, con los abuelos y mi papá, a caballo, hacia el Valle del Cauca, en la crisis de los treinta, en busca de una segunda oportunidad, de una nueva vida. Lo único que el abuelito no había vendido en Jericó eran la casa de su madre y La Oculta, para que ella pudiera vivir de lo que daba la finca. Contó que su hermano, Cobo, era muy preguntón, y que había conversado tanto en el camino con el abuelito Josué que al llegar a Sevilla no lo había matriculado en cuarto, como le tocaba, sino en quinto, pues según el abuelito había preguntado tanto en esos días de cabalgata que era como si hubiera hecho un año de escuela. Habló un rato, como siempre, de la Violencia, de su marido asesinado por los godos y del regreso a Antioquia, como si la familia hubiera vivido siempre como un péndulo que huye del hambre o de la sangre. Nos llamaron a almorzar y yo la ayudé a caminar hasta el comedor, muy despacio. Cuando estábamos tomándonos la sopa, con su voz dulce y cascada de nonagenaria, sin levantar los ojos del plato, me fue diciendo algo con una voz que tenía todas las inflexiones de que iba a decirme algo importante:

«Mijita, hay algo de lo que usted y yo no hemos hablado nunca, y eso que nosotras hablamos de todo. Mire, a mí me parece muy linda toda esa investigación que Antonio está haciendo sobre todos nosotros y el apellido Ángel de Jericó, pero hay algo que yo tengo que decirle antes de morirme, un pecado muy feo de mi papá, de su abuelito, es decir, de la persona que nos dio este apellido del que Toño y ustedes viven tan orgullosos». Aquí la tía se detuvo, me echó una mirada fugaz con sus ojos agudos como agujas, para asegurarse de que la estaba oyendo con atención, se tomó tres cucharadas de sopa de verduras, muy despacio, volvió a mirar el plato y siguió hablando:

«Creo que nadie lo sabe, esto que voy a decirle, y usted verá si lo cuenta o no, pero no lo cuente antes de que yo me muera, porque no quiero chismes ni preguntas de nadie. Yo vine aquí a morirme y me parece que el día se está acercando a toda velocidad, así que tengo que contarle esto a ver usted qué piensa, y usted misma después verá si quiere que Toño y Eva lo sepan, o si prefiere quedarse con esta historia secreta para usted solita. Yo he cargado con ella durante media vida, desde que su abuelita Miriam me la contó, y ojalá no lo hubiera hecho, porque desde ese momento quise mucho menos a mi papá, dejé de sentir el respeto que siempre había sentido por él. Dejó de ser un ídolo que nos había sacado una y otra vez de la miseria, y volvió a ser un hombre común y corriente, un ser de carne y hueso. Su abuelita Miriam y yo hablábamos mucho, haga de cuenta como usted y yo en estos meses, porque vivíamos juntas desde que yo enviudé, es decir, que vivimos juntas más de treinta años, pero sobre esta falta de mi papá ella nunca me había hablado, tal vez para proteger su imagen ante nosotros los hijos.

»Usted se acuerda —me dijo— que su abuelita Miriam no había nacido en Jericó sino en El Retiro, ¿cierto? Bueno, resulta que yo siempre supe que ella, antes del abuelito Josué, había tenido un novio allá, un novio muy novio, al que había adorado, el hijo de unos costeños que se habían ido a vivir a El Retiro y que se llamaba Fadi Ajami, el hijo de don Hussein Ajami, un turco, o, para ser más precisa, un palestino, aunque allá siempre se les decía turcos, por eso de que llegaron con el pasaporte de los Otomanos. Fadi tenía una tipografía en El Retiro, una de las pocas, tal vez la única que había en esa época en El Retiro. Ella y el Mono Ajami —así le decían porque era rubio y ojiazul— se iban a casar en el año 19, o 20, no sé bien, y ya estaban comprometidos, pero pasó una cosa y fue que al hermano de Fadi, que ahora no me acuerdo cómo se llamaba, creo que Hassán, un nombre de esos muy árabes, lo mataron los bandoleros en una hacienda que tenía por los lados de Sonsón, y al morir dejó dos niñas huérfanas, muy chiquitas, que ya no me acuerdo cómo se llaman o cómo se llamaban, porque no sé si estén vivas. La mamá de ellos, de Fadi y de Hassán Ajami, le dijo a Fadi, al Mono, que tenía que casarse con la viuda de su hermano, que era palestina como ellos, una tal Farah Abdallah. Él no quería a la cuñada, ni siquiera le gustaba, ni le caía bien, pero esa era una costumbre y una ley de la casa: si se moría uno de los hijos y dejaba mujer viuda y descendencia, en caso de que hubiera otro hombre soltero en la familia, entonces este tenía que hacerse cargo y casarse con ella. Y sobre esto no había ninguna discusión posible; era así y sanseacabó.

»Entonces este Fadi Ajami le tuvo que decir, con el dolor en el alma, a su abuelita Miriam, que ya no podían casarse porque él estaba obligado a casarse con la viudita Farah, su cuñada. Imagínese, todos nosotros estuvimos a punto de ser Ajami, y palestinos, y no Ángel, y judíos, como dice su hermano que somos, aunque eso del judaísmo nuestro yo no acabo de creerlo del todo. Esos son inventos recientes, y solo porque los judíos han cogido fama de vivos y de inteligentes en los últimos años, y no de sucios y agiotistas, como cuando yo nací. La cosa es que su abuelita Miriam, muy dolida cuando el novio árabe la dejó plantada, resolvió casarse rápido, a como diera lugar, y con el primer pretendiente que apareciera. Y ahí fue donde apareció el abuelito Josué, el papá de nosotros, que tenía unos negocios de sal con el papá de Miriam, don Bernardo Mesa, que además era primo de Mamaditas y, usted sabe, cuanto más primo, más me arrimo, o, como decía su mismo abuelito, uno tiene que buscar la pareja entre la gente de la misma tribu. La cuestión es que en Jericó no había sal y entonces la sal se la despachaban en recuas de mulas desde El Retiro, y el abuelito Josué la vendía en el pueblo. Usted no sabe lo importante que era la sal en esa época, la sal era como las neveras de ahora, la única forma de que muchas cosas no se pudrieran, especialmente la carne, el tasajo, pues era una manera de conservarla. Bueno. Él era muy joven y había tenido que encargarse de los negocios de la familia, uno de ellos el comercio de sal, porque el papá de él... Bueno, eso usted ya lo sabe, lo del tifo y todo eso.

»El caso es que el abuelito, que era un muchacho muy joven, muy bien plantado, estuvo en El Retiro poco después de que a Miriam el novio turco la dejara plantada. Fue entonces cuando ella le puso el ojo al jericoano, y el jericoano a ella, se ennoviaron, y en pocos meses ya estaban casados. Yo tengo las cartas de ese noviazgo, que son hasta muy románticas ỹ muy bonitas. Pero aquí viene el secreto y el pecado, mijita, que es feo de contar, pero se lo cuento. Mire lo que pasó, y eso no era ni tan raro en esa época en que no había antibióticos y los hombres perdían la virginidad en los burdeles: el abuelito Josué se casó enfermo de sífilis con la abuelita Miriam, aunque sin saber que estaba tan enfermo, y el primer hijo que tuvieron no fue su papá, como siempre se ha dicho, sino una niña, a la que bautizaron Ester, como a mí, pero que nació ciega, enferma, sifilítica. A las pocas semanas esa niña se murió, y menos mal, por todos los problemas que tenía, pero ellos después prometieron que iban a poner también Ester a la primera hija que tuvieran, si se curaban y volvían a tener hijos, y por eso yo también me llamo Ester. Si usted va al mausoleo de los Ángel en Jericó, verá una pequeña lápida con mi nombre, como si yo ya me hubiera muerto. Dice, "Ester Ángel, nacida y muerta a principios de 1920, a las dos semanas de nacida", o sea, tres años antes que yo. Si quiere cuando yo me muera me pueden enterrar ahí mismo, al lado de la niña que yo no fui, o que yo remplacé.

»Usted no sabe, mijita, la rabia y la vergüenza. La abuelita Miriam se casa, más resignada que enamorada, más dolida que convencida, con alguien al que no quiere tanto como al turco Ajami, pero al menos le gusta, y ahí mismo queda embarazada, pero a raíz de ese mismo embarazo queda también enferma; es triste eso, que le den a la abuelita, en el mismo acto, lo mejor y lo peor, enfermedad y vida. Eso es difícil de perdonar. Por suerte que el hermano menor del abuelito Josué, Elías, estudiaba ya medicina, y en esos días ya había tratamiento para la sífilis, una cosa muy larga y dolorosa, pues para tratar a las personas les envenenaban todo el cuerpo con arsénico, con mercurio, con varias cosas, y la gente se moría o se aliviaba. ¿Usted se acuerda de que cuando la abuelita Miriam se ponía brava con el abuelito, decía siempre la misma frase?

»"Sí, tía —le dije—: Bismuto, sulfamidas y mercurio-yodo".

»Sí, exacto, "bismuto, sulfamidas y mercurio-yodo". Bastaba que ella dijera esas palabras para que el abuelito se quedara callado, como pasmado, hundido en su propia culpa y en su propio desconcierto. Esa frase lo obligaba a devolverse en el tiempo, a un tiempo en el que había tenido que pedirle perdón de rodillas a la abuelita, de rodillas. Pues bueno, fue con eso con lo que los trataron en Medellín, mijita, para quitarles la sífilis, y para que pudieran volver a tener hijos, pero durante un año les prohibieron tener relaciones y hasta tenían que dormir en camas separadas. Cuando al fin se curaron con el bendito menjurje de bismuto, sulfamidas y mercurio-yodo, el abuelito volvió a Jericó, a ocuparse de los negocios de sal, y sobre todo de La Oculta, del ganado y el café, y la abuelita Miriam se fue a temperar unos meses en El Retiro, donde su familia.»

La tía Ester se había servido el seco, pero casi no lo probaba. Tenía la mirada dura, seca, pero se sentía liviana, aliviada de un peso. Sus ojos parecían mirar hacia atrás, aunque estuvieran fijos en el vacío o en algún sitio sin importancia del techo. Sonrió con cierta dulzura, volvió a hablar:

«Bueno, usted sabe que esa frase los tíos la explicaban con una bobada ahí de que mi papá había amenazado a su mujer con echarle matarratas al café de la abuelita Miriam. Qué va. Lo que le callaba siempre la boca, su culpa más honda y más antigua, era haber contagiado a su esposa, esa muchacha virgen a la que tanto quería, con su pecado de burdel, con la sífilis. Creo que fue esa culpa la que lo hizo un hombre suave y tímido toda la vida, como purgando para siempre una culpa indeleble, que su abuelita se encargaba de recordarle de cuando en cuando. Yo sé que la abuelita, cuando se estuvo recuperando en El Retiro, volvió a verse con su viejo novio, el Mono Ajami. Después ella volvió a Jericó y nació su papá. Y no le digo más, porque eso es todo lo que le puedo decir, mijita, con plena seguridad. De ahí en adelante me puedo imaginar muchas cosas, pero yo nunca he contado lo que me imagino porque eso es como dejar que se salga de adentro la locura, y esta es mejor dejarla siempre encerrada con siete cerrojos, yo se lo digo.»

EVA

La gloria y la tragedia del amor son tan sencillas. Yo no me explico por qué les dan tantas vueltas los poetas, los psicólogos y los tratadistas, siendo un asunto tan simple, que para mí es así: dos se aman, y sin dejar de amarse (sin dejar de amarse, lo subrayo), poco a poco, casi sin darse cuenta, se desaman, hasta llegar a odiarse. El motivo es tan simple, tan animal y humano al mismo tiempo, tan bajo, tan alto, tan normal, tan triste: el cansancio del sexo, el cansancio, es decir, del sexo con la misma, con el mismo. Precisamente el sexo, el factor esencial que nos llevó al delirio, a amarnos como locos, a la exaltación de la felicidad, de la armonía, de la comunión, lo que se llama amor, y es su máscara más humana y más hermosa. Una cosa que de tanta carne se vuelve espiritual. Y eso mismo que los hacía únicos y felices, inseparables y fieles, sin ojos para nadie más, paulatinamente se desgasta. Y una mañana trágica, una noche de tragos, en un viaje casual sin ninguna importancia, el sexo con cualquiera, con una puta, una imbécil, una fea, una inútil, resulta más erótico que el sexo con la amada, la bella, la genial, la dulce, la gloriosa. Y ese sexo furtivo, si se llega a saber, e incluso aunque no se sepa (porque esas cosas se saben sin saberse), resulta imperdonable para ambos. Él no se lo perdona a sí mismo, y se confunde, ni ella se lo perdona a él y lo maldice.

Yo lo sé, lo he vivido tantas veces, yo que conozco a los hombres y me conozco bien también a mí, como mujer. Cuando estuve casada con el banquero, no podía creerlo, pero así fue: él se metía con otras que a mí no me llegaban —y no lo digo por vanidad— ni a los tobillos. Unas niñitas tontas, cursis, sin cerebro y sin sal. Pero esas mujercitas tenían otras tetas, otros muslos, un olor diferente, otro pelo, otros ojos, una voz distinta. Y eso las hacía para él profundamente atractivas, mucho más atractivas que yo, aunque me amara a mí, y yo sabía que me amaba a mí, pero los ojos se le iban detrás de otros cuerpos, como siguen los perros el aroma de una perra en calor, sin poder resistirlo. Y no me voy a hacer la santurrona: yo también lo sentía, quizá con menos fuerza que él, pero también lo sentía: que un amor clandestino, furtivo, ocasional, me hacía gritar de placer con más intensidad, aunque después del coito yo sintiera rabia y solamente ganas de vestirme y de que el otro se vistiera y se fuera de una vez, rápido. Sí. Yo también lo sentía, aunque algo menos que ellos y menos que él. Pero tal vez como yo he sido así, podía comprender íntimamente lo que a ellos, lo que a mi banquero le pasaba, y sin embargo no podía perdonárselo, por mucha cabeza y racionalidad que le pusiera, no podía perdonárselo. Somos así: en la mente libres y liberados; si un amigo o una amiga nos preguntan si nos parece bien que ellos traicionen por pura urgencia de la carne, les decimos que sí, que claro, que adelante, que la vida es una sola, que mañana los gusanos nos van a comer: a todos les damos el mismo consejo. Pero a nuestras parejas no, a ellas ese pecado no se les permite, porque cada uno es dios para sí mismo, y traicionar a cualquier ángel caído está bien, pero al dios verdadero eso no se le hace. El problema, yo creo, es insoluble. Hay soluciones propuestas por la cultura y por la historia. La solución de Pilar, de la religión y de la tradición es no pecar y no salir de ahí. Tratar de restarle importancia al sexo, y vivir así, comiendo plato típico todos los días, suprimiendo el deseo de los platos exóticos. Algunos, muy pocos, consiguen vivir así, pero eso es muy extraño en estos tiempos de tanta libertad. Con los hombres, en esta cultura, somos más permisivos. Ellos tienen aventuras y las mujeres, sumisas, esperan en la casa a que ellos vuelvan. Tienen hijos por fuera del matrimonio, que aparecen cuando ellos se mueren, y antes no había problema, pues los naturales no tenían muchos derechos, pero hoy hay que darles parte de la herencia, parte de la finca, de La Oculta, por ejemplo.

Nunca tuve un Alberto, yo, tan fiel y tan tranquilo, ni tampoco quería ser como Pilar. Yo conocía a los hombres más profundamente, yo había tenido hombres de muchos tipos, algunos mucho más malos y más infieles y más sexuales que Alberto, unos perros, pero unos perros divertidos. Me la hacían detrás de una bicicleta, y yo sabía, pero al menos por un tiempo les perdonaba, les toleraba sus vicios, y por mi cuenta me vengaba sin que ellos lo supieran. ¿Infidelidades a mí? Toma, te hago la misma, queridito, sin que lo sepas. Para una mujer es fácil encontrar con quién acostarse; todos los hombres quieren acostarse siempre con una joven bonita que sea nueva para ellos. Todos, todos, o todos menos uno de cada mil, para no dejar por fuera algunos casos raros, misteriosos y casi únicos, como son únicas la santidad, el heroísmo, la bondad desinteresada. Pero acostarse por venganza no da una sensación de desquite sino de fracaso; no sirve para nada, no consuela. Como la venganza no servía para nada con mi tercer marido me separé también de él, y ya casi ni lo recuerdo, pasó sin pena ni gloria por mi vida.

Cuando me separé de mi tercer marido yo me di cuenta de que me estaba volviendo vieja para tener un hijo. Hice entonces un recuento de todos mis hombres, de los novios oficiales y de los amantes, de los tres maridos, de las parejas sin sexo, mera compañía para pasar el rato. Hice una tabla y traté de pensar cuál de todos era el mejor, o el menos malo, por costumbres y por genes y por apariencia, y concluí que el mejor de todos era mi segundo marido,

Bernal, el director de orquesta. Lo invité a comer, salimos juntos varios días, hasta que le solté lo que quería: no acostarme con él, que ya ninguno de los dos tenía ningún interés, pero sí tener un hijo suyo, y para no tener siquiera la pena y la incomodidad de tener que volver a acostarnos después de tanto tiempo, podíamos hacerlo mediante una inseminación artificial. Le pedí que me sirviera de donante. Él no tenía hijos y estuvo dudando dos o tres meses, pero al final accedió. Me dijo que tenía curiosidad de saber cómo saldría un hijo suyo, curiosidad de verlo crecer, pero que no tenía tiempo, ni ganas, de criar un hijo, de ejercer plenamente como padre. Le daría el apellido, lo vería de vez en cuando, pero nada más. Eso era más o menos todo lo que yo quería, un muchacho con la pinta del director, con su rectitud y su índole buena, en la medida de lo posible. Y así nació Benji, como un cálculo, y lo crie yo sola, prácticamente sola, aunque él sabe quién es su papá y de vez en cuando se ven, pero no más. No creo haber jugado mal este pedazo de mi vida, o al menos de esto nunca me he arrepentido.

ANTONIO

La última vez que fui a La Oculta antes del desastre fue cuando el cuñado de Próspero se ahogó en el lago. Tal vez este fue uno de los últimos anuncios de que el desastre se acercaba. No sé. Yo había ido de Nueva York en Semana Santa y me había quedado solo allá, la semana de Pascua, aprovechando que Pilar se había ido con Alberto para Medellín, a que le hicieran un tratamiento dental, una cosa muy cara y muy complicada. Yo me quedé estudiando un cuarteto de Brahms, que iba a tocar como segundo violín un mes después, y cuando no estudiaba encerrado en mi cuarto, salía a dar un paseo a pie, o a montar a caballo. El cuñado de Próspero había venido de Medellín a pasar unos días de vacaciones, con la esposa y con los tres hijos, un niño y dos mellizas. Era un buen tipo con el cual había estado conversando la noche anterior; Próspero me había pedido que lo dejara dormir unos días en su casa, y yo le dije que claro, que qué problema había.

Su cuñado había tenido una vida dura pero bonita. Poco después del nacimiento del hijo, al ver que no tenía con qué mantener a la familia, se había ido de clandestino para Estados Unidos, atravesando en camiones toda Centroamérica, pasando por México, colándose por el hueco. Una vez al otro lado de la frontera, había estado allá más de doce años, primero ilegal, después con papeles falsos, y al final con los papeles en regla, después de una amnistía. Poco a poco había conseguido hacer un pequeño capital. Durante los primeros años no podía venir y no vio cómo crecía el hijo, cómo aprendía a escribir o a montar en bicicleta, porque se había quedado con la mamá en la casa de los abuelos, en un barrio popular de Medellín. Él les mandaba un giro cada mes, para que pudieran sostenerse, y ella trabajaba como empleada de aseo en una oficina. Después de siete años se los pudo llevar para Estados Unidos, porque le dieron la residencia. Y allá estuvieron otros cinco, y tuvieron otras dos niñas, mellizas. Al final él decidió que con todo lo que había ahorrado en esos doce años ya podían volver. Volvió, trajo toda su plata y se compró un taxi y dos buses. De eso vivían. Él manejaba el taxi (habían llegado en él a La Oculta) y alquilaba los dos buses. Se habían construido también una casita de dos pisos, muy decente, en la misma manzana de los suegros.

Esa mañana yo había salido temprano a montar a caballo. Cuando llegué de la montada, Próspero —que nunca ha aprendido a nadar— me recibió gritando que su cuñado se había ahogado en el lago, y que llevaban dos horas buscando el cuerpo, sin poderlo encontrar. Fui hasta el lago al galope y encontré a la Policía, los Bomberos y la

Defensa Civil. Buscaban desde la orilla. Al fin tiraron un bote y buscaban el cuerpo del ahogado desde el bote, con una pértiga de guadua. La esposa de Próspero, hermana del ahogado, lloraba; el hijo y la esposa del ahogado lloraban; las dos niñas lloraban.

Lo que había pasado era que el hombre se había puesto a remar, contento, a plena luz del día, con las dos hijas menores, las mellizas, en la vieja canoa maltrecha de mi papá, que ya casi nunca se usaba. En la casa había chalecos salvavidas, pero no se los pusieron, no sé por qué. En la mitad del lago la canoa empezó a hacer agua, y se fue hundiendo despacio, hasta que se hundió del todo. Las niñas no sabían nadar, y el papá, que nadaba muy mal, trataba de mantenerlas a flote, sosteniéndolas en los brazos. Al mismo tiempo gritaba pidiendo auxilio, yendo de una a otra de las mellizas, y empujándolas hacia arriba para que no se hundieran. Las niñas tragaban agua, se hundían y volvían a salir, muertas de miedo, llorando. Es el miedo lo que nos ahoga, más que el agua. Si uno mantiene la calma, puede acostarse boca arriba, y flotar, pero eso no se lo enseñan a nadie. Su hermana y Próspero, con el niño miraban, gritaban, se desesperaban, pero no podían hacer nada, pues no sabían nadar. Corrían de un lado a otro en la orilla. Lo veían luchar por salvar a las niñas. Y tiraban sogas que no llegaban hasta la mitad del lago, por tratar de salvarlos, de arrastrarlos. Al fin un campesino que pasó por ahí, se quitó la camisa, los pantalones y medio nadó, a lo perrito, hasta llegar donde las niñas. Primero sacó a la que estaba sola; luego recibió de los brazos del padre a la segunda. El cuñado de Próspero ya estaba exhausto y no era capaz de salir, pedía ayuda, decía que no tenía alientos, que ya no era capaz; el campesino también estaba muy cansado y se quedó en la orilla mirando. No tuvo la fuerza de tirarse otra vez para ayudarlo a mantenerse a flote, aunque pedía auxilio y movía los brazos. Le daba miedo de que el cuñado de Próspero, un hombre grande, lo hundiera a él por intentar salvarse y se ahogaran los dos. La mujer y el niño, las niñas salvadas, la hermana y el cuñado, todos, desde la orilla, lo vieron hundirse para siempre.

Yo me tiré al lago a buscar el cadáver, pues la gente de la Defensa Civil y de la Policía lo buscaban con varas, desde las barquitas. Cuando alguien se ahoga el lago queda como untado de muerte y todo el mundo tiene miedo de meterse en él. Próspero me indicó más o menos el sitio donde se había hundido su cuñado por última vez, y yo nadé por debajo del agua, con mis gafitas de natación. Estuve en esas un rato largo, hundiéndome y saliendo; debajo del agua no se veía nada. Todo lo hacía al tacto.

Nunca había tocado el cuerpo de un ahogado debajo del agua. El pelo de la cabeza, la carne exánime, el abandono de todo. «¡Aquí está!», grité, y me quedé en el sitio, rozando el cuerpo con los pies. Vinieron otros a ayudarme. Cuando al fin lo pudimos amarrar con una cuerda debajo del agua, y sacarlo a flote, vi su rostro ennegrecido, con una mueca de angustia y dolor. El ahogado había conseguido salvar a sus niñas, pero no había podido salvarse a sí mismo. La esposa y el hijo miraban sacar a su esposo y padre muerto, desde la orilla; las niñas salvadas, dueñas de todo el aire, podían gritar con todos sus pulmones. La bolsa de plástico con cierre ocultó el cuerpo a la curiosidad de los vecinos. La madre le entregó, como un símbolo, el anillo de matrimonio al niño triste. La Policía escribía el frío reporte forense: camisa negra, pantaloneta verde, cuarenta y siete años, de profesión taxista.

El lago de La Oculta, tres metros debajo del agua, es de un color verde muy oscuro, casi como la noche. Buceando a la ciega había tocado el cuerpo de un hombre ahogado. Y era como si todos los ahogados, de un momento a otro, estuvieran ahí, en ese lago tenebroso donde me gusta nadar. Siempre he nadado en La Oculta con miedo a morirme. Desde ese día en adelante, mucho más. A veces todavía, en las noches de Harlem, sueño con ese hombre al que toqué, debajo del agua, con mis propias manos.

Todavía pienso que si hubiera estado ahí unas pocas horas antes, si no hubiera salido a montar a caballo, habría podido salvarlo. No habría otros tres huérfanos, otra viuda, en este mundo extraño en el que basta una imprudencia o una casualidad para que toda una vida sea ya infeliz.

Eva

Había en la familia una pasión extraña, que se repetía desde los tiempos de los bisabuelos, y que en Pilar se había manifestado con más fuerza que nunca. Es difícil entender su origen, y su naturaleza, pero consistía como en un ataque de generosidad irresistible. Ni Antonio ni yo la teníamos, pero Pilar sí, y exagerada.

Con extraña frecuencia, pero siempre cuando uno menos lo pensaba, le daba la manía irresistible de hacer regalos, de entregarlo todo a cambio de nada. Sin tener con qué y aun con las cosas ajenas, le daba por repartir lo que estuviera al alcance de sus manos. Iba, por ejemplo, un amigo de ellos a la finca, y quedaba encantado con la yegua que montaba Jon, por suave en el paso y mansita en el manejo, y entonces Pilar se la regalaba, diciendo que de todos modos Jon no venía a La Oculta casi nunca. Había un cuadro de la abuelita Miriam en mi cuarto, un cuadro que a mí me encantaba, por la cara oscura de la abuela y su mirada de bismuto, sulfamidas y mercurio-yodo, y alguien lo admiraba. Sin preámbulos y sin apelación, Pilar lo bajaba del clavo en que estaba colgado y obligaba a la admiradora a llevárselo. Si un conocido cumplía años y la invitaban a la fiesta, compraba regalos fastuosos, con tarjeta de crédito, y muy por encima de lo que podía gastar. Después se pasaba meses pagándolo, con intereses, pero no escarmentaba.

Era capaz de gastarse millones de pesos en un vivero, comprando matas de flores, palmas exóticas, árboles nativos para sembrar en la finca. Entraba en una especie de frenesí de arreglos y contrataba jardineros, pintores, albañiles, carpinteros, para hacer mejoras inútiles, pero para ella urgentes e impostergables en La Oculta. Cuando llegaban las cuentas, no había con qué pagarlas y acudía a los hermanos, a Toño y a mí, a mi mamá cuando estaba viva, para que cubriéramos lo que faltaba. Cambiaba colchones medio nuevos, renovaba las sábanas después de regalar las que no estaban rotas, cambiaba las almohadas, los cubiertos, los vasos, regalando los juegos anteriores sin saber muy bien siquiera por qué los había regalado.

Cuando hacía comidas, compraba carne como para alimentar un batallón y siempre en sus asados y frijoladas sobraba comida como para dos días más, pero todo lo que sobraba lo enviaba de inmediato a las casitas de campesinos que había alrededor o a la escuela de Palermo, para que se lo dieran a los niños de media mañana, o a las casas de las muchachas: la paella, los postres, la fruta, todo con el pretexto de ayudar a los pobres y de que no se dañara. Había llegado al extremo de entregar lotes de la finca para que otros los cultivaran, porque le había dado pesar de una pareja de campesinos jóvenes que habían pasado por ahí, desplazados, huyendo de alguna banda criminal de no sé dónde, de las montañas cerca del Chocó o los pueblos mineros más al sur, y los dejaba dormir de balde en una casita que había abandonada y que había sido de un aparcero en tiempos del abuelo, y que ella misma acondicionaba de su propio bolsillo mandando traer del pueblo las tejas, el cemento, los ladrillos y otros materiales, para que al menos esa gente no se mojara, y después resultaba que eran maldadosos e inútiles, haraganes, borrachos, y había que pagarles o echarlos a la fuerza para que se fueran.

Había regalado novillos, cerdos, gallos de pelea, palos de teca, bultos de carbón, bultos de café. Si había abundancia de algo, ella no lo vendía, sino que lo daba. Todo el que quisiera ir a la finca, en cualquier momento, estaba invitado, y si era necesario prestaba plata para poder alimentar a los gentíos que llegaban, y contrataba en Palermo cocineras, dentroderas, lavadoras, para que atendieran como reyes a los invitados, y a todas les pagaba jornales que eran el doble de aquello que se acostumbraba en la región, porque pobres muchachas con tanto trabajo. Jamás les pedía a los visitantes que ayudaran pagando una parte de los gastos, de las empleadas o del mercado. Regalaba la ropa que tenía, la ropa de los hijos, del marido, también la de los hermanos. Si yo dejaba un par de zapatos, un sombrero o unas botas para cuando volviera meses después, al regresar ya no estaban porque Pilar los había regalado.

En las Navidades compraba siempre aguinaldos para todas las personas de la finca, los de la familia, los empleados, los peones, las muchachas, los hijos de las muchachas, y también para todos los que a última hora llegaban de visita. Uno no sabía de dónde sacaba regalos para todo el mundo, pero a nadie nunca le faltaba su paquete. Aunque la mamá, cuando estaba viva, llevaba aguinaldos para todo el mundo, a Pilar le parecían poca cosa, y compraba más, sin preguntarnos ni pedirnos autorización. La cuenta nos llegaba a todos después porque —nos preguntaba— cómo íbamos a dejar a Fulano o a Zutana sin aguinaldo en plena Navidad, esas cosas no se hacen, Eva, Toño, cómo se les ocurre, me deben tanto.

Las botellas de vino o de ron, las hamacas, el sacacorchos, los ceniceros, las sillas de montar, los libros de Cobo, los ponchos, los zurriagos, bastaba que un visitante admirara algo para que se lo llevara de regalo. «¿Cierto Eva que a nosotros no nos importa? ¿Cierto que puede llevárselo?», preguntaba delante del regalado, y por lo menos yo no era capaz de desautorizarla frente al interesado y me limitaba a sonreír. Después, por la noche, Pilar me preguntaba que por qué yo me obstinaba siempre en vender esa finca, con lo linda que era y con lo bueno que siempre pasábamos aquí y con lo que gozaban todos los amigos que iban a visitarnos. Yo me limitaba a decirle, «Ay, Pilar, vos no entendés».

ANTONIO

¿Por qué hice lo que nunca pensé que haría? Fue como caerme en lo limpio y romperme la columna, como una teja que se suelta y me descalabra mientras camino tranquilo por una calle. Pero no. Fue más bien como estar caminando por un terreno abrupto y peligroso, al borde de un precipicio, tratando de no caerme, y, por el cansancio, no aguantar más el equilibrio y dejarme ir al abismo, como atraído por el vértigo de la muerte, y casi resignado. A veces parece que lo más importante sucede sin motivo y de repente, como caído del cielo, como una avalancha que se desprende de una montaña y te arrastra. Muchas cosas son así, bruscas y repentinas, pero como muchas otras no lo son, uno prefiere pensar que todo es un proceso lento, con gestación y desarrollo. Así es lo que se construye, casi siempre, arduo y lento, pero lo que se destruye, lo que se pierde, es cosa de un segundo. Crear una vida humana se tarda, por lo menos, cinco minutos de sexo, nueve meses de gestación, dos años de cuidados intensivos y luego veinte años para formar una persona hecha y derecha. La muerte, en cambio, muchas veces nos llega como un rayo, como un balazo, como un huracán, como un infarto fulminante. Solo si uno se muere en la vejez la muerte parece que fuera el resultado de un trabajo de días y de años, de un desgaste constante y paulatino, gota que horada la piedra o polilla que atraviesa de lado a lado un diccionario. Uno puede morirse de a poquitos —y eso es lo más normal—, pero también de repente como fulminado por un rayo, como un relámpago en un cielo despejado, como una tormenta de esas que no avisan. Un árbol que ha crecido durante dos siglos puede ser derribado en dos minutos de motosierra.

A veces también ocurre que lo que parece súbito y motivado por una sola causa aislada, obedece en realidad a un cúmulo de hechos ocultos o invisibles que coinciden en el mismo momento hasta volverse irresistibles, y todo el mundo cede porque en ese instante nadie tiene la fuerza de resistir. El azar es así, o tal vez el destino, porque todo esto tiene muy poco que ver con la voluntad. Una decisión temida pero inesperada, incluso equivocada, se toma porque pasan muchas cosas, casi al mismo tiempo, que te obligan a cometer el error. Así te chocas, así te matas en un accidente, porque hubo un descuido y porque en ese instante por ahí bajaba ese camión, ese motociclista, y no en otro momento, porque te apoyaste en la rama de guadua que parecía sana y estaba podrida por dentro.

En este caso, las circunstancias me dejaron sin más opciones que cometer el error, así yo supiera perfectamente que era un error, o por lo menos una decisión irremediable para la que ya no habría nunca vuelta atrás. Y tomé esa decisión, no fui capaz de no tomarla. A lo largo de más de un siglo La Oculta se había salvado muchas veces en el último momento, cuando ya parecía que la íbamos a entregar o a perder. En los últimos decenios se había salvado, siempre, por alguna ayuda *in extremis* de mi mamá, que solucionaba los problemas con algún milagro, sacando plata de donde parecía no haber nada. Y esta vez se pudo haber salvado también, pues aunque ya no estaba mi mamá para salvarnos, como siempre, Pilar todavía estaba firme y dispuesta a no ceder, pero fui yo, su aliado de todas las otras crisis, el más convencido de que debíamos conservar la finca, el que flaqueó. En realidad había un montón de cosas preparadas, agazapadas como un virus, esperando la ocasión propicia, y ahí mismo nos cayeron cuando vieron que teníamos bajas las defensas, y se apoderaron de la finca.

Hay días en que me resigno y días en que no me lo perdono, o incluso peor, en que no se lo perdono a Jon, porque de algún modo lo hago responsable de lo que pasó. O a Lucas, mi sobrino, o a Eva, o a todos ellos juntos. Pero el pobre Jon no tuvo la culpa, o no solo él; Jon había sido sincero solamente, y debía entenderlo. Así como mi abuelo no tuvo la culpa de la crisis de los treinta, Jon no tiene la culpa de haber nacido en Estados Unidos y de no sentir casi nada por una tierra ajena que en cambio era casi todo para mí, para nosotros.

Uno es injusto, en todo caso, y siempre busca afuera a los responsables de lo malo que pasa. Tengo rabia con él, porque ahora que sabe que los planes de vivir algún día en Colombia ya no se cumplirán nunca, se ha encerrado aún más en su mundo, en su taller, en sus amigos de acá, en su familia. Se ha volcado por completo a la vida neoyorkina, con un furor como de juventud recobrada, ahora que ya no siente el peligro de esa atracción fatal, de ese llamado del abismo que ha sido el trópico para mí durante todos estos años de convivencia. Acabo de avisarle, con toda la sequedad de que fui capaz, que no voy a pasar las Navidades aquí con él, que de todos modos voy a ir a La Oculta, a visitar a Pilar, que sigue allá, atrincherada en la casa como en el último baluarte de una ciudad sitiada por los bárbaros. Quiero ver cómo está quedando todo después de lo que hicimos. Tengo miedo de ir, pero tengo que ir. Jon levantó los hombros con indiferencia, como diciendo «Haz lo que te dé la gana». Sabe que si voy ya no puede ser para quedarme, pues de La Oculta no queda casi nada. Últimamente solo levanta los hombros y dice que está bien, siempre dice que todo está bien, sin contradecirme nunca; eso es peor que discutir; es como si tuviera un amante y hasta se alegrara de que yo me fuera. Antes no nos gustaba dejar de estar juntos ni siquiera por pocos días, pero ahora lo veo como liberado, tranquilo, hasta contento de recuperar su soledad, que no sé si es soledad o libertad de estar con otro y no conmigo. Consigue que me ponga celoso, pero de todos modos voy a ir a La Oculta, para verla, creo que también para despedirme de ella, y para ser consciente de las consecuencias de mi firma, de mis actos. Le digo que en enero nos vemos, y él levanta los hombros de nuevo, me dice que tranquilo, que si quiero me quede hasta febrero.

Eva

Pilar me pidió que fuera a la finca antes de que empezaran las obras. Fue una tortura; no debí haber ido. Cuando llegué a La Oculta lo primero que oí fue un ruido insoportable de motores que subían y bajaban de tono, rompiendo el silencio el día entero. «¿Qué pasa?», le pregunté a Pilar. «Son las motosierras. Están talando los cafetos, los árboles de sombrío y las tecas», me dijo. Estoy segura de que Pilar me invitó para que me doliera en los huesos y en la piel, como le duele a un árbol que lo corten. Yo me sentía un tronco al que van a partir por los tobillos y a tumbar. Las tecas tenían apenas diez años y estaban altas, pero todavía no se podían aserrar pues no tenían aún ni la dureza ni el grosor para hacer buenas trozas. «Las van a usar para los cercos, como estacones, y como travesaños para algunos techos de las nuevas casas —me explicó Pilar—, como madera no sirven todavía, pero hay que despejar la tierra para las obras». De algunos árboles de sombrío, guayacanes o algarrobos, sacarán madera para muebles, puertas y ventanas. Yo no quería oír ese ruido de las motosierras, y menos el día entero, de sol a sol. La cara de Pilar era espantosa; Alberto trataba de disimular y decía que era como hace siglos, tal como «el hacha de mis mayores»; que La Oculta hace ciento cincuenta años había empezado igual, tumbando árboles, y que al final la historia se repetía, simétrica. No me gustó su humor negro.

Para cambiar de tema, intenté darles una buena noticia: les dije que Jon había conseguido vender los tres dibujos de Botero en Nueva York, y que les habían dado casi lo mismo que habían pagado por ellos cuando el secuestro de Lucas: ochenta mil dólares, apenas veinte mil menos, en un momento en que el mercado del arte estaba deprimido. Y que era posible que se compraran una cabaña de madera en Vermont. Que Jon pensaba que Vermont era mucho más bonito que Antioquia, sobre todo en otoño. Pilar solo me dijo: «¿Ah, sí? ¿En serio? Qué bueno para ellos». Alberto dijo que se iba para el huerto, a podar y abonar los naranjos. Para no seguir oyendo las motosierras, ni nada, se puso los audífonos para tapar el ruido con música. Próspero tenía los ojos desorbitados y se limitaba a negar con la cabeza, y a caminar sin propósito en el poco espacio que había alrededor de la casa, como si estuviera viviendo una tragedia. Yo no aguantaba más tanta tensión. Veía en la mirada de ellos que yo era la culpable de todo lo que estaba pasando; que yo era la egoísta por la cual La Oculta dejaría para siempre de ser lo que había sido.

Me tiré a nadar al lago, que es lo que siempre hago cuando me quiero salvar. El agua me lava, me limpia, me sosiega. Nadar en el lago es mi meditación. No hablo, no me hablan, muevo los brazos y las piernas rítmicamente, respiro profundo, expulso el aire, me canso, dejo de pensar. Una hora yendo y viniendo de una orilla a otra, sin Músicos que me persigan, sin hermanos que me hagan comentarios, sin ojos que me miren con reproches callados. Me puse tapones en los oídos para pensar mejor. Mientras nadaba pensaba en Benjamín, que sigue estudiando en Europa. Cuando él vuelva tal vez ya no reconozca a La Oculta, si viene con los primos a visitar a Pilar y a Alberto. En todo caso esta vez no nadé en paz ni el agua me sosegó. Tal vez ya me gustaba más nadar en la piscina de Medellín, que nunca había sido mía, y donde nadie se había ahogado. Mientras movía los brazos no hacía sino pensar en la gente que se había ahogado en el lago y sentía que me miraban con sus ojos blancos desde el fondo fangoso, con rabia, con reproche. Recibí mucha plata, en euros, de mi tercera parte, y se la mandé a Benji para que la invirtiera allá, en Alemania, que es un país sólido y más seguro, un país con lagos públicos donde he nadado sin sentir que estoy nadando en un caldo frío de ahogados. Estoy consiguiendo lo que quería: ya casi no tengo cosas: algo de pesos en efectivo para sobrevivir aquí, austeramente, y un miniapartamento donde voy a dormir, como si fuera un hotel, para sentirme liviana, ligera de equipaje. Ni siquiera cocino, ya, y colonicé la cocina con viejos libros de mi papá que había en La Oculta. No quiero cosas, o tal vez las únicas cosas que quiero son libros, para dejárselos de herencia a una biblioteca pública, y ya. Pilar nos dijo que nos lleváramos lo que quisiéramos, cuando firmamos la escritura, y lo único que saqué de la casa fueron libros, nada más: ni un objeto, ni un cuadro, ni un mueble, ni un recuerdo. Libros, solo libros. Ahora en mi apartamento, si abro la despensa encuentro libros; en el horno hay revistas; libros en las alacenas de la cocina, en los baños, en el botiquín, en el vestíbulo de la entrada, detrás de los sofás y hasta en el comedor donde no como nunca: libros y más libros. Desayuno en el poyo de la cocina, sin cocinar nada. Cosas crudas, cereales con leche, frutas, para no cocinar, y después almuerzo y como afuera, sola o acompañada.

Yo también le tenía a Pilar una sorpresa, pero por ahora no se la iba a contar: tengo un buen amor, un buen amor distinto, muy distinto, Posadita. No fui con ella a la finca, como llegué a pensar, porque me pareció injusto que en este momento Alberto y Pilar tuvieran que cargar con otra noticia. Si la hubiera llevado, habría tenido que dormir con ella en la cama de Cobo y Anita, y eso para Pilar habría sido una profanación final, otra más. Demasiado para un momento así. No se lo quise contar. Es una cosa reciente, algo que ni yo misma me esperaba. Fue como un descubrimiento y al mismo tiempo un hartazgo de los hombres. Estar con una mujer es algo distinto, muy suave, algo que no me había permitido experimentar. Es fácil, en realidad, muy natural y no lo siento (como llegué a pensarlo) como una confusión de los instintos. Y además Posadita es muy joven, casi tan joven como Benjamín, con esa suavidad de la juventud, con esa delicia de la juventud. Piel, tersura, timidez. Por una vez yo no iba a aprender, sino a enseñar. Tampoco quería dar explicaciones ni verbalizar nada, y Pilar quiere que todo se explique con palabras, con todas las palabras.

A Toño ya le conté, porque dado como es él, creía que iba a entender sin chistar. Pero Toño, cuando se lo conté por teléfono, dijo solo una palabra, en un tono muy alto: «¡¡Cómo?!». Al rato me dijo, medio arrepentido, pero sin convicción, que estaba muy bien, que tranquila, que perfecto; después colgamos. Yo sé lo que Pilar habría dicho y hecho si se la mostrara o si se lo contara. Abriría los ojos grandes como una ternera asustada, y esa sola mirada sería como decir con los ojos lo que en efecto diría con palabras: «Lo que nos faltaba». No pienso avisarle ni explicarle nada a Benjamín; quiero que se dé cuenta poco a poco, y que si quiere saber algo más, algo concreto, que él mismo me pregunte y yo le explicaré. Quisiera que en su caso las respuestas le llegaran antes que las preguntas. Siento una cosa dulce y tranquila por dentro, como un consuelo y una compensación en medio de esta tragedia que es entregar la finca. Yo misma estoy sorprendida de que me guste tanto una mujer. Al fin espero, convencida, que me dure una relación, porque yo también estoy hecha para durar, si las cosas funcionan, y tal vez esta, tan distinta, es posible que funcione. Todo es tan nuevo que todavía no lo sé. Es una cosa difuminada en todo el cuerpo, como nadar debajo del agua, pero sin asfixia.

Posadita misma, que se llama Susana, me aconsejó que hiciéramos el negocio. Ella es arquitecta y estuvo de acuerdo después de mirar el presupuesto, los gastos y la propuesta de la empresa de los amigos de Débora, que es muy importante, una de las constructoras más respetables de Medellín. «Es una oferta seria, y muy buena, que no se puede rechazar», me dijo. «Si no la aceptan ustedes, escogen otra finca en cualquier parte de la región, y pierden semejante oportunidad. Ya tienen los permisos de Jericó, y esas licencias de construcción son largas y difíciles de conseguir; hay que untar muchas manos y mover muchas palancas. Es ahora o nunca.» Ahora o nunca. Susana no conoce La Oculta y quizá por lo mismo habló con tanta seguridad, sin tener ni una duda. También por eso no la quise llevar, para que no dudara.

Sentí que iba a la finca por última vez. Me dieron ganas de hundirme en el lago y me hundí, como escapando de mí. Conté hasta veintiséis y volví a salir, sin aire. El cuerpo es terco y no se quiere morir. Bueno, tampoco yo me quiero morir todavía. En el agua, de repente, se me salieron las lágrimas. Pero ¿qué son unas cuantas lágrimas saladas en un mar de agua dulce? Ni aunque fueran gotas de sangre se habrían notado. Cuando salí del lago, Pilar ya había hecho servir la fruta. Después había sancocho, como siempre el primer día. Al lado del comedor estaban las fotos de mi papá y mi mamá, como un altar en la pared, a los antepasados. Cada uno tenía su flor, su rosa fresca. No les faltaban sino veladoras encendidas. También sus ojos me miraban con reproche, y no tanto por Susana, sino por haber vendido. Entré al cuarto de Toño, a ver las pinturas y las fotos de otros parientes antiguos; sus ojos no me decían nada: inexpresivos, inertes, fríos. El sancocho me supo bueno, sabía igual de rico que los sancochos del recuerdo, los que mi mamá hacía, pero el almuerzo fue tenso, silencioso. Al terminar, volví a ponerme los tapones en los oídos e hice una siesta en la hamaca. Trataba de pensar que eran abejas en las flores del cafetal, el fondo de zumbidos que conseguía penetrar hasta mis tímpanos. No fue una siesta tranquila y me despedí ahí mismo que me desperté. No quería oír los lamentos ni la cantaleta de Pilar y quería volver pronto a Medellín, a estar con Posadita, a abrazarme a ella. Mucho menos quería oír el concierto espantoso de las motosierras. Ellos me insistieron en que me quedara a dormir, que la noche todavía era silenciosa como siempre había sido. No quise. De algún modo salí escapándome de ellos, de todo, del pasado. Sobre todo del pasado, de todo ese peso familiar. Que cargue Pilar, si quiere, con ese peso, yo ya no quiero cargarlo.

Ella, obstinada como siempre, terca como siempre, seguiría viviendo ahí, en la vieja casa. Algún día se moriría ahí y a mí me tocaría venir a arreglarla, aunque no sepa hacerlo. ¿Quién enviudaría primero: Alberto o Pilar? Traté de imaginármelo y no supe qué podía ser peor. Ella fumaba más; tenía más opciones de morirse antes. Me despedí de los dos como de dos moribundos. Cuando me subí al *jeep* no lloraba, pero caían lágrimas de alguna parte de mí, y esas lágrimas saladas me daban rabia, lloraba sin ganas, con rabia de estar llorando, como con incontinencia ocular, si eso existiera. Yo al menos no sería viuda nunca, ni dejaría viudos. Esa noche, al volver a Medellín, dormí abrazada a Posadita, mi extraño descubrimiento tan tardío en la vida, la que espero que sea mi primera y mi última novia, mi compañera final. Me abracé a ella, a su juventud, y dejé de llorar. Antes de dormirme me juré que nunca más iba a llorar por La Oculta. Nada, iba a desterrar la nostalgia, el animismo, las tontas tradiciones familiares, de mi vida. Nada de nostalgia, solamente presente, nada de futuro.

Pilar

Lo que pasó fue que Toño y Jon tuvieron una conversación muy importante, una noche que Jon se desveló y le dijo que tenía que confesarle algo muy serio, algo que nunca había sido capaz de decirle. Toño me contó que había prendido la lámpara de la mesita de noche y que había pensado que Jon tenía un amante, algo, una doble vida. Pero no, lo que le dijo fue otra cosa, no sé si mejor o peor, pues de todas maneras cambiaba radicalmente sus planes de vida. Le dijo que lo sentía mucho pero que él nunca sería capaz de vivir en Colombia, ni siquiera seis meses al año, ni siquiera tres, y menos en un pueblo como Jericó, donde no había nada que hacer. Que mucho menos viviría en ciudades como Medellín o Bogotá, que no tenían ni el encanto del campo ni las ventajas de las grandes ciudades. Que él no estaba dispuesto a caminar con miedo por la calle; que a él no le gustaban tanta lluvia, tanto sol, tanta humedad. Que tampoco le parecía normal tanta amabilidad y simpatía de la gente en Antioquia, pues el exceso de cortesía, según él, escondía en realidad un miedo a la violencia. Que él sí había aprendido a querer La Oculta, y a apreciarla, que a él lo impresionaba la exuberancia del trópico, pero como impresiona a un explorador de lugares exóticos e inhóspitos, o a alguien que va a un jardín botánico a ver plantas carnívoras de flores malolientes, un día, unas horas, un rato, pero que vivir en ese exceso era demasiado para él y hasta dañino. Que él respiraba mal entre tanta humedad y tantas matas porque las casas viejas le dan asma.

También le dijo que en realidad él creía que en nuestra familia, y en general en toda Antioquia, había una especie de locura con las fincas. Lo venía pensando desde hace tiempo. Que él definitivamente no entendía ese apego a la tierra, a los antepasados que la habían colonizado, a la propiedad rural. Que qué era esa locura de vivir comprando y vendiendo fincas. Que las tierras, en Estados Unidos, eran más fértiles y más baratas, y además eran de los campesinos que las trabajaban y no de gente que vivía en la ciudad, pero tenía la mente siempre puesta en las fincas. Que él no comprendía ese apego ancestral, anacrónico, a un pasado campesino o pueblerino de la familia. Que ellos se ponían felices cuando se liberaban de los pueblos infelices donde habían nacido, y no querían volver nunca, como si fueran palomas mensajeras tercas, siempre de regreso al primer nido. Que los Ángel, además, hacía dos o tres generaciones habían salido del campo, habían dado el salto a profesiones liberales y a la ciudad, habían recibido la bendición de no tener que labrar la tierra con los brazos ni desmenuzar los terrones con los dedos, pero seguían empeñados en mantener esa raíz, ese apego a los árboles, a la boñiga, al arado, al maíz, al cacareo de las gallinas y el gruñido de los cerdos. Que por bonito que fuera el paisaje, era un paisaje monótono, igual todos los días, y que él no iba a soportar levantarse cada día a ver los mismos farallones, el mismo lago, las mismas montañas azules, los mismos pájaros, que por increíbles que fueran después de un mes empezaban a repetirse y siempre eran lo mismo y cantaban con el mismo sonsonete. Que para ver tantos pájaros mejor iba al Museo de Ciencias Naturales. Y siguió hablando así, durante horas, como quien tira puñaladas de palabras.

Toño me contó todo esto como un católico que cuenta las blasfemias de un hereje, de un protestante, de un ateo convencido y agresivo. Me lo contó con tristeza, y con mucha rabia de que Jon lo hubiera engañado e ilusionado tanto tiempo con que iban a ir a Jericó, con que iban a donar su colección de arte al museo del pueblo, con que iban a compartir con nosotros algunas semanas o meses en la finca cada año. Pero al mismo tiempo Toño comprendía que Jon no entendiera a La Oculta, decía que tal vez era verdad que esa finca era una locura nuestra, y en general la fiebre por las fincas una locura colectiva de los antioqueños. Y Jon prácticamente le había puesto un ultimátum: o se sacaba esas ideas de la cabeza (la del regreso a la tierra de los mayores, la de la vida en un pueblo infeliz) o cada uno tendría que coger su propio camino y conservarían solo la amistad. A Toño lo había cogido de sorpresa esa cancelación de los planes que tenían, tan repentina, y se puso a hacer más preguntas, y oyó respuestas que no quería oír: que abriera los ojos, que francamente nosotros no podíamos comparar a Antioquia con Estados Unidos. Y que mirara ese modo nuestro tan loco de estar siempre juntos; que él también tenía familia pero que si mucho se la obligaba a ver una vez al año, en noviembre, el Día de Acción de Gracias y pare de contar, porque la Navidad la pasaba cada uno por su lado. Que también esa cosa antioqueña de vivir todos juntos, como si fueran cachorros toda la vida, era algo medio ridículo, como de cultura antigua, tribal, pero sin ningún asidero en el mundo civil contemporáneo, en el mundo urbano y disperso, globalizado, en el que los adultos se regaban por todos los rincones del globo y escogían sus relaciones por gusto, por afinidades, y no por esas antiguallas de la sangre o la tierra. Que uno, sí, quería a la familia, pero de lejos, porque de cerca las familias podían ser una peste, porque todos se conocían demasiado, y se sabían herir donde más duele, tocaban sitios sensibles, y se apegaban a cosas y propiedades compartidas, que lo mejor era vender y dividir, y cada cual por su cuenta, a seguir su camino y a hacerse su propia vida.

Toño entendió muy bien lo que Jon le decía, pero se deprimió de todas maneras. Puso en un plato de la balanza toda su nostalgia, toda su obsesión por La Oculta y la familia Ángel, y en el otro plato su relación con Jon, su vida en Nueva York. Había soñado con tener ambas cosas, en una vida dividida aquí y allá, por períodos, pero ahora su pareja no quería compartir la mitad de su vida, ni aceptaría que él se viniera para acá algunos meses solo, ni aportaría el dinero necesario para hacerlo, pues era Jon el que más plata tenía de los dos y sin su ayuda no podría permitírselo. Entonces Toño se deprimió, empezó a dar sin ganas sus clases de violín, perdió el entusiasmo en sus apuntes de Jericó y los antepasados; ya no quiso contar una por una la vida de cada pareja de los Ángel en el siglo XIX, a principios del XX. Ya para qué, se decía. Todos los planes de una vida con Jon en Jericó, cerca de La Oculta, se habían ido al carajo de repente. Para presionarlo, Jon le había pedido que pusiera su aporte en los gastos de la casa, algo que nunca le había exigido. Y así las entradas de Toño empezaron a irse en comida, en transportes, en pagar los servicios del apartamento de Harlem, que antes asumía solo Jon. Ahora a Toño le quedaba difícil mandar la cuota a Colombia para los gastos de la finca, y se atrasaba. Me llamaba, me pedía perdón, decía que le diera un tiempo hasta que le pagaran no sé qué concierto. Los ahorros de Jon no iban a ser para cumplir los sueños de vivir en el trópico, en Jericó; la colección de obras de artistas contemporáneos tampoco iría al museo del doctor Ojalvo en el pueblo, y Jon más bien planeaba hacer una donación local, en algún pequeño museo de Estados Unidos.

Toño llegó a considerar la posibilidad de separarse de Jon y volver a Colombia, pero aunque estaba muy resentido con él, tampoco era capaz de dejarlo. Lo quería, lo seguía queriendo, estaba acostumbrado a su presencia y a su cuerpo pues había pasado con él los años más bonitos y plenos de su vida. Fuera de eso, pensaba, si volvía, el único sitio que tendría para vivir sería la finca, pero vivir aquí con Alberto y conmigo era también una locura; cambiar a su marido por una hermana y un cuñado era un negocio muy extraño. «Si me voy a vivir con ustedes —me dijo por teléfono—, acabamos peleando; y eso es lo que menos quiero. Yo no soy conflictivo y no quiero pelearme con nadie; ni con Jon ni con ustedes».

Con su crisis, y con mi mamá muerta hacía ya dos años, no había quien nos tapara los huecos, pues había sido siempre ella la que nos ayudaba en los momentos difíciles, cuando cualquiera de los tres hijos tenía algún problema temporal para cubrir los gastos. Mi mamá hacía milagros, con tal de que no peleáramos y con tal de que conserváramos la finca. Pero ahora ella no estaba, para ayudarnos, y sin su ayuda ya tampoco había Navidades ni Semana Santa. Hasta que un mes, Toño, sin siquiera avisar, dejó de mandar la cuota de sostenimiento de la finca, y a Alberto y a mí no nos alcanzaba ni para pagarle el sueldo a Próspero, mucho menos para los gastos normales y los impuestos, que empezaron a acumularse otra vez, cada trimestre. Eva aportaba lo mínimo, con desgano y con retraso. La cuenta de La Oculta en el banco estaba siempre en rojo, y pagábamos intereses, y se repetían las llamadas de la gerente de la sucursal a preguntar cuándo pensábamos cubrir el sobregiro.

Esto coincidió con que los evangélicos de La Biblia Elocuente me entregaron la casa, y de un día para otro nuestra entrada económica fija más importante, ese alquiler, vino a faltar también. Pusimos la casa en una agencia para que la alquilaran, pero ya no era una casa vivible, pues los evangélicos de La Biblia Elocuente la habían adaptado a templo y la habían convertido en una especie de cobertizo sin paredes ni cuartos: un techo con un gran espacio abierto. Entonces la pusimos a la venta, como lote, pero no era fácil de vender tampoco y pasaban los meses sin que la pudiéramos alquilar ni vender. Eva seguía con la idea fija de vender La Oculta, como siempre la había tenido, e insistía en que ahora más que nunca era el momento propicio para hacerlo. Esas cosas se juntan y es entonces cuando se toman decisiones drásticas, tristes, equivocadas pero casi inevitables.

Débora, la esposa de Lucas, vino un fin de semana a la finca, con los nietos, y me presentó un plano de La Oculta partida en quince parcelas de tres cuadras cada una. Una empresa de amigos de ella estaba dispuesta a desarrollar una parcelación lindísima, con fincas de recreo, con carretera pavimentada, una unidad cerrada con portería por donde entraríamos todos. En la parcelación habría vigilantes, porteros, jardineros, acueducto, senderos ecológicos. Era una cosa de lujo, muy bonita, con canchas de tenis comunes, gimnasio, minigolf, bosques nativos a lo

largo de las cañadas, un picadero para todos los propietarios, donde podrían entrenar equitación. Me mostró el
proyecto de paisajismo, diseñado por un arquitecto muy
famoso, y todas esas cosas. «Será como vivir en un club exclusivo», dijo Débora.

Yo por dentro pensaba que todo era un espanto,
pero no lo podía decir, casi ni siquiera pensar. «Muy bonito, Débora, ya ve», le decía yo, aunque quería que se fuera
de una vez de la finca, pero cómo, si era la esposa de mi
hijo mayor y esa propuesta nos la hacía por bien, para salvarnos, con las mejores intenciones. Se veía que llevaban
meses o años pensándolo, diseñándolo todo. Eran amigos viejos de Lucas y de Débora, que habían venido varias
veces a temperar aquí, y siempre les habían encantado la
finca y la región. Y tanto les gustaba que se les ocurrió el
negocio de parcelarla. Alberto miraba y no modulaba, solamente resoplaba y le sudaba la nariz, el cuerpo; tenía la
camisa pegada al pecho, empapada. «Esto es de la familia
Ángel y ustedes deciden», fue lo único que dijo, y se fue.
Mejor se iba a abonar los naranjos, a montar a caballo o a
hacer siestas a horas que no eran para siestas. Después Débora me soltó en la oreja, bajando la voz, una cifra enorme
que nos entregarían a cada uno de los hermanos, si vendíamos todo. Si yo me obstinaba en quedarme con la casa
vieja, eso sí, me tocaría mucha menos plata. Lo mejor sería
vender también la casa vieja, demolerla y hacer allí una que
se adaptara al estilo de la nueva parcelación. Si nos ofrecían
eso a nosotros, pensé, semejante capital, cuánta no sería la
ganancia de la empresa encargada de parcelar. No le men-
cioné esto a Débora, que era como acusar a sus amigos de
interés, pero le dije que yo no vendía, que aunque quisiera
yo no podía vender, porque así se lo había jurado a mi
papá. Que yo me quedaría con Alberto en la casa vieja para
siempre, así fuera sin tierra, pero que si Toño y Eva estaban
de acuerdo, tal como estaban las cosas, no podía oponerme
y daría mi firma para la venta del resto de la tierra. Que mi

parte y mi casa, si querían, la vendieran ellos cuando yo me muriera. Débora me dijo que Eva conocía el proyecto y lo apoyaba ciento por ciento, y que yo de todos modos recibiría una parte de la plata como compensación. La decisión, entonces, estaba en manos de Toño. Los constructores tenían cuentas afuera, en paraísos fiscales, y podían pagar en dólares, en euros. Yo levanté los hombros y pensé: si todos los que tienen plata se llevan el capital de Colombia este país se va a joder.

Eva llamó a Toño a Nueva York y lo convenció en un minuto. O ni siquiera tuvo que convencerlo: él estaba en uno de los peores momentos de su vida; era como una fiera encerrada a la que le ofrecían, al menos, una jaula más grande. Lo notaron débil y corrieron a mandarle los papeles de compraventa y él fue a firmarlos y a autenticarlos en el consulado. No fue capaz ni siquiera de llamarme por teléfono a decirme lo que iba a hacer. Sé que habló con Lucas, con Simón y con Manuela y que ellos le confirmaron que yo estaba de acuerdo en que mis hermanos hicieran lo que quisieran. Poco tiempo después Toño y Eva recibieron la plata; a Toño se la consignaron en dólares en Nueva York, a Eva en euros en Alemania. A Alberto y a mí, mucho menos, y en pesos, en Medellín. Nos entregaron lo justo, eso sí, no digo que no. Alberto y yo nos quedamos con la casa vieja y con un pequeño lote de tierra alrededor. El lago siguió siendo de la finca, pero ya no había cafetales, ya no había potreros para las vacas (las vendimos), ni para los caballos (los regalamos todos, menos dos). A Próspero y a Berta los liquidamos entre los tres y Alberto y yo les hicimos un contrato nuevo, ahora solo a nombre de nosotros dos. Pudimos vender la casa de Medellín a un constructor de edificios y pusimos todo el dinero en unas acciones que deberían darnos una renta suficiente para poder vivir hasta que nos muramos. En esa misma cuenta entró lo que nos dieron por perder la vista alrededor de La Oculta.

Seguiremos aquí encerrados, enterrados, rodeados de bulla y de gente, de noche y de día. A la finca ya no se entra por la portada, atravesando el viejo quiebrapatas hecho con rieles abandonados del ferrocarril, sino que tenemos que identificarnos en la portería, ante unos tipos de gorra y uniforme que miran desde una garita y abren con desconfianza un cancel eléctrico que de inmediato se vuelve a cerrar. Nuestro *jeep*, viejo y destartalado, es el más feo de toda la parcelación. Los vecinos nos miran como se ve pasar un animal prehistórico, un paquidermo.

Ya nada es lo mismo. Todo empezó a cambiar unas semanas después de la firma de las escrituras. Cuando comenzaron la construcción de la parcelación esto se llenó de máquinas, buldóceres, dragas, aplanadoras, camiones que salían con escombros y entraban con materiales de construcción. Movían la entraña de las montañas para hacer terraplenes donde quedarían las nuevas casas de la parcelación. Durante dos semanas las motosierras estuvieron cortando las tecas, que se desplomaban casi sin estruendo, resignadas a su suerte. Al mismo tiempo cortaban los cafetos, los árboles de sombrío del cafetal, las tecas viejas de la alameda de la entrada, pues había que rectificar el camino, los mangos de Tailandia, los almendros, los samanes centenarios que eran como paraguas naturales, inmensos. Como yo puedo ser muy mala, cuando empezaron a cortarlos invité a Eva a que viniera, para que oyera cómo cortaban lo que habíamos sembrado hacía diez o veinte o treinta años. Para que sintiera siquiera una partecita del dolor que yo sentía. Creo que le dolió, pero disimuló bien y hasta nadó e hizo una siesta. Se fue malencarada y no aceptó quedarse a dormir por mucho que le insistimos.

En todos los nuevos lotes se veían montones de parches amarillos, rojizos, de la tierra descuajada. Una tela verde asquerosa, de plástico, encerraba todo el perímetro de la vieja propiedad. Débora nos decía que tranquilos, que eso era normal mientras se hacía la parcelación, pero que el verdor y la paz volverían después, en uno o dos años, cuando se terminara el movimiento de tierras y la construcción de las casas; que esta era una tierra bendecida por la lluvia y el sol. El viejo verdor nunca ha vuelto hasta hoy.

Los nuevos dueños de las parcelas empezaron a construir sus casas: mansiones enormes en estilos distintos: californiano, Bauhaus, colonial, narcomafioso. Casi todas tienen piscinas, prados, caballerizas, *jacuzzis* al aire libre, jardines diseñados. Desde la parte de atrás de la casa ya no veo el paisaje abierto que mi memoria recuerda, las fotos muestran y mis ojos añoran: frente a mí hay varios techos de tejas de casas inmensas, y piscinas azules, falsas, todo rodeado por cercos altos de plantas exóticas, con púas, y por la noche chorros de luz que rompen la penumbra e iluminan jardines sosos, geométricos. Ahora el límite de la vieja Oculta es el cedro donde están enterradas las cenizas de mi mamá y los huesos de mi papá, el descansadero. Al menos eso lo respetaron en los planos, pero detrás del cedro, a un metro, pasan la malla y el cerco de la casa vecina. El silencio está hecho de músicas distintas, cuál de ellas peor, y ya no hay caminos ni animales, sino carreteritas pavimentadas por las que pasan a toda velocidad cuatrimotos y motos, camionetas todoterreno blindadas, de vidrios polarizados, inmensos caballos de lujo, purasangres, árabes, españoles, cuarto de milla, y personas que los montan en uniforme, con botas y fustas, como si fueran carabineros, deportistas olímpicos a punto de saltar, o algo así. Vigilantes armados recorren el perímetro de la parcelación en motos japonesas, ruidosas, porque muchos compradores son negociantes o comerciantes de Medellín, nuevos ricos o ricos viejos, no sé muy bien, ya que con ellos no tenemos ningún trato, y en todo caso tienen miedo de que los atraquen o los secuestren o los maten, y se protegen así.

El siguiente diciembre, por disimular, por fingir que todo podía volver a ser igual, o al menos parecido, vinieron a pasar las Navidades mis hijos y mis nietos y Eva con Benjamín. En Nochebuena llegó también Toño de Nueva York. Jon se quedó en Harlem con su nueva vida, liberado al fin de su vieja promesa de vivir en el trópico, que había roto una madrugada de lágrimas y sinceridad. Toño miró un momento hacia el lago y otro momento hacia la vista de abajo, la del río. Cerró los ojos con fuerza y se tapó la cara.

—Es increíble: lo que no lograron hacernos ni las guerras civiles, ni la guerrilla ni los paramilitares, lo consiguieron los negociantes.

Fue lo único que dijo. Después se encerró en el cuarto los tres días que estuvo y salía solamente para comer o para tomarse un tinto. Dijo que ya no tenía sentido escribir lo que pensaba escribir y que iba a quemar todos sus papeles de mierda. Así lo dijo, con una mala palabra. Cuando salía y veía el desastre alrededor, no podía contener a veces la ira y a veces las lágrimas. «Yo ya me estoy acostumbrando», le dije, para consolarlo, pero no había consuelo ni era verdad que yo me hubiera acostumbrado ni que me fuera a acostumbrar. Eva se limitaba a nadar en el lago; decía que esa era su paz, su salvación y su meditación. Como antes mi papá, cuando éramos niños, ahora Benjamín la acompañaba de cerca remando en la canoa, para no correr riesgos, decía, porque su mamá ya no era una muchacha y si le daba un ataque había que salvarla, y para eso llevaba a mano un salvavidas blanco pegado de una pita. A Eva le daba ira que Benji la cuidara así, que la persiguiera y la tratara como a una anciana, y a veces sacaba la cabeza del agua y le decía que francamente eso no le gustaba, que la dejara en paz, que se fuera a leer o a caminar, pero Benjamín no le hacía caso, y seguía muy sonriente remando a su lado, como un perro, como si fuera Gaspar resucitado, que nadaba siempre así, como él, detrás de Eva. Al salir del agua, Eva leía libros en la hamaca, frenéticamente, para evadirse y para disimular. Débora decía que dormía muy tranquila, segura de que nadie podía entrarse a atracarnos en esa unidad cerrada, protegida; que ya nadie podría venir a secuestrar a Lucas ni a amenazar a Eva, como antes, cuando la tierra estaba abierta al paso de todos los intrusos. Lucas y todos mis hijos se limitaban a jugar cartas, dominó, *scrabble*, y a beber cerveza. Para ellos las parcelaciones no eran nada extraño, sino la nueva forma en que les gustaba vivir a los jóvenes con plata, encerrados en pequeños guetos protegidos, en burbujas opulentas. Poníamos la música nuestra cada vez más duro, para no oír las músicas de los demás. Se oían las voces y la pólvora de los vecinos, el ruido de las camionetas y las motos al pasar.

Dos meses después de ese diciembre que pasamos en familia con mis hermanos, como en marzo, los propietarios de dos casas que quedan debajo del lago ordenaron una inspección a la Secretaría de Obras Públicas del municipio porque temían que el lago algún día pudiera romper el dique y los pudiera afectar. Vinieron las autoridades competentes, ingenieros, inspectores de sanidad, y dijeron que el lago era un peligro para las casas de abajo y que debía vaciarse y secarse. Les avisé a mis hermanos: Eva vino un fin de semana y nadó en el lago por última vez. Trajo a una amiga muy joven y muy linda, Susanita Posada, que se quedó en el muelle mirándola nadar, como cuidándola, pero sin perseguirla. Parecía otra hija. Toño no pudo o no quiso venir; por el teléfono lanzó un gruñido, y me colgó, de mal genio. Yo no quería mirar, pero vi todo lo que hicieron, por masoquista. Abrieron un desagüe con dos tubos de doce pulgadas y el agua empezó a salir hacia el viejo cauce de la quebrada. El lago se vació lentamente y a las dos semanas había un fondo fangoso oscuro, feo, pestilente. Todo se llenó de insectos y de mal olor. Miles de peces podridos yacían en el fondo; culebras, tortugas, iguanas extrañaban el agua, mirando y retorciéndose desde la orilla, atónitas y secas como yo. Apareció un esqueleto blanco como la cal, casi completo, de una mujer joven —dijeron—, que la Policía se llevó en un costal, como NN. Al otro día vinieron unos policías a hacernos preguntas, que si esto o lo otro, que quién podía ser, que si podíamos ir a declarar a un juzgado de Jericó. Nos miraban como si estuviéramos ocultando algo. Decenas de gallinazos volaban encima del hueco donde había estado el lago, y se comían las carpas muertas, las tilapias podridas, las truchas que brincaban agonizantes en los últimos charcos. Alberto y yo nos fuimos para Medellín unas semanas, a la casa de Florencia, mientras pasaba el hedor. Había que esperar a que encima del viejo lecho del lago volviera a crecer algo de vegetación. Quedó un humedal infecto, lleno de zancudos que afectan a todos los dueños de las casas de la parcelación, que ahora se quejan del montón de moscas y mosquitos que hay. Fumigan cada tres meses con un producto químico asqueroso, que nos hace toser, nos irrita los ojos y nos da mareos durante dos o tres días. Los de la empresa de fumigaciones, por supuesto, nos dicen que es inocuo, que solo afecta a los insectos y no a los humanos. Del lado del viejo lago que ya no existe la vista es a una hondonada pestilente y sin gracia. Del lado del río la casa mira hacia los techos y cercos de la nueva parcelación y a la malla metálica del perímetro, coronada por alambres en espiral, electrizados, como de campo de concentración. Encima de los últimos alambres se alcanzan a ver los picos de los farallones. Y el ruido es permanente, o esa cosa que es música para los otros y para nosotros ruido. Ni a Alberto, que adora la música, le gusta ese barullo de músicas confundidas, luchando cada una por ganarles en volumen a las demás.

La Oculta ya no está oculta ni es silenciosa, sino que está expuesta a todas las miradas indiscretas de los vecinos, desde arriba y desde abajo. Por las mañanas se oye el zumbido infernal de las guadañadoras que cortan los prados del vecindario a ras de tierra. Su zumbido es casi idéntico al de las motosierras, aunque un poco más leve. Todo es peor que antes, pero ahora nuestra casa dizque vale más por estar en medio de una parcelación cerrada y nos han aumentado los impuestos. Hay que pagar una cuota por los porteros, las motos y los vigilantes. Débora dice que al menos siempre tenemos agua limpia. Sí, y cada mes nos la cobran, como si no la tomaran del agua que había sido de nuestros propios manantiales. Alberto se encierra en sí mismo y abona los naranjos y los mandarinos que aún nos quedan alrededor. A veces sale a montar a caballo, pero ya no le gusta tanto; dice que los caballos no trotan igual sobre el asfalto que sobre los viejos caminos de montaña, que el ruido de los cascos sobre el pavimento no es natural. Que las cuatrimotos los espantan. Próspero envejece y no encuentra mucho que hacer. A veces dice que ya va siendo hora de que nos muramos. Todo está muerto, en realidad, y somos nosotros lo único que falta por morir.

Toño ya nunca viene de Nueva York y Eva mucho menos. Viaja mucho, o se encierra en su apartamento de Medellín, en compañía de sus libros. Viaja con esa niña, Posadita, como si fueran novias, aunque no viven juntas, me parece. Hace poco llamó para contarme que hicieron un paseo a Francia y Alemania, a visitar a Benji, y que allá sí valoran y cuidan el campo, que allá no es como aquí, que allá en el campo no se puede construir e incluso para poner una perrera o un palomar hay que pedirles permiso a todos los vecinos. Que hay una ley de protección del paisaje, y nadie puede evadirla. Yo ni podía creer lo que me estaba diciendo, y mejor me reí. Toño me llama una o dos veces al mes, pero la conversación no fluye y está hecha de preguntas rutinarias sobre mí, sobre Jon, sobre Alberto y los sobrinos. Las frases son incómodas, inconexas, como dos goznes viejos y oxidados de una puerta que se abre poco y a la que nunca le echan aceite. Lo único nuevo que me ha contado es que le ha empezado a temblar la mano izquierda y así le cuesta mucho tocar el violín. Evitamos el tema de Eva y de La Oculta y las palabras salen como chirridos estridentes, desentonados. Para que no haya roces preferimos colgar rápido y nos despedimos con la promesa falsa de que vamos a vernos en los próximos meses. Yo cuelgo y pienso: Sí, en mi entierro.

Los meses pasan y la vida sigue. Sé que un día me voy a levantar con ánimos de trabajar y mejorar las cosas otra vez. Si soy capaz de arreglar muertos, también voy a ser capaz de arreglar esta casa que me mataron, a componer la vista que nos robaron. Tengo planes, pero todavía no he tenido la fuerza de empezarlos a realizar. Quiero rellenar el fondo del lago con volquetadas de escombros y de tierra, para hacer un jardín. Y en la parte del frente voy a amontonar una montaña artificial, para tapar la vista de las casas vecinas, hasta que desde los corredores solo se vean los pezones de los farallones y ningún techo. Las colinas las voy a llenar de veraneras de todos los colores, que era la mata que más le gustaba a Cobo, para que cuelguen florecidas y me alegren la vista. Esa misma colina nos va a resguardar del ruido y del registro hacia acá de las otras casas; nos volverá a ocultar. Un día lo hago, cuando me recupere de esta parálisis en que estoy. Tengo que ser capaz, pero por ahora no puedo, estoy como sonámbula, quieta y aturdida.

A veces me desvelo en la madrugada y salgo de la pieza y camino por la casa. Al menos entre semana, como la mayoría de las casas de la parcelación son casas de recreo, ya han apagado casi todas las luces de las propiedades alrededor y no hay música, así que puedo oír el viejo cantar de los grillos que resistieron al desastre. Por las fumigaciones, ranas y cocuyos ya no hay, ni han vuelto los murciélagos, las loras ni las guacamayas que anidaban en los troncos secos de las palmas reales, que también cortaron. Las tablas del piso traquean en los mismos sitios y yo me acuesto en una hamaca, en el corredor de afuera, a recibir en la cara el sereno de la madrugada. Por un momento tengo la ilusión de que todo sigue igual; de que en pocas horas empezará a amanecer sobre los farallones, y que su vista no estará interrumpida por las casas vecinas ni por las rejas metálicas que protegen de intrusos la parcelación.

A veces me quedo dormida en la hamaca y vuelvo a soñar con el lago, y camino sobre el lago, como en un milagro. Alberto se despierta y se me acerca descalzo, con pasos lentos, silenciosos, pero las tablas traquean en los mismos sitios y yo me despierto. Me pregunta si estoy bien y yo le digo que sí. Me pregunta si quiero café y yo le digo que sí. El aroma del café sigue siendo muy bueno y nos recostamos en la hamaca, uno a cada lado, las piernas entrelazadas, a sorber despacio el café mientras amanece. Aunque toso y estoy ronca, me fumo un cigarrillo, lento, frente a él que ha dejado de fumar. Me gusta su punta roja, intermitente, y el olor del tabaco. Hasta que no llega la luz, tenemos la ilusión de que todavía vivimos en La Oculta, como siempre quisimos. No quiero que amanezca y me parece triste preferir la noche. Se lo digo a Alberto:

—Antes la dicha era esperar el amanecer y ver la vista; el día era la vida. Ahora solo es bueno cuando todo está oscuro y es de noche.

Empieza a clarear y una niebla blanca y espesa cubre todo el paisaje. Llovizna. Poco a poco el silencio se va llenando de pájaros. Sobre toda la fealdad ha caído el velo de una neblina compasiva. Antes ese velo ocultaba la belleza y la dicha era esperar a que se fuera disipando. Ahora quisiéramos que ese velo tupido siguiera para siempre.

—Imaginémonos que debajo de la niebla todo está igual que antes —dice Alberto.

—No soy capaz —le digo.

Él me acaricia una pierna y, recostados en la hamaca, nos quedamos mirando la neblina.

Agradecimientos

Haciendo este libro me he dado cuenta, mejor que nunca, de que escribir una novela es un trabajo colectivo. Que al final solo la firme su redactor es una imprecisión y una injusticia. Hay quienes ni siquiera saben las frases e ideas que me aportaron. Son la mayoría: personas saqueadas por mis ojos o mi oído. A otros les consulté puntos específicos y me aclararon dudas. Hay quienes me dieron paz, tiempo, recursos para vivir, o compañía. La editorial Alfaguara me tuvo una paciencia infinita, de años de sequía y plazos no cumplidos. *El Espectador* y la Biblioteca de la Universidad Eafit también me dieron espacio y tiempo libre. Espacio, paz y cariño recibí de Beatrice Monti von Rezzori y su idílico refugio para escritores en la Toscana. Tiempo y silencio me dieron el DAAD y la Freie Universität de Berlín, en la Cátedra Samuel Fischer, patrocinada por el Grupo Editorial Holtzbrinck.

Diré algunos nombres de personas a quienes les debo mucho; sin ellos no habría sido capaz de terminar *La Oculta:* los historiadores Roberto Luis Jaramillo y Nelson Restrepo me dieron datos y luces sobre Jericó y la colonización del Suroeste antioqueño; los aciertos, si los hay, en la historia de la colonización de Jericó, son de ellos; las fantasías y los errores son míos. Mis amigos Ricardo Bada, Eva Zimerman, Ana Vélez, Elena Serrano, Laura García, Ángela Aranzazu, Jaime Abello, Ana Cadavid, Jaime García, Sonia Cárdenas y Carlos Gaviria no me dejaron hundir en el desánimo o me ayudaron a mejorar el manuscrito. Lo mismo mi editora del alma, Pilar Reyes; mis editores en Colombia, Gabriel Iriarte y Ana Roda (escueta y precisa), y mi agente alemana, la dulce y eficiente Nicole Witt. Próspero, mi amigo de La Ceja, me prestó nada menos que su nombre. Elkin Rivera, corrector *in extremis,* me salvó, por lo menos, de ciento veintiséis anacolutos. A los escritores Mario Vargas Llosa, Javier Cercas, Leila Guerriero y Rosa Montero les debo algo muy importante: me regañaron por no escribir y me espolearon para que no me rindiera. Alexandra Pareja, mi pareja, soportó mis ausencias e incluso algo peor, mis presencias ausentes, además de revisar el manuscrito y aportar ideas fundamentales para mejorarlo.

Finalmente, Amalia y Mario Ceballos (parientes míos de la región La Oculta), mis hermanas, mi madre y mis hijos saben que sin ellos tampoco existiría este libro, porque son ellos su barro primordial y su primer destino.

«Para viajar lejos no hay mejor nave que un libro.»

EMILY DICKINSON

Gracias por tu lectura de este libro.

En **penguinlibros.club** encontrarás las mejores
recomendaciones de lectura.

Únete a nuestra comunidad y viaja con nosotros.

penguinlibros.club

 penguinlibros